〖中华诗词存稿·名家专辑〗

中华诗词学会 编

李文朝诗词诗论选

诗词理论卷

李文朝 著

图书在版编目（CIP）数据

李文朝诗词诗论选 / 李文朝著 . -- 北京 : 中国书籍出版社 , 2019.12
（中华诗词存稿）
ISBN 978-7-5068-7741-1

Ⅰ . ①李… Ⅱ . ①李… Ⅲ . ①诗词—作品集—中国—当代②诗歌评论—中国—当代—文集 Ⅳ . ① I227
② I207.2-53

中国版本图书馆 CIP 数据核字 (2019) 第 291589 号

李文朝诗词诗论选

李文朝 著

责任编辑	毕磊
责任印制	孙马飞　马　芝
封面设计	采薇阁
出版发行	中国书籍出版社
地　　址	北京市丰台区三路居路 97 号（邮编：100073）
电　　话	（010）52257143（总编室）（010）52257140（发行部）
电子邮箱	eo@chinabp.com.cn
经　　销	全国新华书店
印　　刷	北京虎彩文化传播有限公司
开　　本	710 毫米 ×1000 毫米 1/16
字　　数	861 千字
印　　张	65
版　　次	2020 年 6 月第 1 版　2020 年 6 月第 1 次印刷
书　　号	ISBN 978-7-5068-7741-1
定　　价	698.00 元（全 2 册）

目　　录

诗词理论卷

附录

继承创新　和谐共进

——学习孙轶青会长《开创诗词新纪元》的初步体会

作为献给中华诗词学会成立二十周年的一份厚礼，孙轶青会长的文集《开创诗词新纪元》正式出版发行了。这是中华诗词学会建设和中华诗词事业发展史上的一件大事，对于统一诗词思想，深化诗词研究，繁荣诗词创作，发展诗词事业，必将起到积极的促进作用，产生出长期的历史影响。

这部文集共收入孙轶青会长从1991年5月至2005年11月期间的诗词言论52篇，包括有关诗词继承、创新、发展的文章、讲话和开展诗词工作的创意，既凝聚了孙老自己多年的心血和汗水，也凝结了中华诗词学会和诗界同仁的集体智慧。其真知灼见、经验总结对于当前和今后一个时期中华诗词学会建设和中华诗词事业发展都有重要的指导意义。

通读这部文集，犹如穿行在二十年来中华诗词学会建设和中华诗词事业发展的历史画廊里，犹如在聆听诗界前辈和学会领导对中华诗词如何继承传统、如何改革创新、如何团结奋进的谆谆教诲。这部文集，内容丰富，思想深刻，既有思想认识问题，又有学术探讨问题，还有工作指导问题，从理论与实践的结合上，构建起“开创诗词新纪元”这一时代命题和事业大厦。这部文集需要学习领悟的东西很多，本文着重从工作指导和方法论层面，就文集所展现出的继承传统的坚定性、改革创新的自觉性、和谐共进的包容性和辩证思维的科学性等方面，谈点个人的初步感悟。

一、继承传统的坚定性

孙老在《自序》中开宗明义地指出，“这个时期，振兴诗词面临两大难题”，摆在第一位的就是“如何清除五四新文化运动打倒诗词的消极影响，让诗词走出低谷，趋向繁荣”。为此，他多次在全国政协会议的发言中，大声疾呼《振兴传统诗词，促进精神文明》、《充分发挥传统诗词的社会功能》、《应当提高传统诗词的地位和作用》，甚至发出《中华诗词万岁》的历史呐喊。尤其难能可贵的是，他在《旧体诗不宜在青年中提倡吗？》等篇什中，以很大的政治勇气和理论勇气，直接就毛泽东同志关于“旧体诗可以写一些，但是不宜在青年中提倡。因为这种体裁，束缚思想，又不易学”等论述，进行了入情入理的分析阐述。孙老在文章中指出：“这个问题很尖锐：多少年来，毛泽东同志曾经讲过旧体诗在青年中不宜提倡，可我们今天偏偏在这里举行全国性的青年诗词研讨会，以吸引广大青年爱好传统诗词，推进诗词事业。这是不是意味着我们在与毛泽东同志唱对台戏呀？我看这个问题需要回答”。他从分析五四新文化运动对中国传统诗词“陷入形而上学和民族虚无主义，否定一切”的消极影响入手，在既指出中华诗词有“束缚思想”等弊端的同时，又指出了中华诗词所凝结的民族精神和永恒的艺术魅力，还从毛泽东同志创作并发表了许多优秀诗词名篇精品的实践中，完整而准确地领悟了毛泽东同志对待传统诗词的客观态度，不是全盘否定，而是“旧体诗可以写一些”。特别在后来《重振诗国，奋力前行》等文中，孙老又多次引用了毛泽东同志的如下论断：“旧体诗要发展，要改革，一万年也打不倒！因为这种东西最能反映中华民族和中国人民的特性和风尚，可以兴观群怨嘛！”从而彻底打碎了多年来禁锢在传统诗词头上的左的“紧箍咒”，为中华传统诗词走出低谷，趋向繁荣，扫清了思想障碍。在《走毛泽东诗词创作之路》等文中，孙老又深情地指出：“我们应当认真研究毛泽东诗词及其诗论，沿着毛泽东开创的当代诗词创作道路，奋勇前进”。

二、改革创新的自觉性

孙老在《自序》中指出的振兴诗词面临的另一大难题是“如何继承优良传统，经由改革创新，与时俱进，发扬时代精神，开创社会主义时代诗词新纪元。”孙老在《我们的希望和建议》、《诗词必须跟时代同步前进》、《传统诗词与时代精神》、《论格律诗词的声韵改革》、《适应时代，深入生活，走向大众》、《开创社会主义时代诗词新纪元》、《论走向大众》、《走向大众与改革创新》、《深化改革，与时俱进》等文中，对中华传统诗词改革创新的重要性、必要性、紧迫性，以及改革的内容、形式、要求等都作了充分的论述。孙老在文章中指出“白居易说过：‘文章合为时而著，歌诗合为事而作。’这是千古不移的至理名言。悠悠数千年间，中国诗歌的发展历程从来具有与时代同步的特点。”“社会主义时代的诗词，应是传统诗词的继承和发展。它有别于其他任何时代的诗词，是既保留和发展传统诗词的某些形式，某些特点，又具有社会主义时代的新题材、新思想、新感情、新语言、新风格的诗词。”在提倡今韵问题上，孙老可谓一语破的：“我们知道，古人吟诗，大都用的是古时的今韵，而不是当时的古韵。诗词吟唱只有同当代语音相一致，才能充分体现诗词自身的音乐美，才能为亿万人民所喜爱。今人用今韵，应当是一条定理。”孙老还尖锐地指出：“现在有些人的诗词创作仍以艰深古奥为荣，好像一明白晓畅就失身份似的。这其实是一种错觉和糊涂观念。须知我们今天作诗，不是为了给古人看的，而是为了给今人看的；不是为了给自己看的，而为了给大多数人看的。人民大众是否能懂，是否喜爱，是检验我们诗词创作水平高低和社会效益好坏的重要尺度。”“让中华诗词走向大众，这是中国诗歌发展史上的重大转折，是关系当代诗词成败的战略问题，是开创社会主义时代诗词新纪元的重要标志。”孙老关于诗词改革的一些新思想、新观点、新论断，都是以“三个代表”重要思想和科学发展观为指导，站在了时代思维的前沿，令我们这些晚辈后生由衷钦敬。

三、和谐共进的包容性

在中华诗词创作环境和发展方略问题上，孙老反复强调的一个重要思想就是和谐宽松、团结共进，体现出海纳百川的包容性与建设和谐社会的时代精神。在《开创社会主义时代诗词新纪元》、《我很赞赏〈生命进行曲〉》、《论格律诗词的声韵改革》、《健全领导，增强团结》、《重振诗国，奋力前行》、《任重道远，团结奋斗》、《继往开来，同心奋进，重振诗风》、《为构建和谐社会作贡献》、《臧克家是一面旗帜》等篇章中，孙老就诗词与新诗、旧韵与新韵、诗词与社会、诗人与诗人间的和谐相处、共存共荣问题，都分析阐述得非常精辟深刻。孙老指出，“为了繁荣诗词创作，当代诗词更应当有一种宽松和谐的环境。我们要遵循民族的科学的大众的文化纲领和双百方针。各诗体要共存共荣。”“我们热爱传统诗词，为振兴传统诗词而奋斗，但决无门户之见。新体诗是传统诗词的兄弟姐妹，自应互相尊重、并肩前进。”“不可否认，新诗萌生的时候，一些新诗人曾经猛烈抨击旧体诗，要把它赶下历史舞台。那么今天，我们是否就要以牙还牙，也把新诗奚落一番，甚至把它轰出艺术王国？我们认为，新诗的出现，是适应了时代的要求。”“新诗和格律诗决不是你死我活、誓不两立的关系，而是互相补充、互相学习、互相竞赛、同荣并茂的关系。”在声韵改革问题上，孙老强调“大力提倡今韵，推广今韵，但不废除古韵，允许用古韵进行创作”，“报刊宣传中对今韵作品和古韵作品一视同仁，发表机会均等，校改声韵要尊重作者所依韵谱”。在诗词与社会的和谐上，孙老明确指出“最近，党中央提出构建社会主义和谐社会的伟大任务，这加重了我们中华诗词工作者的责任，也为诗词事业的振兴提供了新的机遇。和谐社会的基础是物质文明、政治文明和精神文明，中华诗词则是促进这三种文明，尤其是精神文明的重要条件。”“新的实践将会证明，在构建和谐社会这一伟大任务面前，中华诗词不仅责无旁贷，而且能大有作为。”在诗词组织内部和诗人与诗人的和谐团结上，孙老更是讲得语重心长：“人，大都各有长处，但又并不十全十美。而我们的事业又需要若干各有所长而又并不十全十美的人们去完成，这就需要人们相互之间取长补短，优势互补。一个组织，一个团体，一个领导集体，相互之间的关系都须如此。否则，相互瞧不起，离心离德，各行其是，任何事业都无法完成。”

四、辩证思维的科学性

张锲名誉会长在《不待扬鞭自奋蹄》的序言中，称赞孙轶青同志“成为中华诗词学会这个重要的全国性诗词组织的开拓者和掌门人”。孙老在引领诗词大军“开创诗词新纪元”的时代进军中，之所以在认识和行动上十分清醒坚定，源于他方法论上的科学辩证。在这部36万多言的文集中，处处闪耀着马克思主义认识论和辩证法的思想光芒。早在看待五四新文化运动对中华诗词的冲击中，孙老就清醒地指出：“五四新文化运动对传统诗词的冲击，也首先应该肯定是有道理有必要的，在颇大程度上可以说，它是在向传统诗词提出了严肃的改革任务”。“我们是马克思主义者，我们要用马克思主义实事求是的观点看待这个问题。我们应该清醒地看到，传统诗词在五四当时被指出的弊病，在今天还依然存在，继续阻碍着传统诗词自身的振兴和发展。”孙老指出，从过去的实践经验中，“我们深深感到中华诗词要达到新的繁荣，首先要求我们在它的发展方向上达成共识，共同用辩证唯物主义观点解决一系列的关系问题”，并就“正确处理好继承和改革的辩证关系”、“正确处理思想性与艺术性、主旋律与多样化、美与刺的辩证关系”、“正确处理普及与提高的辩证关系”、“正确处理尊重诗词特点及其合理的格律方面的要求与允许和鼓励有所突破、创造新体的辩证关系”等，进行了精辟的分析论证。尤其值得重视的是，孙老在论述这些辩证关系中，并不是半斤八两，平分秋色，而是按照唯物辩证法既讲“两点论”，又讲“重点论”的本质要求，有着明显的主流意志和主导方向，充分显示出中华诗词大军领军人物的思想风范。例如，在传统诗词的继承上，孙老态度鲜明：“创新，是否意味着必须彻底打破传统的格律规范？我们觉得，不能把问题简单化。诗词格律是通过长期创作实践形成的，它需要发展，但具有一定的稳定性，不得随意加以破坏。”“格律诗词，主要是指篇有定句，句有定字，字有定声，讲究平仄、对仗、粘对等。”“譬如写律诗，对、粘、平仄、押韵，都是要讲究的，否则就不叫律诗。”“古典诗词与新诗的区别就在于前者有严格的格律规范。取消格律，就取消了旧体诗。”在古韵与今韵的辩证关系中，孙老坚持的是“倡今知古”的方针，毫不含糊地指出“在采用当代声韵问题上，我倾向于一步到位。”在普及与提高的关系上，孙老提出要“大力普及诗词事业”，“凡有人群的地方，都应当有当代诗人活动的足迹，都应有中华诗词的吟唱和影响。”同时又着重强调“艺术质量是中华诗词的生命”，要突出抓提高，“实施精品战略”，“精品力作的主要标准，是时代精神、先进思想、真挚情感与艺术感染力的高度统一”。他明确指出：“在党的正确路线指引下，经过共同努力，中华诗词事业已开始走出低谷，趋向繁荣。但未来的任务十分艰巨，即所谓任重道远。我们需要在更高水平上全面推进诗词事业。关键是，要在普遍繁荣的基础上，实行精品战略，不断拿出精品力作。唐宋诗词高峰是以堪称千古绝唱的精品力作为标志的。”“我所信奉的格言是：谁要想让人看得见，首先得自己站起来。”这催人奋进的话语，正是开创诗词新纪元伟大进军的催征鼓和进军号。

由于时间和水平所限，以上仅是初步通读孙轶青会长《开创诗词新纪元》的粗浅体会，今后还要结合诗词创作和工作实践，逐篇逐章认真研读，从中获益。这篇小文，权且作为学习作业，以求赐教。

（二〇〇六年十二月九日）

强化危机意识，把握时代脉搏，扎实推进中华诗词的发展与繁荣

——学习马凯同志重要讲话的初步体会

今天，中华诗词学会召开会长办公会议，专题学习讨论马凯同志关于发展和繁荣中华诗词的重要讲话。我认为，非常及时，非常必要。这对于中华诗词学会自身建设和中华诗词事业的发展繁荣有着根本性、基础性、长远性的指导意义。

2008 年 12 月 20 日，马凯同志出席“中华诗词终身成就奖”颁奖暨五位诗家作品集首发仪式并发表了重要讲话。在三天后召开的《缀英集》编辑出版暨中华诗词创作座谈会上，马凯同志同样发表了重要讲话，就大家共同关心的重大问题作了反复强调。由于工作关系，这两次重要讲话我都有幸在现场聆听，受益匪浅。后来我又结合学习 2007 年 5 月 13 日马凯同志《致郑伯农同志的信》，把这几次重要讲话联系起来，做了认真研读，对马凯同志关于发展和繁荣中华诗词的重要思想、论述有了初步系统的理解。作为引玉之砖，现在谈出来请各位方家、老师批评赐教。

马凯同志首先中肯指出：“我觉得，在看到中华诗词正在兴盛的时候，也要有危机感。应当考察和分析一下新诗可能正在走下坡路的社会现象（我绝不是说现在的新诗没有好诗，不少诗也很深刻感人，但不少新诗，确实看不懂了，也不知道是诗，还是分拆开的散文），反省如何才能使中华诗词永葆旺盛的生命力。”

综合系统地学习、理解马凯同志关于中华诗词发展和繁荣的重要讲话精神，我认为，他所提出的两个“千万不能”和处理好“五个关系”，高屋建瓴，旗帜鲜明，抓住了当代中华诗词发展繁荣的一些根本性、基础性、普遍性、原则性问题，进行了深入浅出、精辟透彻的分析阐述，讲的既深刻精辟，又简明易记，体现了科学发展观在当代中华诗词领域的践行和应用，有利于中华诗词适应时代，深入生活，走向大众，推动中华诗词的发展与繁荣。

马凯同志所讲的两个“千万不能”，一是“千万不能丢掉传统”，二是“千万不能没有创新”。这两个“千万不能”，虽然属于继承和创新的关系问题，但就其所涉及问题的根本性和重要性而言，它在当代中华诗词生存、发展和繁荣中，应居于管总的、统领的位置。马凯同志指出：“千万不能丢掉传统，也千万不能没有创新。丢掉传统，中华诗词就会失去根基，就不成其为中华诗词，而自我异化为其他文学形式，比如可能成为散文诗、顺口溜等等，结果是名存实亡。没有创新呢，中华诗词就会丧失活力，如果内容和形式脱离时代、脱离生活、脱离大众，也会被边缘化，走向没落，因为时代在前进着，大家的语言在前进着，我们没有创新精神诗词就可能走向没落。”

马凯同志在重要讲话中明确提出：“发展和繁荣中华诗词要处理好五个关系。即：继承与创新的关系，普及和提高的关系，新体诗和旧体诗的关系，诗人和大众的关系，做人和作诗的关系”。然后，马凯同志就如何处理好五个关系，作了深入、具体的阐述：“处理好继承与创新的关系，一个重要方面就是正确处理诗词格律问题。既然要作格律诗，就要基本符合格律，不讲格律，就不是格律诗，但在这个前提下也要与时俱进。比如在音韵上，有主张严守平水韵的，也有主张用新声韵的。我赞成中华诗词学会主张的‘知古倡今’。平水韵至今已有七八百年了，七八百年来语音已发生了很大变化，普通话已成为主流。如果一味固守平水韵，有些诗词用平水韵读朗朗上口，但用普通话读会很拗口，中华诗词就会失去众多读者。随着语音变化，倡导新声韵有其必然性。但又必须知古，如果不懂平水韵，就不能很好地欣赏中华古典诗词之美。唐诗宋词许多入声字用得非常好，用现在语音就读不出韵味来。在平仄格式上，我主张‘求正容变’。所谓‘求正’，就是尽可能严格地按照包括平仄、对仗等格律规则创作诗词。因为这些是前人经过千锤百炼，充分发挥了汉字的特有功能而提炼出来的，是一个黄金格律，不能把美的东西丢掉。但也应‘容变’。即在基本守律的前提下，允许有变格。实际上，很多诗词大家包括李白、杜甫的诗词名篇，变格也不是个别的。一位老先生说，有些诗，情真味浓，虽偶有失律，亦能感动读者，不失为好诗；反之，虽完全合律，亦属下品。我赞成这种说法。总之，我认为在音韵上要‘知古倡今’，在格律上要‘求正容变’”。马凯同志还特别强调：“当然所谓创新，不仅指在音韵、格式等形式上要与时俱进，更重要的是指在内容上要与时俱进：中华诗词必须也能够反映时代的精神面貌，反映当代人的情感和生活”。

在处理好其他四个关系方面，马凯同志进一步指出：“第二是要处理好普及和提高的关系，在普及的基础上提高，在提高的指导下普及，这两者相辅相成。现在中华诗词的数量相当大，所以咱们诗词学会提倡诗词创作的精品战略，孙老很有远见。中华诗词的繁荣一方面看数量，更重要的是看质量。确实，写作如果都是千人一面、千篇一律、千事一腔的话，人民也不会喜欢，生命力也不会长久。第三我觉得要处理好旧体诗和新体诗的关系，还是要相互学习、相互促进。要让古典诗词、新诗、民歌互相取长补短，同时还要把中华诗词和书法、绘画、吟唱等结合起来，本来诗书画是不分家的，要努力探索。第四要处理好诗人和大众的关系。诗要繁荣发展，诗人离不开实践，真正的好诗也不会远离时代、远离生活、远离群众，诗人应该走出诗界的小圈子，反映时代、贴近生活、服务大众，这应是中华诗词的生命力所在。最后我想还要提到一点，就是处理好做人和作诗的关系。沈老先生讲过一句话是：'诗人，首先应当是一个真正的人'。我是非常赞成这句话的。”

总之，马凯同志的重要讲话，言简意赅，内涵丰富，具有很强的针对性和指导性，我们要在中华诗词创作和诗词活动实践中很好地学习贯彻，借着马凯同志讲话的东风，深入贯彻落实党的十七大精神，努力促进中华诗词和中华文化的大发展、大繁荣。

（二〇〇九年二月十日）

试论孙轶青当代中华诗词发展的理论建构

根据中华诗词学会会长办公会议研究确定的《全国第二十三届（西安）中华诗词研讨会论文征集通知》中的“参考议题”，根据中华诗词学会学术部的统一安排，本文试就“孙轶青当代中华诗词发展的理论建构”这一重大问题，谈点初步的认识与理解。万万没有想到，就在本文成篇定稿之际，我们德高望重的孙轶青会长，因积劳成疾，医治无效，于2009年3月17日8时28分驾鹤仙逝。在万分悲痛的历史时刻，这篇正常的学术论文，竟然承载了继承孙老遗志，传承孙老思想的厚重责任。当然，我这篇小文也只能是引玉之砖，系统整理、总结孙老关于当代中华诗词发展的理论思想，并使之传承光大，还任重道远。

我的发言共分六个问题：一、孙轶青是当代中华诗词事业的领军人；二、孙轶青当代中华诗词发展理论的指导思想；三、孙轶青当代中华诗词发展理论的实践依据；四、孙轶青当代中华诗词发展理论的学术渊源；五、孙轶青当代中华诗词发展理论的思想要义；六、孙轶青当代中华诗词发展理论的文化品格。

一、孙轶青是当代中华诗词事业的领军人

中华诗词学会在“中华诗词终身成就奖”《颁奖词》中指出：“中华诗词学会会长孙轶青，1922年生，山东乐陵人，是我国思想文化战线一名德高望重的老战士，是著名书法家、编辑家、诗词家，是中华诗词学会的重要发起人和创建者之一，是当代中华诗词事业的领军人。”

《颁奖词》还说："二十世纪八十年代中叶，他参与筹建中华诗词学会，九十年代以来，出任副会长、会长至今。二十年来，殚精竭虑，为中华诗词的复兴与发展奔走呼号，忘我工作，直至积劳成疾。他提出了中华诗词要'适应时代，深入生活，走向大众'的方针，亲自主持制定了《二十一世纪初期中华诗词发展纲要》，创作出版了高品位、高质量的《开创诗词新纪元》文集和《孙轶青诗词集》，为推动中华诗词事业的繁荣发展，发挥了无可替代的重要作用。他视个人名利淡如水，看诗词事业重如山。为表彰孙轶青对中华诗词事业的巨大贡献，经中华诗词学会二届五次常务理事会研究决定，授予'中华诗词终身成就奖'。"

这段颁奖词，对孙轶青在当代中华诗词事业中的重要地位和作用，作出了精辟概括和恰切说明。中华诗词学会会长办公会议研究确定，把"孙轶青当代中华诗词发展的理论建构"作为一个重要学术问题和诗词理论建设的重要课题提出来，可以说是见地特有、匠心独运，是非常适时的、必要的。现在，孙老留下了这笔宝贵的精神财富离我们而远行，会长办公会议的这一决定，更显现出其重要的历史意义和思想价值。

特别令中华诗词学会和海内外诗友感到莫大欣慰和受到极大鼓舞的是，早年投身革命事业、晚年献身诗词事业的孙轶青同志，享受到了无上的哀荣。据新华社权威报道："孙轶青病重期间及去世后，胡锦涛、贾庆林、习近平、李源潮、李瑞环、曾庆红、马凯、钱运录、郑万通和迟浩田、布赫、杨汝岱、孙孚凌、胡启立等以不同方式表示慰问与哀悼。"这更加坚定了我们继承孙老遗志，开创中华诗词新纪元的信心与决心。

二、孙轶青当代中华诗词发展理论的指导思想

孙轶青当代中华诗词发展的理论建构，集中体现在他的重要文集《开创诗词新纪元》中。纵观他的学术主张和理论观点，虽然在不同场合、对不同对象有着不同的表述。但自始至终贯穿着一个坚实明确、不可动摇的指导思想，这就是毛泽东文艺思想、邓小平文艺理论、“三个代表”重要思想和科学发展观，换言之，就是毛泽东思想和中国特色社会主义理论体系。

孙轶青是1938年参加革命的老同志，在毛泽东思想的哺育下，一步步成长为我国宣传文化战线上的领导骨干。他对毛泽东文艺思想有着深厚的感情和深刻的理解，对毛泽东诗词更是推崇备至。他在《走毛泽东诗词创作之路》一文中，首先充分肯定地转引臧克家的话说：“毛主席是伟大的革命家、政治家、军事家，他也是一位杰出的诗人。他的作品，给传统诗词开辟了一个崭新的境界，从中看出他坚强的革命意志，博大渊深的胸怀，厚实的文学修养，高强的表现艺术。我们应该认真地学习他诗词中的那种民族气魄、民族风格与创新精神。”孙轶青还指出：“毛泽东诗词及其诗论还有多方面的优点和特色。他文化底蕴深厚，才智超人，深谙马克思主义的唯物辩证法，从而成功地解决了当代诗词创作中继承与创新、形式与内容、思想性与艺术性、普及与提高，以及如何发展、变革等一系列问题。我们应该认真研究毛泽东诗词及其诗论，沿着毛泽东开创的诗词创作道路，奋勇前进。”

孙轶青对中国改革开放的总设计师邓小平同志衷心爱戴，对邓小平理论由衷拥护。在《旧体诗不宜在青年中提倡

吗？》一文中，孙铁青直抒胸臆：“感谢党的十一届三中全会，提倡解放思想，实事求是，才使得传统诗词得以重新振兴。”在《缅怀老会长钱昌照》一文中，孙铁青强调：“中华诗词学会继承钱老的遗志，在党中央正确路线的指引下，认真学习邓小平理论，贯彻执行文艺‘二为’方向、‘双百’方针，为振兴诗词事业做了大量工作，取得了可喜成绩。”在《继往开来，同心奋进，重振诗风》中，他大声疾呼：“我们的共同使命是建设社会主义精神文明，为人民服务，为社会主义服务，任何文艺工作，都不能脱离这个大框架。”

孙铁青还把发展繁荣当代诗词，作为建设社会主义先进文化的重要组成部分，提到践行“三个代表”重要思想的认识高度，不断增强行动上的自觉性。他明确表示：“诗词是我们祖国优秀文化艺术，它一向居于先进文化的行列。”（《旧体诗不宜在青年中提倡吗？》）他多次引用江泽民同志的重要讲话，指导诗词事业发展。在《振兴传统诗词，促进精神文明》一文中，他说：“江泽民同志在《全国宣传思想工作会议上的讲话》中指出：‘对民族文化精粹，优秀高雅艺术，有较高价值的学术著作，要给予扶植和保护’。我相信，根据这个精神，只要我们创造出有利于传统诗词发展的条件，那么，空前繁荣的诗词创作时代必将来临。”

党的十六大以后，孙铁青坚决拥护以胡锦涛同志为总书记的党中央，自觉把科学发展观贯彻落实到当代中华诗词创作和各项诗学活动中。孙铁青在《深化改革，与时俱进》一文中指出：“党的十六大进一步照亮了中华诗词振兴的道路。‘三个代表’重要思想和与时俱进的创新理论，给了我们以极大的鼓舞和深刻的启示。”在《为构建和谐社会作贡献》

一文中，孙轶青强调："最近，党中央提出构建社会主义和谐社会的伟大任务，这加重了我们中华诗词工作者的责任，也为诗词事业的振兴提供了新的机遇。……新的实践将会证明，在构建和谐社会这一伟大任务面前，中华诗词不仅责无旁贷，而且能够大有作为。"

无须过多地引证了，通读《开创诗词新纪元》一书，我们可以清楚地看到，孙轶青当代中华诗词发展的理论建构，体现了党的文艺方针和党的指导思想理论基础的一脉相承。

三、孙轶青当代中华诗词发展理论的实践依据

孙轶青当代中华诗词发展理论的实践依据，是中国改革开放的伟大时代，是人民群众与时俱进的现实生活。

在《诗词必须跟时代同步前进》一文中，孙轶青讲道："从某种意义上说，诗词是一种载体，绝不是超越时空的抽象艺术。它必须反映时代的思想，体现时代的感情，采用时代的语言，符合时代的韵律"，"传统诗词应当能够而且必须跟时代同步前进"。在《传统诗词与时代精神》一文中，他进一步强调："诗词与其他文艺形式一样，它是属于上层建筑范畴的，属于意识形态领域的。社会主义时代的上层建筑、意识形态，必须为社会主义的经济基础服务。"

在《适应时代，深入生活，走向大众》一文中，孙轶青说："我们所处的时代是伟大的社会主义时代"，"改革开放更为社会主义注入了新的活力"。"社会存在决定人们的社会意识。新旧时代的区别，决定了人们的社会地位、劳动态度、相互关系，以及世界观、价值观、道德观等，必然产生着和存在着诸多差异。时代变了，人们的思想也得变。我们必须认清和重视社会主义时代的特点，养成鲜明的时代意识，把适应时代特色，发扬时代精神，作为我们振兴传统诗词的重要依据。”

在《走向大众与改革创新》一文中，孙轶青指出，“……大众、生活，是当代诗词改革、发展的源泉，当代诗词一旦脱离人民大众，脱离沸腾的生活，诗词创作便会陷入无本之木无源之水的困难境地。”他接着说：“更重要的是，社会主义为诗词创作题材开阔了无限宽阔的新天地。”“社会主义事业，三百六十行，行行都可以入诗，行行都有可歌可泣可美可刺的人和事。以经济建设为中心，如此广阔的创作领域，如此丰富的创作题材，如此沸腾的生活源泉，是当代诗词家的巨大幸运。我们要发扬爱国主义、社会主义的时代精神，深入当代社会各个领域，用诗词创作为武器，去满腔热情地歌颂劳动，歌颂劳动人民，歌颂经济建设，歌颂日新月异的建设成就，使当代诗词成为促进社会主义精神文明的重要力量。”

四、孙轶青当代中华诗词发展理论的学术渊源

孙轶青当代中华诗词发展理论的学术渊源，是自《诗经》以来中国几千年的文学传承和自唐宋以来中华诗词的优秀传统。

在《振兴传统诗词，促进精神文明》一文中，孙轶青指出：“我国是世界四大文明古国之一。从第一部诗歌总集《诗经》起，经屈原、陶渊明、李白、杜甫、苏轼、陆游、辛弃疾……直到清末，历代诗人承前启后，为时三千余年，创造出举世公认、无与伦比的灿烂的诗词艺术。” “传统诗词从以四言为主的《诗经》起，经骚体的《楚辞》发展到五言、七言。到了唐代，形成格律严谨的近体诗；至宋，又发展到词；到

元，又出现了散曲。以诗、词、曲为主要体裁的传统诗词，是世界上独一无二的语言艺术奇迹。没有哪一种语言具有汉语这种独特的音乐美。所以，中国被公认为诗的国度。这一宝贵的文化遗产，需要继承并大力发扬。”

在《充分发挥传统诗词的社会功能》一文中，孙轶青讲道：“三千多年来，传统诗词生动形象地展现了中华民族不同时代不同地域的政治沿革、历史事件、社会生活、传统美德、山川风光和各种成就，成为中华文化的重要基石和母体。我国六经以《诗》为首，……一部中国诗史，实际就是中华民族的发展史、心灵史和文化史。不研究中国诗史，就难以真正了解中国和中华文明。”

他广学博闻，在他的论文和讲话中，对古往今来的诗论和艺术思想之精华旁征博引，形成了自己关于当代中华诗词创作的学术思想。他在《我们的建议和希望》一文中说：“要引导广大诗词爱好者首先看重传统的继承，要在熟悉传统的基础上推陈出新。正如元代书法家赵子昂所说，要‘善入善出，入以继承传统，出以自成面目。’”“格律诗词主要指篇有定句，句有定字，字有定声，讲究平仄、对仗、粘对等。这是我们的先人根据中国语言的特点和规律，在长期诗歌艺术实践中的伟大创造。”（《论格律诗词的声韵改革》）“像这样的优良传统和成功经验，我们都必须认真地加以继承，绝不能采取民族虚无主义的态度轻易否定或抹杀。”（《重振诗国，奋力前行》）

即使在论述继承和创新的关系时，他也能从古人的诗论、文论中找到依据。在《重振诗国，奋力前行》中，他引用道：“梁萧子显在《南齐书·文学传论》中说‘若无新变，不能代雄’。清人赵翼说：‘诗文随世运，无日不趋新’（《论诗》），‘不创前未有，焉传后无穷’（《读杜诗》）。‘文必两汉，诗必盛唐’显然不符合诗文发展的规律……。”“白居易说过：‘文章合为时而著，歌诗合为事而作’。这是千古不移的至理名言。”（《适应时代，深入生活，走向大众》）

正是这种对祖国宝贵文化遗产继承传袭的自觉性，增强了他弘扬中华优秀文化传统的坚定性。他在《自序》中开宗明义地把“如何清除五四新文化运动中打倒诗词的消极影响，让诗词走出低谷，走向繁荣”，作为摆在第一位的难题，想方设法予以克服。他在《旧体诗词不宜在青年中提倡吗？》等文章中，以很大的政治勇气和理论勇气，直面毛泽东同志关于“旧体诗可以写一些，但不宜在青年中提倡”的论述，提出了自己与时俱进的认识和理解，完整准确地领悟了毛泽东同志对待传统诗词客观辩证的态度。进而引出毛泽东同志振聋发聩的论断：“旧体诗词要发展，要改革，一万年也打不倒！因为这种东西最能反映中华民族和中国人民的特性和风尚，可以兴观群怨嘛！”（《重振诗国，奋力前行》）从而彻底打碎了多年来人们谈古诗词色变的“左”的“紧箍咒”，为中华诗词的复苏与振兴，扫清了思想障碍。

五、孙轶青当代中华诗词发展理论的思想要义

孙轶青当代中华诗词发展理论的思想要义，是与时俱进，改革创新。

打开孙轶青文集《开创诗词新纪元》，一股时代气息和改革新风扑面而来。收入这部文集的，是他从 1991 年 5 月至 2005 年 11 月关于中华诗词继承发展和改革创新的言论、讲话等，尽管这个时期他已是七八十岁高龄，但他的思想却远离暮气，充满朝气；远离僵化，充满活力。他始终站在时代思维的前沿，以与时俱进的昂扬锐气，引领中华诗词先进文化的前进方向。他提出了“开创社会主义时代诗词新纪元”的口号和“适应时代，深入生活，走向大众”的方针，得到中华诗词学会领导成员和诗词界广大同仁的一致赞同。这一方针，被写进了《二十一世纪初期中华诗词发展纲要》，并作为他的巨大贡献之一，被写进了中华诗词学会授予他“终身成就奖”的《颁奖词》。

孙轶青明确指出：“社会主义时代是与旧时代有着本质区别的新的时代。新旧时代的不同决定了当代诗词必须具有不同于旧时代的新的特点。所以，中华诗词学会提出了开创社会主义时代诗词新纪元的口号和适应时代，深入生活，走向大众的方针。毫无疑问，这样的口号和方针，同我们党在社会主义初级阶段的基本路线和文化建设总方针完全一致，是正确的”。（《论走向大众》）

在《重振诗国，奋力前行》一文中，孙轶青强调：“从根本上说，诗词属于上层建筑意识形态的范畴，它必须服务于一定的经济基础；背离了一定的经济基础，便丧失了自身存在的意义和价值。即使在封建社会时期，一些有远见的诗人也提出诗词应当不断‘出新’”。

在《健全领导，增强团结》一文中，孙轶青又说：“继承和发展传统诗词，开创社会主义时代诗词新纪元，我们必须完成两个重大转变。理由是，现在我们所处的时代是社会主义时代，当代诗词必须适应社会主义建设的需要，具有我们时代的新的特点；社会主义是人民当家做主的时代，而且人民具有了受教育权力，文化程度有所提高，当代诗词必须走向人民大众，为人民大众服务，为人民大众所喜闻乐见。……转变与否，是当代诗词事业成败的关键。具体地说，如果不实行这种转变，让传统诗词永远停留在古代，即如某些人追求的所谓‘原汁原味’，那势必同社会主义时代格格不入，同人民大众格格不入，最终为我们新的时代所淘汰，为人民大众所摈弃。”

在《继往开来，同心奋进，重振诗风》一文中，孙铁青进一步指出：“对于诗词创作来讲，继承不是目的，目的在于创新，在于创作出反映新时代、反映人民新的思想感情的新诗词。”“诗词创新，首先是内容上的创新”。“要善于运用前人所积累的艺术经验和前人所创造的艺术形式，表现时代的新内容。”“是否创造出优美而新颖的诗歌意象、意境，这应成为衡量诗歌艺术、包括格律诗是否创新的一个重要标尺。”

在《深化改革，与时俱进》一文中，孙铁青还讲到，要“认清时代特点，增强诗词改革的紧迫感与自觉性。”“中华诗词必须与时俱进，方不愧居于中国先进文化的行列。”在《适应时代，深入生活，走向大众》一文中，孙铁青进一步强调，“当代诗词创新的时代精神，应当从作品的题材、思想、情感、语言、声韵等方面加以体现。”“现在有些人的诗词创作仍以艰深古奥为荣，好像一明白晓畅就有失身份似的。这其实是一种错觉和糊涂观念。须知我们今天作诗，不是为了给古人看的，而是为了给今人看的；不是为了给自己看的，而是为了给大多数人看的。人民大众是否能懂，是否喜爱，是检验我们诗词创作水平高低和社会效益好坏的重要尺度。”

在倡导声韵改革，提倡今韵的问题上，孙轶青讲得更是立场坚定，旗帜鲜明："我们知道，古人吟诗，大都用的是古时的今韵，而不是当时的古韵。诗词吟唱只有同当代语音相一致，才能充分体现诗词自身的音乐美，才能为亿万人民所喜爱。今人用今韵，应当是一条定理。"（《传统诗词与时代精神》）

六、孙轶青当代中华诗词发展理论的文化品格

孙轶青当代中华诗词发展理论的文化品格，有两大鲜明的特色：一个是它客观辩证的科学性，一个是它和谐共荣的包容性。

首先看客观辩证的科学性。孙轶青在《诗词必须跟时代同步前进》一文中指出："近百年来，传统诗词曾受到了新文化运动的冲击和考验。我认为，就其实质来说，这是时代的冲击，时代的考验。在这种冲击和考验面前，我们应当从两个方面进行反思：即一方面，要看到传统诗词是有强大生命力的，我们必须十分珍视和认真继承这份文化遗产；另一方面，我们又要看到，传统诗词尚有落后于时代的某些弱点。即遭受冲击的不可避免性。""我们反对蔑视传统诗词的民族虚无主义倾向，也反对抱残守缺的保守主义倾向。""振兴和发展诗词，既不能否定传统，也不能墨守陈规。我们一方面要努力继承传统诗词中一切积极的优秀的东西，使之发扬光大，一方面要勇于创新，对不适应时代要求的过时的东西加以改革和摒弃。"（《传统诗词与时代精神》）

在《论格律诗词的声韵改革》一文中，他讲的既态度鲜明，又客观辩证。孙轶青说："大力提倡今韵，推广今韵，但不废除古韵，允许用古韵进行创作"。"改革声韵，无论对格律诗词来说，或是对整个传统诗词来说，都是大势之所趋。”“在提倡今韵的同时，为什么还要允许古韵呢？这是因为，诗词是一种艺术，也同其他艺术形式一样，应实行创作自由的原则，尊重作者的自主权。”“唯一正确的方针是：倡今知古”。

他在许多篇什中，还就“继承与改革”、“普及与提高”、“雅与俗”、“尊重诗词特点及其合理的格律方面的要求与允许和鼓励有所突破、创造新体”等辩证关系，作了精辟透彻的分析与阐述。可以说，处处闪耀着辩证唯物主义的思想光辉。

再看和谐共荣的包容性。在《开创社会主义时代诗词新纪元》一文中，孙轶青指出：“为了繁荣诗词创作，当代诗词更应当有一个宽松和谐的环境。我们要遵循民族的科学的大众的文化纲领和双百方针。各诗体要共存共荣。诗词形式与内容，在有利于社会主义的前提下，实行自由创作原则，提倡主旋律与多样化并举。”“我们热爱传统诗词，为振兴传统诗词而奋斗，但决无门户之见。新体诗是传统诗词的兄弟姐妹，自应相互尊重、并肩前进。”（《我很赞赏生命进行曲》）

在《深化改革，与时俱进》一文中，孙轶青还指出，“关于诗体，我们应坚持多种诗体并存。即无论古体、今体，无论律绝词曲，无论三言四言五言六言七言杂言，只要是诗，有读者喜爱，就都应加以欢迎，给以发表，真正做到百花齐放。”“一些诗人、词家在创造新诗体方面进行了大胆的尝试和探索，并取得了可喜的成绩，应当给予肯定和鼓励。”

总之，孙轶青当代中华诗词发展的理论建构，是在当代中国改革开放的时代背景下，中华诗词从复苏到振兴二十多年来实践经验的总结与理论概括，是中华诗词学会历届领导和广大诗词界同仁集体智慧的结晶。中华诗词事业蓬勃发展的实践成效，进一步验证了这一理论建构的科学性与正确性。

我们完全有理由相信，孙轶青会长所献身的中华诗词事业，必将伴着中华民族伟大复兴的历史脚步，更加繁荣发展，蓬勃向前！

（二〇〇九年三月十八日）

黄钟大吕唱心声

——在马凯同志诗文集《心声集》座谈会上的发言

在庆祝中华人民共和国成立六十周年之际，线装书局出版发行国务委员兼国务院秘书长马凯同志的诗文集《心声集》，是献给新中国六十华诞的一份文化贺礼。这对于促进中华诗词适应时代、深入生活、走向大众，对于促进我国传统文化的弘扬和中华文化的大发展、大繁荣，都具有重要的意义。首先，对于马凯同志在高度繁忙的政务之余，还能取得如此丰厚的文化硕果，表示热烈的祝贺和由衷的钦敬，对于线装书局领导的慧眼、决心和组织这一座谈会，表示赞赏和感谢。

《心声集》是一部以诗为主、兼有文论的诗文集，全书共分为“沧桑篇”、“感悟篇”、“寄情篇”、“览胜篇”和“文论篇”五大部分，或者说“五卷”。共选入马凯同志利用业余时间创作的诗词作品158首和12篇文论。选入《心声集》的作品，站在社会前进、时代发展的历史潮头，引领当代诗词创作的时代主流，是新时代的黄钟大吕。同时，内容包含了天地人间、纪事感悟、咏物抒情，可谓万象纷呈。马凯同志的诗词作品，立意高远，大气磅礴，情感真挚，是思想性与艺术性完美结合的精品力作。

马凯同志在“文论”的有关篇目中，深刻阐述了中华诗词发展繁荣的一些重要问题，特别是概括提炼出“两个千万不能”和处理好“五个关系”，可谓高屋建瓴，旗帜鲜明，抓住了当代中华诗词发展繁荣的一些根本性、基础性、普遍性、原则性问题，进行深入浅出、精辟透彻的分析阐述，讲得既深刻精道，又简明易记。马凯同志所讲的“两个千万不能”，一是“千万不能丢掉传统”，“二是千万不能没有创新”。要处理好的五个关系，即“继承和发展的关系，普及与提高的关系，新体诗与旧体诗的关系，诗人和大众的关系，做人与作诗的关系”。在音韵运用上，马凯同志指出，赞成中华诗词学会主张的“知古倡今”；在平仄格式上，马凯同志则鲜明提出“求正容变”。由此可见，马凯同志的诗学主张是毛泽东文艺思想、邓小平理论、“三个代表”重要思想和科学发展观在当代中华诗词领域的践行和应用。他的诗词作品，正是他诗学主张的生动体现和以身示范。

2004 年 5 月 8 日，中共中央总书记、国家主席胡锦涛在视察扬州瘦西湖时，很有感触地说：现在扬州自然生态环境和城市面貌都有了很大的变化，但是描写、反映生态变化的当代名篇佳作还不多，人们熟悉、传诵的还都是一些唐宋诗句。因此，必须加大文化建设的力度，更好地反映当今生活的新变化、新发展。为此，我们的文化建设要跟上去，创作出更多、更好的“当代诗句”来。马凯同志《心声集》中的作品，正是紧扣时代脉搏，深入火热生活，反映当今生活新变化、新发展的优秀“当代诗句”。马凯同志正是在创作出更多、更好的“当代诗句”上，身体力行，率先垂范，为我们作出了榜样。

关于《心声集》每篇精品力作的分类鉴赏，今天到会的各位名师大家，都从不同角度作了精辟解读赏析，使我很受启发，深受教益。由于时间关系，在今天这个场合，作为诗坛后学，我不宜过多“续貂”。但深入学习，全面欣赏，认真借鉴《心声集》的诗词艺术成就，将是我长期的学习任务。

为了表达对《心声集》出版的祝贺之情，为了表达对马凯同志的崇高敬意，我在认真学习《心声集》诗稿的基础上，草成小诗一首，献给马凯同志，也作为我发言的结语。不当之处，请各位方家、老师批评赐教。

黄钟大吕唱心声，天地人寰万象呈。
世事洞明传至理，沧桑感悟寓真诚。
寄情能使柔肠断，揽胜偏将险路平。
文论山高怀若谷，雄风浩气驾云轻。

（二〇〇九年八月二十日）

依托一定活动载体，推进诗词走进校园

——在贵州省第二次诗教工作经验交流会暨贵州省大中学生第二届中华诗词大赛颁奖大会上的致辞

在硕果累累的金秋时节，贵州省第二次诗教工作经验交流会暨贵州省大中学生第二届中华诗词大赛颁奖大会今天隆重开幕了。这是贯彻落实党的十七大精神，建设和谐文化，推进中华诗词大步走进大中学校的重要举措，对于高举中国特色社会主义伟大旗帜，全面提升高校的诗教活动和素质教育，对于社会主义文化的大发展、大繁荣，必将起到积极的促进作用。

中国是一个诗的国度。中华诗教源远流长。在现存最早的上古典章文献汇编《尚书·尧典》中，就有“诗言志，歌咏言”的精彩记述。这里的“志”主要是指志向、怀抱，意为诗歌是用来表达襟怀抱负的。表现出中国古代文论家对诗词特征及其教化功能的认识。到春秋时期，儒家创始人孔子则明确提出了“诗教”这一科学概念。语见《礼记·经解》：“孔子曰：‘入其国，其教可知也。其为人也温柔敦厚，诗教也’”。孔子还说：“不学诗，无以言。”在《礼记·孔子闲居》中，又明确指出：“志之所至，诗亦至焉；诗之所至，礼亦至焉；礼之所至，乐亦至焉”。显而易见，诗表现了志，而且伴有礼、乐。“兴于诗，立于礼，成于乐”。因此，《诗》在儒家经典中一直被尊为六经之首。孔子还对诗的美感作用、认识作用和教育作用作出了“兴、观、群、怨”的精辟论述。语见《论语·阳货》：“小子何莫学夫诗！诗可以兴，可以观，

可以群，可以怨。迩之事父，远之事君，多识于鸟兽草木之名”。历代注家解释：兴即“感发志意”打动读者的心灵，指调动和陶冶人的思想感情的作用；观即“观风俗之盛衰”和“考见得失”，指从诗中可以了解社会的认识作用；群即“群居相切磋”，“和而不流”，指引起共鸣，交流感情，加强团结的作用；怨即“怨刺上政”，指批判与讽刺不良政治的作用。随着中国诗学的发展和诗歌创作的繁荣，《诗经》、《楚辞》、唐诗、宋词、元曲等光彩夺目的诗歌作品，以其博大精美、无与伦比的艺术成就，入主中国文学艺术的神圣殿堂，成为中华民族文学艺术皇冠上的璀璨明珠。在相当长的一个历史时期，中华诗词作为中国文学艺术的主流形式，对国人性情的陶冶和素质的培养，发挥着其他艺术形式无可替代的重要作用。尽管近现代以来，中华诗词的发展一度遭遇挫折与坎坷，但这条“一万年也打不倒的神蛇”，如“野火烧不尽，春风吹又生”。

1993年，在全国政协八届二次会议上，孙轶青等六位政协委员的联合发言，被认为是倡导当代诗教的先声。1996年，中华诗词学会经过实地考察，命名福建省安南县贵峰村为“贵峰诗村”，成为各地创建“诗词之乡”活动的肇端。1999年9月，在武汉召开的中华诗词第十二次研讨会上，教育部高等学校文化素质教育指导委员会主任杨叔子院士作了《让中华诗词大步走进大学校园》的主题报告。教育部周远清副部长到会讲话，给予了热情的支持。自此，创建“诗词之乡”和“诗教先进单位”纳入了中华诗词学会的重要工作日程，并逐步走向经常化、规范化。截至今年9月2日的中华诗词学会会长办公会议，全国共批准授予地级“诗词之市”7个，县级（市、区）“诗词之乡”43个，乡镇级“诗词之乡”3个，“诗村”1个。授予“诗教先进单位”的团体和学校共44个。他们分布在全国各地，成为繁荣中华诗词事业的旗子和种子，影响和带动着中华诗教及诗词事业的大普及、大提高、大繁荣。

诗教的主要对象是青少年。而大学诗教对中小学诗教又有着直接的示范和带动作用。全国诗教委员会主任杨叔子院士在《让中华诗词大步走进大学校园》一文中开宗明义地指出：“让中华诗词大步走进大学校园，让中华诗词陶冶大学生的情感，让中华诗词活跃大学生的思维，让中华诗词融入大学生心灵，让中华诗词在大学校园铸造辉煌！这是时代与形势的需要，这是国家与民族的需要！”杨叔子院士以科学家的睿智、远见和气魄，就新的历史条件下大力推进中华诗教和大学生的人文素质教育，发出了振聋发聩的时代呐喊！

我是一名职业军人，深深懂得这样一个道理：一个国家国土的沦丧，并不意味着这个国家的灭亡，因为通过战争或其他手段，还可以收复失地，光复家园；然而，一个民族文化的泯灭，则昭示着这个民族的彻底消亡。有着五千年文明的中华民族优秀传统精神，无不渗透着方块汉字及其最高成就中华古典诗词的文化基因。中华诗词已成为中华民族精神的一个重要表征。在当今知识爆炸、文化多元的世界各地，凡有华人的地方，必有中华诗词。由此可见，让中华诗词走进青少年和娃娃们的心灵深处，对于强固中华民族优秀传统文化基因和元典精神，对于中华民族优秀传统文化的传承、培养与弘扬，有着重要的现实意义和深远的历史意义！

关于当代诗教的理论研究和实践探索，中华诗词学会和诗界同仁们已进行了不懈的努力。孙轶青先生作为当代中华诗词事业的领军人，也是当代诗教的拓荒者和开路人。他在《开创诗词新纪元》的许多相关篇什中，都对当代诗教的理论观点和实践要求，进行了全面阐述。杨叔子院士作为当代诗教的开创者之一和全国诗教委员会主任，则对当代诗教的理论观点，进行了深入系统的研究和论述。在最近出版的《杨叔子槛外诗文选》中，收录了七篇“谈诗教”的重要文论，对于让中华诗词大步走进大学校园、中小学校园和幼儿园，走进千家万户，以建设中华民族共有的精神家园，进行了科学论证，系统研究。这七篇宏论相互联系又逐步深入、相继拓展，形成了较为完整的当代诗教学术思想。梁东先生作为全国诗教委员会的常务副主任，为推动当代诗教的理论研究和实践探索，组织协调，奔走呼号。他的《春风化雨兴诗教》、《居高声自远，非是藉秋风》等重要文论，则是对当代诗教理论研究和实践经验的总结推介。贵州省教育系统在推进中华诗词大步进入大、中小学校园上，见识早，行动快，创造和积累了在全国有指导意义的重要经验。下一步，我们还要在全国诗教工作会议上进行专题研究，以便进一步统一诗教思想，深化诗教研究，指导诗教实践，促进诗教繁荣。

让中华诗词走进校园并不断繁荣和发展，除了必要的课堂教育和课外诵读之外，还需要一定的活动载体。贵州省连续两届在大中学生中开展中华诗词大赛，就是一个很成功的尝试。他们领导重视，精心组织，多方协作，大造声势，加强督导，严格把关，把活动搞得内容丰富，形式多样，参赛面广，成绩显著，推动了诗教工作上台阶，促进了人文素质教育上水平。我认为，你们搞得很好，很成功！除了向你们学习和向你们表示钦敬之外，还建议你们把这次大赛的经验认真总结一下，把经验材料上报中华诗词学会。我们将报请郑会长同意后在中华诗词学会网和中华诗词学会通讯上予以转发，并倡导全国大中学校向你们学习，以促进中华诗教的再深入、再提高，促进中华诗词事业的大发展、大繁荣！

（二〇〇九年九月十四日）

弘扬南社诗歌振民魂的精神，创作出更多更好的“当代诗句”

——在纪念南社成立一百周年座谈会上的讲话

2009年11月13日，是南社成立一百周年纪念日。中央文史研究馆和中华诗词学会联合举行座谈会，纪念南社成立一百周年，以弘扬南社诗歌振民魂的精神，发展与繁荣当代诗词。我认为非常适时，非常必要，这是一件很有意义的文化盛举。听了各位领导讲话和专家发言，很受教益，很受启发。

南社是我国二十世纪初辛亥革命前后著名的具有革命性质的进步文学团体。南社以民主革命宣传家、文学家为中坚，以推翻清朝统治为共同政治基础，以振起国魂、弘扬国粹为主导文化，是影响比较广泛、深远的全国性文化社团。尽管一百年前的社会背景使它不可避免带有历史局限性，尽管在大浪淘沙的历史条件下南社成员鱼龙混杂甚至出现分裂和解体，但是，以柳亚子为精神领袖和杰出代表的南社与1923年成立的新南社，直至1949年4月16日，南社、新南社部分成员在北京进行最后一次临时雅集，前后存在了28年，南社作为我国历史上先进文化团体的历史地位应该得到充分肯定，以诗歌振民魂的南社精神应该得到继承和弘扬。

南社主张以文艺振起国魂，唤起国民意识和民族精神，改造国民品质，振奋革命精神，把梁启超发动的诗界革命推向革命诗潮。他们用旧体诗词表现新的思想，创造新的意境，进一步形成一种既区别于古典诗歌、也区别于白话新诗“旧体新诗”。五四以来直到今天人们所写的旧体诗词应当都属于这一种诗歌类型。新时期以来，中华传统诗词从复苏走向振兴，呈现出日渐繁荣的生动局面。这从某种意义上也可以说，是对南社宗风的继承和发扬。

我们纪念南社、研究南社，就是要把南社精神作为一笔宝贵的财富加以记取和传承，结合新的历史条件，发展与繁荣当代诗词，促进社会主义文化的大发展大繁荣。这与党的十七大精神和中央领导同志的要求是完全一致的。

中共中央总书记、国家主席胡锦涛同志在视察扬州时曾经指出：现在扬州的自然生态环境和城乡面貌都有了很大的变化，但是描写、反映这些变化的当代名篇佳作还不多，人们熟悉、传颂的还都是唐宋诗句。因此，必须加大文化建设的力度，更好地反映当今生活的新变化、新发展。为此，我们的文化建设要跟上去，创作出更多、更好的“当代诗句”来。

要创作出更多更好的“当代诗句”，从根本上说，就是要坚持先进文化的前进方向，继承传统、紧跟时代、关注现实、心系百姓，作到思想性、艺术性俱佳，以弘扬民族精神、建设和谐文化。同时，我们借鉴南社经验、弘扬南社精神，对于促进“当代诗句”创作，也有不少有益的启示：

一是要有文化自觉。南社成员有一种高度的文化自觉，他们以天下为己任，有“天下兴亡，匹夫有责”的使命感，勇于担当社会历史责任。南社成立后，与同盟会的革命运动相呼应，树起了反清革命的旗帜。正如柳亚子所说：“它的宗旨是反抗满清，它的名字叫南社，就是反对北庭的标帜。”他们以诗文鼓吹新学思想，宣传爱国主义，强烈要求建立民主共和国。武昌起义爆发后，南社成员不仅发出“炸弹光中觅天国，头颅飞舞血流红”的战斗诗句，而且许多南社成员还英勇地投身于武装起义。可以说，辛亥革命前后是南社最活跃的阶段，许多南社成员不仅写作了大量诗文，进行革命的宣传鼓动，而且以实际行动投入了这场伟大的社会变革。这种文化自觉，是难能可贵的。而我们的传统诗词创作，尤其需要强化时代感。志在振起国魂、弘扬国粹的诗人词家，一定要有关注现实、紧跟时代的文化自觉。而不能一味复古泥古，装腔作愁，脱离现实，自我封闭。只有投身当今建设中国特色社会主义的伟大时代，情系百姓的火热生活，去讴歌、去关注，才能创作出无愧于时代、无愧于人民的“当代诗句”。

二是要有创新精神。南社作为一个文学团体，最重要的历史贡献还在于其文学创作和文化活动。永远与时俱进、敢于文化创新是南社精神的重要体现。南社成员首要的任务是反封建，但推翻了帝制，并没有完全解决中国的问题。走什么样的道路才能救中国，以柳亚子为代表的多数南社成员都能与时俱进，跟随时代前进的步伐，很多人为新中国的建立和社会主义建设，作出了杰出贡献。在文化创新上，柳亚子旗帜鲜明地反对以清朝遗老为主导的同光体，勇于开创一代诗风。他们以旧体诗词的形式，抒发新的思想，创造新的意象，直接反映了清朝末年直到新中国成立后近半个世纪的风雨历程。柳亚子的诗词，被誉为“史诗”。我们纪念南社，就要学习和弘扬南社的文化创新精神，创作出有别于其他任何时代的社会主义的时代诗词。要既保留和发扬传统诗词的某种形式、某些特点，又具有社会主义时代的新题材、新思想、新感情、新语言、新风格，从而成为时代感强、艺术性佳的“当代诗句”。

三是要有包容意识。南社诸子志在弘扬国粹、研究国学、铸造国魂，但又不故步自封，而是大胆主动地接受当时西方的先进文化，为我所用。这种兼容并蓄，致力推动社会进步和文化发展的精神，也是我们今天值得大力提倡的。党的十七大提出要实现社会主义文化的大发展大繁荣，而中华诗国的繁荣昌盛，同样需要提倡包容性。传统诗词不仅要与白话新诗互相包容、互相尊重、互相学习、和谐共进，传统诗词内部各种艺术风格、各种诗词流派也要和谐包容、同荣并茂。一定要弘扬主旋律，提倡多样化，努力创造出百花争艳、万紫千红的生动局面，迎来中华诗词、中国诗歌的遍地春色。

南社的经验和启迪是多方面的，需要我们认真总结、精心研究、艰苦梳理，从而把这笔宝贵的精神财富发掘出来，传承下去。作为中华诗词事业的后来人，我们任重道远。

不当之处，请各位专家、老师批评指正。

（二〇〇九年十一月二十八日）

加强典型引导，注重总结经验，扎实推进创建“诗词之乡”工作健康深入开展

——在湖南省创建“诗词之乡”株洲现场经验交流会上的讲话（摘要）

湖南省创建“诗词之乡”株洲现场经验交流会，是一次很有意义的会议，对于推动湖南省乃至全国的诗词事业的繁荣发展，必将产生深远影响。

我们说湖南省在株洲县召开这次创建“诗词之乡”现场经验交流会，非常必要、非常适时，至少表现有“三好”：一是会议时机抓得好。从1995年中华诗词学会命名全国第一个诗词先进单位——“贵峰诗村”开始，创建“诗词之市”、“诗词之乡”、“诗教先进单位”的工作得到全国各地的积极响应。尤其是湖南省的创建活动起步早，步伐快，措施得力，工作扎实，一直处在全国的前列，积累了丰富经验，涌现出一批创建先进典型。截至目前，全国已命名的7个“诗词之市”中，湖南有3个；已命名的45个“诗词之乡”中，湖南有20个；已命名的44个“诗教先进单位”中，湖南有4个。“诗词之市”、“诗词之乡”的数量都占全国的百分之四十以上。选择这个时机，召开这样一次会议，使大家在成绩面前来一次“回头看”，认真总结经验，发扬成绩，查

找不足，提出下一步的创建目标和要求，是很有必要的。二是会议主题选得好。前些年，中华诗词学会与有关院校和部分省诗词学（协）会联合，先后在湖北武汉、广东深圳、浙江杭州、江苏南京、湖南常德、黑龙江望奎、江苏淮安等地，就诗教工作召开过多次研讨会和经验交流会，对推动诗教工作的深入开展，发挥了很好的效用。这次株洲现场会，以创建“诗词之乡”为主题，把巩固和提高创建成果，建立诗词事业发展的长效机制问题，明确提出来，反映出湖南省各级领导和社会各界对创建形势的清醒认识，体现出决策者为推动社会主义文化大发展、大繁荣的高度自觉，必将产生深远的影响。三是典型单位定得好。株洲县领导重视程度高，创建工作力度大，诗词组织作用突出，创建成效十分显著，很有典型示范作用。其他几个典型单位的先进经验，实事求是，各具特色，操作性强，可看可学。榜样的力量是无穷的。在创建“诗词之市”、“诗词之乡”、“诗教先进单位”工作中，必须注重加强典型引导。相信这些典型单位的经验必将在湖南，乃至在全国诗词界发挥出示范引导作用，带动更多的地区和单位，广泛开展创建工作，扎实推进诗词事业的发展繁荣。

已故中华诗词学会会长孙轶青先生亲自主持制定的《21世纪初期中华诗词发展纲要》中提出“开创社会主义时代诗词新纪元”，必须要坚持一个方针、实行两个转变。一个方针是“适应时代，深入生活，走向大众”；两个转变是“由旧时代向新时代的转变，由为少数人向为多数人的转变”。近几年来，全国各地广泛开展的“诗词之市”、“诗词之乡”、“诗教先进单位”创建工作的实践证明，这项工作虽然还有许多亟待研究解决和规范的问题，任重道远，但我们抓创建的路子是对头的，思路和方式方法也是可行的，应该毫不动摇的坚持抓下去。它是改革开放三十年来，中国从传统文化的虚无主义，走向传统文化回归并弘扬光大的必然选择；它顺应了随着综合国力的增强和物质生活的显著改善，广大人民群众求知、求乐、求身心健康的精神文化需求；它也顺应了新世纪世界经济一体化、文化多元化的发展潮流。

回顾总结湖南及全国各地创建“诗词之市”、“诗词之乡”、“诗教先进单位”工作实践经验，我们认为有这样几条共性的东西值得借鉴：

一、领导高度重视，政府行为有力。党委政府重视，切实加强领导，这是搞好创建工作的根本保证，也是各地创建的共同经验。领导重视，就是要做到把创建工作摆上议事日程，成立有党政主要领导挂帅的创建领导小组，制定方案，明确分工，适时分析创建形势，协调解决问题。政府行为有力，就是要做到四到位：即分管领导和主管部门工作到位；全程推进，跟踪检查督导到位；发动群众广泛参与，创造良好舆论氛围，新闻媒体宣传到位；经费和人力物力保障到位。形成党委统管、分工明确、密切配合、齐抓共管的创建工作格局。株洲县委书记王建平同志提出了“文化建设，既要树木，更要森林”的文化提升战略，对创建工作亲自做动员、定方案、抓典型，在他的领导带动下，全县掀起了全面动员、全民参与创建的热潮。江苏淮安市的几任市委书记、市长都很重视创建工作，接力抓巩固、抓提高，使淮安市的诗词事业年年有进步，步步有提高。

二、思想认识自觉，创建方向明确。创建“诗词之市”、“诗词之乡”、“诗教先进单位”，是在新的历史条件下，坚持古为今用，推陈出新，弘扬传统文化的具体实践和重要抓手。要教育广大干部群众充分认识创建工作的重大意义，明确指导思想和目的，把创建工作作为加强社会主义精神文明建设的重要内容，作为提高人文素质教育的重要举措，作为加强思想道德建设的重要手段，作为提升区域文化战略的品牌工程，自觉纳入当地各项事业发展的总体布局之中，与经济社会和文化建设共同推进，共同落实，相得益彰。要正确把握创建的方向，要把落实科学发展观，建设社会主义先进文化，构建和谐社会，营造良好的经济社会发展软环境，贯穿到创建工作的全过程。通过创建活动，来振奋人心，凝聚力量，激励斗志，为全面建设小康社会注入强大的精神动力。要围绕中华诗词学会制定的创建标准开展创建活动。中华诗词学会在总结各地实践经验的基础上，已对“诗词之市”、“诗词之乡”、“诗教先进单位”提出了明确标准，各地要根据这个标准，结合当地实际，采取多种形式，全面推进创建活动。

三、宣传发动到位，诗词“五进”深入。“诗词之市”、“诗词之乡”，“诗教先进单位”是一项广泛的群众性创建活动，要广泛发动群众，造成一定的声势，充分调动群众参与的积极性。要利用报纸、电视、广播、网络等各种媒体，深入宣传，争取做到电视有节目，报纸有版面，广播有声音，网络有位置，宣传创建的目的、意义和标准，使广大群众了解创建、支持创建、参与创建。

诗词进学校、进机关、进农村、进企业、进社区（简称五进，有的地方还提出进家庭，即六进），是创建工作的重要内容，要根据各地实际情况，加强分类指导，明确具体要求，全面深入推进。一是“五进”要以学校为重点，教育行政主管部门为主导，学校要有课时安排、有课本教材、有诗词老师、有诗刊园地、有诗化环境，动员广大师生和家长积极参与，形成学诗、诵诗、写诗的浓厚氛围，达到以诗育才、以诗促学、教学相长的目的。二是围绕当地经济建设的中心工作，组织采风、创作、吟诵、演唱、研讨等活动，鼓舞群众斗志，增强创业信心。使诗词工作围绕中心，服务中心，在促进经济社会发展中以“有作为”赢得“有地位”。三是充分挖掘和利用各地的历史文化资源，激发群众爱祖国、爱家乡、爱生活的热情。四是把创建活动融入各地的风土人情、民风民俗和重大节假日之中，活跃群众文化生活，使创建活动经常化、生活化、

四、组织机制健全，诗词骨干得力。创建活动要形成合力，齐抓共管，在党委政府领导下，宣传、广电、教育、文化、民政、工会、共青团、妇联等部门，都要协调配合，选准切入点，形成上下联动，合力促进的推进态势。要不断完善各地的诗词组织，做到市县（区）有诗词学（协）会，机关、乡镇有诗社，社区、村组有诗词活动小组，把广大诗词会员和诗词爱好者吸引和团结在学会组织周围。要充分发挥各地诗词组织在创建中的龙头骨干作用。各省、市、县（区）诗词学（协）会，是各级诗词组织的龙头，尽管也是群众团体，但不能混同于一般的诗社雅集，它肩负着团结引领本级诗词大军推进所在行政区域诗词事业发展繁荣的神圣历史使命，

一定要有这种社会责任感。不能仅仅满足于学会少数人的吟诗娱乐。老同志们要以传播诗词文化为己任、为光荣，乐于奉献，勇于探索。要摆正自己的位置，为党委、政府和主管部门当好参谋助手，多提建设性意见。既不能独自单干，孤芳自赏，以小范围的唱和雅集来代替全部创建工作；也不能大包大揽，错位替代行政主管部门的职责。要发挥自身优势，抓宣传、抓检查、抓培训、抓典型，积极为创建工作献计出力。

五、普及提高并重，创作成果丰硕。创建“诗词之市”、“诗词之乡”、“诗教先进单位”，从内容来讲，诗词是主体、是核心，所有的创建活动都要围绕着普及诗词知识，提高诗词创作水平来展开，要普及提高并重，不可偏废。因此，创建工作要坚持两手抓，一手抓普及，就是要通过大力开展创建活动，使更多的人了解诗词、认识诗词、热爱诗词，进而参与诗词创作，使诗词进入寻常百姓之中。没有一定数量的群众参与，仅把诗词局限于少数人的小圈子里，就谈不上“诗词之市”、“诗词之乡”。另一手抓提高。要使当代诗词得到社会承认，产生更大的影响，就必须拿出精品力作来。每一个“诗词之市”、“诗词之乡”都应有一定数量的诗词创作骨干，要有一批在当地和省内外有一定影响的诗人和诗词作品。这也是我们检查考核的标准之一。有了反映时代精神，贴近群众生活，广为传诵的作品，当代诗词才能真正在社会上站稳脚跟，为群众所喜闻乐见，才能更有力地促进和谐社会与和谐文化建设。这才是我们创建工作的本源所在。

六、诗词环境优化，创建成果明显。形象直观的诗化硬环境，可以对人们起到潜移默化的感染熏陶作用。在一些公众活动场所、机关、学校、社区、旅游景点等地，以诗廊、诗墙、诗碑等设施诗化环境，营造浓郁的诗教氛围，融美化环境、寓教与诗、读诗赏景于一体，是许多地方的一条成功做法。闻名全国的“常德诗墙”已成为一道亮丽的景观和文化品牌。湖南省岳阳市政府结合对岳阳楼景区的改造，投入巨资修建了一条一千多米长的诗词长廊，大大提升了景区的文化品位和观赏价值，吸引了大批游客。

凡是开展了创建工作并注重抓巩固、抓提高的地方，大都收到明显成效。中华诗词诗化人生、美化环境、淳化民风的社会功能已经并将更加得到显现。诗词“五进”对于提升师生的思想道德素质，对于改进机关工作作风，对于农村的移风易俗，培育一代新型农民，对于建设和谐的社区邻里关系，对于塑造企业形象等，都发挥了积极作用。福建省南安市贵峰村，是 1995 年中华诗词学会命名的全国第一个诗词先进单位——“贵峰诗村”，十几年来，该村弦歌不辍，诗教普及，规模扩大，硕果累累，60% 以上的村民参加过读诗班培训，在学习和接受传统美德的熏陶和教育中，不仅增长了人文知识，而且开阔了视野，提高了自身素质，人人变得讲文明、讲道德，邻里和睦相处，全村敬老爱幼蔚然成风，成为远近闻名的文明村，被国内外多家媒体宣传报道。

创建“诗词之市”、“诗词之乡”、“诗教先进单位”，是一项宏大的系统工程，也是一项长久的文化建设工程，需要坚持不懈的抓下去。取得命名资格，接受了“金牌荣誉”，只是创建工作新的起点，可谓任重道远，任何满足和松懈都是盲目的、短视的、要不得的。创建工作只有起点，没有终点。这次会议上与会同志对这一问题都形成共识，许多地区还提出了建立巩固创建成果长效机制的措施，希望得到切实的落实。中华诗词内涵丰富，博大精深，传承和弘扬诗词文化，是一篇大文章，是一项永无止境的工作。我相信，在各级党委、政府的高度重视和社会各界的大力支持下，在这次湖南株洲现场会的推动下，通过大家的共同努力，全国创建“诗词之市”、“诗词之乡”、“诗教先进单位”的活动，一定能够取得新的更加丰硕的成果，一定会让古老的诗词文化之花在生机勃勃的新世纪新阶段绽放得更加灿烂夺目！

（二〇〇九年十二月十九日）

孙轶青当代中华诗教思想理论初探

中华诗词终身成就奖获得者、中华诗词学会已故会长孙轶青同志，是著名书法家、编辑家、诗词家，是中华诗词学会的重要发起人之一，是当代中华诗词事业的领军人。他在团结带领中华诗词大军开创中华诗词新纪元的进程中，积极致力于当代诗教的理论研究和实践探索，因而又是名副其实的当代中华诗教的拓荒者和开路人。认真整理总结孙轶青当代中华诗教思想，对于深化当代中华诗教理论研究，指导当代中华诗教实践活动，促进中华诗教的繁荣发展，有着重要意义。

本文打算从理论与实践的结合上，围绕孙轶青当代中华诗教思想，着重从四个方面进行分析阐述。

一、孙轶青当代中华诗教思想的实践探索

实践是认识的基础。孙轶青作为当代中华诗教的拓荒者和开路人，其中华诗教思想的形成与发展，离不开他波澜壮阔的诗词活动实践。因此，研究孙轶青当代中华诗教思想的形成，必须从其实践探索入手。

早在二十世纪八十年代中叶，孙轶青在全国政协副秘书长任上，就积极参加了中华诗词学会的筹建工作。九十年代以来，他先后出任副会长、会长，直至积劳成疾，不幸去世，为中华诗词事业做到了鞠躬尽瘁，死而后已。在二十年的日日夜夜里，他殚精竭虑，为中华诗词的发展奔走呼号，忘我工作，也为当代中华诗教，进行了开拓性的探索。

在全国政协八届二次会议上，孙轶青联合六位全国政协委员进行发言呐喊，成为当代中华诗教的破冰之举和春雷之声。孙轶青等六委员在联合发言中建议：

（一）中央有关部门务必关心和支持诗词事业，给中华诗词学会和各省（市）诗词学会安排编制、划拨经费。

（二）大学中文系应设诗词必修课，中文系毕业的学生应该学会创作符合格律的诗词。

（三）增加中小学语文课本中的诗词数量，而且应该安排关于诗词格律的知识短文。

（四）有关报刊，开辟诗词栏目，发表一些歌颂改革开放建设成就、赞美大好河山，以及针砭时弊的诗词作品，发挥诗歌“兴观群怨”的社会功能。报刊文艺部门应有懂得传统诗词的编辑，提高选稿质量。

（五）由中国社会科学院文学研究所、语言研究所和中华诗词学会牵头，组织专家、学者尽快制定出当代诗韵规范。”（《开创诗词新纪元》第34-35页）

在本世纪初年，孙轶青主持制定的《21世纪初期中华诗词发展纲要》，是近十年来和今后一个时期推动中华诗词事业繁荣发展的纲领性文件，在实践中发挥了愈来愈重要的作用。在这部《纲要》中，就对当代中华诗教提出了明确要求：“在各级学校中加强诗教，是充分发挥诗词教育的社会功能、提高学生文化素质和克服诗词断代危机的根本措施。1999年和2000年，中华诗词学会与各有关部门合作联合举办中华诗词研讨会，提出让中华诗词走进大中小学校园的倡议，得到社会各界以及教育部的赞同和支持，取得了圆满成功。我们要坚决贯彻执行这一倡议。还必须解决诗词教育师

资问题和诗词人材的培养问题。”（《开创诗词新纪元》第332页）

2005年8月，在黑龙江省望奎诗教现场会上的讲话中，孙铁青更是明确指出，“找准以中华诗词为代表的中华传统文化的弘扬这一突破口，不断丰富诗教内容，活化诗教形式，完善诗教设施，健全诗教机制”。（《开创诗词新纪元》第304页）把诗教工作引向一条健康、长效发展的轨道。

二、孙铁青当代中华诗教思想的总体架构

孙铁青的当代中华诗教思想，既体现在他言传身教的行为昭示里，又体现在他的文集《开创诗词新纪元》的许多篇什中。综合研究考察他的诗教理论观点和身教实践，我们可以清晰地勾勒出孙铁青当代中华诗教思想的总体架构。这就是：着眼国民诗教——着手校园诗教——着力社会诗教。

着眼国民诗教。传承诗教精粹，提高国民素质，是孙铁青当代中华诗教思想最根本的着眼点。孙铁青作为一名为人民打过江山的老战士，他观察思考问题的着眼点，总是放在国家和民族的兴亡、人民的喜怒哀乐上。他献身中华诗词事业，推进当代中华诗教，同样也是站在利国利民的时代思维高度。

在《充分发挥传统诗词的社会功能》一文中，孙铁青就“传统诗词是精神文明建设的丰富资源”、“爱国主义是传统诗词的主旋律”、“传统诗词对于促进祖国团结统一有特殊作用”、“传统诗词是增进国民文化素质教育的重要条件”等重要观点作了系统的阐述。他特别强调：“传统诗词语言精炼、声韵优美、上口好记、饱含诗情和哲理特质，具有其它文学形式不能代替的教育功能和艺术魅力。孔子教人，主

张兴于诗。他说：‘诗可以兴，可以观，可以群，可以怨。’《诗·大序》说，‘正得失，动天地，感鬼神，莫近于诗。’古代贤哲、有远见的政治家，都高度评价和重视诗教。在诗教的滋润下，童子诵诗，诗情、美感、哲理融入心灵，对其一生有重大影响。诗的潜移默化的教育功能，在中华文化的发展和人才培养中，功不可没。”（《开创诗词新纪元》第58页）在着眼国民诗教的总体布局下，孙轶青在同一篇文章中进一步指出：“提高人的文化素质，主要靠加强教育——学校教育和社会教育。”这段论述，正是对于孙轶青当代中华诗教总体架构“国民诗教—校园诗教—社会诗教”的点睛之解。

着手校园诗教。让中华诗词走进大、中、小学校园，是孙轶青当代中华诗教思想的首要内容也是付诸实施的突破口。孙轶青在《传统诗词与青年》一文中指出：“学校应当设立诗词课，有关报刊应开辟诗词园地，把青少年作为普及诗词文化的首要对象。”（《开创诗词新纪元》第75页）1999年和2000年，孙轶青亲自主持了以“让诗词走进大学校园”和“让诗词走进中小学校园”为主题的全国第十二、十三届中华诗词研讨会，身体力行地推进校园诗教。他指出：“从学校教育中加强诗教，是继承和发展诗词事业的重要条件，这早已被我们作为诗国的历史的经验所证明。”（《开创诗词新纪元》第151页）“我们呼吁在各级师范学校，各大学中文系、新闻系及有关人文科系，增设诗词教育和诗词写作课，加强诗词教育师资和诗词人才的培养”（《开创诗词新纪元》第224页）。他还说：“华中理工大学颇有成效的校园诗社、诗刊及其将诗词创作与素质教育相结合的实践经验，将使我们研讨会的主题思想更加充实。”（《开创诗词新纪元》第152页）他特别强调：“在中小学中加强诗教，以增进青少年和儿童的文化素质，则显得更为重要。”（《开创诗词新纪元》第166页）

着力社会诗教。孙轶青把提高国民素质作为中华诗教思想的着眼点，那么推进社会诗教便自然成为其诗教思想的着力点。孙轶青指出：“诗教作为中华美德的传统，通过诗词走进校园和更广泛的在社会普及，无疑会大大推进社会主义精神文明建设。”（《开创诗词新纪元》第224页）他还说：“中国素称诗国。但诗国不能是一个空洞头衔。既然是诗国，就应当有诗校、诗村、诗乡、诗镇、诗市，甚至还要有诗县、诗省。有了足够数量和质量的诗校、诗村、诗乡、诗镇、诗市……作为诗国才名副其实。尤其诗校、诗乡、诗县等，是诗国的基础。要打牢诗国的基础，必须从建设诗校、诗乡、诗县等做起。”（《开创诗词新纪元》第204页）孙轶青还语重心长地说：“尤其要看重基层经验。我们这次会议着重交流的是诗词之乡的经验和诗词进入大中小学校园中的诗教经验。这些经验对于振兴当代诗词事业的全局具有十分重要的意义。”（《开创诗词新纪元》第204页）

三、孙轶青当代中华诗教思想的战略基点

按照孙轶青当代中华诗教思想的总体架构，如果说着眼国民诗教，提高国民素质，是其诗教思想的根本立足点和着眼点。那么，作为诗教思想得以贯彻实施之着手处和突破口的校园诗教，则是孙轶青当代中华诗教思想的战略基点。

在《让诗词走进大学校园》一文中，孙轶青指出：“首先从大、中、小学校园加强诗教，应当看作是增进国民文化

素质的战略措施。……青年是祖国的未来和希望。理所当然，青年也必须是中华诗词的未来和希望。”（《开创诗词新纪元》第 149 页）孙轶青强调，“在我国，人们的高素质从哪里来？毫无疑问，重要途径之一，就是继承中华民族优良文化传统，在广大人民中，首先在少年儿童和青年中普遍推行诗词教育。”（《开创诗词新纪元》第 165 页）他进一步分析说：“儿童、少年、青年，正处在发育成长时期。我们的任务是，促进他们健康成长，做合格的社会主义建设者。在校期间的素质教育，我认为首先应做到使他们知爱国，辨是非，能思想，会做人。中华诗词一向以爱国主义民本主义为主旋律，是增进国民文化素质的百科全书。”（《开创诗词新纪元》第 167 页）

孙轶青还不顾自己的年迈体衰，不辞辛苦，深入实际、调查研究，探索总结校园诗教的经验。他指出：“对于如何改进加强中小学的诗教工作，研讨会的论文中提出了许多很好的意见。这里，我再补充几点，与大家商榷。一、从培养学生文化素质出发，诗词内容要有所选择，去其糟粕，取其精华。在选学古典优秀诗词的同时，要精选当代诗词作品，这一点不宜忽视。二、继续发扬传统诗词的吟诵、歌唱传统，也可以提倡背诵，但同时应力求讲解，避免单凭记忆力死记硬背。三、对于中小学学生学习诗词，不只要讲解、朗读、鉴赏，还应在小学高年级和中学生中指导写作。习作是加深诗词理解和掌握诗词艺术的必要方法。在不增加课外负担和自愿原则下，可建立第二课堂，校园诗社，组织诗赛，还可设立选修科，由学生自愿选读。四、语文考试内容，似应列入诗词，希望教育部门加以研究。五、师资是关键。诗教有无成效或其大小，取决于老师的教学水平。现在有些语文教师不懂诗词或不会创作，心有余而力不足。我们希望这些教师加强诗词修养，迅速改变目前状况。各级诗词学会、诗词社团还可协助有关教育部门和学校为诗教人员举办讲座或利用假期进行培训。鉴于培训师资是加强诗教的基本措施，又鉴于新闻出版事业和一些其它单位都需要有从事诗教和熟悉诗词的专门人才，建议教育部考虑，在各级师范学校、大学中文系、新闻系等，都能开设或加强诗词课程。”（《开创诗词新纪元》第 169 页）

在南京全国校园诗教经验交流会上的讲话中，孙轶青欣慰地指出：“让诗词进入大中小学校园，加强诗教，是对学生进行人文素质教育的重要举措。几年来，在各级党政领导、教育行政部门和诗词组织的共同努力下，诗教工作已取得了初步成绩。”“加强诗教，以诗育人，适应了广大师生的共同愿望，受到他们的普遍欢迎和喜爱。”孙轶青接着指出：“诗词进入校园，加强诗教，其成功经验，可概括为如下各点：一、让学校领导和广大师生首先懂得加强诗教以诗育人的重要性，并采取措施，加强领导，如建立组织，专人负责，形成制度等等。二、把诗教纳入教学计划和考试计划。三、培训师资。有关教师可短期进修，集体备课，请人辅导。四、在小学生中可以以吟唱和背诵为主。在中学生与大学生中，可提倡学诗与写诗并重，但需遵守自愿原则，并对学诗者与写诗者给以具体指导。五、课堂讲授诗词与课外诗词活动相结合。可建立以学生为主体的诗词社团，开展适合学生特点的诗词活动，诸如诗赛、知识问答、讲座、采风等等。六、为学生提供学习诗词和创作诗词的条件、园地。诸如编写教材、创办报刊、向校外报刊投稿等。七、创设诗化校园的环境与氛围。八、勤俭节约，合理解决人财物的实际困难。相信'老大难，老大重视就不难'。以上八条是就校园诗教说的。实现这八条，并非易事，但经过努力，可以作得到。”孙铁青还充满信心地对校园诗教前景进行了展望：“诗教工作要不要持久？能不能持久？回答应当是肯定的。第一、诗词本身的固有特性决定了诗教工作的必要性和长期性……第二、青年人追求真理，积极、热情、富于理想的特点，同诗词言志缘情的特点相一致，最易于接受中华诗词……第三、青年是我们祖国的未来和希望，同时也是中华诗词的未来与希望。……青年在校期间，其所接受的诗词影响自会向其周围辐射，成为向社会群众普及诗词艺术的媒体和纽带。而且，随着一批批毕业生走向社会和诗词事业的繁荣昌盛，诗词事业'后继无人'之虞将不复存在，中国在世界民族之林中将永葆泱泱诗国的崇高荣誉。因此可以说，我们今天已经兴起的校园诗教工作将持续发展，经久不衰，它具有深远的历史意义和伟大的战略意义。”（本自然段引文均摘自《开创诗词新纪元》第 261-265 页）

四、孙铁青当代中华诗教思想的着力方向

孙铁青当代中华诗教思想，既然把提高国民素质作为终极目标，就必然把推进社会诗教作为主要着力方向。孙铁青指出：“振兴传统诗词，中华诗词学会主张'适应时代、深入生活、走向大众'的方针”。（《开创诗词新纪元》第 84 页）他分析说：“旧中国时期，传统诗词传播的圈子往往很小，只有极少数明白晓畅而又为群众喜闻乐见的诗词方能流传于民间。今天人民已回归主人地位，而且随着教育的

普及，对诗词的鉴赏能力有所提高。我们没有权力把广大人民群众摈弃于诗词门外。我们要坚持实行普及与提高相结合的方针，让诗词冲出狭小天地，走向人民大众。”（《开创诗词新纪元》第 116 页）“不难设想，如果我们的传统诗词走向人民大众了，它就真的生了根了，它就具有经久不衰的生命力了。那时，传统诗词将成为人民精神生活的必需品，到处会有传统诗词的朗读和吟唱，并反转来给诗词创作以有力的推动、鼓励和检测。那时，只有那时，传统诗词才称得上是真正的繁荣。”（《开创诗词新纪元》第 89 页）

在当代诗词要“适应时代、深入生活、走向大众”的方针指引下，孙轶青以社会诗教作为主要着力方向的思想更加明确。他指出：“近几年来，在地方有关部门的支持下，我会开展了创建‘诗词之乡’和‘让诗词走进大、中、小学校园’的活动，诗教工作和诗词普及工作取得了明显成效。但同建设社会主义精神文明伟大工程对诗词事业的要求相比，同人民群众对诗词文化日益增长的需求相比，还有很大的差距。我们要继续深入开展诗教工作。要与地方党政领导和教育部门紧密合作，争取把诗教工作纳入地方经济和社会发展规划，让诗词以更大的步伐走向城市、农村和学校，使诗词队伍遍布城乡，从而建立一支适应中国国情和当代诗词创作需要的诗词队伍。”（《开创诗词新纪元》第 296 页）他还追根溯源，深刻阐述在中国注重诗教的历史必然性和现实必要性。他说：“中国素称诗国，看重诗教，刚懂事的孩子便被教唱诗歌。各级学校大都设有诗词课程。封建社会为评选官吏设置科举制度， 以诗赋取仕达千余年之久。爱好和崇尚诗词是一种长期存在的社会风气。……中国历史上所以看重诗教，诗词与人文素质、与社会教育制度所以有着密切的关系，根本地说来，这是诗词本身的性质、特点和教育功能所决定的。”（《开创诗词新纪元》第166页）

孙轶青着力推进社会诗教，不仅注重加强思想引导，深化教育启迪，而且注重依托活动载体，强化行为昭示。他指出：“我们要进一步把诗词普及到机关、企业、工厂、农村、学校中去，扩大诗词的群众基础。”（《开创诗词新纪元》第291页）在他主持制定的《21世纪初期中华诗词发展纲要》中，也明确提出：“精心组织、积极开展各类活动。中华诗词学会、各地诗词组织，可根据不同的情况和条件，举办各种类型的诗词大赛、诗词研讨会、诗词朗诵演唱会，以及组织诗人深入生活进行采风、创作等活动。这是提高创作、理论水平，发动群众参与、扩大诗词影响、锻炼诗词队伍、发现诗词新秀的有效方式。”（《开创诗词新纪元》第334页）他以高度的思想敏锐性和文化洞察力，及时发现、总结、推广群众性的诗词创先活动，取得了显著成效，成为推进社会诗教的有效载体。1995年，他及时发现、总结并提请中华诗词学会研究命名了福建省南安市贵峰村为：“贵峰诗村”。以此为肇端，进而在全国范围内广泛深入地开展了创建“诗词之市”、“诗词之乡”、“诗教先进单位”的活动。截至2009年底，全国共批准地级“诗词之市”7个，县、县级市、乡、镇“诗词之乡”54个，诗教先进单位49个。它们像绽放在中华大地上的诗教典型之花，必将一花引来百花香，充分发挥典型的示范引导作用，满怀信心地迎接中华诗词万紫千红的满园春色。

我们完全有理由相信，孙铁青当代中华诗教思想，起于校园，兴于社会，必将益于国民。

以上仅是我对孙铁青当代中华诗教思想的初步理解，不当之处，请各位方家、老师批评指正。

（二〇一〇年一月）

根植民族沃土，繁荣时代新枝

——学习李长春、刘云山同志贺信的体会兼谈旧体诗词的继承与创新

今年五月底，在中华诗词学会第三次全国会员代表大会召开之际，中共中央政治局常委李长春同志和中共中央政治局委员、中央书记处书记、中宣部部长刘云山同志分别向大会发来贺信。国务委员兼国务院秘书长马凯同志，全国政协副主席、中国社会科学院院长陈奎元同志在百忙之中抽出时间出席大会并分别发表了贺诗和重要讲话。这充分体现了党和国家领导同志对中华诗词事业的重视、关心和支持，使中华诗词学会和海内外广大诗友倍受鼓舞激励和鞭策。

李长春同志在贺信中指出：“中华诗词是中华民族文化的精髓，有着悠久而辉煌的历史。”把中华诗词提到了“民族文化精髓”的认识高度。刘云山同志在贺信中指出：“中华诗词源远流长，那些震撼心灵、传之于今的不朽诗作不仅是我国优秀传统文化的重要组成部分，也是人类宝贵的精神财富。”又把中华诗词拓展到“人类宝贵的精神财富”的认识广度。两位领导同志的贺信，都揭示了中华民族历史的悠久辉煌和源远流长。

李长春同志在贺信中还指出：“中华诗词学会团结广大诗人词家，不断探索旧体诗词与时代相结合的新途径，培养诗词人才，开展诗词研讨和对外交流，在满足人民群众精神文化需求、构建和谐社会、建设先进文化方面做出了积极贡献。希望中华诗词学会进一步团结和联系海内外诗人和诗词

爱好者，继续大力弘扬中华文化，紧跟时代前进的步伐，关注火热的现实生活，创作出更多的无愧于伟大时代的优秀诗词作品，为社会主义文化大发展大繁荣作出新的更大贡献。”刘云山同志在贺信中也指出：“中华诗词学会应紧跟时代前进步伐，继续发挥桥梁纽带作用，更好地推动中华诗词文化繁荣发展。”要“不断开掘新的题材，创造新的语言，抒发新的情感，表现新的意境，创作出更多无愧于人民、无愧于时代的精品力作”。两位领导同志在贺信中，又同时肯定了中华诗词学会探索旧体诗词与时代相结合的正确途径，并对中华诗词学会紧跟时代前进步伐，关注火热现实生活，发挥桥梁纽带作用，创作出更多无愧于伟大时代的优秀作品，更好地推动中华诗词文化的繁荣发展寄予了厚望。

马凯同志《写在中华诗词学会第三次代表大会召开之际》的贺诗，将政治家的思想智慧寓于赏心悦目的诗词意象，深刻揭示了旧体诗词本身应蕴含的民族性与时代性相统一，以及继承与创新的关系：“又是春风染绿时，唐松宋柏吐新枝。缘何叶茂参天立，赖有根深沃土滋。”诗人政治家把中国传统诗词意象化为一棵根深叶茂的参天大树。它的命脉所系，是民族性的“根深沃土”；它的生机所在，是时代性的“染绿春风”和吐发的繁茂“新枝”。从而深刻揭示出中国传统诗词要发展、要振兴，就必须植根民族沃土，繁荣时代新枝的文学主题。

陈奎元同志在大会开幕式上的讲话，则对中央领导同志关于大力弘扬中华文化、繁荣发展中华诗词与创新的贺信精神，作了深刻而明确的解读与阐释。他指出：“大会上宣读了长春同志和云山同志的贺信，体现了中央领导同志对诗词创作的要求和对诗词工作者的希望。云山同志在贺信中说：‘希望广大诗词创作者深入实际、深入生活、深入群众，继承中华优秀文化传统，反映当代中国人民的精神风貌’，这几句话指出了诗词工作的方向和使命，诗词创作者和广大文艺工作者应当认真考虑这几句话的含义，努力创作符合中华民族文化神韵而不是粗陋庸俗的作品；体现当代政治风貌而不是伤风败俗、误人害世的庸劣作品。”这些振聋发聩的话语，应当引起我们的警醒。

中国作协党组、领导和机关，对中华诗词事业和中华诗词学会的工作，给予了一以贯之的关心、厚爱与支持。中国作协党组书记、副主席李冰同志在中华诗词学会“三代会”上的致辞，是科学发展观和中央领导同志批示精神在文学创作领域的生动体现。李冰同志对中华诗词学会的工作给予充分的肯定，对中华诗词事业的繁荣发展寄予了殷切期望。他指出：“传承我国优秀诗词传统，繁荣当代中华诗词，是我们共同的责任。时代和人民在呼唤更多优秀诗词作品问世，期待当代中华诗词振兴。在这里，我提几点希望。第一，希望积极反映当今的时代。第二，希望倾心锤炼诗词精品。第三，希望大力推动海内外交流。第四，希望认真学习新诗的优长。”

李冰同志还指出：“在我国几千年的诗歌发展史上有过多次嬗变，这也是我国诗歌长盛不衰的一个原因。旧体诗词有着深厚的文化积淀和优秀的艺术传统，在当代仍有着顽强的艺术生命力和广泛的群众基础。而二十世纪新诗的诞生，是‘五四’新文化运动的重要成果。近百年新诗的发展，也产生了一批代表作家和作品。旧体诗词与新诗是诗之两翼，应该各扬其长、各美其美。希望旧体诗词和新诗互相学习借鉴，共同铸造中国诗歌的辉煌。”

我们完全有理由相信，在党和国家的亲切关怀下，有党的文艺方针的指引和中国作协的正确领导，有中华诗词学会和广大诗友的勠力同心，中华诗词这一深深植根于民族沃土的艺术参天大树，一定会沐浴着新时代的春风、阳光和雨露，更加枝繁叶茂，生机盎然。旧体诗词与新诗都要沿着民族性与时代性相统一的艺术发展之路，互相学习，争妍媲美，比翼齐飞，共同促进中华诗国的发展繁荣。

（二〇一〇年六月二十二日）

实施精品战略，努力创作出更多更好的“当代诗句”

——在全国第二十四届（浙江乐清）中华诗词暨夏承焘、吴鹭山学术研讨会闭幕式上的讲话

全国第二十四届（浙江乐清）中华诗词暨夏承焘、吴鹭山学术研讨会，经过全体与会代表的共同努力，完成了各项预定议程，今天就要结束了。会议期间，我们认真传达学习了马凯同志关于《再谈格律诗的“求正容变”》重要论述，进一步明确了中华诗词在新形势下如何创新发展的正确方向。待《中华诗词》杂志今年第10期正式刊出马凯同志的审定稿之后，我们要认真组织广大诗友专题讨论、深入研究，切实把马凯同志这篇重要学术文章，作为我们中华诗词业务建设的重要指导性论著。与会领导、嘉宾和诗友一致认为，这次研讨会开得很圆满、很成功，达到了预期目的。本来郑欣淼会长要来参加会议并致闭幕词，但因故宫博物院85年院庆不能前来。特委托我向与会同志和诗友们问好。在这里，我代表中华诗词学会向来自全国各地的诗友和来宾，向热情帮助、大力支持研讨会的中共乐清市委、市政府和乐清诗词界的朋友们表示衷心感谢！

这次研讨会以马列主义、毛泽东思想、邓小平理论、“三个代表”重要思想为指导，坚持科学发展观，研究当代诗词创作和理论批评现状，结合对夏承焘、吴鹭山先生的学术研究，总结当代诗词创作和理论批评的现实经验教训，本着“求正容变”的原则要求，在继承中华诗词优良传统的基础上，

推动当代诗词在时代性、艺术性上的开拓创新。围绕这一指导思想，研讨会共征集到了115篇论文作品，邀请了其中30多篇论文作者到会，还特邀了30多位专家供稿，共有16位专家和论文作者在大会做了专题发言交流。其他论文作者也大都在分组讨论会上作了发言交流。研讨会开得很民主，学术气氛很浓、很热烈。相信这次研讨会对加强诗词理论研究和诗词评论，繁荣诗词创作，必将产生积极的影响和推动作用。

下面，我想借这个机会，着重就实施精品战略，进一步贯彻胡锦涛同志等中央领导指示精神，创作出更多更好的“当代诗句”的问题讲点意见。

2004年5月1日，中共中央总书记、国家主席胡锦涛同志在视察扬州时指出：“现在扬州的自然生态环境和城乡面貌有了很大变化，但是描写、反映这些变化的当代名篇佳作还不多，人们熟悉传诵的还都是唐宋诗句。因此，必须加大文化建设力度，更好地反映当今生活的新变化、新发展。为此，我们的文化建设要跟上去，创作出更多更好的‘当代诗句’来。”在今年五月底六月初召开的中华诗词学会第三次全国会员代表大会上，中共中央政治局常委李长春同志和中共中央政治局委员、书记处书记、中宣部部长刘云山同志等中央领导曾致信祝贺，并提出要“创作出更多更好的无愧于伟大时代的优秀诗词作品”等希望和要求。创作出更多更好的“当代诗句”，是时代对诗词事业的要求，是人民群众的意愿，也是党和国家对诗词界的殷切期望。

实施精品战略，努力创作出更多更好的“当代诗句”，就要理直气壮地唱响主旋律。“诗言志”是中国古老的诗学理念。这个“志”就包含有积极健康、昂扬向上的志气、志向。唱响主旋律，就是要把握诗词创作的正确的价值取向，坚持社会主义先进文化的前进方向，直面伟大时代，反映火热的生活。要歌颂国家强盛、人民富裕，民族振兴的新成就；歌颂经济发展、社会进步的新气象；歌颂山川风物、风俗民情的新风貌……用诗词文化去振奋精神、净化灵魂、鼓舞斗志、树立正气，歌颂真善美，鞭挞假恶丑，使诗词成为反映时代脉搏的动人旋律，成为抒发人民主流意愿的时代音符。唱响时代主旋律是时代赋予诗人的使命和责任，这种历史责任感应该是用诗人真挚的情感吟唱出来，用诗人高雅的艺术诠释出来，而不是空洞的政治口号和概念化的说教，也不是对现实生活的冷眼旁观和游离世外的自我宣泄。要歌颂真善美，而不是脱离实际的粉饰太平；要鞭挞假恶丑，而不是歪曲事实的丑化现实。要有正确的价值取向，崇高的文化品格，强烈的忧患意识和高度负责的自觉精神。特别明年是中国共产党成立90周年，全党全国将隆重纪念，我们诗词界也要积极创作出歌颂党的风雨历程和丰功伟绩的精品力作。

实施精品战略，努力创作出更多更好的“当代诗句”，就要深入生活，深入群众，让诗词不断吸取生活的丰富营养，呈现出旺盛的生机活力。“文章合为时而著，歌诗合为事而作”（白居易《与元九书》）。李长春同志在致中华诗词学会第三次全国会员代表大会的贺信中要求“诗人和诗词爱好者，继续大力弘扬中华诗词，紧跟时代前进的步伐，关注火热的现实生活，创作出更多的无愧于伟大时代的优秀诗词作品，为社会主义文化大发展大繁荣作出新的更大的贡献”。改革开放30多年来，中国经济持续快速增长，人民生活水平显著提高，社会文化事业空前繁荣。特别是面对去年以来国际金融危机不断蔓延的复杂环境，我国政府及时调整宏观经济政策，努力实现经济平稳较快发展，取得了明显成效。目前我国各族人民正以凌云壮志抒写着科学发展、社会和谐的动人诗篇。今日之中国处处充满激动人心的故事，为诗歌创作提供了丰富的素材。诗词界的朋友们应该抓住这难得的历史机遇，以饱满激情和生花妙笔，用传统诗词的艺术形式，来反映和记录我们的火热生活。

实施精品战略，努力创作出更多更好的“当代诗句”，就要不断强化诗词理论研究和评论指导。理论是行动的先导，诗词评论和批评，是诗词创作提高的指南。我国诗词评论的传统源远流长，它和诗词创作几乎是同生并相伴而行。两千多年前的孔子就有诗评：“《诗》三百，一言以蔽之，曰：思无邪”。伴随着诗词发展的历史进程，每个朝代都留下了大量较有影响的诗评、诗话，这些丰富多彩的诗词评论，积淀了各个时期诗词创作的宝贵经验，是诗史的重要组成部分，为我们诗国长盛不衰的诗词创作提供了丰富的理论指导。实施精品战略，努力创作出更多更好的“当代诗句”，就必须做到诗词创作与诗词理论研究紧密结合，齐抓并重，一手抓诗词创作，一手抓诗词评论，以创作滋养评论，以评论指导创作，做到相互促进，共同提高。诗词创作者要虚怀若谷，善于听取不同意见，不要孤芳自赏、自我陶醉。诗词评论者也要不断提高评论质量，弘扬刻苦钻研、实事求是的学风，增强评论的学术性和指导性。要努力培养一支既懂得诗词创作又善于诗词批评的专业队伍，逐步提高这个队伍的专业素质，营造一种良好的诗词评论氛围，促进诗词创作和诗词评论的健康发展。这次研讨会上交流的论文，题材呈现多样性，基本涵盖了当前诗词创作领域的各个方面。在诗词创作和诗词评论上，我们必须坚持弘扬主旋律与提倡多样化的统一，真正实现百花齐放的生动局面。我们将长期容许不同观点、不同声音存在，这是发扬学术民主，促进诗词创作和诗词评论繁荣发展的重要体现。但是，作为每个诗家和诗词评论者，都要用自己正确的价值取向，有鉴别、有批判地听取各方面的意见，以吸取有益的东西来滋养和充实自己。

研讨会结束后，各位领导、嘉宾和诗友们将返回各地。愿大家把这次研讨会的成果，转化为繁荣诗词创作和诗词评论的实际行动，共同促进中华诗词事业的发展与繁荣。祝大家返程顺利，身笔双健，创作丰收，万事如意！

最后，让我们以热烈的掌声向所有为这次研讨会做出贡献的乐清市领导和各界朋友，向雁荡山庄的领导和工作人员，表示衷心的感谢！

（二〇一〇年九月二十六日）

呼唤精品力作　促进诗词振兴

中华诗词是中华文化的瑰宝，是中华民族文化的精髓。如果说国粹的话，中华诗词又可以说是国粹中的国粹。对中华诗词的重要意义和作用，很多人认识还不到位，差距还很大，需要进一步呼吁和宣传。

许多有识之士都有这样一种看法和判断：我们的中华诗词事业，还不能说已经实现了振兴。诗词事业的振兴和繁荣不仅要看数量，更重要的是看质量。现在有些诗友的积极性很高，这是好事，要鼓励。但精品力作比较少，只有标语口号，没有意象、意境和诗的语言艺术，那不能叫诗。振兴和繁荣中华诗词，一定要注意提高质量。同时，还要坚持改革创新。中华诗词不仅仅是非物质文化遗产，还是当代文学和文化建设的重要组成部分。要保存弘扬这一宝贵文化遗产，还要发展创新，创作反映时代的新诗词。正如京剧不创新就没有出路一样。有京剧专家说，程砚秋的京剧唱腔吸收、融合了美国电影《翠堤春晓》的音乐，效果就很好。同样，传统诗词不创新也会成为老古董，不创新就没有生机和活力。

要强化精品战略，呼唤精品力作，除了对传统诗词的“黄金格律”和技术、艺术层面的固有范式必须认真传承外，很重要的一点就是要反映时代、走向大众。要坚持时代精神与诗词艺术的统一。要继承中华优秀文化传统，反映当代人民的精神风貌，不断开掘新的题材，创造新的语言，抒发新的情感，表现新的意境。马凯同志提出的“求正容变”，就是对传统诗词注入时代精神、在继承的基础上创新发展的科学概括，具有很强的针对性和指导性。

在普及的基础上提高，实施精品战略，是中华诗词学会的一贯主张和多年来矢志不移的努力方向。尽管我们已采取了一些表彰贡献、奖励精品、激励佳作的措施，但取得的收效与时代和人民对我们的要求差距还很大。其中很重要的一点，就是精品力作的时代标准和人民大众的认可程度问题。我们诗词圈子里有些吟风弄月、情愁哀怨自以为“诗味”很浓的“精品”，人民大众恰恰不买账。而有些时代感强，明白晓畅为人民群众喜闻乐见的新人力作，又往往被某些专家、评委们不屑一顾地拒之“精品”之外。因此，呼唤精品力作，促进中华诗词事业的真正振兴与繁荣，是个系统工程。首先从领导、专家、学者、诗家到广大诗友，必须形成共识，增强紧迫感与自觉性；其次，必须统一对精品力作标准的认识，即思想性与艺术性的高度统一，时代感强，为人民喜闻乐见。那种单凭某些诗家个人口味和纯粹“诗味”判定作品优劣的评奖机制必须改变；要动员广大诗人词家和诗词爱好者，加强对诗词艺术基本知识的学习和掌握，以“求正容变”的正确态度，积极投身于伟大时代，深入到社会主义现代化建设第一线，感受时代前进的脉搏，体察人民的甘甜疾苦，努力创作出反映人民心声、表现时代风貌的精品力作，切实推动中华诗词事业的振兴与繁荣。

（这是作者为《中华诗词》杂志二〇一一年第四期撰写的卷首语）

诗书音影蕴神魂　攀险钟灵科技人

——在王玉明院士诗词、摄影作品研讨会暨《荷塘新月》、《智水仁山》作品选集首发式上的致辞

今天中国工程院、清华大学、中华诗词学会、中国摄影家协会、中国楹联学会在这里隆重举行王玉明院士诗词摄影作品研讨会暨《荷塘新月》、《智水仁山》作品选集首发式，这是科技、人文、艺术交相辉映的文化盛举，是求真、扬善、悟美的精神盛宴。在这里，我谨代表郑欣淼会长和中华诗词学会，对这一活动的举办和王玉明院士在科技、人文、艺术领域取得的丰硕成果，并对清华大学的百年华诞表示热烈的祝贺！对中国工程院、清华大学等科技界、教育界的领导和名师大家弘扬中华传统诗词和人文艺术的文化自觉表示由衷的钦敬！

王玉明院士是我国著名的机械设计及理论（流体密封）专家，取得多项具有自主知识产权的科技成果。作为第一发明人和第一完成人，获得包括国家科技进步二等奖和技术发明二等奖在内的国家级、省部级科技奖 11 项，获得 8 项中国发明专利和两项美国发明专利。在科技领域成绩卓著。他同时又有浓厚的人文情怀，是中华诗词学会的常务理事，出版了《王玉明诗选》和《王玉明诗词选集》两部高品位的诗集。他还有很高的摄影艺术造诣，《智水仁山》摄影作品选的出版，就是一次闪光的亮相。王玉明院士兼通文理艺，追

求真善美的成功实践及四家主办单位对他诗词、摄影艺术的专题研讨，就是一种重要的文化昭示，即科技需要灵感，艺术顿悟创造。正如我国科学巨匠钱学森所说："搞科学的人同样需要灵感，而我的灵感，许多就是从艺术中悟出来的。"古今中外许多文理兼容、理艺兼通的大师名家范例，也早已证明了这一点。意大利文艺复兴时期最完美的代表、绘画大师达·芬奇对人体解剖和建筑工程学有开创之功；近代物理巨匠爱因斯坦在音乐领域有很高造诣；中国东汉大科学家、浑天仪和地动仪的发明者张衡还是诗文高手；已故当代著名科学家苏步青、华罗庚，也是诗文并茂，文采飞扬。还有中国科学院杨叔子院士更是我们中华诗词学会的名誉会长，是我国诗教工作的开拓者。可以说，凡是创造性劳动，都需要灵感；大凡成功人士都存在人文艺术的潜质。不仅是院士、科学家可以成为诗人，政府官员、部队将士，工、农、商、学各界，都可以产生诗人词家。我们热切期盼和真诚欢迎各界有识、有才之士，积极投身到弘扬中华诗词和传统文化的伟大事业中来。

王玉明同志以院士的睿智和诗人的浪漫，诗化了自己的科技人生。他以自己鲜活的创作实践，丰富了科技领域的文化内涵。同时也为中华诗词继承优秀传统，弘扬时代精神，讴歌民族正气，进行艺术创新，作了有益的探索。他是"求正容变"创作原则的成功实践者。他的诗词作品，主要有以下特征：首先体现在思想立意的高洁性。不论放歌山水，还是咏物寄怀，都立意崇高，情怀圣洁。这和文学艺术圈子中的一些低俗之风，形成鲜明对比。他写自己的母校清华园："东来紫气清华，百年桃李天涯。传统科学老树，于今怒放奇葩。”他忘情山水，仍不忘抒发赤子之心：“老龙头下浪淘沙，万里长城赤子家。”他远涉重洋，在吟咏自然风光时，仍寄托对黑人朋友的人文关怀：“草碧天青处，北冬南夏时……大同期世界，冷暖友朋知”。他为数不多的政治抒情诗，也能给人以正义凛然之感。如党中央为天安门“四·五”事件平反，他挥笔写下“愁满关山怨满天，悲潮怒卷故园寒。小诗曾向刀丛觅，千古奇冤案已翻”。赤心铁骨，跃然诗行。美国攻打伊拉克时，他愤然写道：“‘行道替天’人道否？两河烽火世人思。可怜母丧童悲日，正是桃红柳绿时。”科学家的正义良知得到充分彰显。王玉明院士的诗词作品的特点，同时体现在题材内容上的广博性。作者从1962年在清华园读大学时诗蕾绽放到今年3月15日为《荷塘新月》写《跋》，其间50个春秋。共写出诗作1300多首，其中精选500首结集出版，题材内容涉及院士学习、工作、出访、旅游、休闲等生活的方方面面，可以说是他这50年风雨人生旅程的诗意写照，读来感到情真、意远、味厚。他百写不厌的还是他的母校水木清华和荷塘月色。其中《忆王孙·春到清华园》这一题目就写了50多首（选了8首），《荷塘月色组诗》写了99首（选了15首），至于春雪、夏夜、秋雨、冬韵、晨曲、暮色等更是难以枚举。但每首都有独到的感悟。“无欲冥思宇宙，随缘善待人生。陶然春夏与秋冬，沉醉空灵意境。”“纷扰不迷凭慧眼，志存高远险峰登”。王玉明院士人生风雨七十年，留下了一串诗情画意的脚印，得益于他的诗意心境，即善于在科学攀登和人生奋进中，捕捉诗情画意的元素，善于在兼程风雨中看到雨后的彩虹。王玉明院士诗词作品的特点，突出体现在创作手法上的兼容性。用他自己在《跋》中的话说，就是“两栖求索境尤宽”。从大的方面来说，他要努力作到科学技术与人文艺术两栖；从小的方面来说，就是在诗词创作领域，努力实现传统诗词与自由体诗两栖，继承与创新两栖，旧韵与新韵两栖。这种兼容并蓄的创作手法，有利于他拓展意境，开阔视野，创新形式，丰富内容。这在他的新诗与旧体诗，旧体诗的各种体裁，以及采用旧韵与新韵的作品中，得到较好展现，形成了自己既严谨又灵活的创作风格。王玉明院士诗词作品的特点，充分体现在艺术风格上的清新性。总体看来，王玉明院士的诗风清新淡雅，自然天成，明白晓畅，通俗易懂，没有矫揉造作、佶聱艰涩之感，因而更便于反映时代，走向大众。同时在艺术表现上，又力显清秀幽雅，美不胜收。如《南海抒怀》中的“雪浪连天涌，云霞入海燃。花香引诗绪，涛韵动心弦”等许多佳词丽句，可谓神思天纵，妙笔飞腾。关于王玉明院士的诗词艺术成就，中华诗词界的名师大家霍松林、杨叔子、郑伯农、梁东、周笃文等在各种版本的序言和评论中已讲得非常详尽、精辟，在此毋庸赘述。

还有一点要说及的，就是我本人曾经作为中央电视台军事节目的主要策划者和最终把关人，和王玉明院士在视觉艺术上还有着共同的审美情结。拿到《智水仁山》摄影作品集的当天晚上，我一口气翻阅到凌晨三点。我的心灵深为王玉明院士作为业余摄影爱好者的精湛摄影艺术所折服和震撼。他的摄影作品画面之恢宏，构图之巧妙，取景之精巧，技术之精当，机位选取之奇特，捕捉天象奇观之神功，视觉冲击力和感染力之强烈，是不少专业影视工作者也难以企及的。

王玉明院士的《雪域抒怀》一诗，我感到是这位院士诗家诗意人生的生动写照。在这里引用他的首尾两联，作为我发言的结语：“智水仁山赤子心，诗书音影蕴神魂……大千气象盈胸腑，攀险钟灵科技人。”

（二〇一一年四月二十一日）

诗才与干材

——再谈促进中华诗词振兴

伴随着中华民族和中华传统文化的伟大复兴，伴随着新时代的前进脚步，中华传统诗词已走出低谷，走向复兴，初显繁荣。全国各地诗词组织如雨后春笋，层出不穷，各类诗词报纸刊物也如春花怒放，各展风采。各地诗词组织领导人和各类诗词报刊负责人，构成中华诗词大军里一个重要人才方阵。这个人才方阵素质高低、工作好坏，直接关系着中华诗词事业的振兴与繁荣。因此，重视研究并着力提高诗词人才方阵的素质，是促进中华诗词振兴的关键环节。

兴废由人事。事业目标确定之后，人才就是决定的因素。我们要实现中华诗词事业振兴与繁荣的伟大目标，需要大量的诗词专家和领导骨干，简言之，就是需要大量的诗才与干材。因为诗是一种个性的张扬。任何一个诗家，其思想倾向、艺术风格，都是他的创作自由，别人无可强制。但是如果某个诗家担任了一级诗词组织的领导者或者某种诗词报刊的负责人，他的思想倾向、艺术风格就会直接影响到他所领导的诗词组织和他所掌控的诗词报刊。同样，一个领导干部如果喜欢写诗，这只是他的业余爱好，写得好些差些，也无碍大局。但如果他担任了诗词组织的领导者或诗词报刊负责人，他的诗学品位、艺术水准，也会给他所领导的诗词组织和他所掌控的诗词报刊带来直接影响。由此可见，振兴中华诗词所需要的是诗家中的干材和干材中的诗家，是诗词艺术水平与组织领导能力的兼容并蓄和完美统一。

诗家中的干材与干材中的诗家，应当具有以下共同的能力素质：他们要有清醒的思想政治头脑和正确的文学价值取向，为诗词组织和诗词报刊把握正确的前进方向；他们要有自觉的奉献精神和端正的人格力量，靠身体力行感召诗友；他们要有很强的组织协调能力，有宽广的思想情怀和高度的大局意识，能够团结引领广大诗友共同弘诗；他们应是诗词艺术的内行，尽可能具有高超的诗词艺术水平和精深的诗学素养，努力成为所在地域、行业中的诗词名家；他们应是诗词事业的实干家，具有认真扎实的工作作风，真抓实干，不尚空谈。当然，还可以列出其他一些优良品质和素养，但以上几点是至关重要的。

千军易得，一将难求。诗家中的干材与干材中的诗家，要在实践中培养、发现，特别要注意从中青年抓起。然而，写诗填词毕竟是一种个性张扬的文化存在。诗词领导骨干也毕竟是少数。“天生我材必有用”。对于广大诗友和诗词爱好者来说，只要你愿意写诗，不论什么风格，都是为中华诗词百花园增添花朵；只要你是一个诗词志愿者，不论你个人诗写的水平如何，只要能为诗词事业尽心出力，也是为中华诗国增添春色。让我们大家携起手来，各尽所能，才尽其用，共同促进中华诗词事业的振兴与繁荣。

（这是作者为《中华诗词》杂志二〇一一年第五期撰写的卷首语）

《淄博历代诗选》序

据报章杂志记载：1988 年，欧洲有 75 位诺贝尔科学奖得主在宣言中讲道："最近 500 年，世界进步很快，源于欧美的科技进步；今后的 500 年，人类要活得有尊严的话，就必须回到 2500 年前，到东方孔子的文化教育中去。"这则信息提供了一种文化动向，即世界已把关注的目光转向中华文化。孔子不但是中国古代大思想家、大教育家，而且对中华诗歌的整理和传承作出了巨大贡献。西方哲人主张回到孔子的文化教育中去，就自然包括"不学诗，无以言"的圣训。我国是一个诗的国度，中华诗歌源远流长。一部中国文学史，诗歌占有极其重要的分量。从某种意义上可以说，离开了诗歌，中国文学无从谈起。在中华诗国的灿烂星空中，每一代都有璀璨的诗星，汇成了一条星光夺目的银河星系。挖掘和整理先人的优秀诗作，是我们的一份责任。柳泉诗社历经二年，精选 120 位诗人的 420 首诗词，编印成《淄博历代诗选》以飨读者，这对弘扬中国优秀文化传统，促进诗词事业发展繁荣，都是一件很有意义的事情。

淄博市人杰地灵、文化璀璨，曾经是齐国古都，也是齐文化的发祥地。在这片美丽而神奇的土地上，演绎过中国历史上光彩夺目的画卷。社会的变革，经济的繁荣，使得淄博人文历史悠久，文化底蕴深厚，涌现出了一大批优秀诗人，留下了大量的不朽诗篇。历代以来，多少文人墨客、宦海游子，慕名到齐地览胜怀古，触景生情，创作了很多脍炙人口的经世名作。《淄博历代诗选》中的左氏兄妹、王士禛、蒲松龄、赵执信等诗人及其作品，对中华诗词的发展都做出了重要贡献，在中国文学史上也占据着重要地位。

中华诗词被誉为中国文学艺术皇冠上的明珠。诗词之美，就美在其内容博大精深，其风格绚丽多彩，其意境高古典雅，其韵律和谐优美。纵览所选作品，充分展现出作者俯仰一世，借助诗韵抒发胸臆，或吟诵山川田园之美，或畅叙离别思念之情，或抒发览胜怀古之感，或寄托咏物言志之心。其情感之真切、意境之深邃、品格之高雅，尽显于斯。“腹有诗书气自华”，所以学诗、吟诗、写诗，既充分展现我们的人文风采，提高我们的文化素质和内在修养，更能激发我们热爱祖国报效桑梓的热情和信心。

这是一本面向广大诗词爱好者的好书，具有符合时代要求、质量上乘、雅俗共赏、通俗易懂的特点。一是选材广泛，既注重历代大家名人的名作，又广泛征集了流落民间的遗珠。二是风格多样，所选作品既有清新蕴藉、淡雅隽永的，又有豪迈慷慨、兀傲雄奇的，还有浑厚跌宕、沉郁苍凉的，也有浅淡清纯、明白晓畅的，以反映不同作者的不同的风貌，并满足读者对不同风味的需求。如以王渔洋为代表的神韵诗，以赵秋谷为代表的劲健峭拔之诗，以王象春、刘孔和、孙蕙、张笃庆等为代表的豪迈雄浑之诗，还有徐夜为代表的沉郁苍凉之诗等等。看了蒲松龄的诗词，则更加深感蒲老先生不仅是小说奇才，也堪称诗词大家。还有一大批名不不见经传的草根诗人，如张秉汉、赵慈等则以清新见长。张秉汉那首《寄园》：“十载荒园托寄栖，旧栽桃李渐成蹊。三间瓦屋连茅屋，半亩花畦杂菜畦。树不当窗延月早，山能入户爱墙低。幽居最是宜空阔，何必亭轩要整齐。”语言通俗，景致悠然，别有韵致！三是不拘名气，不泥古训，注重入选反映时代气息、贴近生活的作品。清末宋龙峰的《铁道甫成初登火车感咏》："万古沧桑一变才，腾身我亦御风雷。路平尽划岩岭险，轮转唯凭水火催。大地回看凝缩去，何山入望不归来。他年利弊知谁识，坐客徒夸眼睛开。"面对新生事物，其感怀之深，透在字里行间。四是注释简洁易懂。诗词的注释有解疑释惑、画龙点睛之妙，既要解读得让读者明白，又要不失作者的原意。本书注释博采众家之长，去繁就简，读起来通俗易懂。

改革开放以来，中华传统诗词焕发出新的生命力，学诗吟诗写诗的人越来越多。近二十年来，柳泉诗社既注重了诗词队伍建设，提高创作水平，又立足当地，重视诗词文化资源的搜集、整理、利用，作了非常重要的工作，是功在千秋的义举。《淄博历代诗选》尽管还有错漏不妥之处，还有需要商榷的地方，但瑕不掩瑜。这毕竟是一部很有意义的诗集，必将对弘扬齐鲁文化、繁荣诗词事业发挥应有的效用。

我戎马生涯，初入诗道。自知才疏学浅，从来不敢造次。凡有诗集、诗论出版请我作序者，一律婉拒谢辞。无奈淄博诗词学会李奎封会长以乡情相逼，多次诚邀。加之我在山东省军区和济南军区工作多年，淄博是我经常造访之地，对淄博的山川景物、人文历史颇有感情。于是，便只好恭敬不如从命，破例写出上述文字，权且为序。

（二〇一一年六月）

当好中华优秀传统文化的薪火传人

——全国第二十五届（黑龙江肇源）中华诗词研讨会开幕词

在纪念中国共产党成立九十周年的喜庆日子里，全国第二十五届中华诗词研讨会在美丽的北国古莲之乡——黑龙江肇源隆重开幕了。首先，我代表中华诗词学会和郑欣淼会长向来自全国各地的诗友和来宾表示热烈的欢迎！向热情帮助、大力支持研讨会召开的肇源县委、县政府和各界朋友表示诚挚的感谢！

肇源是个多民族的县，历史悠久，文化灿烂。早在6500年前，肇源就有人类活动，至今已发现的古文化遗址有105处，其中有国家重点文物保护单位“白金宝遗址”，还有在考古学上占有重要地位的“小哈拉文化”。历史上，这里曾为辽金腹地，元、清王公世袭之所，既是辽国齐天皇后的故乡，也是完颜阿骨打肇基王业之地。因此，肇源又可称之为肇启宏业之源。改革开放三十多年来，特别是近几年来，在肇源县委、县政府的领导下，肇源县的经济社会建设有了长足的发展，文化建设也日益繁荣。这次承办全国第二十五届中华诗词研讨会，就是他们弘扬传统文化，促进社会主义文化大发展大繁荣的实际行动。

中华诗词学会已故会长孙轶青先生，在文论中引用了报章杂志上西方哲人涉及中国的两则评论，读来让人回味无穷。现引录如下，供诗友们玩味遐思：

一则是：二十世纪初，英国大史学家汤恩比（1889-1975）曾说过：“十九世纪是英国人之天下，二十世纪是美国人之天下，二十一世纪是中国人之天下。”他又说：“未来岁月，中国能以自己的文明为核心，通过强行军，在科技领域赶上西方，完全能创建出一种不同于西方的现代文明，从而成为使世界走向大同的地理和文化的主轴。”

一则是：1988 年，欧洲有 75 位诺贝尔科学奖得主在宣言中讲道：“最近 500 年，世界进步很快，源于欧美的科技进步；今后的 500 年，人类要活得有尊严的话，就必须回到 2500 年前，到东方孔子的文化教育中去。”（转摘自《开创诗词新纪元》第 274 页）

这两则信息提供了一种文化动向，即世界已把关注的目光转向中华文化。孔子不但是中国古代大思想家、大教育家，而且对中华诗学的整理和传承作出了巨大贡献。西方哲人主张从孔夫子那里汲取智慧，就自然包括“不学诗，无以言”的圣训。

中共中央政治局常委李长春同志在致中华诗词学会第三次全国会员代表大会的贺信中指出：“中华诗词是中华民族文化的精髓，有着悠久而辉煌的历史。新时期以来，广大诗人词家继承优秀的民族诗歌传统，创作出许多具有民族风格、脍炙人口、催人奋进的诗词作品，为中国文学增添了灿烂篇章。”中共中央政治局委员、中央书记处书记、中宣部部长刘云山同志在贺信中说：“我国向来以‘诗的国度’闻名于世。中华诗词源远流长，那些震撼心灵、传之于今的不朽诗作不仅是我国优秀传统文化的重要组成部分，也是人类宝贵的精神财富。”作为“中华民族文化的精髓”和“人类宝贵的精神财富”，我们传承和弘扬中华诗词，就是传承中华优秀传统文化薪火的具体行动。

我们这次研讨会的主题确定为纪念建党九十周年，深入反映当代生活，切实提高当代中华诗词的艺术水平，多出精品，进一步巩固和提升诗词创作在当代文学与文化中的地位。这正是弘扬传统诗词、传承中华文化的有力举措。因为传统诗词只有在当代文学和文化中的地位巩固和提升了，才能摆脱被边缘、被淘汰的困境，才能纳入当代社会主义文化大发展大繁荣的主航道，才能切实得到继承和弘扬。

为了开好这次研讨会，学会分管领导和学术部作了精心筹划，会长办公会议进行了专题研究，广大诗家、学者进行了认真准备。自 3 月 10 日发出征稿通知到 6 月 15 日截稿，共收集论文 150 篇，其中专家学者特邀论文 15 篇，入选论文 40 篇，约占来稿的三分之一。广大论文作者围绕如何深入生活、反映时代、多出精品，从不同角度、不同层面、多项命题展开广泛地论述，论文质量明显提高。

要传承中华优秀传统文化，必须坚持继承与创新的辩证统一，这是一个与时俱进的永恒命题。因为离开了继承，“承”将无从谈起；离开了创新，“传”将难以为继。在继承与创新的统一这个重大原则问题上，我们的态度是一以贯之的。弘扬传统诗词，我们就是要坚持继承创新，“求正容变”，对传统诗词的“黄金格律”和技术、艺术层面的固有范式，必须认真传承，不传承就不再是中华诗词，不传承就会嬗变成别的文学样式；同时，又要在内容和形式上进行创新，推动中华诗词适应时代、深入生活、走向大众。要坚持声韵改革，倡今知古，实行双轨并行。对这些重大原则问题，我们就是要坚定不移，毫不动摇。我们清楚地知道，确实有部分诗友，十分执着于传统。这是他们的学术自由，我们予以尊重。他们用旧声韵写出的好作品，我们同样予以支持。“写什么”、“怎么写”这是他们的创作自由。广大诗友坚持用新声韵创作，也是各自的创作自由。大家都不要相互干预。要在创作实践中逐步提高认识，增强自觉，在新的认识境界，达到新的统一。使用新声韵创作，尽管是时代潮流的大势所趋，但对于习惯用旧声韵写作的诗友来说，毕竟有个接受、适应和习惯的过程。实践证明，用新声韵写作，已经出现了不少好作品。这是有目共睹的事实。我们学术讨论的重点，是怎样继承、怎样创新、怎样改革、怎样发展，怎样催生精品力作，怎样促进诗词的真正振兴与繁荣。至于声韵改革，倡今知古、双轨并行，这是几次代表大会大家共同作出的郑重决定，应群策群力予以贯彻实施，无须无休止地再对已经明确的问题搞那些翻烙饼式的争论，那样，只会无端转移诗友们的注意力。

诗友们，同志们，“天意君须会，人间要好诗”。希望大家要敞开思想，各抒高见，群策群力，集思广益，充分发扬学术民主，科学实施正确引导，为实施精品战略，繁荣诗词创作，提供正确的理论指导。在本月初召开的庆祝中国共产党成立九十周年大会上，中共中央总书记胡锦涛同志强调指出：“中华民族创造了源远流长、博大精深的中华文化，中华民族也一定能够在弘扬中华优秀传统文化的基础上创造出中华文化新的辉煌。”这对我们中华诗词界是莫大的鼓舞和鞭策。因为我们是“中华民族文化的精髓”的传承者。我们相信，在党的创新理论和文艺方针的指引下，在中国作协的正确指导下，中华诗词学会全体同仁和广大的诗友，一定会同心同德、和衷共济、脚踏实地、锐意进取，扎实推进中华诗词事业的繁荣与发展，切实当好中华优秀传统文化的薪火传人。

（二〇一一年七月二十五日）

热烈祝贺中华诗词研究院成立

经国务院批准，隶属于国务院参事室、中央文史研究馆的中华诗词研究院正式成立了。2011年9月7日，在钓鱼台国宾馆隆重举行了揭牌仪式。国务院领导同志出席揭牌仪式并作重要讲话。这是中国文学界、诗词界的一大盛事，是振兴中华诗词事业的一个有力举措。中华诗词学会和海内外广大诗友对中华诗词研究院的成立表示热烈的祝贺！并借此机会，向关心重视中华诗词事业的党和国家领导同志及有关部门，表示衷心的感谢！

改革开放三十多年来，伴随着中华民族的伟大复兴，作为中华民族文化精髓的中华诗词，在逐渐由复苏走向复兴的道路上，有两件具有标志性意义的大事：一是1987年5月31日，中华诗词学会成立，填补了我国没有一个全国性诗词组织的空白；二是这次中华诗词研究院的成立，填补了国家政府部门没有一个专门从事诗词研究机构的空白。她们都是顺应弘扬中华传统文化的时代潮流所生，又都是为了一个共同目的——振兴和繁荣中华诗词事业而不懈努力。

国务委员、国务院秘书长马凯同志在出席揭牌仪式的讲话中，对中华诗词研究院的性质，作了五句话的定位："凝聚诗词人才的重要纽带"、"繁荣诗词创作的重要平台"、"引领诗词评论的重要窗口"、"推动诗词研究的重要基地"、"收集诗词资料的重要文库"。在同中华诗词学会的关系上，马凯同志明确指出：中华诗词学会和中华诗词研究院是"两个机构，一个目标；你中有我，我中有你；适当分工，通力合作"。研究院和学会都要既抓普及，又抓提高，但研究院更要在抓提高上下功夫；都要既抓诗作又抓诗评，但研究院更要在抓诗评上下功夫；都要既抓创作，又抓研究，但研究院更要在抓研究上下功夫；都要既抓当前，又抓长远，但研究院更要在抓长远上下功夫。对这些重要指导性原则，我们要认真贯彻执行。

中华诗词学会将全力支持、配合中华诗词研究院的工作，做到人才互济，资源共享，同心协力，共创辉煌！

（这是作者为《中华诗词》杂志
二〇一一年第十期撰写的卷首语）

为传统诗词注入时代精神

中国诗歌的传承与发展，是中国诗歌发展史上一个与时俱进的永恒命题。因为传承是发展的前提，发展是传承的继续。离开了传承，发展将是无源之水、无本之木；离开了发展，传承将是一潭死水、一株朽木。当然，传承与发展又是辩证的统一体，不同的文学样式，其传承和发展的侧重点和具体内涵又各有不同。就诗歌中的古体而言，溯源于《诗经》、《楚辞》和唐诗、宋词、元曲的中国古体诗，作为植根于中华民族古老文明沃土的艺术奇葩，是中华民族文化的精髓，是国粹中的国粹。因而，传承是古体诗与生俱来的天性；而由于传统思维的惯性，古体诗的发展相比之下则显得有待加强。在传承的基础上求发展，不断注入时代精神，是古体诗的生机与活力所在。

明清之际的画家石涛说过："笔墨当随时代。"唐代诗人白居易更是强调："文章合为时而著，歌诗合为事而作"。南朝梁文学理论家刘勰在《文心雕龙》中指出："时运交移，质文代变"，"歌谣文理，与世推移"。南朝梁史学家萧子显在《南齐书·文学传》中则说："若无新变，不能代雄。"这些古往今来的至理名言，大家已熟记于心。在这里，我想转引国民党元老于右任先生在1955年台湾诗人节上强调的两点意见："一、发扬时代精神，二、便利大众欣赏。"他说："盖违乎时代者必被时代抛弃，远乎大众者必为大众冷落。再进一步言之，此时代应为创造之时代。伟大的创造，必在伟大的时代产生。……此时之诗，非少数者悠闲之文艺，而应为大众立心立命之文艺。"可见，在诗词要适应时代、深入生活、走向大众这一基点上，一切开明智慧的文化贤哲，都是能够达成共识的。

前不久，在 2013 年 8 月 19 日召开的全国宣传思想工作会议上，习近平总书记强调指出："我们正在进行具有许多新的历史特点的伟大斗争，面临的挑战和困难前所未有，必须坚持巩固壮大主流思想舆论，弘扬主旋律，传播正能量，激发全社会团结奋进的强大力量。"中华诗词作为社会主义先进文化的重要组成部分，在传播正能量，激发全社会团结奋进的强大力量上大有可为。这也是为传统诗词注入时代精神最新、最有力的思想理论指导。

为传统诗词注入时代精神，其基本的创作原则就是马凯同志所总结概括的"求正容变"。即认真传承先贤们在长期诗歌创作过程中，经过千锤百炼后形成的"黄金格律"，同时又要在内容与形式上与时俱进，创新发展。这些基本原则，已逐步成为广大诗友们的共识。

一位哲人说得好，一个实际步骤比一打纲领更重要。为传统诗词注入时代精神，既是一个理论问题，更是一个实践问题。"为什么"要注入时代精神的问题，在理论上已经论证得比较充分；"怎么样"注入时代精神的问题，还要在实践中艰辛探索。

本文试图主要结合自己的创作实践，从理论与实践的结合上，就为传统诗词注入时代精神问题，谈点愚人管见，作为引玉之砖。毋庸讳言，作为业余诗词爱好者，尽管在诗词理论与诗词佳作的研究上缺乏系统性，在诗词创作实践上带有盲目性，但中国自古就有"愚者千虑，必有一得"的古训。袁枚在《随园诗话》中讲的尤为深刻："诗境最宽，有学士大夫读破万卷，穷老尽气，而不得其阃奥者。有妇人女子、村氓浅学，偶有一二句，虽李、杜复生，必为低首者。此诗之所以为大也。作诗者必知此二义，而后能求诗于书中，得诗于书外。”因此，用文学艺术的解剖刀剖析一下自己创作的心路历程，不管得失与否，都愿求教于方家。

为传统诗词注入时代精神，从宏观把握上来讲，以下七点是必须注意的。

一、直面时代题材

为传统诗词注入时代精神，最根本的是直面时代题材，在内容上贴近时代。时代题材涉及时代生活的方方面面，涵盖面非常广博。既有伟大事变，重大事件，也有党策国计，人意民生；既有经济社会发展，科技进步，文化繁荣，也有人民甘苦，喜怒哀乐……可谓包罗万象，林林总总。直面时代万象，如何选取题材，是每个诗人的创作自由。大江东去，小桥流水，歌颂真善美，鞭笞假恶丑，兴、观、群、怨，都可以出好诗出佳句。不过，著名诗评家李元洛教授的一番话还是发人深思：“时代精神是一代诗歌交响乐的主奏曲，短笛、长号、提琴、大鼓等各种乐器，尽可各尽所长。有了主奏曲，音色和音域不同的文章，就可汇成壮丽动人的大合唱。”刘云山同志更是明确指出：“文学创作只有汇入时代主流，才会有广阔的前途，才能锻造出传世之作。”“反映我们这个时代的历史巨变，描绘我们这个时代的精神图谱，为时代写史，为时代画像，为时代立言。”我想，直面时代主流，应是直面时代题材的重点和难点所在。

作为中华诗词学会的一名工作人员，为了推动中华诗词事业的真正振兴与繁荣，我们不仅在讲话和文章中大力倡导直面时代主流，创作主旋律的作品，而且努力在创作实践中身体力行，大胆探索。特别作为一名职业军人出身的诗词业余爱好者，在诗词创作上也是用毛泽东军事思想，你写你的，我写我的，扬长避短，争取胜利。例如，卿卿我我的柔情诗，自顾自盼的自怜诗，品茶饮酒的悠闲诗，吟风弄月的才情诗，不是自己的性格所好。便像田忌赛马一样，甘心输掉这一局。但我尊重诗友们的创作自由，而且上述各类诗作中，也不乏时代气息和成功范例。然而自己在阅历、视野、境界、洞察力和克服困难的勇气上，也有相对的优长。这些优长用到诗词创作上，便可力攻重点，勇闯难关。

例如宽正面、大纵深、全景式描写一个伟大的历史事件，是词家创作的大忌。但出奇制胜的战术，又是兵家所长。“九八抗洪”曾是中华民族伟大时代精神的集中体现，作为中央电视台军事节目“九八抗洪”宣传的主要策划者和把关人，我参加了这一伟大事件宣传报道的全过程。自己的思想时时为伟大的“九八抗洪”精神所感染、所冲动。于是便萌发用诗词艺术形式反映这一伟大事件的想法。经过几易其稿，推出了《念奴娇·戊寅抗洪》：

天河堤决，雨狂泻，恰似苍穹开裂。松嫩长江齐肆虐，洪浪排空卷雪。财产漂零，生灵没顶，万物遭吞灭。戊寅华夏，惊涛呼唤豪杰。

灾情急点雄兵，海空兼陆路，风驰云掣。统帅亲征，挥巨手，将士争降蛟孽。众志成城，军民凭血肉，筑墙如铁。丰碑青史，功垂多少英烈。

拙作发表后，受到了不少诗人词家的鼓励。同时，对《南国抗冰雪》、《汶川抗震》、《玉树抗震》等重大事件，我也都及时有诗作发表。特别需要指出的是，在主旋律题材的诗词创作上，马凯同志为我们作出了榜样。他以国务院领导的繁忙之身，在紧张繁忙的政务之余，潜心创作了大量反映中国历史进程的主旋律作品。尤其是他在指挥抗灾前线，先后创作了《抗洪十首》、《抗雪十首》、《抗震十首》等组诗，情感天地，气壮山河，发表后引起了强烈的社会反响，是主旋律诗词作品的突出代表。

再如抗美援朝战争，是新中国成立后，展示中国人民志气、勇气、胆气、豪气，奠定新中国生存基础的一场决定性战争。在纪念抗美援朝出国作战六十周年之际，如何写出深刻反映这场伟大战争的诗作，也曾困惑我多日。后来，我就抓住了抗美援朝最本质的两点：一是敢于向强大敌人叫板"亮剑"的英雄气概，二是"狭路相逢勇者胜"的拼命精神。据此，写出了《采桑子·抗美援朝战争（六十周年纪念）》：

国门战火催征号，抗美援朝。抗美援朝，敢向魔王亮刺刀。　　相逢狭路争拼死，势比天高。势比天高，虎豹豺狼颤栗嚎。

这首词在《解放军报》和《中华诗词》杂志等报刊发表后，许多首长、将军、诗家、吟友对我鼓励说，这首词写得好，抓住了抗美援朝最本质的特点，起到了滴水见太阳的效果。

同时要指出的是关注时代题材离不开关注民生这一重大现实。首届华夏诗词奖一等奖作品中李成瑞老师和伏家芬老师的两首长篇古风《千人断指叹》和《米菩萨歌》，堪称当代关注民生的代表之作，不少反映农民工题材的诗词作品，也都是关注民生的精品佳作，大家都比较熟悉，原诗不再抄录。

二、升华时代意象

诗是文学中的文学。诗词靠意象的艺术冲击力来教育人、感染人、娱悦人。空洞的说教和标语口号不是诗。一个时代有不同于其他时代的特有意象。原始时代只有象声的劳动号子；农耕时代有“采菊东篱下，悠然见南山”的意象。而工业时代和信息时代又都有其独特的意象。这就要靠诗家去观察、去发掘、去提炼、去升华。

例如国庆六十周年大阅兵，是信息化时代我现代化人民军队武器装备和军容军威的闪光亮相。我的《七律·国庆六十周年大阅兵感怀》，就是一组现代化人民军队的时代意象：

举世凝眸望北京，长安街上走蛟龙。
铁流奔进风雷动，热血沸腾豪气冲。
陆海军容威震虎，空天兵阵势吞虹。
金戈交响狂飙曲，一往无前正步中。

首句“举世凝眸望北京”，只有在电视现场直播的特有时代条件下，才能产生“举世凝眸”的时代意象。紧接着“长安街上走蛟龙”，则借用了中国传统文化中的“蛟龙”的威猛意象，用一个“走”字，链接到新时代的长安街上，就别有韵致。后面“铁流奔进”展示了装备方队的浩然气势，“热血沸腾”表现出徒步方队的壮志豪情。“陆海军容”和“空天兵阵”则展示的是陆海空天四位一体的现代化军种构成意象。尾句又借用了毛泽东同志“狂飙为我从天落”的豪迈诗意，金戈铁马的交响乐，谱就的是所向无敌、横扫一切的现代狂飙曲。最后用双关语的“正步中”，既展示阅兵方队通过天安门的正步雄姿，又寓意人民军队永远沿着革命化、现代化、正规化建设的正确方向前进。许多诗家鼓励我说：这才是将军笔下的现代化大阅兵气象。

再如《江城子·飞天梦圆》：

> 人间几欲上天堂？访嫦娥，问吴刚。大漠敦煌，壁画竞飞翔。华夏英豪多梦想，征玉宇，破天荒。　　腾空火箭九霄飏。送神舱，探穹苍。浩瀚星空，日月伴船航。舟返人安传喜讯，圆伟梦，凯歌扬。

词中展示的是人类航天的时代意象。特别以嫦娥作比衬来借用嫦娥奔月的神话和敦煌飞天壁画，更彰显出中国人古往今来试图飞天的伟大梦想，终于变成现实的时代宏图。

三、抒发时代情感

古代诗论家一致强调，诗写性情，以真切为要，以有我为高。凡作诗，写景易，写情难。作诗，不可以无我，无我，则剿袭敷衍之弊大。文章当出自机杼，成一家风骨，不可寄人篱下。由此可见，诗要抒发感情，要抒发诗人自己的情感，要抒发诗人自己所处时代的情感。不可效颦古人所愁，强装古人之叹。

我在《七律·送次子鹏飞初出国门赴任武官助理》一诗中，抒发的就是身为老军人的父亲送军校毕业的儿子临危受命、初出国门的真实情感。儿子作为国际关系学院毕业不久的优秀年轻军事外交官，首次出国任职不是担任秘书而是担任武官助理，说明是组织上对他的器重；而他要去任职的国度，又是当时战云密布的伊朗，这又是组织上对他的考验。父亲作为戎马一生的职业军人，此时传达给儿子的情感只能是鼓舞、激励，这既是艺术的真实，也是生活的真实，或者说，这是这对父子时代情感的真实写照：

业就学成男子汉，戎衣使者外交官。
征人路上多风雨，志士胸中少困难。
智勇光开千里目，德才翼展九重天。
双肩尽负军国事，赤胆忠心稳步前。

首先强调儿子是个男子汉，是学成业就的男子汉，应该顶天立地，同时，又是戎衣使者外交官。然后指出“征人路上多风雨”，就是说，你选择了从军这条路，就要有多风雨的思想准备，要风雨兼程步人生；接着强调“志士胸中少困难”，鼓励儿子要作有志之士，要藐视前进路上的困难。进而从人生价值取向上，教育儿子要靠智勇建业，要凭德才立身。当然，怜子如何不丈夫。作为父亲对儿子安危的关心与嘱托，只体现在最后一句的一个字上，即“稳”字。告诫儿子，作为军事外交官，出国之后，双肩担负的都是军队和国家的大事，要赤胆忠心报效国家，但处事一定要稳妥，不要盲目、鲁莽行事，这样才能既不辱使命，又保证安全。如果说，送次子初国门抒的是家人的时代情感，那么，《长相思·颂小平》抒的则是国人的时代情感：

五星红，紫荆红，归祖十年百业兴。港人谢小平。
正航程，引航程，两制一国富路通。世人颂小平。

由于“归祖十年百业兴”的生动现实，所以港人感谢小平；由于“两制一国富路通”的成功实践，所以国人赞颂小平。

时代感情折射出的是时代生活的万花筒，绝不只是主旋律的豪言壮语，而是多样化的心境感悟。其中，有国情、家情、亲情、友情，有壮志豪情，也有蜜意柔情……特别爱情，作为文艺创作的常青藤，更是新的时代必不可少的情感内容。由于这类题材的精品佳作很多，不再赘述。

四、活用时代语言

一个时代的语言，是这个时代内涵的表征和时代精神的外在表现。为传统诗词注入时代精神，还要注意灵活运用具有一定代表性的时代语言。例如打工、打的、手机、网友等，已成为约定俗成的时代语言。这方面的佳作佳句已不乏其例。但政治性、政策性的语言，在诗词创作运用上，还是一个难点。因为运用不好，就会被扣上“标语口号”的帽子。而有些重大题材，又难以完全避开一些政治性、政策性的时代用语。本人在这方面，进行了不少大胆的探索。试举两例：

为纪念辛亥革命100周年，我应约写了首《七律·辛亥百年中山礼赞》。用一首七言律诗56个字，高度概括孙中山波澜壮阔的一生，本身就不是一件容易的事。再加上孙中山创立同盟会、提倡“天下为公”，提出“三民主义”和反帝反封建的政治纲领，特别是“联俄、联共、扶助农工”的三大政策，这些时代用语的要素如果不体现进去，就很难像是孙中山。如果大胆尝试，就要冒标语口号的风险。经过潜心创作，我推出了如下诗稿：

革命先行醒域中，会盟天下志为公。
三民确立兴华旬，一制推翻倡大同。
反帝反封光社稷，联俄联共助农工。
百年遗训箴言在，两岸连心架彩虹。

辛亥革命100周年诗联大赛组织者和当代一些诗词大家都给予了热情鼓励。

再如《卜算子·拜谒马克思墓》：

肃立导师前，谒墓心潮卷。世纪风雷荡五洲，真理光辉闪。　　前进有波折，规律终难变。接力长征永创新，重在谋发展。

著名将军诗人、时任解放军副总参谋长张黎上将这样评价说：他的作品直面伟大时代，讴歌现实生活，弘扬主旋律，唱响正气歌。就连坚定理想信念这一深刻的思想理论问题，他也能够巧妙地运用古典诗词的艺术形式表现出来，并诠释得入目传神。例如《卜算子·拜谒马克思墓》，短短44个字，对马克思主义的真理性和灵魂真谛的解释，不亚于几篇大块的理论文章。《人民日报》能选登他的这篇词作，也是慧眼识珠。

五、反映时代气息

时代气息指体现时代精神和时代特点的情趣和风格，具有明显的多样性和广泛性。因此，要为传统诗词注入时代精神，还必须广泛反映多样化的时代气息。在这里需要特别说明一下，请诗友们不要曲解和误传我的讲话精神。我不仅弘扬主旋律，而且提倡多样化；是和谐统一论者，不是极端偏废论者。我尊重诗友们多样化的创作自由。我自己的诗词作品也是多样化的。

2005 年 10 月、2009 年 5 月、2011 年 10 月，我先后参加第一、二、三届中国诗歌节，分别留下了几首诗作，应该说诗中体现了当代文学艺术领域的时代气息。

诗友间的唱酬和答，是体现时代气息的一个重要渠道。不同时代的诗友唱和，都会折射出他们所处时代的不同气息。试举一例：我的一个诗友是当代著名诗人，他赠我一首七律《人日桃花涧》：

白虎来当值岁神，桃花例放一番新。
难为斯世能容我，未必当初要识人。
高树已谙风冷淡，曲江还忆月清纯。
仙源或在青峰侧，只是如今懒问津。

这首诗写得很美，而且深刻表达了诗家对世事人情的独家感悟。我要唱和诗友的这首七律，除了传统诗词的格律要求和诗词唱和的艺术范式必须遵循之外，还必须表达出体现我的个性特质的人生感悟。而这种人生感悟，就是对我的为人处世哲学时代气息的一种折射。我步原玉奉和的诗作是这样写的：

乘风驭虎觅花神，桃蕾村姑粉面新。
世态炎凉何碍我，山容深浅自宜人。
晴空一抹轻云淡，古国千秋正气纯。
忘却忧烦即仙界，不愁前路有迷津。

我作为一名久历风波气自平的老同志，认为不要把世态炎凉看得太重，山容深浅都是很宜人的。进而，指出忘却忧烦即仙界，不愁前路有迷津。从而在诗作的唱和中，交流了人生感悟，体现出一种豁达、坦然的人生态度和盛世怡情的时代气息。

对访古览胜一类诗作中的时代气息，往往以诗作中所流露的诗家的历史观为表征的。例如，我在内蒙古呼和浩特市南郊，参观了相传为“青冢”的昭君墓。了解到历代文人对王昭君自愿出嫁远入匈奴的真实目的争论不休。其中中共一大代表，共和国开国元勋董必武的《谒昭君墓》诗碑，智高一筹。诗曰：“昭君自有千秋在，胡汉和亲识见高。词客各摅胸臆懑，舞文弄墨总徒劳。”经过精心构思，我创作了一首《一剪梅·昭君墓》：

青冢黄昏暮色新。拜了贤人，散了游人。独留浩气荡乾坤。一缕香魂，千古昭君。　　落雁花容过塞门。胡汉和亲，绥靖边尘。琵琶声里唱德馨。众议弦音，谁解弦音？

其中，“独留浩气荡乾坤。一缕香魂，千古昭君。”“胡汉和亲，绥靖边尘”等，是对昭君出塞历史意义的充分肯定。而结尾“众议弦音，谁解弦音？”又是对董老《谒昭君墓》诗意的异曲同工的唱和。此中折射的，都是我们所处时代的气息和唯物主义历史观。

六、针砭时代弊端

孔子在对诗的美感作用、认识作用和教育作用的论述中明确指出：“诗可以兴，可以观，可以群，可以怨。”（语出《论语·阳货》）其中“怨”，即“怨刺上政”，指批评与讽刺不良政治的作用。针砭的本意是指古代用石针扎皮肉治病，比喻深刻批评。任何一个社会，即使清明盛世，也有时代弊端。用诗词的艺术形式针砭时弊，是为传统诗词注入时代精神的必不可少的内容。《中华诗词》杂志每期“刺玫瑰”发的就是这类诗作。但这类稿件存在的普遍问题是，“讽”得没有幽默感，“刺”的没有针对性。特别是有些重大社会问题，仅靠讽刺幽默是不够的，必须严肃深刻地批评，才能还针砭以本来意义。反腐倡廉是个重大时代课题。我曾就这一主题写了一部长篇古风《青莲曲》。在征求诗友们的意见时，有的诗友说，批评不正之风应该是我们这些基层人的事，像你这个级别的人似乎不应该写这类题材的诗。我则表示说，党中央、中央纪委多次强调党风问题关系到党的生死存亡。反腐倡廉，人人有责。后来经过反复推敲修改，最终在2013年《中华诗词》杂志第四期公开发表，引起了很好的社会反响。全文比较长，主要以自然界的青莲和李白号青莲进入，寓意清廉政治，深刻揭示反腐倡廉这一重大主题。在列举了中国历史上的清官廉吏并鞭笞贪官之后，接着讲道：

“长夜神州破晓天，先锋队里出典范。多少先烈抛头颅，甘燃青春烧黑暗。中华赤子方志敏，救国救民志清贫。腰缠经费数万贯，不为私利动分文。人民救星毛泽东，全心全意谋大公。与民共苦不食肉，衬衣睡袍补丁缝。大国总理周恩来，清风正气净尘埃。身后了然无所有，四海悲声动地哀。兰考县委好书记，舍生为民谋福利。死而后已两袖风，鞠躬尽瘁感天地。地委领班孔繁森，雪域高原献丹心。哈达寄思千万里，常使国人泪沾襟。政权兴亡周期率，以史为鉴明得失。

水能载舟亦覆舟，人于有日思无日。久遭侵蚀易生病，树高千尺有蛀虫。触目惊心观案例，污风浊气蔓延中：谋钱夺利先抓权，营私举亲买卖官。一人钻营得了道，鸡鸭鹅狗都升天。权力到手再贪财，前门后门一齐开。贪污受贿歪斜道，不尽脏钱滚滚来。捞满钱财又捞房，侵吞房产近疯狂。穷奢极欲建豪邸，纸醉金迷白玉堂。十个贪官九沉沦，小秘二奶竞销魂。金屋藏娇浑不够，声色犬马又买春。积重难返下药猛，断头台上斩公卿。无奈有了“抗药性”，杀鸡示众猴不惊。中南海里敲警钟，生死存亡系党风。重拳出击惩贪腐，力挽狂澜水向东。壬辰京华开盛会，神州大地劲风吹。合乎天时顺民意，反腐倡廉响炸雷。‘老虎’、‘苍蝇’一起打，标本兼治多管下。打铁还须硬自身，完善机制效用大。阳光运行晒私密，制度铁笼关权力。严惩严管加严防，不敢不能且不易。北海西海莲花池，又到荷尖初露时。清风催绽迎红日，一朵芙蓉一首诗。中海南海连四海，接天莲叶铺新绿。古国千秋正气吹，请君听我青莲曲。”为了写好这首诗，我认真学习了中央领导的有关讲话，查阅了《廉吏传》、《贪官传》等历史资料和现实重大案例，因而在写作中政策把握得比较适度。如果这类“怨刺上政”的诗作超过了善意批评的度，而进行恶意攻击的话，有可能会违反宪法和法律，那是要文责自负的。

七、描绘时代画卷

有人认为古体诗词就是诗人圈子里的自娱自乐、自思自叹，难以汇入时代洪流，难以描绘时代画卷。这话只能是说对了一部分，在古体诗词中，上述类型的诗作确实存在。但由于局外人缺乏对古体诗词当前创作全貌的研究与了解，出现认识上的片面性也在所难免。事实上，每逢遇到重大的现实题材，中华诗词学会和全国各地诗词组织，都身体力行地进行诗词创作，用传统诗词艺术形式，为时代画像，为时代立言。

我这里所说的描绘时代画卷，着重想从诗词艺术层面来讲。为改革开放后生机勃勃的中华大地画幅时代画卷，我尝试创作了一组词作：《沁园春·四季画屏》。全篇没有半点政治术语，没有一句标语口号，全部将改革开放后中华大地四季美景与各类物象，升华为生命的意象符号。正如著名诗评家张同吾先生所说："他的《沁园春·四季画屏》，又可视为人与自然相和谐的宇宙图像，是人类向往的生命之歌。春之众草蓬茸，夏之万物蒸腾，秋之海碧江澄，冬之雪裹冰封，都显现出不同的色调，而又同样鲜活的生命形态，都涌动着生生不息的力量，真正体现了诗歌超越历史的暂时性而走向哲学的永恒。"现不妨列举如下。

沁园春·四季画屏

一个晴空万里的日子，余登高远望，观改革开放后的中华大地，蓝天丽日，林茂粮丰。遂思绪奔涌，勾勒出一幅锦绣山川景物的"四季画屏"，献给伟大的祖国。

春

残雪消融，原野酥松，万物复生。有嫩芽初露，幼苗破土；南风缕缕，溪水淙淙。桃蕾涂红，柳丝染翠，远近山峦着淡青。新雨过，引百花吐艳，众草蓬茸。　　蛰虫梦断雷惊。听池畔、声声蛙唱鸣。赏碧枝树上，莺歌燕舞；芳菲丛里，蝶恋蜂拥。鸭崽浮波，鱼苗逐浪，才绿荷尖待玉蜓。咏春意，看中华大地，一派昌荣。

夏

植被芃生，山野葱茏，满目翠青。恰时值酷暑，生机旺盛；草荣木秀，水涨河盈。雨过天晴，彩虹飞架，带露荷花多样红。接天地，绘三伏画卷，饱蘸浓情。　　炎炎烈日当空。似火烤、一笼万物蒸。笑犬舌伸吐，牛鼻懒动；马鬃流汗，蝉腹消声。绿叶低垂，太阳照射，营养光合稻黍充。莫嫌热，赖气温助长，林茂粮丰。

秋

一叶镶黄，夏去秋来，金色盛装。望漫山遍野，果实丰硕；连阡接陌，谷物飘香。人影繁忙，农机轰响，催马扬鞭竞运粮。齐欢笑，饮丰收美酒，喜气洋洋。　　适逢皓月银光。仲秋夜、团圆话语长。渐风轻云淡，空高气爽；蓝天丽日，碧海澄江。枫树更妆，菊花正旺，万里丛林舞彩裳。上极顶，祝年丰人寿，岁岁重阳。

冬

落木潇潇，朔气呼号，兽遁鸟逃。正严寒横扫，植株凋谢；叶光地净，霜剑风刀。田鼠存仓，蛇虫蛰洞，垂死蚊蝇颤栗嗷。皆休矣，唤顽强生命，物种之骄。　　漫天大雪飘飘。极望目、江山披素袍。看冰封雪裹，水凝地裂；原铺白毯，树挂银条。玉岭竹直，蜡峰梅俏，绝壁悬崖松挺腰。寄凌下，有急流欢唱，勇汇春潮。

这组词最早发表在2004年9月29日《光明日报》“文萃副刊”国庆55周年专版头条显著位置，受到读者的赞许。主编韩小蕙同志转给我的读者来信称：“此词透着一股豪迈壮阔的意蕴，没有政治术语，没有标语口号，跟译文体新诗自成分野；更难能可贵的是完全使用普通话审音规范，又基本不失平仄格律。如此，中国诗辉煌的明天应是不远了。”后来这组词又被制作成电视艺术片在中央电视台播出后，引起了很好的社会反响。

还有一个是我的《五言古体诗·登泰山》，全诗156句，以举世闻名的泰山风景和人文景观为依托，以中路登山路线为经，以沿途自然和人文景观为纬，全景式描绘出泰山风光的雄伟壮丽和泰山文化的博大精深。被诗评家称为“精湛的艺术长卷”。制作成电视诗词艺术片在中央电视台播出后，同样反响很好。

当然，描绘时代画卷，并非都是铺天画地的鸿幅巨制，也可以是聚焦其一特定画面的小斗方。总之，艺术风格犹如自然界的百花盛开，本身是多彩多姿的。应该允许不同风格、不同流派和谐共荣。我们必须学习和继承前人的艺术传统、艺术规律、艺术精髓和艺术创造，而不能生吞活剥地简单泥仿和套用。要坚持求正容变的原则和继承创新的统一，写出我们自己所处的时代，写出我们自己的风格、自己的气派、自己的风采。要倡导学习交流之风，对诗词创作的形式和内容、表现手法和艺术风格，每位诗家都有各具特色的感悟和收获。相信通过交流、借鉴，取长补短，就可共同提高，携手描绘出中华诗国的灿烂春光。

（本文最初是二〇一一年十月为第三届中国诗歌节论坛准备的发言稿，二〇一三年九月，为青岛金秋笔会讲课又作了合时充实修改）

高扬军旅特色，加强艺术修养创造新时代军旅诗词的新辉煌

——在红叶诗社首届军旅诗创作研讨会上的发言提纲

经总政首长批准，解放军红叶诗社组织召开首届军旅诗创作研讨会，非常及时、非常必要。这对于正确分析军旅诗词创作现状，统一军旅诗词创作思想，适应伟大时代，反映军旅题材，扎实推进军旅诗词创作的振兴与繁荣，有着十分重要的意义。

红叶诗社领导指示我要作一个重点发言。我诚惶诚恐，不敢受命。因为红叶诗社领导和社员中，有不少是我的老前辈、老首长，在他们面前，我不敢造次。再者，我自知才疏学浅，也不敢亮丑。还有一点就是事务缠身，一直穷忙，也没有太多精力研究准备。无奈社领导一再强调，我也只好军人以服从为天职了。我想联系我在中华诗词学会工作的实际，给大家提供一些宏观信息，再加上我的实践感悟，谈点肤浅的认识，与大家共勉。不当之处，请首长、战友们批评指正，我主要汇报三个方面的内容。一、中华诗词的历史与现状；二、中国军人的诗词情缘；三、军旅诗词的艺术特色及繁荣创作应注意把握的几个问题。

一、中华诗词的历史与现状

中国是诗的国度。中国诗歌源远流长。一部中国文学史，诗歌占有极其重要的位置，从某种意义上可以说，离开了诗歌，中国文学无从谈起。诗歌最早起源于劳动号子。《诗经》是我国第一部诗歌总集。在它成为儒家经典之前，通称为

诗。集中305篇作品，代表2500年前约500多年的诗词创作。后来孔子称之为“诗三百”。《楚辞》是我国第一部作家文学总集，它是指两汉时期刘向将屈原和屈原以后的楚国诗人、文学家宋玉等，以及西汉时期模拟屈骚的辞赋，编辑成的一部诗人作品集，共16卷。后来经过秦、汉、魏、晋、南北朝的发展，到唐诗、宋词成为中国诗歌也是中国文学的两大高峰，并成为中华诗词标志性品牌。后来又有元曲，在中国文学史上也独树一帜。我们现在所讲的中华诗词，就是包括古体诗、近体诗、词、曲在内的中国传统诗词。中华诗词在中国文学史上曾经创造了无与伦比的辉煌。五四新文化运动，高扬民主与科学的旗帜，是一场伟大的思想解放运动，并为中国共产党的建立奠定了思想基础。然而，由于当时个别领导者思想上的形而上学和民族虚无主义，中华传统诗词一度被作为封建主义残渣同老太太裹脚布一起被扫进了历史的垃圾堆。不过这条渗透着中华民族文化血脉的打不死的神蛇，在经过了被打击和冷落之后，顽强地开始复苏。五四新文化运动的主将闻一多先生曾经发出：“唐贤读破三千纸，勒马回缰作旧诗”的感叹。五四新文化运动的旗手鲁迅，在传统诗词写作上也留下了不少脍炙人口的佳作。特别是新中国开国领袖毛泽东同志以其传统诗词创作的伟大实践，为传统诗词走出低谷，走向复兴开辟了道路。1957年《诗刊》创刊，发表了毛泽东诗词十八首，昭示着传统诗词的逐步复苏，并开始走向新的时代。1976年的天安门诗歌运动，人们以鲜花和诗歌，而且主要是旧体诗为武器，纪念周总理、声讨“四人帮”。充分展示了传统诗词的时代感和战斗性。到1987年5月31日，中华诗词学会成立。时任中共中央政治局委员、国务院副总理的习仲勋同志代表党中央、国务院在成立大会上的祝辞中指出：“过去，我们从来没有过这样的全国性的诗词组织。现在，把这个空白补起来了。”中华诗词学会的成立，揭开了中华诗词走向复兴的新的一页。经过了二十多年的艰辛探索和不懈努力，中华诗词事业有了长足发展。2010 年 5 月 31 日，中华诗词学会在北京召开了第三次全国会员代表大会。中共中央政治局常委李长春同志，中共中央政治局委员、中央书记处书记、中宣部部长刘云山同志分别向大会发来贺信。国务委员、国务院秘书长马凯同志，全国政协副主席、中国社会科学院院长陈奎元同志和布赫、杨汝岱、孙孚凌等老领导出席大会开幕式，陈奎元同志发表了重要讲话。中央军委委员、总政治部主任李继耐上将因出国访问不能出席大会开幕式，特派总政宣传部副部长黎国如少将到会宣读贺信。中宣部有关领导、中国文联、中国作协主要领导和一些老部长、老将军都出席了大会。会议取得圆满成功。截至目前，中华诗词学会有个人会员 18000 多名，团体会员 260 个。中华诗词学会会员遍及祖国大陆 31 个省市区和港澳特区。加上从省到市、地、县、乡镇各地各类诗词组织成员和方方面面诗词爱好者，中华诗词大军有 200 万之众。据不完全统计，全国有各类诗词刊物 800 多种，加上许多个人印刷的作品集，仅纸质媒介发表的诗词作品全国每年就有几十万首之多。中华诗词学会网站和各类网站、个人博客上的电子诗词作品，更是难以尽数。但仅靠数量之多，还不能说是中华诗词的真正振兴与繁荣，必须把精品力作搞上去，使诗词真正适应时代，深入生活，走向大众。正如李长春同志在贺信中所指出的：“希望中华诗词学会进一步团结和联系海内外诗人和诗词爱好者，继续大力弘扬中华诗词文化，紧跟时代前进步伐，关注火热现实生活，创作出更多无愧于伟大时代的优秀诗词作品，为社会主义文化大发展大繁荣作出新的更大的贡献。”

在党和国家的亲切关怀下，中华诗词学会团结引领海内外广大诗人词家和诗词爱好者，坚持社会主义先进文化的前进方向，认真贯彻落实科学发展观，努力开创中华诗词事业的新局面。我们紧跟时代前进步伐，坚持弘扬主旋律，唱响正气歌，把庆祝中国共产党成立九十周年等时代主题活动搞得有声有色。其中庆祝建党九十周年全国诗书画大赛书画展开幕式，于今年7月11日在全国政协礼堂隆重举行，马凯同志、陈奎元同志、李冰同志、胡振民同志和方祖岐上将、李栋恒中将等出席开幕式并为展览剪彩。我们还坚持提高与普及并举，加大实施精品战略力度，大力抓好诗教工作，扎实推进创建“诗词之乡”、“诗词之市”和“诗教先进单位”活动，并注重加强学会领导班子和机关自身建设，使各项工作有了新的起色。特别是最近，经国务院批准，在国务院参事室和中央文史研究馆正式成立中华诗词研究院，这是中国文学界、诗词界的一大盛事，是振兴中华诗词事业的又一个里程碑。研究院的成立，在中华诗词事业发展史上，意义重大，并将影响深远。在当前体制编制非常紧张的情况下，中华诗词研究院被批准有15个人的正式编制，这就结束了旧体诗词机构没有正式编制的历史，使中华传统诗词在共和国编制的总体框架内有了一席之地。在国务院参事室和中央文史研究馆这一国家高级智囊机构，有了专门研究传统诗词的人才。德高望重的袁行霈馆长和参事室陈鹤良副主任分别兼任院长和副院长、法人。这是一个了不起的成就！9月7日，在钓鱼台国宾馆隆重举行了中华诗词研究院成立仪式。国务委员、国务院秘书长马凯同志亲自向中华诗词学会几位主要领导和十几位德高望重的诗词大家颁发了研究院顾问聘书，并明确指出，中华诗词学会和中华诗词研究院是“两个机构，一个目标；你中有我，我中有你；适当分工，通力合作”，共同为振兴中华诗词事业尽心出力。中华诗词学会将全力支持、配合中华诗词研究院的工作，作到人才互济，资源共享，同心协力，共创辉煌。

二、中国军人的诗词情缘

中国军人与中华诗词有着不解之缘。首先在我国古典诗词的文学宝库中，军旅诗、边塞诗占有非常重要的地位。尽管学术界对边塞诗的定义至今尚无一致的看法。但为国从军出塞、戍边征战的军中将士所赋反映自己戎马生涯和情感志向的诗词，以及一切歌颂军中将士勋业劳绩、真实反映他们戍边生活和爱国情操的诗词，无可争议的应属于边塞诗的范畴。伴随着我国第一部诗歌总集《诗经》的问世，边塞诗就成了其中必不可少的内容。最有代表性的如编入十五国风《秦风》中的《无衣》：“岂曰无衣，与子同袍。王于兴师，修我戈矛；与子同仇……”全诗共三章，每章五句。反映了古代劳动人民的爱国精神，表现了战士们团结一致、同甘共苦、同仇敌忾的战斗友谊，是秦国军民为抗击西戎侵扰而创作的从军曲。再如选入《诗经·小雅》的《采薇》，长达6章24行48句，其中有“戎车既驾，四牡业业。岂敢定居？一月三捷”的豪迈诗句。是西周宣王时代军中将士所创作高唱的出征歌。我国第一个伟大的诗人屈原《九歌》中的《国殇》，又是追悼阵亡将士英灵的祭歌。开邦立国的三军统帅汉高祖刘邦的《大风歌》、魏国奠基人魏武帝曹操的《观沧海》，都是我国军旅诗中的名篇。许多军旅诗、边塞诗的名篇佳作，都是出自戍边将士之手。抗金名将岳飞的一首《满江红》，仰天长啸，壮怀激烈，激励了多少代中国军人精忠报国，成为千古绝唱。中华诗国星空有些耀眼的诗词泰斗，本身又是叱咤风云的统兵将帅。如与李白、杜甫、苏东坡并称为“李杜苏辛”的辛弃疾，二十一岁参加抗金义军，不久即归南宋。历任湖北、江西、湖南、福建、浙东安抚使等职。他所提的抗金建议，虽未被采纳，但其报国情怀却永垂青史。“醉里挑灯看剑，梦回吹角连营，八百里分麾下炙，五十弦翻塞外声。沙场秋点兵。……”一首《破阵子》，千秋报国情。北宋著名政治家、文学家范仲淹，曾任陕西经略副使，镇守延州，也就是今天的延安，抵抗西夏，巩固边防。他的一首《渔家傲》，“……浊酒一杯家万里，燕然未勒归无计。羌管悠悠霜满地。人不寐，将军白发征夫泪。”把战士们的爱国激情和浓重乡思婉转曲折地表达出来，情调苍凉而悲壮，成为古代边塞诗词中的名篇，开了豪放派词风的先河。有些将帅虽非诗词名家，却也留下了名篇佳句。元朝大将、蒙古军都元帅张弘范，一首读《李广传》以“但教千古英名在，不得封侯也快人”的直抒胸臆，抒发了军人的淡泊个人封赏、志在报国建功的坦荡情怀。明朝抗倭名将戚继光的《马上作》：“南北驱驰报主情，江花边月笑平生。一年三百六十日，多是横戈马上行。”更是脍炙人口，千古流传。

远的不再赘述，我党我军的缔造者，我军最高统帅毛泽东主席，不仅是伟大的革命家、政治家、思想家、军事家，而且是绝代无双的伟大诗人。他的《沁园春·雪》成为我国诗词领域古往今来难以逾越的艺术峰巅。朱德总司令，陈毅、叶剑英元帅，也都是传统诗词创作的名家高手。解放军红叶诗社陆续编辑出版的“百年抗争”、“星火燎原”、“长征”、“抗日烽火”、“解放战争”等系列诗词选粹，就是近现代和当代军人诗词情结的生动写照。中华诗词学会的首倡者和主要创始人，就是我们总政治部的老主任、时任兰州军区政委的开国上将肖华同志。在历届中华诗词学会领导班子中，都有军人的代表。中央军委委员、总政治部主任李继耐上将，是我们本届中华诗词学会的名誉会长。老红军贾若瑜将军、周克玉上将、方祖岐上将、李栋恒中将、岳宣义少将都是中华诗词学会的顾问。除了以上将军外，仅上将中出了诗集并赠送给我的先后就有张文台上将、赵可铭上将、宋清渭上将、张黎上将、喻林祥上将等。现在，将军诗人方阵已成为中国文学领域的一大景观。《红叶》诗社作为中华诗词学会的发起单位和团体会员，事实上已成为解放军的诗词学会。解放军四总部、京内外各大单位和武警部队的老干部大学、老干部学院都有诗词创作研习班。许多在职的将官、校官、尉官、士官和老兵新兵，也都越来越多加入到了中华诗词大军中来。可以说，中国军人与中华诗词的情缘，不仅源远，而且流长。

三、军旅诗词的艺术特色及繁荣创作应该注意把握的几个问题

军旅诗词的艺术特色，除了具有传统诗词的均齐美、节奏美、音乐美、对称美、简洁美等艺术共性之外，还有鲜明的艺术个性。这些艺术个性，体现在诗词美学艺术的方方面面。从宏观和总体上审视，以下几点更带有根本性和普遍性。

一是从价值取向上来看，军旅诗词紧跟时代，弘扬正气。军旅诗词反映的主体或其作者本身，是深明大义，肩负道义，为报效国家和民族而不辞艰辛、舍身奋斗的戎衣志士，这和花前月下、酒肆茶坊的闲才逸士，在诗词文学价值取向上有着明显不同。他们心系祖国，紧跟时代，弘扬主旋律，唱响正气歌。这既是军旅诗词思想性的突出表现，也是其艺术性的灵魂所在。例如精忠报国的爱国名将岳飞在给南宋初期爱国将领张浚（字紫岩）出发到前线的送行诗《送紫岩张先生北伐》中写道：“号令风霆迅，天声动北陬。长驱渡河洛，直捣向燕幽。马蹀阏氏血，旗枭可汗头。归来报明主，恢复旧神州。”这既是军旅壮行的真实写照，又是一首收复失地、重整河山的正气之歌。再如唐人张为的《渔阳将军》：“霜髭拥颔对穷秋，着白貂裘独上楼。向北望星提剑立，一生常为国家忧。”既是对戍边老将精忠报国、壮心不已的高度颂扬，也点出了军旅诗词价值取向的精华所在。在当代军旅诗词中，紧跟伟大时代，报国为民的时代主题更加鲜明、生动，名篇佳句也不胜枚举。

二是从气韵品位上来看，军旅诗词昂扬向上、催人奋进。军旅诗词作为军人的一种思想文化的号角，能够鼓舞军心，振奋士气。因而，在气韵品位上，军旅诗词更偏重雄浑奔放、豪迈雄壮，富于积极进取精神。这和其他社会阶层诗词作品的低靡、哀怨之风，也形成鲜明对照。如唐人王维《少年行》：“出身仕汉羽林郎，初随骠骑战渔阳。孰知不向边庭苦，纵死犹闻侠骨香。”这种掷地如雷、感天地泣鬼神的豪迈诗句，成为义无反顾、为国献身牺牲精神的浩然壮歌。再如唐朝戴叔伦的《塞上曲》："汉家旌旗满阴山，不遣胡儿匹马还。愿得此身常报国，何须生入玉门关。"这种慷慨激昂、舍身报国的壮志豪情，让边关将士读来，无异于一种催征的战鼓、冲锋的号角。在当代军旅诗词中，这种昂奋进的气韵，更是得到充分张显和大力弘扬。

三是从情感表达上来看，军旅诗词赤诚坦荡，情真意切。古往今来的诗评家都强调，诗写性情，以真切为要，以有我为高。军事是以你死我活见分晓的特殊领域，来不得半点虚伪和做作。与此相关的军旅诗词，也以襟怀坦荡、情感真挚的艺术特色光耀诗坛。这与无病呻吟、装愁作悲的哀叹诗作自成分野。如南宋爱国诗人陆游的《十一月四日风雨大作》："僵卧孤村不自哀，尚思为国戍轮台。夜阑卧听风吹雨，铁马冰河入梦来。"就是痴心报国情怀的生动写照。此时，曾有一段军旅生涯年已68岁闲居在家、卧病在床的老诗人，借写卧听风雨引发梦思幻想，表达了他志在疆场、魂在疆场的豪迈胸襟和收复失地的雄心壮志。后来清人梁启超在《读〈陆放翁集〉》诗中，对这种以陆游为代表的军旅诗人的赤诚坦荡情怀，作了高度颂扬："诗界千年靡靡风，兵魂消尽国魂空。集中什九从军乐，亘古男儿一放翁。"当代军旅诗词的赤子心、报国情，更是充满了新时代的豪迈激情。

四是从风格追求上来看，军旅诗词百花齐放，异彩纷呈。军旅诗词反映的是丰富多彩的军旅生活和军旅人生的情感世界，其艺术风格决不会是铁板铜琶单音调和金戈铁马独奏曲，而应是多姿多彩，美不胜收。军人对伟大祖国的热爱，对大好河山的赞颂、对边关风情的欣赏、对家乡亲人的思念、对军旅人生的思考以及对一些不良倾向的鞭笞等，都是军旅诗词所要反映的内容。事实上，在古代军旅诗词作品中，题材风格也是非常多样化的。如晚唐陈玉兰的《寄夫》："夫戍边关妾在吴，西风吹妾妾忧夫。一行书信千行泪，寒到君边衣到无？"这是一首戍边军人的妻子和泪写下的思念丈夫的情诗。她身在吴地，时刻挂念数千里外从征丈夫的冷暖安危。既反映了征人妻子的内心世界，又从一个侧面反映了唐末边境战事对人民带来的苦难和对群众生活的深刻影响。再如唐代著名诗人王昌龄的《从军行（之七）》："玉门山嶂几千重，山北山南总是烽。人依远戍须看火，马踏深山不见踪。"就是一幅风格明快、声情并茂的戍边风情画。前两句用白描手法写玉门关一带的塞外景色，后两句则写边关战士骑马巡逻的戍边生活。特别尾句，读了使人如闻马蹄踏石之声，如见军人骑马隐约于密林之中的身影，真是妙趣横生，诗味无穷。当前，在经济全球化、文化多元化的时代背景下，反映军旅生活的当代诗词，更是在艺术风格上百花齐放、万紫千红。

关于军旅诗词的艺术特色，还可以列举出很多。特别具体到每位诗人的军旅诗词艺术特点，则是千姿百态，各有千秋。至于如何繁荣军旅诗词的创作，这也是一个非常重大的现实问题，涉及理论及实践的方方面面。我这里只能从宏观把握和总体指导上，提出四点参考性意见，与大家共勉：即高扬军旅特色，加强艺术修养，坚持与时俱进，促进和谐繁荣。

关于高扬军旅特色。繁荣军旅诗词创作，最重要、最根本的就是要高扬爱国主义旗帜，紧跟伟大时代，弘扬主旋律，唱响正气歌，豪迈奔放，昂扬向上，积极进取，催人奋进，这些思想性和艺术性上的特色，是军旅诗词的标志性体现。

丢掉了军旅特色，就丢掉了军旅诗词的根本和灵魂。军旅诗词一定要姓“军”，要兵味十足，要有兵的志向、兵的风格、兵的境界、兵的情怀。要以兵魂振国魂壮诗魂，让一百年前诗界仁人志士“兵魂消尽国魂空”的哀叹一去不复返。军旅特色是军旅诗词作者在创作上的强项，要继续发扬光大。同时，要加强对当前国防与军队建设成就及当代军旅生活的了解与研究，让军旅诗词所反映的时代内容，更加贴近军旅现实。在创建“诗词之市”、“诗词之乡”和“诗教先进单位”的实践中，有的地方在诗词进校园、进机关、进企业、进社区、进农村的同时，也进行了诗词进军营的有效尝试。中华诗词是中华民族文化的精髓，加强军营文化建设，自然不能也不应该缺少传统诗词的内容。在推动诗词进军营上，红叶诗社应该有更大的作为。只要不影响部队正常的教育训练，在部队文化娱乐或节假日期间，组织老将军和诗词名家到部队传授诗词基本知识，进行现场采风，创作反映当代军旅风貌的诗词佳作，既能活跃部队文化生活，也能加强对官兵的文学艺术熏陶，又可促进中华诗词事业的全面振兴与繁荣。

关于加强艺术修养。诗被称为文学中的文学。中华传统诗词，是中国文学艺术皇冠上的明珠。军旅诗词作为中华传统诗词的一个重要组成部分，同样也要达到一定的艺术水准。古代许多军旅诗词已成为当时时代的代表作而流传千古。也许有的诗友认为，军旅诗词就是要发挥思想性的优势，弘扬主旋律，唱响正气歌，没必要受过于繁琐的艺术范式的束缚。对于这类问题，早在69年前毛泽东主席《在延安文艺座谈会上的讲话》中已讲得非常明确：“缺乏艺术性的艺术品，无论政治上怎样进步，也是没有力量的。因此，我们既反对政治观点错误的艺术品，也反对只有正确的政治观点而没有艺术力量的所谓标语口号式的倾向”。我们应当响亮提出，标语口号不属于军旅诗词！必须加强诗词艺术的学习与修养。中国古代先贤在长期创作实践中所总结形成的传统诗词的黄金格律和声韵要求等艺术范式，是一门博大精深的知识。知识的问题是一个科学的问题，来不得半点虚伪和骄傲。我们热爱传统诗词，学习传统诗词，创作传统诗词，就要从传统诗词的黄金格律、声韵要求等基础知识和基本技能学起，这就是古人说的“学诗以识为主：入门须正，立志须高”（严羽《沧浪诗话》）的道理。闻道有先后，术业有专攻。我们既然到诗词行里来学习、来创作，就要遵守这些“游戏规则”即诗词文学的艺术范式。毛主席早就说过：“入门既不难，深造也是办得到的。”马凯同志提出“求正容变”，是对传统诗词继承与创新相统一创作原则的高度概括，是对中华诗词学会和广大的诗友二十多年来创作实践经验的科学概括，现已成为广大诗友的共识。我们要按照“求正容变”的创作原则，入门须正，立志须高，宁可少些，但要好些，坚持下去，必有收获。

关于坚持与时俱进。与时俱进是一个民族创新发展的灵魂和不竭动力。在军旅诗词创作上尤其要强调这一点。因为部队最显著的特点，是铁打的营盘，流水的兵。每年部队从新兵入伍到老兵退伍，周期性比较明显。还有，直线加方块的军营生活以及装备、人员、训练、执勤等能升华为诗词意象的生活元素与万花筒式的社会生活比较起来，相对比较单调、滞板。军旅诗词如果不在创作理念上强化与时俱进，就容易在作品中思想雷同，意象重复。因此，必须加强对国防和军队现代化建设新情况、新信息、新经验、新成就的了解与掌握。也许有的诗友会说，我们已是退休多年的老同志，信息闭塞，难以掌握新情况。我这里说的新情况，不是在职首长指挥作战训练所需要的具体情况。而是作为诗词创作可以升华为意象的生活元素。报纸、广播、电视等大众媒体上的公开信息已经足够所用。只是要求我们要善于学习，处处留心罢了。要坚持与时俱进，不断学习新知识，掌握新信息，升华新意象，活用新语言，描绘新画卷，使军旅诗词作品，始终与时代同行，为军队催征。还有一点就是要加强个性观察和独立思考，不要人云亦云，随和模仿。有了个性意象和个性语言的军旅诗词作品就能让人感到耳目一新。

关于促进和谐繁荣。以上几点，都是侧重军旅诗词提高上讲的，要催生新时代军旅诗词的精品力作。事实上，我们当代军旅诗词作品中，已有一些精品力作受到诗界关注和社会好评。如高立元将军的《中秋写给红其拉甫边防哨所官兵》：

玉门西去过楼兰，扎寨昆仑接广寒。云锁乡关千万里，雪埋哨所两三间。霜凝青剑倚天举，旗映丹心向日悬。尽洒边陲诚与爱，一轮明月任亏圆。

就在群雄角逐中，荣获第二届华夏诗词奖的一等奖。对这些优势和传统，我们要继续发扬。

同时，我们还要看到，在我们红叶诗社社员和军旅诗词创作队伍中，还有不少离退休的老首长、老同志。他们把青春年华都献给了壮丽的中华民族的解放事业和部队建设事业，退下来后愿意学习、创作传统诗词，既教育后人，也自娱自乐。对这些老首长、老同志的诗词创作，就要以保证这些老首长、老同志的健康、快乐为前提，尊重他们的创作自由，但也可在提高艺术性上不断加以引导。对原来文化基础好、钻研精神强、诗词创作水平高的，像贾若瑜老前辈，我们就要在向老前辈学习的同时，努力为老前辈们提供资料、信息、保障等方面的服务。至于解放后陆续退下来的老将军、老同志中有不少本身就是大学生，文化基础很好，步入诗道，就应该高标准，严要求，带头创作精品力作。像我们李栋恒中将，入伍前就是上海交大的高材生，在传统诗词创作上造诣很深，已经给我们作出了榜样。

还有一点要说及的，就是我们的军旅诗词创作队伍要注意向部队青年官兵拓展，做到继往开来，后继有人。现在部队青年官兵中的传统诗词爱好者已有不少，有的在传统诗词创作上已崭露头角。我们要在不违反部队规章制度的前提下，加强对他们的联系、帮助与引导，使他们沿着弘扬中华诗词传统文化的正确道路健康成长。值得警觉的是，个别中青年军官中的诗词作者由于受到社会上其他思潮的影响，片面追求所谓诗味和艺术性，在思想性和价值取向上一度发生偏差，应及时加强对他们的教育引导。总之，我们要在党的创新理论和文艺方针指引下，团结引领老中青军旅诗词大军，高扬军旅特色，加强艺术修养，努力创造新时代军旅诗词的新辉煌。

（二〇一一年十月十二日）

加强两岸文化交流　促进中华诗词振兴

——在台湾明道大学“两岸诗学高峰会议”上的书面发言

我谨代表中华诗词学会并以中华诗词学会台湾参访团名誉团长的名义，向盛情邀请参访团来台湾的陈世雄校长和明道大学师生，向热情协调接待参访团的陈维德教授和有关领导及朋友表示诚挚的感谢！

明道大学传承孔孟思想，兴学益世，教育子弟的精神，深为我们所钦敬。其践行“热情、理想、实践”的精神理念和“明善诚身”的校训，教育青年学子“明辨是非”、“善与人同”、“诚中形外”、“身修家齐”，更使我们深受教益和启迪。为此，我们对该校创办人汪广平先生仰慕民初大学者、教育家张伯苓先生创立南开大学之先德，兴学育才的善举，表示由衷的敬意。

明道大学中文系，自创系以来，重视人文，深耕地方文学，弘扬中华诗学，很有作为。多年来连续主办台湾三大诗歌节之一的“浊水溪诗歌节”；同时也举办过向明、锦连、翁闹、管管、周梦蝶、张默、隐地等诗人研讨会；还承办了嘉义市第一届“桃城诗歌节”，汇聚嘉义作家，辉煌嘉义作品，以诗歌深化心灵之功能，增加艺文想象空间，提升民众生活情趣，鼓舞诗歌文学风潮，赢得广泛赞誉。

继之而设的国学研究所，除诗歌外，更结合书法艺术，在陈维德、李郁周诸教授的引领下，开拓了宽广的天空，无论学术研究与书法创作，都有卓越的表现，声名远播。所举办的“唐宋诗词”，以及“唐宋书法”等国际学术研讨会，都享誉于两岸及海外，成为一支弘扬中华文化的劲旅，令人佩服。

诗歌被称为文学中的文学。一部中华文学史，诗歌占有极其重要的分量。诗在中华文化史上的地位很高，古代的“六经”即《诗》、《书》、《易》、《礼》、《乐》、《春秋》，《诗》被推在首位。中华诗词被誉为中华文学艺术皇冠上的明珠，是中华民族文化的精髓，是传承中华文明的重要载体。从诗经、楚辞、汉赋，到唐诗、宋词、元曲，名垂青史的诗人词家层出不穷、灿若群星，传颂千古的名作佳句万紫千红、浩如烟海。中华诗词不仅是优秀中华传统文化的重要组成部分，也是人类宝贵的精神财富。弘扬中华诗词，是传承中华文化血脉的海峡两岸诗人词家的共同心愿和不懈追求。而书法则是中国特有的艺术、文化的瑰宝，它是一种无声之音、无象之象，常与诗歌相结合，流泻出中华子民无尽的智慧和情思，诚可谓相得而益彰。

2006 年 11 月和 2009 年 12 月，我们已在福建龙岩成功举办了两届“海峡诗词笔会”。大家同台吟诗词，促膝谈诗艺，既收获了诗作，又收获了友谊。我有幸出席了这两次笔会，很荣幸地结识了贵校陈维德教授和林恭祖先生等台湾诗友。我的两句拙词“血脉情浓穿海水，诗桥又会群贤”；“翰墨清香飘两岸，滋兰种蕙结缘”，就是当时心境的真实写照。今年 8 月，陈维德教授、林恭祖先生与我们喜聚北京，在吟诗饮酒中共同商定促成了这次中华诗词学会参访团的台湾之行，为增进两岸诗友的交流和友谊，谱写出新的篇章。

振兴中华诗词，必然呼唤精品力作，而精品力作又离不开当今时代的生活沃土。对此，古人已论述得非常精辟：“诗文随世运，无日不趋新”（清・赵翼）；“笔墨当随时代”（清·石涛）；“若无新变，不能代雄”（南朝梁·萧子显）；“文章合为时而著，歌诗合为事而作”（唐·白居易）。于右任先生在1955年台湾诗人节上强调了两点意见：“一、发扬时代精神，二、便利大众欣赏。”他说：“盖违乎时代者必被时代抛弃，远乎大众者必为大众冷落。再进一步言之，此时代应为创造之时代。伟大的创造，必在伟大的时代产生。……此时之诗，非少数者悠闲之文艺，而应为大众立心立命之文艺。”这和中华诗词学会提出的“适应时代、深入生活、走向大众”的方针，有着惊人的相似。这种诗学理论上的共识，有利于两岸诗人词家把诗词美学的视点落实在博大而深邃的中华文化背景之上，有利于为传统诗词注入时代精神，共同创造中华诗词艺术新的辉煌。

（二〇一一年十二月二日）

诗化沧桑史 诚吟报国心

——在“词怀祖国，诗效赤诚
——马万祺诗词艺术高层论坛”的主题发言

澳门中华诗词学会在澳门大学举行“词怀祖国，诗效赤诚——马万祺诗词艺术高层论坛”，全面探讨澳门著名爱国诗人马万祺先生在诗词艺术领域的成就与贡献，对于加强中华诗词和优秀传统文化在澳门的普及与提高，推动两岸四地中华诗词的创作与交流，对于促进中华诗词事业的振兴与繁荣，进一步提升现代社会的人文内涵，必将产生积极的影响。我本人应邀“担任大会主题发言嘉宾”，感到非常荣幸，但又诚惶诚恐。鉴于主办方的真诚与执意，同时考虑到这也是向两岸四地名师大家学习请教的好机会，便鞠躬从命，谈点自己匆匆拜读《马万祺诗词选》的粗浅体会，以求教于方家。

马万祺先生是全国政协副主席，澳门中华总商会前会长，同时又是全国中华诗词学会名誉会长、澳门中华诗词学会创会暨永远名誉会长，是在澳门和全国享有很高声望的政治家、社会活动家、实业家、书法家和诗人。特别作为政治家和社会活动家的著名爱国诗人，马万祺诗词更彰显出以诗写史、以史入诗的厚重与沧桑。这同主张诗词要远离现实、封闭自我的诗学行知观自成分野。

中国改革开放的总设计师邓小平同志亲笔为《马万祺诗词选》题签并与作者合影留念；江泽民、胡锦涛和杨尚昆、李先念、万里、乔石、李鹏、朱镕基、李瑞环、尉健行、李岚清、刘华清、薄一波等一个个与当代中国历史进程紧密相

连的响亮名字以及廖承志、荣毅仁、王震、叶选平、巴金、夏衍、艾青、冰心、刘海粟等政治文化名人大家，以题词、合影或序言等形式出现在马老《诗词选》中，这在某种意义上可见马万祺先生在现当代中国的政治、历史和文化影响力。江泽民同志关于“词怀祖国，诗效忠诚”的题词，更是深刻揭示了《马万祺诗词选》所突显的时代主题。

打开厚厚的三集《马万祺诗词选》，一股“诗化沧桑史，诚吟报国心”的雅风浩气扑面而来。《诗·大序》云：“诗者，志之所之也，在心为志，发言为诗。情动于中，而形于言。”明清之际石涛曰：“笔墨当随时代。”清人赵翼说：“诗文随世运，无日不趋新。”诗词文学创作只有汇入时代的主流，为时代写史，为时代立言，才能锻造出所处时代的黄钟大吕。直面时代洪流，反映火热生活，以诗词艺术反映历史进程，将沧桑变迁融入诗词画卷，正是马万祺先生诗词创作的显著特点，特别需要指出的是，马万祺先生在为传统诗词注入时代精神中，高扬爱国主义的主旋律，字里行间彰显出诗人崇尚正义、向往光明、报效祖国的赤子情怀。谢常青教授的笺释，又进一步增强了这部《诗词选》的史料性和知识性。

《马万祺诗词选》三集共收入作者诗词 645 首，时间跨度从 1937 年冬到 2000 年 4 月，超越了一个甲子，达 63 年。开篇之作《同仇抗战》，写于“七七”事变之后中国人民全面抗日战争开始之际：“可恨倭奴太逞凶，同仇敌忾怒发冲。牺牲已至关头后，万众一心扫孽戎。”表现了一个十七八岁的热血青年抗日报国的浩然正气和赤子之心。尤其难能可贵的是，写于 1938 年夏天的第二篇诗作《遥寄延安》，诗人在序与诗中直抒胸臆，忠诚正义，日月可鉴：“抗战军兴，倭寇肆虐，大片国土沦陷敌手，国民党当局消极抗战，民众大失所望，寄希望于延安。”“倾心引领延安望，战火燃烧介睫眉。荆棘满途无可奈，忍将悲愤寄灵台。”须知马万祺先生当时也只是一个十八九岁的青年。对于以延安为象征的中国共产党人在抗日战争中的中流砥柱作用能有如此自觉的认识，且有翘首企盼的渴望心态，这令熟知当时国人思想的党史军史专家们也会肃然起敬。从此，马万祺先生由一名热忱向往者逐步成为中国共产党人始终不渝的真诚朋友，经受住了世纪风雨的洗礼，在每个历史转折关头，都和共产党人肝胆相照，荣辱与共。创作于1945年的《抗战胜利》，作者在序中写道：“是年八月，抗战胜利后蒋介石又作内战部署，余颇忧之。”继而在诗中发出“怎能再动阋墙变，唤起炎黄挽倒澜”的反对内战之呐喊。在《蒋介石坚持内战》、《反内战》等篇什中，诗人更是立场坚定，旗帜鲜明：“反蒋怒潮江海浪，神州内外众心坚。”在1949年《大军渡江解放南京》一诗中，作者喜不自禁地写道：“闻道大军过大江，雄师勇猛世无双。滔滔天堑等闲渡，楚楚南都旦夕亡。箪食壶浆迎解放，佳肴美酒庆重光。倒悬已解人欢畅，歼尽顽军早建邦。”在接下来的篇什中，诗人便通过大陆观光打开新的视野，热情讴歌新中国的山川景物和人民翻身解放的幸福生活。朝鲜战争爆发后，诗人义愤填膺地写了《采桑子·抗美援朝保家卫国》：“一声抗美轰雷响，南北西东。南北西东，万众齐心敌忾同。执戈卫国志昂扬，春夏秋冬。春夏秋冬，不驱狂敌誓不从。”全面地表达了中国人民抗美援朝不达目的决不罢休的坚强决心。在参观、交友、出访、旅游等大量诗篇中，诗人也处处体现出对祖国、对人民、对领袖、对社会主义的赞颂与热爱。在十年浩劫中，诗人自觉与党和人民共命运，心连心。他对自己敬重的一些党和国家领导人以及友情很深的政治文化名人一下子被打成牛鬼蛇神，感到困惑不解以至满腔激愤，但还坚信真理终将战胜邪恶、阳光终将驱散妖雾。这种政治上的清醒认识，会使从那个年代过来的人们油然而生敬意。创作于1970年5月的《“文革”中有感》：“平生敬慕良师友，何故今朝变鬼神。儿女同侪多不解，忠良肝胆万年春。天时常有风和雨，世事岂无假混真？终信阳光重普照，明月沧海凤麟珍。”这正是在林彪、“四人帮”肆虐横行的艰难岁月马万祺先生复杂心情和坚定信念的生动写照。及至1976年10月，诗人终于迸发出《欣闻粉碎“四人帮”》的欢呼诗句：“电闪鬼狐惊，将军一怒平。十年伤浩劫，今日破坚冰。”进入改革开放新的历史时期，马万祺先生更是心情舒畅，诗兴大发，创作成果也更加丰硕。尽管他歌咏的题材广泛，形式多样，但都处处表达出热爱和报效祖国的赤子心声。特别在澳门回归祖国的重大历史关头，马万祺先生身兼澳门特别行政区基本法起草委员会副主任委员、澳门特别行政区筹备委员会副主任委员等要职，在繁忙的工作之余，仍不忘以史入诗。如：《欢呼全国人大常委会通过成立澳门特别行政区筹备委员会》的喜悦诗句：“春风吹暖荷塘绿，快见莲花映日红。四百余年常盼望，只争朝夕满弯弓。”再如：《临江仙·祝贺澳门回归盛事》的豪迈词句：“四百余年长盼望，澳门今喜回归。普天同庆贺佳期。神州歌盛事，国土尽朝晖。”澳门顺利回归之后，马万祺先生又豪情满怀地迎接新的世纪。他在2000年《庆元宵》一诗中写道：“回归盛事悠悠志，统一同心尽舜尧。民族亲情源一脉，团圆聚首奏咸韶。”在新的千禧之年伊始之际，诗人又联想到台湾同胞也应早日和中华民族大家庭的兄弟姐妹团圆聚首，高奏我们民族古代最庄严欢乐的《咸池》和《箫韶》乐曲，共庆伟大祖国的团结统一。

总之，按时间顺序编排的《马万祺诗词选》，是诗情画意的澳门回归风雨沧桑路和伟大祖国发展振兴史。以诗写史，以史入诗的创作艺术特色，将使《马万祺诗词选》在祖国诗词文学百花园里像映日的荷花，别样艳红。最后我口占一绝敬献马老，并祝万祺诗翁身笔双健，再谱华篇：

沧桑风雨化诗篇，大吕黄钟颂纪元。
赤子情怀昭皓月，荷塘映日绽红莲。

（二〇一一年十二月十七日由澳门中华诗词学会理事长冯倾城代读）

认清重要地位　　提高自身素质　不辱光荣使命

——在全国部分诗词报刊主编座谈会上的讲话（根据录音整理）

这次会议非常重要，它是贯彻党的十七届六中全会精神，也是贯彻马凯同志在中华诗词研究院成立大会上讲的研究院要“成为凝聚诗词人才的重要纽带”和实施“精品立院”重要指示的实际行动。另外，周兴俊副院长刚才也说了，马凯同志在讲话中指出，中华诗词研究院和中华诗词学会是“两个机构，一个目标”。这次会议是中华诗词研究院主办的“全国部分诗词报刊主编座谈会”，那么在这里我们也集体转变一下身份，我和在座的中华诗词学会各位领导代表中华诗词学会对中华诗词研究院召开这次座谈会表示热烈的祝贺。

我主要想就诗词报刊主编的重要地位和作用以及应具备的素质谈一点个人的看法。在这之前，为了贯彻云山同志元宵节前约见我们的一次小范围谈话精神，我曾经起草了《诗才与干材》的评论文章，发表在《中华诗词》杂志第五期的“卷首语”。还有第四期那个呼唤精品力作的卷首语，都是贯彻云山同志讲话精神——如何实现中华诗词真正的振兴与繁荣。这篇文章就讲到了诗词队伍、诗词人才特别是诗词报刊主编这个问题。所以，今天我想在这个基础上展开一下，谈谈个人的一孔之见，目的是为了加深大家的印象。因为这个问题实在是太重要了。我想讲三个方面的意思：

第一，诗词报刊主编是一方诗词群体的举旗人，地位重要、责任重大、使命光荣。

我们现在号称中华诗词大军有两百万之众，那么诗词大军是怎么构成？它不像部队，是野战军、地方军和民兵“三结合”这种严整的武装力量体制。我们是各地各类诗词组织和诗词群众的一个文化意义上的联合群体，其中有中华诗词学会、省市区诗词学（协）会、市县诗词学（协）会，一直到乡镇诗词学（协）会等。同时，还有一些诗词小圈子，它也不归省里市里管，它自己管自己。但这种小圈子也是一种群体，所以它也是我们诗词大军的一部分。可以说，不论处江湖之远还是居庙堂之高，凡是热爱并进行诗词创作或研究者，都应该是中华诗词大军的组成人员。

为什么说诗词（报刊）主编是一方诗词群体的举旗人呢？所谓一方诗词群体，指的是你这个报纸、刊物所影响到的作者群和读者群，就是说你的这诗词报纸、杂志影响的范围。像《中华诗词》影响的是全国和海内外；有些在省里、地市里，还有些是跨地市的，有些诗词杂志在全国也很有影响。像古求能老师那个《当代诗词》出来最早，辐射面也比较广。就是说你的作者群和读者群就是你那一方群体，你这个主编就是举旗人。

“兴废由人事”，中国历代就有这种思想观念。事业目标确定之后，人才就是决定因素。我们要实现中华诗词的振兴与繁荣这样一个伟大的目标，需要大量的相关人才，需要的是诗词专家、诗词骨干。就是说，要有大量的诗才和干材。诗是一种文学个性的张扬。任何一个诗人，他的思想倾向、艺术风格都是他的创作自由，别人无可非议。作为一个诗家，你爱写什么写什么。但是你担任了一级诗词组织领导、担任了一个诗词报刊的主编，那就不行了，那就不是你个人的事了。为什么呢？因为你要影响到你这一方群体。你是诗词组织领导，你要影响到你这个诗词组织；你是主编，你发表的作品、你的评论就会影响到你所辐射的这样一个读者群。这就是说，你担任了诗词报纸刊物的主编，你的责任就很重大了。你的思想性，你的倾向性就不再是你个人的事了，而是你所影响的这个群体。社会对你的素质要求，就不再按你个人的标准。诗人是个自然人，作为自然人你爱写什么写什么；但诗人又是社会的人。人的本质不是个体的抽象物，在其现实性上，是一切社会关系的总和。你作为诗词报刊主编，对你的要求是社会责任对你的要求。此前有的诗友来信说，有些刊物的个别诗文导向上有问题。当然，这只是个别现象。这位诗友在信中提出：他们到底要把中华诗词引向何方？我就跟有关组织的领导交谈说，无论如何，你的诗词发表在中华人民共和国的领域内，你的诗词作品首先要符合宪法、法律，这就是对你这个诗词主编的最基本要求。你说你自己出钱印，如果光给你个人、亲友看还可以，一旦发到社会上，那你就要承担社会责任。我说诗词报刊主编地位重要、责任重大、使命光荣，也就体现在这些方面。我们要实现中华诗词的振兴，需要千千万万的诗词骨干。这些人中，有的是诗词工作者、组织者，他要组织这些活动；有的则是诗词专门家，他要引领创作精品力作。当然这二者是要有机结合的。要通过切实有效的组织和引导，真正推进精品战略。这次研究会是真正贯彻马凯同志实施“精品立院”的实际行动。明年我们中华诗词学会的指导思想，也是贯彻马凯同志这个讲话精神，就是实施“精品立业”。为什么我今天要讲这个，就是实施“精品立业”的实际需要。要实施精品立业，最基本最重要的人才队伍就是这些诗词报刊主编，所以说大家肩头的任务很重。我们要振兴中华诗词，怎么振兴？光靠数量不行，这个刚才周院长也说了。现在诗词数量是很多，但是不能说就是繁荣。真正的繁荣必须确实有在全国公认的诗词大家，有能够流传后世的诗词精品力作。这样看来，我们差距确实还很大。因此我们也感到压力非常大。要想实施精品战略，今天在座的包括没有来开会的，担任诗词报刊主编的这一人才方阵，是我们实现中华诗词繁荣与振兴的希望所在。我们正好赶上这样一个好的时代，又赶上党的十七届六中全会《决议》发表。这就好像专门为我们传统诗词的振兴与繁荣发了这样一个文件。我们应该借这个东风，把我们所热爱的诗词事业推向前进。我们首先都是热爱，像今天到会的几位将军，他们就是喜欢这个事。大家也都热爱，很多都是退休的老同志，大家都是心甘情愿地来为这个事业做贡献。大家首先要看到自己肩负的这个责任和在诗词振兴中所处的地位，从而感到使命光荣，就会增强我们热爱这项工作、做好这项工作的自觉性和责任感。

第二，诗词报刊主编应具备岗位职责所需要的思想素质和业务素质。

中华诗词学会的一名老领导在多种场合讲道：光诗写得好，你可以去获奖；你要担任诗词组织领导、担任诗词报刊主编，你就要具有很强的奉献精神。你自己没一点奉献精神不行，没好处的事一点不干，有好处的事都想自己捞，那就没法承担你所肩负的这种社会责任。所以，我们所需要的诗词主编，包括诗词组织的领导，他应该是诗家中的干材和干材中的诗家这两个素质的结合，他们大体上应该具备这样几条素质：（一）他们要有清醒的思想政治头脑和正确的文学价值取向，为诗词组织和诗词报刊把握正确的前进方向。我刚才就讲到这个问题了，你自己在那里作诗，谁也无权管你，那是你的自由，文责自负，犯了法律自己承担，别人不好干涉；但是你担任了诗词组织的领导，担任了诗词报刊的主编，那你就要有清醒的思想政治头脑和正确的文学价值取向。你的杂志要有个什么样的价值取向，你要来把握。当然，这一点也跟大家说清楚，我们的诗词杂志是文学类的刊物，不是新闻时政一类的。我原来是中央电视台军事中心主任。我们不能把文学杂志办成新闻类的刊物，那是两回事。但是，它（文学类刊物）有一种价值取向，既有主旋律的，也有多样化的，最起码的可以说只要无害于人民的，都算价值取向没问题。决不是说我们就会搞左的那一套，因为文学就是文学，它和新闻是两个概念。但是，文学也有价值取向，它是意识形态的反映，意识形态总是有一种取向性；这种取向它是多元的，不是单色调的主旋律，它还有多样化。但总体价值取向不能偏离大的方向。（二）他们要有自觉的奉献精神和端正的人格力量，靠身体力行感召诗友。在这一点，大家体会就很深刻了。实际上很多诗词主编，包括诗词组织者，他就是靠自己的人格力量来感召大家。他无私奉献，像淮安市诗词协会已故的尚云会长，那是全身心地投入诗词事业，无私奉献，最后以身殉职了。如果按原来设想的要评诗词工作先进个人的话，他是当之无愧的。那就是人格力量。这样的人很多，我们的孙轶青会长就是榜样。还有湖南的赵焱森会长，湖南的人说这“老头”痴迷诗词，太可爱了，我们都愿意跟着他干。这种人格力量很重要。有的一当权，好处全自己占，两天就没人跟你干。（三）他们要有很强的组织领导能力，要有宽广的思想情怀和高度的大局意识，能够团结、引领广大诗友共同弘诗。就是说，他还得有一定的组织领导能力。就算当刊物主编，你也得组织会议、组织编稿子，另外你的刊物还要发行、发展，所以组织领导能力这是不可缺少的。你要当诗词学会的领导，那对你的组织领导能力要求就更高一些。（四）他们应是诗词艺术的内行，尽可能具有较高的思想水平和较深的诗学素养，努力成为所在地域行业中的诗词名家。他们在诗词艺术上，在所能影响到的地域应是个名家；要不，人家也不服你。（五）他们应是诗词事业的实干家，具有扎实的工作作风，真抓实干，不尚空谈。这就要求干实事。有的人就不愿干实事，光讲话，挂个名。让他当诗词学会会长、副会长很好，让他当诗词主编挺好，但是具体活来了，上推下卸，那就不好了，时间长了大家就不买你的账了，因为这是群众组织。所以确实得靠实干来赢得大家的信任与拥护，事实上很多诗词主编都是在那里事无巨细地亲自动手，啥都亲自干。这一点很重要，实干精神也是不可少的。

当然，还可以列出来很多，但是从宏观把握来说，这些基本素质是应该具备的。

第三，加强学习，共同提高，为推进中华诗词事业的全面振兴与繁荣尽到我们各自的努力。

前面我讲到，你担任了诗词报刊主编，地位重要、责任重大、使命光荣，同时你也需要具备应有的思想素质和业务素质。怎么达到？那就是要靠学习，谁也不是生而知之的。古人说，“闻道有先后，术业有专攻”。很多同志都是退休以后来到诗词行里，在退休前他们经历不一样。有的是大学教授，专门研究这个；有的可能担任党政军的领导；也有人是从事各行各业的专家……。各行各业的人最后殊途同归，都跑到诗词行里来了。诗词行又有他自己特有的思想、业务素质要求，怎么办？那就要学习。但这个学习又不像我们党校办学习班一样，大家集体学，内容也大体一致。这个学习在很大程度上是靠自己的实践；而且学习的侧重点由于每个人的人生经历不同而有所不同。比如诗词以外的业余爱好者——党政军领导，包括其他专家、其他行业的，他需要加强学习的是诗词业务，包括一些技术、艺术层面的基本要求，这个得过关。在红叶诗社的一次讲话中，我就给大家讲了，我说别的朋友可能不好说我们，都对我们的将军们很尊重。但我们既然到这个圈子里玩了，既然愿意写诗词、喜欢写诗词，那你就得按“游戏规则”办事，那人家的平仄格律要求你就得尊重。所以我就强调要加强艺术修养。高扬军旅特色，这是对的，但必须加强艺术修养。你艺术修养上不去，用毛主席《在延安文艺座谈会上的讲话》说的就是：“缺乏艺术性的艺术品，思想内容再正确，也是没有说服力的。”因为艺术品是靠艺术性来感召人，诗词是靠意境、靠它的艺术性来感召人。你就是两句标语口号，怎么来感召群众？所以，原来不从事诗词研究的这一部分诗友，担任了诗词主编，他应该重点加强诗词艺术的学习。我原来就是门外汉，对诗我就是一种业余爱好，一种热情，来到学会以后，我就是甘当小学生，不会就是不会，一点点学。原来我连平水韵都不懂，我们原来搞部队工作，一天到晚那么忙，没有时间专门学。我想既然来了就老老实实学嘛，不按这个学不行，人家都有规定的，所以就是一点点地学。因为都不很傻嘛，至少智商都不很低，很傻在原来行业里也不能取得成绩。你把你原来工作的智商拿来学格律诗词，还能费多大劲啊！所以我跟大家讲，我说你一定要放下架子，你别老想着原来当过什么官。你当官跟诗词没什么关系，它不买你这个账，你不合格律就是不合格律，不能说碰到是哪个级别就合格律了，哪有这样的逻辑？老老实实学了，你那个智商完全能够掌握。它就那点规律性嘛，韵律不行查书，别人写十首咱写一首，宁可少些但要好些。所以有人一天写十首八首，才思固然敏捷，但诗贵精不贵多。我说那不是韩信将兵多多益善。一点点学，坚持数年，必有好处。毛主席说，我们学马克思主义坚持数年，必有好处。学习诗词格律，还能学不会吗？但是不少朋友缺少的就是这种恒心、这种毅力，这种放下架子、甘当小学生的精神。我们这些主编里头，也有一些并非诗词专业出身，也是自学成才。重要的是自觉加强诗词艺术的修养。另一方面，诗词专业人才，也就是诗词圈子里头的朋友。有的确实格律玩得很熟，诗词艺术很精。但我跟诗词圈子里的朋友交流的时候，就说这部分诗词专家需要加强思想性。为什么呢？有的闭口不谈思想性、时代感，一味地老是讲诗味、玩诗味。我说诗味必须要有，但在诗味判断上，要有思想性在里头。不同立场的人，他的诗味判断是不一样的。纯粹地看诗味，就是否定思想性，你不可能把杂志办到正确方向上去。我不是反对诗味，所以我历来讲，别把我的话断章取义。因为我们都是学辩证法出身的嘛，怎么可能讲一点就否定另一点？比如有一次，我在南方讲的话，后来传回北京就变味了，就说中华诗词学会诸君认为，思想性好的作品就是好作品。接着我就把有关人员找过来了，当场说他这是对我们的歪曲。谁说单凭思想性好的作品就是好作品？我们历来强调思想性和艺术性的统一，你这是歪曲。鲁迅先生早就说过这一类的话，最拙劣的办法就是把别人的观点歪曲到显然错误的程度，然后再加以批判。我说你们把我的话歪曲到不科学的程度然后再批判，那算什么本事？我从来没说仅仅思想性好的作品就是好作品，必须坚持思想性和艺术性的统一。这一点，我跟有的诗友也交流过，他发的诗，我说你这个诗思想性再加强些会更好，我认为他的（诗）艺术性确实很好。但有时候，你原来的经历不一样，你一下完全完成转变也不可能。我说这话，总是辩证地讲。就说作品的思想性，说难一点似乎很深奥；说简单一点，就是最基本的东西你得把握住。你担任了主编，就有这种社会责任。如果说你是个诗词专家，你的思想性再提高了一个层次，那么你的诗词的时代感、诗词的历史厚重感，绝对比那些纯粹的品茶饮酒要厚重得多。这点大家都有体会。因为我在和诗友交流的时候，你们改造了我，我也在影响着你们。就是这些交友过程，我就向你们吸取了大量艺术营养。因为我一开始有不少标语口号，后来用些意象，讲点艺术，我也在逐步提高。我也跟大家说明，要增加点时代感，我也不是说有这方面的癖，也不是说我就喜欢这个，我老觉得这是一种责任。如果代表大会不把我选到诗词学会这个工作岗位上来，那你们爱写啥写啥，我管你这个干什么？吃饱了撑的？因为我觉得这确实是一种责任。为什么在会上要讲这问题？因为既然大家把你选举到这个位置上来，你要把中华诗词推向前进，要尽职尽责的话，就得把握诗词文化前进方向，就得把该说的话跟大家说了。所以，在上次发言中，我也讲了相关问题，因为这方面现在是一个弱项，我们要加强。所以在这次主编座谈会上，我想借这个机会，也是跟大家交流一下，不对的你们就批评我。因为党和国家领导同志这么重视，另外，弘扬传统诗词确实是时代的需要，也是我们个人爱好，于情于理，我们都要把好事做好。要做好就要规范一些，要把握正确的价值取向，要努力提高业务水平。如果这两点都做好了，那我们的诗词刊物都提高了一步，这对我们诗词的振兴与繁荣所起到的作用是非常之大的。所以，研究院抓住了这个，就像打仗一样，就抓住了突破口，抓住了关键环节。如果说诗词大军要前进、要突破，那我们就像搞了一次军师旅长的集训，它的意义将是随着时间的推移越来越显示出来。我今天原来没打算讲，是现场有感而发，因为很重要，讲的可能多了一点。言多必有失，请你们批评指正。

（二〇一一年十二月二十七日）

在中国诗歌学会第三次全国会员代表大会上的贺辞

群贤毕至日，百花盛开时。在春风和鲜花的祝福中，中国诗歌学会第三次全国代表大会在北京隆重开幕了！我谨代表中华诗词学会和郑欣淼会长，代表19000多名会员和广大古体诗词爱好者，向大会的成功召开表示热烈的祝贺！向出席大会的各位领导、专家和朋友们致以崇高的敬意！

以白话文和自由体为主要标志的中国新诗，是伴随五四新文化运动和白话文运动应运而生的诗界骄子。是对当时“诗界千年靡靡风，兵魂销尽国魂空”中国诗歌现状的一场惊天动地的革命！中国新诗的诞生顺应了当时思想解放的时代潮流，融合了西方文化的先进元素，是历史的必然选择。她不讲格律不拘长短的自由体形式，更有利于彰显科学与民主精神，表现个性解放和社会解放的内容，揭开了中华诗国划时代的崭新一页。

中国诗歌学会是以自由体诗人和诗歌理论家、诗歌工作者为主组成的文学社团，同时也吸纳了部分兼写新诗和古体诗的两栖诗人。中国诗歌学会自成立以来，在中国作家协会的正确领导下，全面贯彻党的文艺方针，坚持团结全国新体诗人、诗歌理论家和广大诗歌爱好者，开展了诗歌创作、研究等丰富多彩的诗学活动，创作出许多脍炙人口的名篇佳作，为社会主义文学百花园增添了绚丽的光彩，为促进中华诗国的繁荣作出了重要贡献。

中国是一个泱泱诗歌大国，有着悠久而辉煌的诗歌历史和诗歌传统。经过最近一个世纪的风雨洗礼，中国诗人对诗的本质有了更深刻的理解与感悟，新诗与古体诗人在更新的境界达到了新的理解与交融。特别进入新世纪以来，我们欣慰地看到了，新诗与古体诗相互学习借鉴、比翼齐飞的可喜局面，共同铸造着中国诗歌的新辉煌。中华诗词学会将一如既往地支持和配合中国诗歌学会的工作，继续引导古体诗人词家和诗词爱好者，从新诗中吸取艺术营养，努力为传统诗词注入时代精神，让古体诗词这一传统的艺术奇葩，焕发出时代的光彩。

中国诗歌学会第三次全国代表大会将是一次承前启后、继往开来的大会，在推进我国诗歌发展史上将具有里程碑式的意义。我们由衷地祝福，在即将产生的中国诗歌学会新的一届领导集体的团结带领下，我国新诗界一定会更加全面地贯彻党的创新理论和文艺方针，在满足人民群众精神文化追求、构建和谐社会、建设先进文化方面作出积极的努力，创作出更多无愧于时代、无愧于民族、无愧于人民的优秀诗篇，为推进社会主义文化大发展大繁荣作出新的更大的贡献。

预祝大会圆满成功！

（二〇一二年四月二十五日·北京）

人性的立体与诗情的多元

——在《颍川诗草——陈文玲诗词集》新书发布暨中华诗词高端研讨会上的发言

今天我们相聚在灵山秀水的广东惠州，感受着苏东坡等古代先贤厚重文化积淀的灵光与文气，举行《颍川诗草——陈文玲诗词集》新书发布暨中华诗词高端研讨会，可谓别有韵致，独具匠心。我能应邀作为发言嘉宾也感到非常荣幸。我准备发言的题目是《人性的立体与诗情的多元》。

首先，我们作个假设，假如事先不知其情，我们只把《颍川诗草》中一些柔情似水的篇什加以列举，来判断其作者的社会身份，我想很难会有人把这些超凡脱俗、灵动柔美的诗篇与广学博闻、庄严权威的国务院政策研究室综合司司长、著名经济学家这些重要官场信息联系起来。这就是人性立体观与诗情多元化的生动体现。其实古往今来的圣哲贤达中立体人性与多元诗情的事例也不胜枚举。

2010年，在北京孔庙与国子监召开的陈文玲同志第一本诗词集《颍川吟草》发布会上，我也有幸应邀出席，并在发言中就呼吁公务员写诗，谈了我个人的看法。事实上，公务员特别是在国家高层机关担负高级或重要职务的公务员，由于其社会视点高，宏观信息量大，一旦突破了诗词技术层面的困扰，他们在诗词创作尤其是主旋律诗词创作上，就会有其得天独厚的优势。马凯同志的《抗洪十首》、《抗雪十首》、《抗震十首》等，就是突出的代表。当然，马凯同志在《诗词存稿》、《心声集》中，也有许多如《听小女胎音》、《外孙出生》、《下班归来》等人情味很浓的诗篇。同样体现了这位国务委员兼国务院秘书长的立体人性与多元诗情。

所以，在包括诗词在内的文学创作中，我们弘扬主旋律，非但不排斥多元性，而且大力提倡多样化。因为主旋律的作品，是一个时代文学的挺直的脊梁；而多元化的作品，则是这个时代文学的丰满的血肉。二者不可偏废。陈文玲同志的文友、国务院政策研究室司长、著名作家忽培元同志，在侧记我的一次有关为传统诗词注入时代精神的发言中这样写道：“他推崇先贤主张的两点：一是时代精神，二是便于群众阅读。为此，他不怕有人批评自己的诗有‘标语口号’之嫌。这是一种勇气，或许也是一种阶段性的理解和认识。其实李先生的诗词中，也不乏抒情写景和寓情于景的含蓄之作以及耐人品味的婉约佳品。从主体意识上讲，他只是在表达一种‘矫枉过正式’的看法而已。”对于忽培元方家的这一点评，我是引为知己的。因为我总觉得，作为中华诗词学会的一名工作人员，在事关中华诗词文化繁荣发展方向问题上，应该尽到自己的话语责任。

身为经济学博士生导师的陈文玲同志，曾经出版了近20本经济学著作，发表了300多篇重要经济学论文，其逻辑思维的严谨与政策用语的准确，令同行们赞佩；在短短的两年时间内，身为诗人词家的陈文玲同志，连续推出《颍川吟草》、《颍川诗草》两部高质量的诗词集，其形象思维的浪漫与诗词语言的光鲜，同样令诗友们叹服。

纵观陈文玲同志集经济学家与诗人词家于一身的立体多彩人生，《颍川吟草》、《颍川诗草》所彰显的诗词艺术风格，也是主旋律与多样化的统一。作为国务院领导高层咨询研究机构的专家，陈文玲心系国计民生的博大情怀，在诗词作品中都充分得到展示。如2008年“三聚氰胺”奶粉事件之后，陈文玲和她的同志们经过深入调查，放弃了国庆七天长假，奋笔疾书，突击写了两篇有分量的关于医药食品安全的调查报告，得到国务院主要领导同志的重要批示，促进了人民困苦的解除。她在工作之余创作的词作《忆江南》：“无法忘，泪水透衣裳。三聚氰胺充奶粉，穷人幼婴作干粮。能不受其伤？

悲情怆，奋笔写文章，国庆七天不出户，洋洋万语为扶桑。酿造幸福浆。”则是血与泪的控诉和正义良知的呐喊。她还有一些诗词作品是对祖国建设成就的热情讴歌。但作为陈文玲立体人生和多彩情感中陶冶性情的一个侧面，《颍川诗草》中更大量的篇什是对四季风光、祖国山水的赞赏和对天文地理、人情世事的感悟，从而更显现出这位女性诗人词家的柔美与温情。“四时轮值”、“壮哉寰宇”、“踏山听水”、“丁香结里”、“书海攀枝”、“一泻情思”、“遍地锦瑟”、“殿堂怀旧”等锦绣篇章，勾勒出陈文玲诗意人生光彩照人的风情画卷，其中的佳篇丽句，如琳琅珠玑，美不胜收。当然，艺术无止境，创新无尽头，任何文学作品存有遗憾或白璧微瑕都是在所难免。但现有的高度已为陈文玲诗家新的腾跃，搭建了起跳的平台。

最后，我想引用《颍川诗草》“一泻情思”篇章中的七律《生命的颜色》，来结束我的发言，并感悟陈文玲博士的多彩人生：

雁过秋窗色彩多，团云锦簇染婀娜。
难分层次催流水，不论高低越岭坡。
一份功德一份美，几重翠黛几重歌。
花香鸟语冬春错，生命斑斓意境河。

（二〇一二年五月二十六日·广东惠州）

《恭王府海棠雅集》序

恭王府始建于清乾隆四十五年（1780年），是目前国内唯一保存完整并对社会全面开放的清代王府。由于恭王府历经清朝自乾隆以降七代帝王，且从第一代府主和珅、和孝公主到恭亲王栾䜣及其后人，几易其主，充满了传奇色彩，久为世人所倾慕；加之著名红学家周汝昌等学者考证提出，《红楼梦》中的大观园应是恭王府的前身，更为恭王府增添了文学的辉光和梦幻的异彩。

恭王府的诗词文化由来已久，有证可查的就有《嘉乐堂诗集》（和珅著）、《乐道堂诗钞》（恭亲王奕䜣著）、《萃锦集》（奕䜣著）、《延禧堂诗钞》（丰绅殷德著）、《古近体诗》（载瀅著）、《云林书屋诗集》（载瀅著）等大量诗篇存世。恭王府“海棠雅集”始于清末，盛于民国，历经辅仁大学校长陈垣先生倡导，其间王国维、余嘉锡、陈寅恪、鲁迅、张伯驹、沈尹默等名宿巨擘时常光顾流连于此，并互有唱和，极尽风雅。新中国成立后，由于种种原因，海棠雅集一度中断，连恭王府也被一些单位和民间分割占用，面目全非。

辛卯初春，经中国作协有关领导引荐，我应邀来到重建一新的恭王府，会见了文化部恭王府管理中心主任孙旭光博士和中心其他领导及工作人员。孙主任说，国家投巨资将恭王府重新修建后，硬件条件是具备了，但文化内涵的软件还没上来。周汝昌老有意倡导重启海棠雅集，我们想请你来帮助策划一下，并联系部分国内诗词名家和文化名流来府赏花、品茗、听典、吟诗、挥毫、抚琴、听曲等，共襄“海棠雅集”。我一听感到这是利用恭王府这一文化品牌来弘扬中华诗词和传统文化的难得机遇，便欣然同意，并及时电话报告了中华诗词学会郑欣淼会长和郑伯农驻会名誉会长，得到了他们的赞同。受恭王府管理中心和孙旭光主任委托，我又把我们研究策划的“海棠雅集”方案向国务委员兼国务院秘书长马凯同志作了汇报，并诚邀马凯同志出席雅集活动和出任重启后的海棠诗社社长或名誉社长。政务繁忙的马凯同志婉言谢辞了出席雅集活动和出任诗社职务的邀请，但对海棠雅集重启表示热心关注和热情支持。

2011年4月15日，重启后的恭王府第一届海棠雅集在湖心亭如期举行。因身体原因不能莅临现场的雅集发起人、著名学者、红学家、诗人周汝昌老先生在致贺诗文中这样写道：“恭王府管理处附设海棠诗社从今日起迈出了第一步，这是一个吉祥的开端，能够得到众多学士才人的热情关怀和支持，可以预卜前途光景无限美好。”应邀出席第一届“海棠雅集”的诗人有：李栋恒、郑伯农、李文朝、梁东、周笃文、童道明、赵敏俐、徐建顺等；演奏、表演、书画艺术家（诗人）吴钊、谭孝增、阎桂祥、李元华、濮存昕、陈平、王家新等。恭王府管理中心主任孙旭光博士、副主任边伟等其他领导和工作人员也都出席。在赏花品茗间，文人雅士或赋诗填词，或引吭高歌，或挥毫泼墨，或即兴表演，加之红灯高挂，红袖添香，更增添了古朴典雅的氛围。首届恭王府海棠雅集取得了圆满成功，并收获了一批诗词佳作。

时及壬辰春日，周汝昌老先生早早送来两篇雅集诗稿，并有“恭王府壬辰春社海棠雅集即将举行，喜赋俚句”之赠言。恭王府管理中心孙旭光主任又约我进行了研究策划，我也及时把方案报告了郑欣淼会长、郑伯农驻会名誉会长。同样受恭王府管理中心和孙旭光主任的委托，我又把周汝昌先生的诗稿和恭王府第二届海棠雅集方案向马凯同志作了汇报。马凯同志因政务繁忙不能出席雅集活动，但让把诗稿及时送给他，以便了解情况，随时助兴。

2012 年 4 月 21 日，恭王府第二届海棠雅集在西区海棠院隆重举行。应邀出席当晚活动的中华诗词学会领导和顾问有：郑欣淼、郑伯农、李文朝、梁东、周笃文、欧阳鹤、岳宣义、宣奉华、周兴俊、李树喜以及中青年诗人代表高昌、林峰、刘庆霖、莫真宝等；著名演奏艺术家、学者、书画家、表演艺术家吴钊、田青、陈平等。文化部恭王府管理中心、中华诗词研究院、中直党委组织部、《人民政协报》、教育部和全国政协有关部门领导孙旭光、边伟、刘占文、马勇明、赵珩、李大光、李学明、刘静等。孙旭光主任致欢迎辞后，首先由主持人朗诵了周汝昌老先生的两首诗作，以便大家随即唱和。在悠扬的丝竹之声和清淡的袭人花香中，按恭王府的核心理念，分为“和”、“恭”、“仁”、“文”四个雅集方阵进行赋诗、献艺，文人雅士各展才艺，各领风骚，使诗意海棠成为一场典雅的文化盛宴。

第二届海棠雅集圆满成功不几日，马凯同志的秘书便让我取来马凯同志的诗作《咏海棠》。马凯同志在题记中写道：叹观海棠老树，岁愈百年，春华秋实，生机依然。又闻海棠诗社重启，凑为几句，聊以助兴。诗曰：

老干新枝也过墙，嫩芽争放送清香。
风来漫地梨花雪，雨过摇身碧玉妆。
难怪苏家常上火，顿怜贾府总回肠。
而今只待金秋到，肥果胭红装满筐。

我立刻把马凯同志的诗作送往恭王府，并由学会机关及时复印或电传给出席海棠雅集的各位诗友手中。大家竞相唱和，当天就收到一批佳作。特别是97岁高龄的周汝昌老先生也热情口述了一首唱和大作。从而把海棠雅集推向了高潮，也成就了诗坛一段佳话。

一位哲人说过，好的开头等于成功的一半。重启后的恭王府海棠雅集，经过第一、二届的成功实践，已经探索了路子，积累了经验。相信在今后雅集活动中，我们一定能够发扬成绩，弥补不足，进一步扩大范围，增添色彩，提升品位，光大效果，使海棠雅集越办越好，风骚永驻。

为了整理保留这两次《海棠雅集》的创作成果，主办方决定把第一、二届海棠雅集的诗作结集出版，我也就义不容辞地担任了诗稿收集和总体编务工作。在《恭王府海棠雅集》编辑成书即将付梓之际，从文化部恭王府管理中心和孙旭光主任之命，作为海棠雅集重启的策划者和联系人之一，以亲历者的身份，把这段诗坛佳话记录下来，作为历史的存本，权且为序。

（壬辰麦月望日子夜于北京齐贤斋）

“阳春”一脉系“巴人”

——在广西民歌手诗词创作研讨会上的开幕词

由中华诗词学会和广西诗词学会主办、宜州市人民政府承办、河池学院协办的广西民歌手诗词创作研讨会，在“芙蓉绽放铁城香”的美好季节，在壮族歌仙刘三姐的故乡，今天隆重开幕了。这是新世纪新阶段振兴繁荣中华诗词事业的一次别开生面的诗词文化盛会，对于推动广西诗歌和诗词创作的繁荣与发展，促进中华诗词事业的全面振兴与繁荣，必将产生积极深远的影响。我谨代表中华诗词学会，对各位领导、诗家、来宾、朋友的光临表示热烈的欢迎！向为办好这次研讨会付出了艰辛努力的广西诗词学会、宜州市人民政府、河池学院，以及所有关心支持中华诗词事业的各级领导和各界朋友表示衷心的感谢！

“问渠哪得清如许，为有源头活水来”。被誉为中国文学艺术皇冠上明珠的中华诗词，其艺术源头来自民歌，而民歌的源头又是劳动号子。中国文学发展史告诉我们，诗歌是我国最早的文学样式。诗歌又有民歌和文人诗的不同发展阶段，而民歌中最早产生的体裁之一，就是劳动号子，简称“号子”。劳动号子一般是从事体力劳动，特别是重体力劳动时，为协调集体动作和节奏而即兴创作的，常常出现在劳动现场。作为文人诗源头的民歌，是劳动人民口头创作、口头流传，并在流传中经过集体修改和加工的具有民族形式和民族风格的诗体。《诗经》是我国第一部诗歌总集，其内容应是集体加工创作的民歌为主，其中的《国风》主要就是民歌，至于《雅》、《颂》虽有士大夫的作品，但作者姓名多不传，可知者极少，仍算不上文人诗。《诗经》约为周代史官采编，曾经孔子校正整理。而《楚辞》，则是我国第一部文人诗的总集。后来经过秦、汉、魏、晋、南北朝的发展，到唐诗、宋词成为中国诗歌也是中国文学的两大高峰。尽管随着历史的发展，中国诗歌又有了新的嬗变，及至五四新文化运动后出现自由体的新诗，然而历久弥新的民歌，仍以其特有的艺术魅力，作为独立的诗体持久活跃在中华诗坛。

广西是我国著名的民歌之乡。广西诗词学会钟家佐会长等诗词名家，高度重视民歌的艺术特色及其对中华诗词创作的影响，及时总结推广民歌和诗词双向学习等方面的经验，他们编辑出版了《广西民歌手诗词新唱》及钟家佐方家撰写的《“巴人”信口唱“阳春”》等专论，对于弘扬民歌艺术，促进诗词创作，都是很好的促进。这次经过多方协调努力，促成了“2012 广西民歌手诗词创作研讨会”在歌仙刘三姐的故乡、如诗如画的宜州市召开，成为宜州乃至河池建市以来规模最大、品位最高的一次诗词文化盛会，其促进民歌发展和诗词繁荣、促进文化事业发展和精神文明建设，促进社会和谐及民族团结进步的积极意义，都将随着时间的推移愈加显现出来。我们对广西、河池、宜州等各级领导和诗词界朋友所表现出的高度的文化自觉与文化责任，表示由衷的钦敬！我们充分相信，有主办单位、承办单位、协办单位的通力协作、精心组织，有与会领导、诗家和朋友们的共同努力，这次民歌与诗词交相生辉的文化盛会，一定会取得圆满成功！

最后，我口占一首小诗，来结束我的致辞，并寄托我的祝福：

活水源头见本真，“阳春”一脉系“巴人”。
民歌花引诗花绽，相映生辉逐日新。

（二〇一二年六月二十六日）

诗家本无种

中国有句古话："将相本无种，男儿当自强。"套用这一句式，可以叫做："诗家本无种，男女当自强。"提出这一命题并非心血来潮，而是出于优化中华诗词生存发展的"生态环境"，促进新世纪新阶段中华诗词全面振兴与繁荣的理性思考。

从"文化大革命"十年浩劫走过来的人都还会记得，当时有一种政治上"唯成份论"，甚至提出"龙生龙，凤生凤，老鼠生儿会打洞"、"老子英雄儿好汉，老子反动儿混蛋"的极端观点。而政治上"唯成份论"的历史尘埃落定之后，在中华诗国，却程度不同地滋生漫延着一种隐形的"唯成份论"之行业偏见。例如：在诗人或诗词爱好者队伍中，一听说某人当过领导，便闭眼不看人家的诗词作品，则一言以蔽之："老干体"；一听说某人经过商，便不屑一顾地说："铜臭气"；即使听说某人是专家教授，也会煞有介事地说："酸腐气"……凡此种种，不一而足。在某些人看来，只有"白衣秀士"，才是中华诗国"根正苗红"的栋梁之材。而恰恰某些鸡肠小肚、妒贤嫉能、固守"小圈子主义"的"白衣秀士"情怀，正是影响"海纳百川，有容乃大"、影响推进中华诗词全面振兴与繁荣的一个羁绊。著名学者、诗人王充闾先生的一首《刺"白衣秀士"》，可谓入木三分："技痒心烦结祸胎，几番封笔又重开。临文底事逃名姓？秀士当门莫展才。"

以唐诗宋词为代表的中华诗词，是老祖宗留给我们的宝贵精神财富。任何一个炎黄子孙都有权继承发扬。决不能认为别人一学习诗词写作，就是到自己“自留地”里栽了一垄葱，就是到自家汤盆里舀了一勺羹。天底下，哪有这样的逻辑和道理？

众所周知，闻道有先后，术业有专攻。由于人生道路不同，学习进入诗词领域的时间有先后、水平有高低，大家都有个学习提高的过程。正如一位哲人所说：再伟大的天才，他生下来的第一声啼哭，也决不是一首好诗。

当然也不可否认，有的人利用手中的权力和财富资源，把一些“假冒伪劣”的诗作进行精装推介，这是一种难以避免的社会现象。但是我们应该相信群众的鉴别力，相信历史的净化力，决不要“拿别人的错误来折磨自己”。任何“假冒伪劣”诗作的最后结局，只能作为历史的沉渣落入泥底。

那么，我们提出“打破行业门户偏见，坚持质量面前人人平等”的口号，是否就公平正确了呢？也不尽然。因为这正应了马克思说过的那句话：“表面上的平等掩盖了事实上的不平等”。因为领导干部有权力资源，商业人士有财富资源，专家教授有学术资源。同样质量的诗词作品，资源优势群体的包装推介力度就会偏大。这和资源弱势群体相比较，就造成了“事实上的不平等”。

正确的原则应是：打破行业门户偏见，客观评价诗词质量，在政策和扶植力度上，向资源弱势群体倾斜，向草根诗人倾斜，向青年诗人倾斜，让社会上更多的人走进诗词大军，让弱势诗人得到有力支持，让青年诗人得以茁壮成长。这就是结论。

（这是作者为《中华诗词》杂志二〇一二年第九期撰写的卷首语）

诗扬军魂壮国魂

——在“当代军旅诗词奖”颁奖大会上的致辞

在“当代军旅诗词奖”颁奖大会隆重召开之际，我谨代表中华诗词学会对“当代军旅诗词奖”的成功举办和各位获奖诗友表示热烈的祝贺！对部队首长、机关对中华诗词事业的关心、重视和支持表示衷心地感谢！

由解放军红叶诗社和《解放军报》文化部共同举办的“当代军旅诗词奖”评奖活动，是贯彻党的十七届六中全会精神和中央军委《关于大力发展先进军事文化的意见》的实际行动，是对多年来我国军旅诗词创作成果和水平的一次检阅和总结，不仅对于提高军旅诗词创作水平、丰富部队文化生活、发展繁荣先进军事文化有着直接的推动作用，而且对于中华诗词事业的全面振兴与繁荣，也是一个积极有力的促进。

中国是一个诗的国度，诗魂是国魂的重要组成部分，也是军魂必不可少的文化内涵。早在一百多年前，中国的仁人志士就发出了“诗界千年靡靡风，兵魂消尽国魂空”的哀叹和呐喊，指出中国诗坛千年来盛行柔弱不振的靡靡之风，代表刚健尚武精神的兵魂消尽之后，以民族的爱国精神为核心价值的国魂也就虚空了。经过百年风雨沧桑，中国人民翻身得解放，军魂振奋国魂壮。同样，随着中华传统文化的复兴与繁荣，中华诗魂也得到振兴。以爱国主义为核心价值，以阳刚豪迈为艺术特色的军旅诗词，是培养当代军人核心价值观的生动教材，是丰富部队官兵精神文化生活的艺术珍宝，同时也是雄壮中华诗魂的挺直的脊梁。以传统诗词的艺术形式，扬军魂、壮国魂，对于鼓舞官兵士气、巩固和提高部队战斗力，对于繁荣先进军事文化和全面振兴中华诗词事业都有着不可替代的重要作用。

这次“当代军旅诗词奖”评奖活动，推出了一批优秀军旅诗作，涌现出一批优秀军旅诗词作者，这是一个丰硕的成果。它的意义和作用将随着时间的推移日益显现出来。

中央军委委员、总政治部主任，也是我们中华诗词学会的名誉会长李继耐上将在获奖作品集序言中指出：“希望广大军旅诗词作者，更加自觉、更加主动地承担起用社会主义先进文化引领社会进步的历史责任，承担起为人民抒写、为人民放歌的历史责任，承担起推进文化创造的历史责任，承担起弘扬文明道德风尚的历史责任，让优秀军旅诗词之花在绿色军营内外盛开，为繁荣发展先进军事文化做出新的更大贡献！”这既是对军旅诗词作者提出的要求，也是对海内外诗友的殷切期望。我们相信，通过这次“当代军旅诗词奖”的评奖激励，我们的当代军旅诗词创作一定会百尺竿头更进一步，对中华诗词事业的大发展、大繁荣必将产生积极的推动作用！

（二〇一二年七月二十日）

弘扬杜甫诗歌精神　促进中华诗词振兴

——在香港城市大学专上学院纪念杜甫一千三百周年系列会议上的致辞

我和郑伯农驻会名誉会长一行，很高兴应邀来到美丽的东方之珠——香港。在这里，我们谨代表中华诗词学会，对香港城市大学举办纪念杜甫诞辰1300周年系列会议表示热烈的祝贺！对香港诗词学会、香港城市大学专上学院等主办方的盛情邀请，表示衷心的感谢！

唐代杜甫，是我国文学史上伟大的现实主义诗人，也是世界文化名人。杜甫被后人尊为“诗圣”，对后世影响深远。关注国运，忧患民生，是杜诗最重要的思想特点。杜甫一生创作了大量诗篇，至今存世一千四百余首。大凡当时社会发生的一些重大事件，在其诗中几乎都有真实的反映：诸如安史之乱给国家、民族造成的深重灾难，上层统治集团荒淫腐败、贪婪无度，人民遭受的压迫剥削和生活的水深火热，都被深刻揭示出来，杜诗深刻反映了唐朝由盛变衰的历史变乱，被称为“诗史”。毛泽东评价杜甫的诗是“政治诗”。闻一多也说“凤凰是禽中之王，杜甫是诗中之圣”。博采众长，富于创造，是杜诗最重要的艺术特点。杜甫诗歌不仅政治性、人民性强，而且艺术性也很强。他广泛吸纳前贤时人的诗歌艺术成就，在诗歌创作上起到了集前世之大成，开后世之先河的重要作用。杜诗风格沉郁雄浑，韵律严谨，对仗工整，语言精炼，为唐代五律、七律的楷模。总之，杜甫的优秀诗篇和诗歌思想，是“诗圣”留给中华民族和全人类的文化遗产之精华，它已超越政权的时间和国界的空间，至今已成为全人类共有的精神财富。

弘扬杜甫诗歌精神，就是要像杜甫那样适应时代，深入生活，热爱祖国，关注民生。明清之际的画家石涛说过“笔墨当随时代”。唐代诗人白居易更是强调“文章合为时而著，歌诗合为事而作”。南朝梁文学理论家刘勰在《文心雕龙》中指出：“时运交移，质文代变”，“歌谣文理，与世推移”。南朝梁史文学家萧子显在《南文书·文学传》中则说：“若无新变，不能代雄”。因此，要像杜甫那样热爱祖国、关注民生，最根本的就是要适应时代发展，直面时代题材，为传统诗词注入时代精神。当然，时代题材涉及时代生活的方方面面，既有伟大事变、重大事件，也有邦策国计，人意民生……。如何选取时代题材，是每个诗人的创作自由，大江东去，小桥流水；歌颂真善美，鞭笞假恶丑，兴、观、群、怨，都可以出好诗佳句。但爱国忧民，应是不可或缺的主题。弘扬杜甫诗歌精神，就是要像杜甫那样，博采众长，富于创造，在诗艺上精益求精。让中华诗词这一千年艺术老树，开出鲜艳的时代奇葩。

香港诗词学会团结港内外诗人词家，努力弘扬杜甫的诗歌精神，热爱祖国，关注民生，创作了大量优秀诗篇，取得了可喜的成绩。香港城市大学专上学院也为弘扬中华诗词和传统文化，进行了不懈努力，赢得了社会赞誉。我们向香港诗词学会和香港城市大学专上学院，向一切为弘扬中华文化、振兴中华诗词做出贡献、付出辛劳的海内外诗人词家和各界朋友，表示崇高的敬意！

最后我以一首《杜甫吟》的七律，来表达对千秋诗圣的崇敬之意，并结束我的致辞：

妙语惊人死未休，吟坛圣者著风流。
光前耀后千秋烁，贯古通今一咏收。
身系民忧呼广厦，心哀国破涕孤舟。
乾坤日夜浮诗海，不尽长江滚滚愁。

（二〇一二年九月二十三日）

端正认识，总结经验，科学把握，扎实推进当代中华诗教工作健康深入发展

——在全国诗教工作（扬州）会议上的主题报告

根据中华诗词学会会长办公会议研究的意见，确定由我代表学会就当前全国诗教工作作个主题发言。讲对的地方，是我认真学习集纳了学会历届领导、各方专家和广大诗友们多年的研究成果和成功经验；讲得不当的地方，是我个人领悟和把握上的偏差，请郑会长、学会其他领导和与会专家、诗友批评指正。

首先，我要从这次会议名称的变化，谈一下对诗教工作认识的深化。起初，机关同志提的方案是叫“诗词之乡、诗教先进单位工作（扬州现场）会议”，并向各单位打了招呼。随着研究的深入和认识的深化，大家感到，召开这次会议的本意，是要认真总结研究当代新形势下的中华诗教工作，“诗词之乡”、“诗教先进单位”的创建，只是诗教工作的一个活动载体，从诗教工作的全局上提出问题并加以研究，有利于对当代中华诗教工作的深刻理解和总体把握，从而提高认识的自觉程度和工作的指导层次。

“诗教”这一概念，追根溯源，是由儒家学说奠基人孔老夫子最早提出的。孔子作为我国诗教文化的开拓者，应是当之无愧。他不仅亲自编辑删定《诗三百》，汉代之后，被儒家尊为“六经”之首的《诗经》，成为我国第一部诗歌总集。同时他最早提出了诗学思想和“诗教”概念。孔子曰：“不

学诗无以言。”（《论语·季氏》）“小子何莫学夫诗？诗可以兴，可以观，可以群，可以怨。”（《论语·阳货》）“入其国，其教可知也。其为人也，温柔敦厚，诗教也。”（《礼记·经解》）可见，“诗教”概念的原宗本义是“以诗教人”。用诗中所蕴含的道德、意志、情感等人民大众易于接受的美学力量，来教化人心，提高素质，是诗之教化功能的本质体现。因此，诗教从宏观意义上讲，是诗学活动的源头根本，是管总的，而且已经有了两千多年的实践。诗词教育、诗词创作都是诗教这一总体概念内涵与外延的表现形式。然而在当前具体的诗词活动和诗学实践中，我们又不能用诗教来包揽一切，代替一切。因为经过中华诗国两千多年的发展嬗变，诗学活动的丰富多彩，使“诗教”又越来越凸显出其“诗词教育”的微观意义。这就需要我们对中华诗教工作有个总体上的理解与把握。

根据中华诗词学会前任会长、中华诗词“终身成就奖”获得者孙轶青先生和中华诗教突出贡献奖获得者、中华诗教委员会主任杨叔子院士等当代中华诗教开拓者们的研究成果和思想观点，从中华诗教“以诗教人”的宏观意义上来讲，当代中华诗教的总体架构应是：着眼国民诗教——着手校园诗教——着力社会诗教。即把传承诗教精粹，提高国民素质，作为当代中华诗教工作最基本的着眼点；而诗教工作付诸实施的突破口，就是让中华诗词走进大、中、小学校园，即从校园诗教着手；在校园诗教的基础上，要实现以诗教提高国民素质的终极目标，就必须着力推进社会诗教。这是符合逻辑关系和客观规律的。中华诗词学会在诗学活动实践中，探索开展的创建“诗词之市”、“诗词之乡”、“诗教先进单位”活动（为便于表述，以下简称诗教创先活动），和这一理论框架又完全相统一。应该说这是“实践——认识——再实践——再认识”这一人类认识规律，在诗学活动中的生动体现。

从中华诗词学会当前工作的总体布局来看，是“一个中心，两个基点”：即以促进当代中华诗词事业的全面振兴与繁荣，作为中华诗词学会各项工作必须紧紧围绕的中心；两个基点则是：实施精品战略，抓好普及工程。所以，我们这次会议所要研究讨论的，是与实施精品战略相呼应抓好普及工程这一层面上的诗教工作，同时又是着眼国民诗教、着手校园诗教、着力社会诗教这一总体架构的具体实施。

大家知道，中华诗词学会倡导开展的“诗教创先”工作，肇始于1995年福建南安市“贵峰诗村”的命名。截至2012年10月底，全国共有“诗词之市（州）”11个（其中“诗词之市”10个，“诗词之州”1个），“诗词之乡”96个（其中县、县级市、区82个，乡镇14个），“诗教先进单位”89个（其中大学6所、中学33所、小学36所，机关和其他单位14个）。这些诗教创建先进单位，为当代中华诗教工作的广泛深入健康发展，提供了实践经验和认识上的源泉。2002年4月，中华诗词学会召开了首届创建诗词之乡、诗教先进单位杭州现场经验交流会，之后，又先后召开了南京、望奎、淮安等现场经验交流会。这期间，还召开过江汉大学、深圳、常德等一系列诗教研讨会。这些会议，既及时地研究解决了当时所面临的问题，也为我们这次会议，作了理论与实践上的准备。我们这次会议的主题，就是以邓小平理论、“三个代表”重要思想、科学发展观为指导，按照党的十七届六中全会和十八大的有关精神，从深化研究和扎实推进当代中华诗教工作的战略全局，全面分析“诗词之市”、“诗词之乡”、“诗教先进单位”创建的形势，端正认识，总结经验，理清思路，制定措施，使诗教创先工作进一步巩固、完善、发展、提高，促进中华诗词事业的全面振兴与繁荣。

我主要讲三方面的问题。

一、从历史与现实的交汇中，找准中华诗教的时代坐标

中华诗教在当代中国社会文化全局中究竟处于什么样的位置？这是科学指导当代中华诗教工作必须首先搞清楚的客观前提。在经济全球化和文化多元化的时代背景下，中华诗词的社会文化地位，固然不可能回归到唐宋时代雄踞社会文化峰巅的历史高度。但中华诗词在中国传统文化中的历史地位和核心价值永远不会贬值。要正确把握中华诗词和中华诗教在当今时代社会文化坐标系中的应有位置，就必须从历史与现实的交汇中深入解读和全面分析。

（一）中华诗教是提高国民综合素质的基础环节。提高国民素质，是实现民族振兴的重要前提，是新世纪新阶段党和国家高度重视、紧抓不放的重大社会工程。党的十七届六中全会《决定》，就把建设社会主义文化强国，提高公民素质，列入了文化领域改革发展的奋斗目标。党的十八大报告更是把“全面实施素质教育”和“人民思想道德素质和科学文化素质全面提高”作为加强社会建设和社会主义文化强国建设的重要内容。而中华诗词以其固有的教化功能，成为传承中华文明，提高国民素质的基础环节。两千五百多年前的孔子就主张“兴于诗”，后人解释为：“兴，起也，言修身当先学诗。”就是说，孔子主张人们启蒙求知应从学诗开始，“兴、观、群、怨”是诗的教化功能在感发志意、观察事理、和谐合群、释放情怀等方面的具体体现。自此以后的历朝历代，有识之士和广大诗人，无不用自己的言行诗作，践行着诗词的教育功能，使中华诗词成为民族启蒙的教材文本，成为民族传统文化的精髓。进入社会主义新时期以来，中华诗词的教育功能更进一步被人们所认识。中华诗词终身成就奖获得者、中华诗词学会前任会长孙轶青同志指出：“诗词的教育功能是客观存在。中华诗词一向以爱国主义民本主义为主旋律，是增进国民文化素质的百科全书。当代诗词对提高人们的文化素质具有更直接更广泛更显著的效果。”（《诗词与素质教育》）中华诗教突出贡献奖获得者、中华诗教委员会主任杨叔子院士也强调：“没有现代科学，没有先进技术，一个国家，一个民族，一打就垮；而没有优秀历史传统，没有民族人文精神，一个国家、一个民族，会不打自垮。”（《让中华诗词大步走进大学校园》）中华诗教突出贡献奖获得者、中华诗教委员会常务副主任梁东同志则说：“数千年的历史实践告诉我们，伴随着中华民族生存发展、兴衰荣辱的诗和诗教，对形成中华民族的气质、精神和灵魂，不可或缺。”（《以德治国，以诗育人》）以上论述从不同的层次和侧面，揭示了中华诗教在国民综合素质培育中，具有不可替代的作用。在新的历史时期，党和国家高度重视包括诗教在内的中华诗词事业的振兴与繁荣。中华诗词在促进国民素质教育中的作用日益显现。党和国家领导同志对中华诗词事业和中华诗词学会工作的关心重视和大力支持，大家更是有目共睹，不再赘述。

（二）中华诗教是建设社会主义精神文明的重要内容。诗词的教化功能，本来就体现在精神领域，所以诗词对精神的振奋鼓舞和有益促进作用，历来为人们所重视。中华诗词学会的诞生，中华诗词的复苏和复兴，更是与新时期精神文明建设同行共进的。1986 年 9 月，党的十二届六中全会通过了《中共中央关于社会主义精神文明建设指导方针的决议》，把加强精神文明建设突出地摆在全国人民面前。1987 年 5 月，中华诗词学会正式成立；1994 年 3 月，孙轶青等六位委员在全国政协八届二次会议上，作了“振兴传统诗词，促进精神文明”的联合发言，提出传统诗词“这一宝贵的文化遗产，需要继承并大力发扬，这是社会主义精神文明建设的一个重要内容”。1996 年 10 月，党的十四届六中全会通过了关于加强社会主义精神文明建设若干重要问题的决议，全国精神文明建设力度进一步加强。次年 10 月，中华诗词学会在昆明召开第十届学术研讨会，专题研究中华诗词如何更好地为社会主义精神文明建设服务的问题。不难看出，中华诗词学会成立伊始以及随后所采取的一系列举措，都是在全方位多层面探讨中华诗词在民族复兴、社会风气转变、人才培养、经济文化建设等领域的现实功能，这既符合全国精神文明建设的总体要求，又突出了中华诗词固有的文化特质和与时俱进的时代特征。

（三）中华诗教是优化人际关系、构建和谐社会的有效途径。孔子在《礼记·经解》中还讲道：“其为人也，温柔敦厚而不愚，则深于诗者也。”这里的“温柔敦厚”，就是指人的品性温和宽厚。这是优化人际关系，构建和谐社会的内在条件。2005 年 8 月，中华诗词学会在黑龙江省望奎县，召开全国诗教经验现场交流会，主题是中华诗词与构建和谐社会的关系。孙轶青会长以《为构建和谐社会作贡献》为题，作了开幕讲话，强调“和谐社会诸特征，如民主法治、公平正义、诚信友爱、充满活力、安定有序、人与自然和谐相处等，都需要诗词创作、诗词教育的参与和促进”。梁东顾问代表中华诗词学会，作了《诗教与社会和谐》的主题报告，对这一问题作了深刻阐述。近几年来，围绕构建和谐社会，中华诗词学会组织了一系列的理论探讨与实践活动。进一步理清了诗教与和谐的内在联系与历史渊源，把传统诗教与构建和谐社会的时代要求有机联系在一起。首先从哲学层面看，古代先哲中的诗教文化开拓者孔子和他的学生把和谐的哲理思辨引入人际关系和社会治理。孔子提出的中庸观，实际上就是和谐哲学思想的认识论和方法论。孔子曰：“中庸之为德也，其至矣乎。民鲜久矣！”（《论语·雍也》）主张折中调和，处事无过无不及，以此作为君子修身、立德、处世的最高标准。然后从自然层面来看，儒家的“致中和”思想，则是体现了对人天（自然）和谐的向往与追求。孔子的孙子子思说：“中也者，天下之大本也；和也者，天下之达道也。致中和，天地位焉，万物育焉。”（《中庸·第一章》）再从社会层面来看，孔子将中庸之道用于社会治理，主张“执其两端，用其中于民”。（《中庸·第三章》）在处理人际关系上，子曰：“己所不欲，勿施于人。”（《论语·颜渊》）孔子的学生有子说：“礼之用，和为贵。”强调以“礼”调节、规范人际关系。上述层面的各种理念，都和诗“可以兴，可以观，可以群”等教育功能息息相关。至于个人层面，诗教育人要达到温柔敦厚，即使人们性情温和、柔顺、诚恳、宽厚，这既是人们行为修养的准则，更是实现自身和谐、人际和谐以至天人和谐的素质基础。由此可见，在新的历史条件下，诗教仍是优化人际关系、促进社会和谐的有效途径。

（四）中华诗教是文化兴邦的重要支撑。中华文化是中华民族的血脉，是炎黄子孙共同的精神家园，是实现中华民族伟大复兴的强大精神力量。被誉为中华民族文化精髓的中华诗词及其以诗育人的诗教活动，对于传承中华文化，承载人民群众的精神寄托，实现民族复兴大业，有着独特的意义和作用。《21 世纪初期中华诗词发展纲要》指出："中华诗词以浩然长存的民族正气，忧国忧民的忧患意识，爱国爱民的爱国主义，悲天悯人的悲悯情怀，万古长新的艺术魅力，融入中华民族的血脉之中。3000 多年来，不知熏陶、感染、教育、鼓舞了多少代人，已经变为中华民族形成、凝聚、发展、振兴的一种精神力量。"中共中央《关于深化文化体制改革推动社会主义文化大发展大繁荣若干重大问题的决定》指出："优秀传统文化凝聚着中华民族自强不息的精神追求和历久弥新的精神财富，是发展社会主义先进文化的深厚基础，是建设中华民族共有精神家园的重要支撑。"这些年来，中华诗词学会在推进诗教方面所采取的各种举措，是完全符合这一精神的。例如，杨叔子院士多次强调"力施教于未冠"、"经典需诵读，诗教应先行"、"兴于诗——建设中华民族共有精神家园"、"国魂凝处是诗魂"等等。梁东同志提出"与时俱进的诗教——是中华民族新世纪的灵魂工程"。他还从 20 多年诗教实践经验中，总结出诗教的作用与功能的十字箴言，即：立德、启智、燃情、育美、创新；杨叔子院士以科学与人文双重睿智，又补充阐释增加了"健心”二字。中华诗词学会历届领导和致力于诗教的有识之士在理论与实践上的探讨与建树，以及《当代中华诗教文论选萃》和二十多届中华诗词研讨会所发表的有分量的文论等，对于指导诗词文化更好地服从服务于中华民族的伟大复兴，已经并将继续发挥出作用。“诗词之市”、“诗词之乡”的创建实践也充分证明了诗词文化在文化兴市、兴县、兴区、兴镇中的重要作用。

二、从理论与实践的结合上，探索中华诗教工作的有效途径

从当今社会文化坐标系中分析判定出中华诗词和中华诗教应有的位置之后，我们就有理由相信，尽管社会上有些人的认识还不到位，但伴随着中华民族和中华文化的伟大复兴，人们对中华诗词和中华诗教的认识将进一步端正，作为弘扬中华文化精髓的中华诗词事业将进一步振兴与繁荣。同时我们也会深切感悟到，从着眼国民诗教——着手校园诗教——着力社会诗教的总体布局来看，我们正在蓬勃开展的创建“诗词之市”、“诗词之乡”、“诗教先进单位”的诗教创先活动，是符合当今时代诗词发展规律的成功探索，是把诗教活动引向健康深入发展的有效途径。认真总结其成功经验，指导今后实践，是十分必要的。总结18年来近200个单位开展创先工作的成功经验，概括地讲，主要有以下五个方面：

（一）党委重视，政府作为。思想是行动的先导。诗教创先活动的工作力度，是和党委领导思想重视程度成正比的。诗教创先活动只有在党委工作全局上有地位，政府才能有作为。这已被“诗词之市”、“诗词之乡”创建的大量实

践所证明。特别是党委一把手的态度，更是重中之重。以我们这次会议的东道主扬州市为例，在“诗词之市”创建过程中，时任扬州市委书记的王燕文同志亲自担任创建领导小组组长，四套班子分管领导任副组长，市委市政府有关部门主要领导任组员，创建办公室设在市委宣传部。王燕文同志调任江苏省委常委、宣传部长以后，把对诗词事业的关心重视推广到全省。今年3月5日专门对全省诗教工作作出3点重要批示，中华诗词学会已转发全国。新接任的扬州市委书记谢正义同志，上任后第一个明确的领导小组组长，就是“诗词之市”创建领导小组组长。在市委书记的直接领导下，扬州市的创建工作，起步稳、进展快、接替好、层次高、效果实。扬州市的经验具有代表性、示范性，下面他们还要做专题介绍，希望与会代表认真学习领会。淮安市创建“诗词之市”时任市委书记丁解民同志和继任市委书记刘永忠同志，把创建和建好“诗词之市”作为文化建设的一项重要接力。淮安市的创建工作深入扎实、健康有序。湖南湘西土家族苗族自治州州委书记何泽中、广西防城港市委书记刘正东、湖南株洲县时任县委书记王建平、江苏洪泽县委书记王兴尧、辽宁盖州市委书记王庆珂等，对诗教创先工作认识程度高，工作力度大，因而所在单位的诗教创先工作成效明显。所有创建成功的单位，政府身为创先活动主体，在具体行为方法上，也大体相同或相似。主要有以下几个方面：把诗教创先工作纳入当地经济社会文化建设的全局，进入党委议事日程，进入政府工作程序；组织领导健全有力，创建领导小组至少由党委常委以上领导任组长，政府和其他几大班子副职任副组长，组员包括政府相关业务部门主管领导，办公室设在党委宣传部或政府的职能部门；创建活动所需资金，列入政府财政预算；在创建领导小组具体负责下，做到分管领导和主管部门工作到位，整体规划、跟进检查、宣传鼓动、财物保障落实到位。这些有效做法，可以在实践中进一步坚持和完善。

（二）育人为本，校园先行。诗教的原宗本义是以诗教人，用中华诗词文化之精华教育人、培养人，是诗教之本。因此，以教书育人为基本职能的学校，便处于突出和先行的位置。这也正是诗教工作要从校园着手的具体体现。按照国家教育系统的有关要求，由当地的教育行政部门对校园诗教作出统一安排，纳入教学计划，是中华诗词走进校园最重要的一环；区别大、中、小学不同教育层次，区分不同年级教育对象，编发不同内容诗词教材；不间断地对教师进行诗词知识培训，保证诗教有足够合格的师资力量；适应学生兴趣爱好，选择适当教学方式，搞活课堂教学；采取办诗社、出刊物、吟诵歌唱表演等方法，把学习与创作连接起来；因地制宜，师生动手，诗化校园环境，营造诗词氛围等等。这是一些行之有效的做法。综合华中科技大学、浙江经济职业技术学院、四川苍溪实验中学、大冶师范附小等70所已获得诗教先进单位称号的各级各类学校的经验，做到有计划、有师资、有教材、有诗社、有刊物、有活动、有氛围、有经费，就能扎实有效地把校园诗教开展起来，促进学生素质的提高。

（三）抓住“五进”，推动社会。中华诗词进学校、进机关、进农村、进企业、进社区，被简称为“五进”，这是一个工作概念，有的地方叫“六进”、“七进”，包括“进军营”、“进家庭”等，这是着力社会诗教的具体表现形式，是把诗教落到实处的有力抓手，同时也是检验创建工作的基本尺度，已成为创建工作经常性、普遍性的活动内容。让诗词走进校园，既促进大中小学生们的素质教育，又为中华诗词薪火相传打好基础，是功在千秋的大业；让诗词走进机关，通过领导和机关干部们的示范作用，推动诗词普及，引领一方诗风；让诗词走进农村，结合民俗文化，提升农民文化生活层次，改善农村文化生态环境；让诗词走进企业，融入企业文化，在促进经济效益提升的同时，促进企业文化的发展；让诗词走进社区，培育诗词土壤，活跃基层文化生活，促进城市社会和谐；至于让诗词走进军营，可以促进军营文化繁荣；让诗词走进家庭，可以促进家庭和睦和乡风民俗的改变等等。这些方面的成功经验和生动事例可谓不胜枚举。除了刚才讲到的大、中、小学之外，淮安市城管局、福建省南安县“贵峰诗村”、辽阳市宏伟区、广西黑五类食品集团公司等，都是这方面的突出代表。在诗词进军营方面，有些部队也进行了有益的探索，解放军红叶诗社正在加大这方面的指导力度。

（四）参谋到位，助手得力。创建“诗词之市”、“诗词之乡”和“诗教先进单位”，当地诗词组织有着不可替代重要的作用，他们是党委、政府抓好诗词文化建设的得力助手和专业参谋。凡是创建成功和诗词文化活动开展活跃的单位，都是诗词组织特别是诗词学（协）会会长参谋到位、助手得力。从三个诗词文化大省的表率作用来看，由于凌启鸿会长、赵焱森会长、罗辉会长自身诗词文化底蕴深厚、社会影响力大、对党政领导同志的意见建议被重视程度高，所以他们所在省的诗词文化事业繁荣发展各领风骚：江苏是全国“诗教先进单位”最多的省，湖南是全国“诗词之市”、“诗词之乡”最多的省，湖北则是诗词文化事业发展态势最猛，进步幅度最大的省。还有陕西省委老书记、省诗词学会的实际掌门人张勃兴同志、广西诗词学会的钟家佐会长、山西诗词学会的武正国会长等德高望重的老同志，都对推动所在省份乃至全国的诗词事业和诗教工作做出了重要贡献。从各地诗词组织成功的实践来看，以下几点共同经验，具有普遍指导意义：一是积极宣传创建工作的目的意义，拿出可操作的规划措施，争取党委政府重视，争取领导支持和社会参与；二是抓好自身建设，优化诗人形象；三是办好报刊，推出力作，扩大影响；四是围绕中心工作，开展多种活动，以“有作为”赢得“有地位”。

（五）诗化环境，浓厚氛围。创建“诗词之市”、“诗词之乡”、“诗教先进单位”，其根本目的还是以诗教人即以诗词文化陶冶人生，提高综合人文素质，促进当地经济社会发展和文化繁荣。而要诗化人生，诗化环境就是非常有益的外部条件。在当地经济发展条件允许的前提下，从当地实际出发，努力创建一个富有诗意的生活工作环境，使人们受到诗情画意的潜移默化和感染熏陶。这对于诗词创先工作是非常有益的促进，也是个非常直观的验收条件。这方面的成功经验，概括地讲，就是最大限度地做好结合的工作。结合城镇基本建设和综合整治，在诗化环境上形成大手笔，比如常德诗墙，其创意之高妙，影响之深远，可谓叹为观止；结合旅游开发，让诗词自然和谐地走进景区，这方面的例子比比皆是，比如一千多米长的岳阳楼景区诗廊，扬州春江花月夜诗意壁雕，经济并不发达的湘西凤凰县的笔架山诗墙，广西容县的都峤山诗墙等等，既展示了中华诗词的大美，也大大提升了旅游景区的文化品位；结合诗词进校园，着眼百年树人，建设一些永久性的诗词建筑，比如湘西凤凰县的文昌小学的诗化校园等等；结合喜庆节日等经常性的文化活动，赶制一些临时性的诗板诗牌等，也有利于美化环境，陶冶人们的情操。当然，这方面的经验和形式还有很多，大家还会在实践中继续创造。

三、从希望与挑战的并存中，扎实推进诗教工作健康持续发展

纵观中国文学史和中国诗歌、中华诗词发展史，我们不难看出，作为中国文学艺术家族中的明珠骄子，中华诗词曾经雄踞历史的峰巅，也一度被打入历史的冷谷。但正如毛泽东同志在上个世纪五十年代所预言“旧体诗是一万年也打不倒的！”“因为这种东西最能反映中华民族和中国人民的特性和风尚，可以兴观群怨嘛！”（转引自孙轶青《开创诗词新纪元》）中华诗词这条永远也打不死的神蛇，终于顽强地走出了低谷，经过复苏，并逐步走向振兴与繁荣。也正是由于这种历史上的辉煌与挫折，就使中华诗词在希望与挑战的并存中求生存、求发展，成为客观的社会现实。进入新世纪新阶段，这种希望与挑战的并存状况也愈加凸显。我们只有看到希望，才能充满信心；只有正视挑战，才能稳步前进。目前，伴随着中华民族和中华文化的伟大复兴，中华诗词事业面临着前所未有的发展机遇期。特别是党的十七届六中全会《决定》和党的十八大报告关于扎实推进社会主义文化强国建设的伟大号召，更使我们中华诗词界充满希望、坚定信心。胡锦涛同志在党的十八大报告中指出：“文化是民族的血脉，是人民的精神家园。全面建成小康社会，实现中华民族伟大复兴，必须推动社会主义文化大发展大繁荣，兴起社会主义文化建设新高潮，提高国家文化软实力，发挥文化引领风尚、教育人民、服务社会、推动发展的作用。”我们推进中华诗教工作和诗词事业，就是以实际行动落实党的十八大精神，是实施文化强国战略的重要组成部分。我们必须乘着党的十八大的强劲东风，掀起推进诗教工作和振兴中华诗词的新高潮。当然，对于我们前进道路上面临的挑战，我们也必须有清醒的认识，以便在工作把握上增强科学性，减少盲目性。这种挑战，主要来自以下方面：一是“左”倾思想的思维惯性和习惯势力。现在社会上还有不少人，仍固守旧体诗“不宜提倡”的思维惯性，把中华诗词视为“另类”；二是社会文化生态的现实。文化多元化和文化样式的增多，尤其视觉文化的冲击，使诗词文化阵地难以得到有效拓展；三是我们诗词工作者自身在思想观念和工作方法上的缺点和不足，难以适应新的形势与任务的要求。包括“诗词之市”、“诗词之乡”、“诗教先进单位”挂牌之后，如何建立长效机制，进一步巩固、发展、提高等问题还没有得到有效解决，等等。我们这些志愿献身中华诗词事业的同仁志士，必须直面形势，迎接挑战，抓住机遇，奋发进取，把中华诗教工作和中华诗词事业扎实推向前进。在这方面我强调三点：

（一）加大宣传力度，提高国民认识。要深入贯彻党的十八大精神，把握中华诗词难得的历史发展机遇期，迎接诗教工作和诗词事业发展的新高潮，其关键问题和中心环节就是要加大对中华诗词的宣传力度，不断提高国民的思想认识。这一点早已被江苏、湖南、湖北、广西等地的实践经验所证明。总结借鉴各单位的成功经验，结合当前形势，应着重做好三个方面的工作。一是要积极占领宣传舆论阵地，充分发挥舆论宣传的作用。从2010年的我国“两会”起，全国政协委员、我会会长郑欣淼同志就多次呼吁全社会都应关心和重视中华诗词事业。特别在今年的“两会”上，他联合几位政协委员提出了让中华诗词走向大众传媒的委员提案，进一步就加强对中华诗词的大众传播和宣传普及提出建议，说出了诗词界的心里话。《光明日报》等大众媒体，通过开办《时代新咏》栏目和利用各种契机宣传中华诗词，为推动中华诗词的普及和社会认知，发挥了重要作用。事实上，在信息爆炸的今天，不利用大众传媒，任何事物要想得到社会的认可和知晓，几乎是不可能的。广播、电视、报纸、刊物和网络等大众传媒，都应有中华诗词的一席之地。中华诗词学会认真贯彻上级首长的有关指示，在推动中华诗词走向大众传媒上，进行着扎实的努力。我们在加强联系合作，促进《人民日报》、《光明日报》、中央人民广播电台和人民网、新华网、光明网等大众传媒加大诗词宣传力度的同时，已创意策划了在中央电视台开办电视诗词栏目的节目方案。待上报首长和中央电视台领导批准后即可付诸实施。希望各省、市、县级有条件的地方，都要在推动中华诗词走向大众传媒上，做出自己的贡献。二是要重点做好面向大众和青年的宣传工作。“适应时代，深入生活，走向大众”是中华诗词学会一贯遵循的基本方针。推动诗词走向青年，更是我们的战略重点。为了做好面向大众和青年的宣传工作，中华诗词学会注重发挥宣教部和诗教委员会的作用，并以“诗词之市”、“诗词之乡”、“诗教先进单位”创建活动为载体，持续不断地推进中华诗词普及工作。我们还将研究加强学会青年部的职能，注意发挥《中华诗词》杂志青春诗会的作用，把青少年诗人的培养工作做实、做好。三是充分开掘和发挥中华诗词自身的宣传教育功效。加大宣传教育力度，提高国民对中华诗词的认识，还必须注意开发利用诗词自身的教育功能和诗词组织的宣传效用。首先，要多创作时代感强、艺术性佳的优秀诗词作品，让人们从中受到教育、感染和启迪。这是当代诗词靠精品立身的根本途径；同时，要积极办好诗词报纸、刊物、网站等自身媒体，以教育引导群众，影响社会；还要注意充分发挥诗词组织和诗词队伍的宣传效用。要通过我们的口和手中的笔，向我们周围的群众宣传，向我们所在单位的领导宣传。做到一个会员影响一点，一个组织带动一片；还要注意加强诗词同音乐、书法、绘画等姊妹艺术的联姻，让诗词插上音乐的翅膀、带上书画的艺术魅力，以扩大诗词的社会影响，达到潜移默化的教育目的。

（二）当好参谋助手，促进政府行为。因为创建“诗词之市”、“诗词之乡”和“诗教先进单位”是政府行为，政府不动，说啥也没用。所以，当好参谋助手，促进政府行为，便是各级诗词组织的工作重心。所有创建成功的先进经验都已证明了这一点。扬州市诗词学会赵昌智会长、淮安市诗词学会已故的尚云会长和现任的荀德麟会长、湖南岳阳市的汪德辉会长、黑龙江望奎县的王兆义会长、湖南株洲县的马炎明会长、河北昌黎县的鲁纯堂会长、辽宁大石桥市的何江会长、贵州青岩镇的饶昌东会长等，都是能参善谋的高手。他们的意见建议被党委政府的采纳率都比较高。综合全国各地诗词组织的成功经验，在诗词组织如何当好参谋助手，促进政府有所作为上，要注意三点：一是要把促进政府行为作为诗词组织的工作重心。我们之所以强调政府行为，是因为一个行政区域的权力机构，是党委领导下的各级政府。没有政府的决心和行动，任何事情要想在当地社会推广开来并坚持下去，是不切实际的。特别是没有政府的参与，“诗词之市”、“诗词之乡”等创建先进活动也就没有了行为主体。对此，各级诗词组织必须有清醒的认识，并把这些认识，化为自觉的行动。二是要围绕促进政府行为扎扎实实做好具体工作。靠有效的作为，赢得应有的地位。首先要解决好自身的认识问题，做到思想认识端正，创建理由充足，行动方案可行。其次要抓好顶层设计，对当地开展诗教创先活动，有利条件和不利因素有哪些，如何扬长避短因势利导，要心中有数。三是一定要抓住促成政府行为的重点环节。促成政府行为，有些重点工作环节必须紧抓不放。例如创建领导小组是否由党委、政府的主管领导挂帅；创建方案是否周密可行；规划措施是否落实到位等等。对这些重点环节，都应及时提出意见建议，使政府行为真正进入领导决策，落到工作实处。

（三）加强科学规划，保证社会效果。诗教创先活动，有两大基本要素：一是政府行为，这是创先活动的主体体现；二是社会效果，这是创先活动的目的所在。因为我们开展创建“诗词之市”、“诗词之乡”和“诗教先进单位”等活动，最终目的还是为了弘扬中华诗词文化，促进国民素质提高，促进社会建设和社会主义文化强国建设。这正是贯彻落实党的十八大精神的实际行动。这些目标追求，都是要靠社会效果来体现和检验的。着眼社会效果推进诗教，展开诗教创先活动，要特别强调科学规划问题。因为只有科学规划，把握适度，才能使我们的主观愿望与客观实际相符合，才能取得扎实有效的成果。为此，应该做到：在规划指导思想上，必须适应时代要求，符合当地实际，而不能凭一厢情愿，靠主观臆想。在规划的整体布局上，要突出重点，先易后难，注意平衡。从全国来看，目前所批准的“诗词之市”、“诗词之乡”和“诗教先进单位”，绝大多数在长江以南，湖南、湖北、江苏三省，就占了半数。应当说，这三个省的诗教及创先工作做得确实好，将在这次会上分别介绍经验。但发展不平衡毕竟是要着力解决的问题。到目前全国还有 7 个省、市、自治区没有“诗词之乡”或“诗教先进单位”。应当引起我们的高度关注。再就是在规划的阶段性目标上，不仅要有近期目标，还应有中、长期目标；不仅要有创建目标，还应有巩固、发展目标，并注意解决平衡和质量问题。从这些年的实践来看，应坚持这样的原则：鼓励先进更先进，后进变先进，在动态中寻求平衡，决不搞人为压制和人为拔高；加强薄弱环节，突破重点难点，在保证质量的前提下稳步推进。从总体布局上来说，要把创建“诗词之乡”的重点，放在县级。县级行政区划是我们国家政权的基础，特别党的十八大报告已明确提出“有条件的地方可探索省直接管理县（市）改革”。因此，县级也应是诗教创先活动的主要着力点。下一步，我们将从严控制地级“诗词之市（州）”和乡、镇一级“诗词之乡”的审批，原则上不再审批村级的“诗词之村”；并将严格条件标准和申报考察、讨论审批等程序。至于省一级的诗教创先活动如何把握，我们还要广泛听取上上下下的意见。早在前些年孙轶青老会长在世时，湖南就提出创建“诗词之省”的宏伟设想，但学会领导在研究时总感到省一级层次太高，不好把握，所以一直没有推进。这次江苏省又提出要创建“诗教先进省”（或“诗词文化先进省”），这比“诗词之省”面窄了一些，也相对好把握一些。但下步究竟怎么办，我们广泛征求意见后，再和大家商定。前一时期，学会对开展诗教创先活动以来的规定性文件进行归纳梳理，形成了一个比较规范的文件初稿，并且向北京、湖北、江苏等地征求了意见，会上还要发给大家讨论，希望大家集思广益，能够搞成一个好的规范性文件，更好地对今后的诗教创先工作发挥指导和规范作用。

同志们：党的十八大吹响了建设社会主义文化强国的进军号角，以弘扬中华民族文化精髓——中华诗词为己任的当代诗人词家和诗词爱好者，一定要在以习近平同志为总书记的党中央坚强领导下，抓住机遇，团结奋进，开创诗教工作和中华诗词事业的新局面，为促进社会主义文化大发展大繁荣做出我们新的、更大的贡献！

（二〇一二年十一月二十三日·扬州）

画意诗情入梦来

——诗意解读习近平总书记畅谈的伟大中国梦

中共中央总书记习近平在和中央政治局常委参观《复兴之路》展览时，豪情满怀地畅谈了实现民族复兴是最伟大的中国梦，引起举世关注和高度赞扬。他在对近代中华民族回顾昨天、展示今天、宣示明天时，恰切地用了三句诗："雄关漫道真如铁"、"人间正道是沧桑"、"长风破浪会有时"。这信手拈来、恰如其分的三句诗，把诗情画意引入了伟大中国梦。而这三句诗中有两句是毛泽东的，喻示着要把毛泽东等老一辈革命家开创的人民革命和建设事业推向前进；有一句是诗仙李白的，宣示中华民族的伟大复兴，必然伴随中华文化的伟大复兴，李白的这句诗正可以承载丰厚的文化内涵。

"雄关漫道真如铁"，语出毛泽东《忆秦娥·娄山关》。它的对句是"而今迈步从头越"。毛泽东自注："万里长征，千回百折，顺利少于困难不知多少倍，心情是沉郁的。过了岷山，豁然开朗，转化到了反面，柳暗花明又一村了。"习近平同志则讲道，近代以后，中华民族遭受的苦难之重、付出的牺牲之大，在世界历史上都是罕见的。但是，中国人民从不屈服，不断奋起抗争，终于掌握了自己的命运，开始了建设自己国家的伟大进程，充分展示了以爱国主义为核心的伟大民族精神。习近平同志的精彩讲述，正是毛泽东诗意的生动展现。

"人间正道是沧桑"，语出毛泽东七律《人民解放军占领南京》。其出句是"天若有情天亦老"。这里借用了唐朝李贺《金铜仙人辞汉歌》中的名句，并赋予了新的时代内涵。毛泽东借此来说，这种沧海桑田的革命性变化，是人间正道，即社会发展的客观规律。习近平则指出改革开放以来，我们总结历史经验，不断艰辛探索，终于找到了实现中华民族伟大复兴的正确道路，取得了举世瞩目的成果。这条道路就是中国特色社会主义。这是对“人间正道”的绝妙诠释。

“长风破浪会有时”，语出李白《行路难》。它的对句是“直挂云帆济沧海”。其意为乘长风破万里浪的时机一定会到来，届时将挂起入云的风帆，直渡大海，到达理想彼岸。表现了远大的抱负和强烈的自信。习近平接着说，经过鸦片战争以来170多年的持续奋斗，中华民族伟大复兴展现出光明前景。现在，我们比历史上任何时期都更接近中华民族伟大复兴的目标，比历史上任何时期都更有信心、有能力实现这个目标。

从习近平总书记的一番话，不由让人想起以毛泽东为代表的第一代中国共产党人，带领中国人民翻身解放探索人间正道的伟大实践，和所奠定的中华民族伟大复兴的胜利基础，同时想到邓小平第三次复出前曾背诵《三国演义》中诸葛亮在茅庐睡醒后吟的那首诗：“大梦谁先觉，平生我自知。草堂春睡足，窗外日迟迟。”作为中国改革开放的总设计师，他借古喻今，诸葛亮诗意中匡复汉室的“大梦”，正是邓小平和老一辈革命家心目中民族复兴的“大梦”。邓小平和习近平都用诗的语言，同样都讲伟大的梦想。邓小平和老一辈革命家是中华民族复兴“大梦”的“先觉”者，探索引领开创了中国特色社会主义的伟大事业，找到了实现民族复兴伟大梦想的正确道路。经过以江泽民、胡锦涛为代表的一代代中国共产党人的承前启后，接力创新，使习近平畅谈的充满诗情画意的中华民族复兴伟梦，将不久成为现实。这真是一脉相承，妙意天成。

中华诗词作为中华民族传统文化的精髓，在实现中华民族伟大复兴，推进社会主义文化强国建设中，有着不可替代的重要作用。毛泽东同志是当代中华诗词的伟大旗帜。邓小平同志解放思想、实事求是的思想路线，使中华诗词真正挣脱了“左”的羁绊，催生了中华诗词学会的成立，迎来了中华诗词从复苏到复兴的春天。江泽民、胡锦涛同志都高度重视中华诗词传统文化，强调中华诗词博大精深，呼唤创作更多更好的“当代诗句”。习近平同志把画意诗情引入伟大的中国梦，更使中华诗词界倍受鼓舞和鞭策。

当代中华诗人词家和诗词爱好者，要不负党和国家的关心与厚爱，不负时代和人民的期望与要求，为实现诗情画意的中华民族复兴伟大梦想，为振兴和繁荣中华诗词事业，促进社会主义文化强国建设，携手同心，贡献我们的绵薄力量。

（这是作者为《中华诗词》杂志二〇一三年第一期写的卷首语，并在《光明日报》二〇一二年十二月二十一日光明文化周末版突出刊发）

把握中华诗词事业繁荣发展的希望与未来

——在张家界“青春诗会”暨“谭克平青年诗词奖”颁奖仪式上的致辞

今天很高兴和全国的优秀青年诗人代表一起来到人间仙境张家界，举办“2013年青春诗会暨第二届‘谭克平青年诗词奖’”颁奖仪式。首先，我代表中华诗词学会和《中华诗词》杂志社，对这一活动的成功举办表示热烈的祝贺！对大力支持、热情承办这一活动的湖南省诗词学会、张家界市领导和武陵区委区政府以及各界朋友表示衷心的感谢！

青年是民族的希望，是祖国的未来，也是中华诗词事业的希望和未来。早在上个世纪中叶的1957年11月17日，新中国的开国领袖毛泽东主席在莫斯科会见我国留学生和实习生时的谈话中就响亮提出：“世界是你们的，也是我们的，但归根结底是你们的。你们青年人朝气蓬勃，正在兴旺时期，好像早晨八九点钟的太阳。希望寄托在你们身上。……世界是属于你们的，中国的前途是属于你们的。”我认识的一位70多岁的老将军就是当年在现场聆听毛主席教导的一名青年留学生，每当说起这段往事，老将军总是激动不已。那年我九岁，是背诵着毛主席这段语录成长起来的。如今我们都已走过人生的朝阳时光，进入了满目青山夕照明的新境界，自然对坐在面前的你们这些八九点钟的太阳寄予重托和厚望。

中华诗词学会已故老会长孙轶青同志在1993年5月6日首届青年诗词研讨会开幕时，以《旧体诗不宜在青年中提倡吗？》为题发表了重要讲话。他指出：“诗词是我国优秀的文化艺术，它一向居于先进文化的行列。传统诗词是弘扬爱国情思提高人文素质的生动教材，当代诗词更是社会主义精神文明的重要读物。”“诗言志。在心为志，发言为诗。年轻人的这些特点与诗词特点比较一致，因此青年最容易授受诗词和喜爱诗词。年轻人理所当然应成为中华诗词的未来与希望。”从那时到现在二十年过去了，我们欣喜地看到，孙铁青老会长在青年中提倡旧体诗词的呼唤，已经变成喜人的现实。现在，越来越多的年轻人已经不断地加入到日益壮大的中华诗词大军中来。

这些青年诗人和诗词爱好者，不仅喜爱传统诗词、欣赏传统诗词，而且勇于探索创作传统诗词。他们思想新潮，热情奔放，直面现实，深入生活，又注意刻苦学习钻研传统诗词艺术，努力为传统诗词注入时代精神，他们的积极努力，代表着传统诗词的发展和前进方向。然而值得注意的是，不知受哪类师傅的传授和影响，在一部分青年诗人和诗词爱好者中，他们创作的诗词作品，多是远离现实的闲愁忧怨。如果仅仅像辛齐疾所说的“少年不识愁滋味”、“为赋新词强说愁”，倒也有情可原，但说几次“愁”也就够了。如果是一种文化价值取向，就需要警醒。固然，人性是立体的，诗情是多元的。任何一个诗人有“一怀愁绪”都无可厚非。但如果你老是闲愁忧怨，看不到生活的阳光面，不仅不利于自己身心的健康成长，而且也难以用多元的诗情创作出时代的多彩华章。所以对于年轻诗人和诗词爱好者来说，汝欲学作诗，请先学作人。只有树立正确的人生观、价值观，以科学辩证的思维，去观察社会，体验生活，感悟人生，才能写出发人深思、催人奋进，具有深刻思想性和高度艺术感染力的新时代的黄钟大吕。这些话，随着你们的人生和艺术走向成熟，会越来越感悟到其中的真谛。我相信，我们今天在座的青年诗人和广大青年诗友，一定不会辜负时代的重托和人民的厚望，把中华诗词事业繁荣发展的接力棒，一代一代传下去，伴随着伟大中国复兴之梦的实现，奔向中华诗国更加美好的未来。

最后，我想以两首小诗，来结束我的致辞。一首是为我们承办方张家界作点广告宣传，即五律《张家界》：

精美一盆景，久存天地间。
瑶池盈宝水，御笔绘仙山。
万岭浮林海，千流挂瀑帘。
人间何处好？最数武陵源。

另一首是为我们青年诗人寄语祝福，口占一绝《寄语青年诗友》：

诗意青春梦幻多，浪花滴水汇洪波。
兴观群怨悲欢事，七彩人生谱壮歌。

（二〇一三年四月十六日）

诗书彰灵秀 骚雅展风流

——在《青槐吟草——李铎诗词选》首发式上的致辞

今天，我们在全国政协礼堂隆重举行《青槐吟草——李铎诗词选》首发式。这是诗词界、书法界乃至文化界可喜可贺的一件盛事。首先，我代表中华诗词学会，对《青槐吟草——李铎诗词选》的出版发行和李铎先生取得的诗词创作丰硕成果表示热烈的祝贺！对关心、重视、支持中华诗词事业的各级领导和各界朋友表示衷心的感谢！

李铎先生是享誉海内外的书法大家。从艺 70 多年来，李铎先生为书法事业繁荣和发展、为书法艺术创作和教育，作出了重要贡献。同时，李铎老师又是总政系统我钦敬已久的艺术前辈。我们之间也有着很深的情缘。我退下来之前是解放军电视宣传中心的主任，又曾是中央电视台第七套黄金时段《军事报道》栏目的创办人。在我们开办《军中名人》专栏时，是李铎先生亲笔为我们题写了专栏名。作为《军中名人》最重量级的嘉宾之一，李铎老师的专题片也是我带队采访制作的。在我名为“齐贤斋”的书房正中，一直悬挂着李铎老师为我题写的“见贤思齐”匾额。更令人难忘的是，今年春节期间，李铎老师不顾 83 岁高龄和眼神不力，又亲笔用四尺整张的宣纸为我书写了我的拙诗《三道岭水库》，这将成为我最珍贵的纪念。所以，当中国书协赵长青书记给我打电话说要为李铎老师举办诗词选首发式时，我感到非常高兴和荣幸。像李铎先生这样的名师大家把自己的优秀诗词作品奉献给社会，本身就是对弘扬中华诗词文化最实际有力的支持，也会成为当代中华诗词一个亮点。

我在多年欣赏李铎先生的书法艺术作品时，已经注意到他经常用题诗的形式，且古体诗词的造诣很深。但真正引起我思想震撼的，还是摆在面前的这部厚厚的精美线装的《青槐吟草——李铎诗词选》，并且由衷地感叹：书家原本是诗人。前几天，在李铎老师的办公室，他给我介绍了这部书的成书过程。他喜爱并创作古体诗词由来已久。这些年保留下来的就有500多首。是在很多朋友的劝说下，他才反复筛选出263首结集出版，时间跨度从1973年到2012年底40年的时光，内容包括他军旅生涯的方方面面。认真拜读后，我感到集中体现在他的“赤子情怀”、“山水情趣”、“人文情致”三个方面：

一是激昂的赤子情怀。作为一名老党员、老军人、老书法家，李铎诗词充满了热爱党、热爱祖国、热爱人民的激越昂扬的赤子情怀，体现了弘扬主旋律、唱响正气歌的磅礴浩然的正大气象。不论改革开放，纪念长征胜利、抗战胜利，建党、建国、建军纪念庆典，还是港澳回归、圣火传递、科研成果，神舟发射、嫦娥上天，从洋洋洒洒的长篇鸿制《祖国万岁》直到《赞十八大胜利召开》，凡是党和国家、军队的重大事件，建设发展重要成果，他都赋诗寄意。如《澳门回归》：“浩荡东风白日薰，金瓯一片早归心。银鞭北指来时路，一路高歌一路吟。”如《观嫦娥一号发射成功喜赋》：“一箭高飞羽燕轻，嫦娥喜见掠天庭。擎天玉照光寰宇，绕月穿云播友情。”再如《赞十八大胜利召开》：“鸿篇德睿漾清流，沁入心田意未休。国计运筹商国是，民生集注解民忧。……”等等佳篇丽句，都是对党策国计、时代风采的诗意写照。再如对大同煤矿、大庆油田、新唐山和三农等的吟咏，则是对工农群众的关注和人民创造精神及美好生活的讴歌。如《大庆采风》：“井机高架满平川，热雨冰风若等闲。管道输油襟八极，铁人啸傲紫微巅。”就写得气壮山河。

二是清纯的山水情趣。在李铎诗词作品中，不仅展现出爱国为民的赤子情怀，还流淌出一种清新纯美的山水情趣。他以不泯的童心忘情山水，把祖国的名山大川，锦绣田园，都收入自己的诗囊画卷。从《龙门石窟》到《西湖漫步》，从《忆洞庭》到《赋太行》，从《登黄鹤楼》到《游七星岩》，从神农架到桃花源，从观沧海到登华山，可以说李铎先生一路山水，一路诗情。如《丽江行》：“濛濛烟雨暗青山，万壑千峰隐翠岚。四面青纱遮碧岭，此身疑入画中天。”如《游离宫》：“三湖烟雨隐离宫，夏日蒸蒸绿映红。入夜松风筛晓月，清晨芳霭浥深丛。道吟天地微茫外，诗入风云变幻中。世事洞明皆自得，何须麟阁画奇功。”等都写得超尘脱俗。再如《壬午秋访山村归来》：“万树葱茏遮碧眼，逶迤绿岭坦途通。绕空山鸟鸣天外，戏水鸳鸯没草丛。正值秋高清气爽，遥闻歌舞鼓声隆……”则是描绘了祥和山村的生态图。作者忘情其中，自然得到远离都市喧嚣的那份宁静与恬淡。

三是浓重的人文情致。诗词书法都是中华文明乃至人类文明的精华。李铎先生集人文精华的诗词书法于一身，自然有着浓重的人文情致。他的唱酬应和与缘事题对，包含了试墨、题画、赏石、品茶、赞酒、考古、论艺、观碑、咏砚等人类文明的诸多方面，可谓千姿万种，尽入诗中。如《题端溪山水砚》：“一脉端州美砚求，勾留最爱老坑头。……远看有舟穿暗石，回眸更见玉人游……”。如《解放军电视中心题报春图》：“齐写梅花第一枝，且歌且舞且吟诗。才刚写尽春消息，报与群芳次第知。”均写得活灵活现。再如《春日寄语军报记者》，他是用《水调歌头》这一词牌填写的，双调19句95字。他认真按谱填写，深显艺术功力：“已是冰消尽，不负报春梅。纵观天下丘壑，春日正芳菲。极目葱茏万顷，绿野如茵似锦，漫步玉骢随。下马观春景，俯首察精微。　新鲜事，如泉注，熠清辉。快将春讯传遍，疾疾路千回。纵使关山路远，衣带渐宽人瘦，决意把春追。追到春深处，采得百花归。”

总之，李铎诗词不仅内容丰富，风格多样，而且认真遵循诗词格律的要求，包括“平水韵”、“词林正韵”等旧韵中入声字的把握与运用，足见诗书大家的艺术追求。

习近平总书记在今年3月1日中央党校的讲话中要求各级领导干部“以学益智，以学修身”时强调：“学诗可以情飞扬、志高昂、人灵秀”。李铎先生集诗魂书艺于一身，不仅激情飞扬，斗志高昂，而且彰显出人之灵秀。达到灵秀境界的人，就是一个高尚的人，一个纯粹的人，一个脱离了低级趣味的人，一个有益于人民的人。同时，又是一个“腹有诗书气自华”的人。我们衷心祝愿李铎先生身笔双健，诗书并雅，交相生辉，尽展风流，艺术之树常青，艺术之花常艳。

（二〇一三年六月二十八日·北京）

本是同根生，相辅促共荣

——在上海新诗古体诗创作论坛的发言

很高兴来应邀到国际大都市上海，参加“新旧交融抒心声”——新诗古体诗创作论坛，给了我一个向新诗古体诗各位名师大家当面学习请教的好机会。首先，我们几位古体诗人代表中华诗词学会，对这次论坛的成功举办，表示热烈的祝贺！同时，对主办方的盛情邀请和热情接待，表示衷心的感谢！

严格说来，我是一个古体诗的门外汉和新诗的圈外人。但我早在上个世纪六十年代中叶读高中的时候就模仿毛主席诗词，学写古体诗词，模仿贺敬之等新诗名家学写新诗，1975 年我就主编出版了报告文学集，可以说，在年轻时就结下了浓重的文学情缘。在我的中国作家协会会员登记表中，有戏剧性的两栏内容：何时开始发表文学作品：1975 年；何时加入中国作家协会：2005 年。这期间 30 年的时光，就个人服从组织，把青春年华献给了军队建设的不同工作岗位。直到从工作岗位上退下来后，我才落叶回归到中华诗词的大树之根，重圆了我的文学梦。

我发言的题目是：《本是同根生，相辅促共荣》。也许有的朋友会说，新诗是舶来品，怎么能说和祖传下来的古体诗是同根生呢？我想早在 2500 年前，春秋时期齐国大夫晏子出使楚国时候就说过这样的一段名言：“婴闻之，橘生淮南则为橘，生于淮北则为枳。叶徒相似，其实味不同。所以然者何？水土异也。”就是一条淮河之隔的南北水土差异，橘和枳的果实味道就截然不同。那么作为国外舶来品的新诗，被引进生长在中国这个五千年血脉不断、人种没换的民族文化水土中，他的根须当然要吸收以中华诗词为精华的中华文化水土的营养，更何况写新诗的人，也是传承着唐诗宋词文化血脉的中国人。你难道能说新诗和古体诗的诗人群体不是同根共祖的中国人吗？你难道能说新诗和古体诗不是同样根植在中华民族文化的土壤里吗？

我是一位古体诗词的业余爱好者。中华诗词是中华民族文化的精髓。对古体诗词的美学特质和艺术优长，马凯同志曾作过精辟的论述。他指出："以格律诗为代表的古体诗，把汉字'方块、独体、单音、四声'的独特优势发挥得淋漓尽致，按照符合美学规律的规则，形成了同时兼有均齐美、节奏美、音乐美、对称美和简洁美的诗体，简洁明快，朗朗上口，易于记忆，便于流传。"这正是我晚年志愿献身中华诗词事业的根本动因所在。

同时，我又是一位新诗的热情推崇者。在 2012 年 4 月召开的中国诗歌学会第三次全国会员代表大会上，我在代表中华诗词学会致辞中这样讲道："以白话文和自由体为主要标志的中国新诗，是伴随五四新文化运动和白话文运动应运而生的诗界骄子。是对当时'诗界千年靡靡风，兵魂销尽国魂空'中国诗歌现状一场惊天动地的革命！中国新诗的诞生顺应了当时思想解放的时代潮流，融合了西方文化的先进元素，是历史的必然选择。它不讲格律不拘长短的自由体形式，更利于彰显科学与民主精神，表现个性解放和社会解放的内容，揭开了中华诗国划时代的一页。"这是我思想的真实写照，也是我自己有时学写新诗的思想动因。

事物都是有两重性的。任何一种文学样式，包括新诗与古体诗，都有其固有的美学特质、艺术优长和创作实践中容易出现的弊端与缺憾。例如古体诗的弊端是规矩太多，不易掌握，束缚思想，极端性倾向就是脱离时代，泥古不化，艰涩佶聱，让人看不懂。而新诗的弊端则是超常自由，过分分散，缺乏诗味，极端性倾向就是脱宗忘祖，怪异另类，莫名其妙，不知所云。正确的态度应是客观全面地分析新诗与古体诗的美学特质、艺术优长以及创作中容易出现的毛病与问题，扬长避短，相辅相成，兼容并蓄，共促繁荣。理想的境界应该是成为两栖诗人，不论新诗与古体诗，哪一种诗体更适合创作主题和抒情达意就采用哪一种诗体。我在学习创作实践中，也曾遇到过困惑。和谐中国是当代中国的一个时代性主题。2007 年，我紧扣时代主题写了首七绝《和谐颂》：

鸟语花香唱惠风，蓝天丽日碧波平。
和谐共处人长久，国泰家安万事兴。

尽管内容涉及到人与自然、社会、家庭的和谐等诸多方面，但毕竟四句话 28 个字的信息量有限，总有言犹未尽，不吐不快之感。于是，我便用青年时期模仿贺敬之等新诗传统名家写政治抒情诗的手法，在中国新诗 90 年呼唤新诗传统回归之际，创作了一部长篇人文抒情诗《和谐之歌》。全诗共 480 多行，分为“序曲·和谐魂”、“第一部·人与自然”、“第二部·人与社会”、“第三部·人与他人”、“第四部·人与自己”等五大部分，可以天文地理、古今中外纵横驰骋，尽情挥洒。《文艺报》于 2007 年 12 月 31 日第八版头条通栏加编者按转发了第四部“人与自己”。同时，其他一些报纸、刊物或全文刊载，或部分摘登。中央人民广播电台也在《中国之声》节目配音播出。《和谐之歌》中有些现实针对性强的思想观点不要说绝句、律诗，即使用长篇古风也难以表达。例如我在揭示人们由于自身心境不平而滋生攀比心理、贪腐现象时写道：

检验一个人的品质好坏，最有效的措施就是给他权力。
位高权重者比普通百姓多的是腐败亡身概率。
攀比是人们的正常心理，关键要找准参照系。
以己之长比人之短，越比越觉得委屈；
以己之短比人之长，越比越感到差距……

同样，以和谐理念来看待和处理新诗与古体诗间的学习借鉴、共促发展，也是非常有益的。

（二〇一三年七月三十一日・上海）

（注：长篇人文抒情诗《和谐之歌》全诗，见本书《李文朝诗词诗论选》上卷“附录”。）

学习毛泽东诗词 以诗言志书史扬魂

——在“毛泽东诗词和诗论对中华诗词创作的启示和意义”学术研讨会上的致辞

首先，我代表中华诗词学会和郑欣淼会长，向出席今天会议的各位领导、专家学者，毛泽东主席的亲属和身边工作同志以及各位嘉宾与朋友表示热烈欢迎和衷心感谢！当前，全国正在深入学习贯彻习近平总书记在今年八月召开的全国宣传思想工作会议上的讲话精神，在新的历史起点上，开创宣传文化工作的新局面。今天，为纪念毛泽东主席诞辰120周年，由中国毛泽东诗词研究会，中华诗词学会联合主办的“毛泽东诗词和诗论对中华诗词创作的启示和意义”暨中国毛泽东诗词研究会第十三届年会学术研讨会，进一步深入研究毛泽东诗词和诗论，及时回答当前社会上一些歪曲毛泽东诗词诗论的言论，对学习毛泽东诗词的思想境界和高超艺术，以诗言志书史扬魂，用诗词艺术形式反映中国社会建设发展的重要历程，对联系诗词界实际贯彻落实习总书记的讲话精神，具有十分重要的现实意义。

习总书记在今年8月19日召开的全国宣传思想工作会议上的讲话中强调指出：“在全面对外开放的条件下做宣传思想工作，一项重要任务是引导人们更加全面客观地认识当代中国、看待外部世界，宣传阐释中国特色。”我们重温毛泽东主席在中国革命和建设的各个历史时期创作的大量诗篇和诗论，学习毛泽东主席用中华诗词反映中华民族的文化特征，展现中国革命和建设发展的重要历程，对于深刻理解习总书记在全国宣传思想工作会议上的讲话精神，推动新的历史起点上中华诗词事业的繁荣发展，意义重大，影响深远。

毛泽东诗词以其诗史合一的史诗品格和覆地翻天的磅礴气势，为我们以诗表达理想志向、反映历史进程、弘扬民族魂魄，树立了光辉的典范。《西江月·井冈山》、《清平乐·蒋桂战争》、《渔家傲·反第一次大“围剿”》、《渔家傲·反第二次大“围剿”》、《忆秦娥·娄山关》、《七律·长征》、《七律·人民解放军占领南京》、《七律二首·送瘟神》等等，这一连串闪光的篇目，就勾勒出一部波澜壮阔的中国革命与建设的英雄史诗。我们专家学者、诗人词家和诗词爱好者的任务，就是要认真研究学习毛泽东主席如何运用传统诗词的艺术形式言志书史扬魂，从诗词艺术层面反映当代中国的实际，引导人们更加全面客观地认识当代中国、正确看待外部世界。

党的十八大明确提出了建设社会主义文化强国的战略任务，中华诗词是社会主义先进文化的重要组成部分，为实现这一战略任务承担着神圣职责。中华诗词如何履行好这一神圣职责，完成好这一神圣使命；如何贯彻好习近平总书记在全国宣传思想工作会议上的讲话精神，为建设社会主义文化强国作出更大贡献，正是我们必须深入思考的一个重要课题。大家知道，党的十八大闭幕不久，中央国家机关干部职工为了学习贯彻落实党的十八大精神，就以古体诗为载体，组织开展了中央国家机关干部职工学习党的十八大精神主题赛诗会。活动开展以来，各部门高度重视，广大干部职工结合学习党的十八大精神，从部长、局长，到普通工作人员，都积极吟诗作赋，踊跃参加，有的部门初赛作品超过千首。

截至2012年12月31日，共有70多个部门创作了近六万首古体诗词作品。主题诗赛不仅在中央国家机关进一步推动了学习贯彻党的十八大精神的深入开展，同时也营造了中华诗词进入中央国家机关的浓厚氛围。2012年9月，中华诗词学会作为主办方之一，同《光明日报》、中央电视台、中华书局、中华诗词研究院、中国移动等共同举办的首届“诗词中国”传统诗词创作大赛，历时9个月共收到参赛作品3.9万首，用户短信参与总量达1.29亿条，成为中国文化史和世界传播史上的一个奇迹。通过上述两次空前规模的诗词创作盛会，有力地证明了当前诗词发展的喜人形势。从这些作品中不难发现，大都借鉴了毛泽东诗词的创作风格和艺术技巧，真实地反映了当代中国改革开放、经济建设和文化建设等各个方面所取得的重大成就；真实地反映了华夏各族儿女团结奋斗，不畏任何艰难险阻，建设美好家园的火热生活。为此，国务院副总理马凯同志特赋诗致贺：“胜日群芳竞绽开，谁言根断叶凋衰。山花遍地收难尽，更有奇葩夺目来。”

我们有理由相信，通过这次学术研讨会的召开，可以进一步促进全国广大诗友深入学习研究毛泽东的光辉诗篇和诗论，按照党的十八大明确提出的建设社会主义文化强国的战略目标，贯彻落实习总书记的讲话精神，深入生活，联系实际，为实现民族伟大复兴的中国梦而创作出更多更好的当代诗篇！

（二〇一三年九月二十二日·北京）

如何把握特定人物诗词创作中的“这一个”

——在徐州市诗词创作即席谈

（记录整理稿）

我这次到徐州来，有两项任务，一是考察徐州市创建诗词之市的情况，二是出席《中华诗词》杂志的发行工作会议。本来没打算讲话，更没准备讲课。办公室的同志反映与会诗友很想听听我们讲点业务。那便从命即席而谈，就《如何把握特定人物诗词创作中的“这一个”》，结合徐州市两个名垂千秋的历史人物，与诗友们交流一下创作的体会与感悟，并请诗友们指正。

写诗要注重空灵，这是为诗者的常识。对于一般的写景抒情之诗，写得空灵飘逸，诗味浓郁，无疑能够提升诗作的品位。但对于特定人物、特定事件的诗词创作，如果只讲“空灵”，不讲“特性”，就会让人如坠云里雾中，摸不着头脑，不知究竟写的“哪一个”。自然也就失去了为特定人物写诗填词的本来意义。那么，如何把握特定人物创作中的“这一个”，使作品既有诗词应有的艺术韵味，又有特定人物的鲜明个性，根据诗家论评和个人感悟，需要着重把握“明察”、“灼见”、“妙悟”、“标新”诸要素。

苏北重镇徐州市作为两千多年的历史文化名城，在方圆百里之内，有影响中国历史进程的两大历史人物的重要纪念地。一是徐州作为古彭城，是西楚霸王项羽的楚国都城，至今留有“戏马台”遗址；二是相距不足百里的沛县，是刘邦的故里，是从沛公到汉祖的发祥地，至今留有“歌风台”

遗址。在考察徐州市创建诗词之市诗化环境建设中，我在两天内先后考察了“戏马台”和“歌风台”的诗词文化环境，并即兴赋了两首七律《戏马台怀古》和《歌风台抒怀》，对项羽、刘邦的雄风浩气和鲜明个性作了充分展现。回顾解析两首历史人物诗作的酝酿构思过程，就能明显体现“明察”、“灼见”、“妙悟”、“标新”等创作要素。

具体来说，所谓“明察”，就是要用自己的眼睛明细观察，了解人物历史的本来面目。如项羽破釜沉舟、鸿门宴、秋风戏马、霸王别姬、自刎乌江、后人评价和刘邦斩蛇起义、被拥立沛公、文韬武略、回乡宴亲、唱大风歌、汉文化影响等历史事实。所谓“灼见”，就是要用辩证唯物主义和历史唯物主义的观点，对历史人物进行客观、深刻的评析，提出自己的真知灼见，不要人云亦云，更不要拾人牙慧。如项羽是力拔山兮气盖世的军事家，虽然勇猛无比，但缺乏政治谋略，心胸狭小，不善争取人心，最终落得别姬自刎。而刘邦则是志在夺地争天取社稷的政治家，他虽然文不如张良，武不如韩信，但却满腹文韬武略，能驾驭将相，从谏如流，最终君临天下。所谓“妙悟”，就是用诗家的灵感，对所掌握的历史事实和思想认识，进行升华意象的奇妙感悟，使历史人物化为诗意的奇思妙境。如刘邦从斩蛇起义、除秦灭楚，到计杀功高慑主的开国猛将韩信，最终巩固皇帝宝座的历史事实，我将之妙悟成“斩蛇烹狗竟成龙”七个字，用了蛇、狗、龙三种动物意象，特别是将史学家对韩信被冤杀而感叹“高鸟尽，良弓藏，狡兔死，猎狗烹”的历史典故蕴含其中，就收到了诗友交口称赞的艺术效果。所谓“标新”，就是不泥古人，不媚世俗，独树一帜，领异标新。如对项羽评价就不落“胜者王侯败者寇”的俗套和“卷土重来未可知”的假想，而作出“乌江自刎非天意，虽败犹荣气若虹”的历史唯物主义的诗意表达。对刘邦为巩固汉朝基业而深谋远虑，和回乡宴亲重乡情，爱喝酒，唱大风歌以及汉文化的历史影响也作了深刻揭示。

在此基础上，创作形成了两首个性鲜明的七律：

戏马台怀古

盖世拔山千载雄，登台戏马正秋风。
舟沉釜破威名振，宴散人逃巧计空。
对垒沟旁争志壮，别姬垓下叹途穷。
乌江自去非天意，虽败犹荣气若虹。

歌风台抒怀

夺地争天一沛公，斩蛇烹狗竟成龙。
文韬可纳千秋计，武略能招百世雄。
开国安民思虑远，归乡宴友感情浓。
汉王基业光华夏，把酒登台唱大风。

在徐州全市“金秋赋”诗词吟诵广场文化活动中，当地朗诵艺术家朗诵了这两首诗，现场反响强烈。许多现场听课的诗友反映说，这样的结合个人创作实践，进行启示性诠释，生动形象，记忆深刻，胜过听一堂大课。并要求整理成文字发表，供更多诗友参考借鉴。

（二〇一三年十月二十七日・江苏徐州）

贺敬之的诗歌艺术成就和探索精神光耀诗坛

——在贺敬之同志新古体诗创作暨《心船歌集》线装本座谈会上的即席发言（整理稿）

很高兴应邀出席贺敬之同志新古体诗创作暨《心船歌集》线装本座谈会，使我有了一个直接向贺敬之老前辈和各位名师大家当面学习求教的机会。首先，对贺老在新古体诗创作中取得的丰硕成果和《心船歌集》线装本的出版表示热烈的祝贺！对贺老九十华诞表示衷心地祝福：祝贺老人生如仙鹤长寿；艺术似松柏长青！

贺敬之是我崇敬的诗坛泰斗和心中偶像。刚才在休息室我对贺老说："我是您老的'粉丝'，时间已长达半个世纪。"贺老开心地笑了。事实正是这样，贺敬之的诗歌艺术成就和探索精神，伴随我几十年学诗写诗的成长历程。今天有幸能当面向贺老汇报这份崇敬和心迹，也是一种机缘。

贺敬之诗歌艺术和探索精神对我诗词创作道路的影响，分为三个阶段。

第一阶段：在新诗创作上，我是贺敬之老的自发仿效者。早在上个世纪六十年代初我读初中的时候，在中学语文课本上读到贺敬之的新诗《回延安》，那种懵懵懂懂的少年心灵，一下子就被诗中的激情所感染、所征服。从此，贺敬之的名字便铭记在我的心头。到上高中的时候，就开始模仿贺敬之的《回延安》、《桂林山水歌》、《三门峡·梳妆台》等名篇，学写新诗。参加工作初期，有些新诗已在当地报纸刊物上发表，由于多次调动搬家，留存的资料都找不到了。其中当年有些诗句如“春风绿野艳阳天，谷雨三朝看牡丹。菏泽牡丹久闻名，此时此身入花丛”等，还能明显看出《回延安》和信天游的印记。在2007年中国新诗90周年呼唤新诗传统回归之际，我模仿贺老的政治抒情诗《雷锋之歌》、《放声歌唱》等，创作了480行的长篇人文抒情诗《和谐之歌》，其中的句式和风格，就明显传承了贺敬之老的诗风。这首诗被《文艺报》等多家报纸刊物选登或全登，有些诗家说这是对贺敬之等新诗传统的继承和弘扬。

第二阶段：在新古体诗创作上，我是贺敬之老的盲目随从者。实事求是地说，我的古体诗的创作偶像是毛泽东主席。效仿毛主席诗词学写古体诗词，也是从上高中的时候就开始了。当然当初的诗稿也早已无从寻找。现在保留下来的从1978年到2007年这三十年间，我坚持创作的古体诗词有三百多首，有的已结集出版。但现在回头来看，由于当时处于部队中心工作的繁忙状态，没有时间专门研究诗词格律和平水韵、词林正韵等旧韵，用的应该都是新韵，加之我这个山东人的普通话又发音不太准，难免出现平仄错位。所以严格说来，这些作品应该算贺敬之老所倡导的新古体诗。只不过贺老是创作新古体诗的自觉探索者，我是一个阴差阳错的盲从者。在这期间，我通过我的好战友贺茂之将军向贺老求到了墨宝题词：“鉴古枝赏新蕾”，已经刊用在人民文学出版社出版的《李文朝将军诗词选集》首长和名家题词部分。这也是我和贺老的直接结缘。

第三阶段：到了中华诗词学会工作后，我又是贺敬之老的自觉拥戴者。2005年10月，在马鞍山第一届中国诗歌节上，我作为将军诗人应张同吾老师邀请出席。会上认识了中华诗词学会孙轶青会长、郑伯农常务副会长和梁东、周笃文先生等诗词名家。在孙轶青会长等领导和专家推荐引领下，作为上个世纪中华诗词学会的老会员，我担任了中华诗词学会会长助理兼副秘书长，直接介入了中华诗词学会领导层的工作。我知道贺老是我们的名誉会长，便通过老战友贺茂之将军联系，登门拜望了患病中的贺敬之部长，和贺老、柯岩老师都合影留念。这是我从少年时算起长达半个世纪后第一次来到偶像身边。我到中华诗词学会工作已近十个年头，作为中华诗词学会的一名工作者，为了工作需要，这些年来，我自觉以白衣诗徒的身份，老老实实从小学生做起，认真学习诗词格律和平水韵、词林正韵等古代韵典，按照诗词格律和倡今知古、双轨并行的用韵原则，整理和新创作了 600 多首诗词，最近准备出版，作为到中华诗词学会的学习作业。届时再奉送贺老和各位诗家求教。从中华诗词学会所提倡和坚持的继承与创新统一，也就是马凯同志所概括的“求正容变”的诗词发展总体格局来看，贺敬之老所倡导和践行的新古体诗，是传统诗词创新和“容变”的一种积极探索，应该大力支持和弘扬。所以，我们对贺老表示由衷的敬意和拥戴。这种新古体诗除了继承传统格律诗的总体优长之外，又不受约束，便于放开手脚，抒怀寄意，驰骋神思，因而从者较众，已经独具风采地绽放在中华诗词繁荣发展的百花园中。像丁芒老师和济南军区政治部林平副主任等，都是这种新古体诗积极的倡导者和践行者。相信通过这次贺敬之新古体诗创作座谈会的促进，以贺敬之同志为代表的新古体诗创作，一定会更加活跃、异彩纷呈。

在这里需要说明一下，刚才老领导岳宣义部长在发言中引用我的一段话，已发表在今年《中华诗词》杂志第十期卷首语上，是我前不久在上海新旧诗体高峰论坛的一个发言，题目是《本是同根生，相辅促共荣》，文中对新旧诗体的优长、弊端和极端性倾向，都作了客观、辩证地分析，并无褒此贬彼之意。作为中华诗词学会的一名工作人员，我的诗学活动的基点当然是传统格律诗词，这是中华民族文化的精髓，是毛泽东所说“一万年也打不倒”的艺术形式。但作为和谐统一论者，我们又主张和自由体新诗互相学习，相辅共荣；同时对新古体诗等新诗体的探索大力支持和热情鼓励，共同为中华诗国增添春色。

由于时间关系，我只是从一个崇敬者的视角，谈一下贺敬之诗歌艺术成就和探索精神对后来人的激励和影响。对《心船歌集》中的许多名篇佳句，各位专家学者已分析评鉴得很精彩，我就不再列举重复了。

祝本次座谈会圆满成功！祝贺老和在座的专家、学者、老师、朋友身笔双健，幸福安康！

（二〇一三年十一月二日于北京）

实现伟大“中国梦”，诗情画意奏强音

——在第二届中国百诗百联大赛颁奖典礼的致辞

由国家文化部、中国文联、湖南省政府联合举办的第二届中国百诗百联大赛胜利落下帷幕。中华诗词学会作为本次大赛学术指导单位之一，感到十分荣幸。首先，我代表中华诗词学会对大赛的圆满成功表示热烈祝贺！

第二届中国百诗百联大赛，于2012年12月7日开始征稿，至2013年3月7日结束，计有163个国家和地区的中华诗词曲联专家和爱好者踊跃投稿。大赛分诗词曲和楹联两大类，诗词曲方面，收到的稿件有3.6万多件。从入围作品中评选出一百首获奖作品，分别评定为一二三等奖和优秀奖。这场诗赛的潮流，席卷中华大地，波及五洲四海，饱览时代风云，奏响时代强音，意义深刻，影响广泛。

这次百诗百联大赛，是以家国情怀为主题，具有弘扬中华文化和民族复兴的深刻内涵。自古以来，君子以国为家，志士先忧后乐，离人思乡怀故。在新的历史时期，更显示出新的时代风采。热爱祖国，关注民生，抒发理想抱负和家国情怀，描绘锦绣山川，歌颂建设成就，为中华民族伟大复兴的“中国梦”而求索，而奋斗，这是大多数诗词曲作品所反映的深刻主题。

这次诗赛活动的成功，有两方面是特别值得肯定的。一方面，中华诗词这种传统的艺术形式，只要坚持与时俱进，跟上时代前进步伐，不断吸收新时期鲜活的生活元素，就会发出具有时代精神的大美之音。例如这次一等奖《鹧鸪天·夜读女孩》：“灯火长衢近岁时，红衣旧帽坐街墀。圆珠笔正沙沙写，爆米花香薄薄吹。呵手冻，借光微。小城雨雪莫相催。容她写到春风起，梦想飞如彩蝶儿。”这首词，生动、真实地描写了一个现实生活中虽然家境贫困，而求学追梦不止的小女孩的艺术形象。同时创作饱蘸浓情，情调积极向上，确实是一首充满诗情画意和生活向往的优秀词章。另一方面，这次诗赛，组委会、评委会，坚持公平、公正原则，堪称典范。例如评定的等级奖，有的尽管是在无意中违背了相关规则，但接到举报一经核实，不管是谁，都一律按规则予以取消资格，这是特别值得肯定的。

习近平总书记最近在全国宣传思想工作会议上的重要讲话中指出：“我们正在进行具有许多新的历史特点的伟大斗争，面临的挑战和困难前所未有，必须坚持巩固壮大主流思想舆论，弘扬主旋律，传播正能量，激发全社会团结奋进的强大力量。”习近平同志在中央党校的一次讲话中还特别强调了学史、学诗、学伦理的问题。他说：“学史可以看成败、鉴得失、知兴替；学诗可以情飞扬、志高昂、人灵秀；学伦理可以知廉耻、懂荣辱、辨是非。”这一重要讲话精神，对于当今弘扬中华传统文化，是重要的行动指南。这既是文化传承创新的需要，也是以诗育人的需要，对于加强思想道德建设有着不可替代的重要意义和作用。我们必须结合中国诗词界的实际，认真贯彻落实。

湖南首创百诗百联大赛，在全国影响很大，是一个具有历史意义的创举。湖南文化界和诗词界这种务实创新精神，很值得充分肯定和赞扬。相信百诗百联大赛，在国家文化部、中国文联和湖南省政府的正确领导下，通过广大诗人共同努力，今后的赛事会越办越好，为促进社会主义文化大发展大繁荣、建设社会主义文化强国作出新的更大贡献。

最后，我想口占一绝，贺中国百诗百联大赛，来结束我的致辞：

双百诗联大赛开，五洲四海展奇才。
长沙引涨星河水，不尽吟潮滚滚来。

（二〇一三年十二月二十八日·长沙）

多彩人生尽入诗

——拜读《张文台文丛·诗词卷》有感

张文台上将是我敬重的老首长，多年来对我厚爱有加。早在上个世纪八十年代中叶，他在锁钥京津的战略要地担任军政委的时候，我就在他的麾下担任过团政委。当时我们带领部队在援建胜利油田的工地施工，张政委亲自到施工现场和我居住的工棚板房看望慰问，现场为我们排忧解难。首长的关怀厚爱与支持，令我终生难忘。后来首长和我的工作岗位都几经变迁，直到都陆续从工作岗位上退下来，几十年如一日，我们始终保持着深厚、纯洁的友情。最近，首长让秘书送来了由中央文献出版社出版的《张文台文丛》。打开厚重精美的文丛，展现在面前的是洋洋洒洒近二百万字的《领导艺术卷》、《政治工作卷》、《道德修养卷》、《企业管理卷》、《生态文明卷》、《健康养生卷》、《诗词卷》等系列卷帙，我虽不觉得意外，但依然感到震惊。我深知张文台上将是学习型首长，几十年来在紧张繁忙的工作之余，勤奋学习，笔耕不辍，著书立说确实不少。但摆在面前的这内容广泛、思想深刻的鸿篇巨制，不是出自著书立说为主业的专家学者之手，而是出自一个戎马倥偬的集团军政委、大军区政委和总后勤部政委的将军之手，这不能不令人肃然起敬。首长秘书给我交代任务是，在最近召开的《张文台文丛》座谈会上，就《诗词卷》作个发言。特别得知其他各卷的发言者，都是该专业的国内知名专家时，自己更是诚惶诚恐，夙夜研读，不敢懈怠。

《张文台文丛·诗词卷》，收入首长诗词作品近千首，时间跨度从上个世纪八十年代至今的三十多年，内容涉猎部队工作，日常生活，山川风物，天文地理，古今中外，梦想现实，人生哲理等等，可谓大千世界的方方面面，多彩人生的点点滴滴。从而折射出一个勤奋好学、博闻儒雅的将军诗人形象。纵观《诗词卷》的锦绣篇什，可以彰显出以下三个特色。

一、抒情寄志的正气歌。诗言志，歌咏言。这部出自共和国上将之手的诗集，自然充满了抒豪情、寄壮志的浩然正气之正能量。他在青藏高原唐古拉山口解放军战士石雕像前咏叹的《石雕像》、他以戍边将士为寓意深情歌颂的《沙漠红柳》、他的《高原阅兵》之诗意写照、他的《英雄好汉》的歌咏赞叹，都是一首首气冲霄汉的正气之歌。“唐古拉山男子汉，脚踏白云头顶天”、“戈壁滩上风沙动，步履如雷震苍穹”、“默默奉献平常事，生命禁区建奇功”、“生命禁区罕鸟迹，笑看铁骑纵横穿”等豪迈诗句，都是对部队官兵和奉献精神的热情讴歌。

二、多彩生活的风情画。常言道，文如其人，诗如其人。见过张文台将军的人都清楚，这位声名远播的上将，不是金刚怒目式的铁塔壮汉，而是和谐包容、风度儒雅的宽厚长者。因而他的诗篇也是多姿多彩，风情万千。“异国采风”、“祖国风光”、“神州怀古”、“书斋遐想”、“庭院漫步”、“病中遐思”、“梦中拾遗”、“学史怀古”、“聊天抒志”等等内容，他都可以作为诗集的子栏目，引发出系列优美诗篇。像“巴黎城中凯旋门，卫国英灵守护神”、“地中海波冲蓝天，万里云空见奇观”、“亚龙湾畔汇人气，千姿百态饰苍穹”、“春游漓江水，船行云雾中”、“喜登望月台，桂花寒宫开”、

“庭院花木亲手栽，雪梅未谢玉兰开”、“三尺书斋夜安静，月落窗前更温情”等诗句，以及情人节《赠老伴》：“情人节时思情人，爱河常流似海深。牛郎织女又相会，献枝玫瑰表寸心”等篇什，就是生动勾勒将军多彩生活的一幅风情画。再如《叙怀》等诗篇：“人生短暂数春秋，梦中时常为民忧。功名利禄如流水，俯首甘为孺子牛。”则是表现出将军忧国忧民的崇高情怀。

三、人生哲理的启示录。张文台上将爱学习，善思考，因此哲理诗的思想之光又是他诗集的一大亮点。如“秦皇难觅不老方，粗茶淡饭胜参汤”、“悬崖定有攀登路，河宽引得摆渡人”、“自古奸邪毁公理，善良总被恶人欺”、“困苦磨砺是个宝，多彩人生离不了”、“解甲不改戎装志，翰墨育人立新功”、“人生得失终归去，清廉敬业是正途”等等诗句，就非常警世醒人。再如《论英雄》：“成败也难论英雄，是非功过何必争。留得丹心功业在，造福后代利苍生。”《得糊涂》：“休云敝人傻又憨，吾云尔辈如笼鹏。若去贿赂玩伎俩，宁可为民不为官。”等等篇什，则从哲理深思中展示出作者的坦荡胸襟和清风正气。

总之，《张文台文丛·诗词卷》，作为这部集领导艺术、政治工作、道德修养、企业管理、健康养生等多学科、高层次，思想厚重、内容丰富的浩繁文丛中的一束文学艺术之花，在文丛中尤其显的娇艳夺目，并彰显出作者的儒将本色。

（二〇一四年一月二十五日·北京）

入门须正，立志须高

——在延安“青春诗会”暨“谭克平青年诗词奖”颁奖仪式上的开幕词

尊敬的各位领导、各位方家、诗友们、同志们：

很高兴和全国青年诗人中的优秀代表在革命圣地延安相聚。《中华诗词》“2014年延安青春诗会”暨第三届‘谭克平青年诗词奖’”颁奖仪式在延安举行，是中华诗词事业继往开来、培育新人的实际举措。首先，我代表中华诗词学会和《中华诗词》杂志社，对这一活动的举办表示热烈的祝贺！对入选2014青春诗会的青年诗人、对第三届“谭克平青年诗词奖”获奖者和提名者表示热烈的祝贺！对大力支持、热情承办这一活动的陕西省天然气总公司、延安市燃气总公司以及各界朋友表示衷心的感谢！

延安，是中国革命的圣地，是中国革命从胜利走向胜利的大本营。我在《满江红·长征》一词的最后一句这样写道：“会三军，西北帅旗飘，升红日。”“东方红，太阳升”的胜利旋律，就是从延安唱起，唱响中国，唱遍世界的。早在72年前的5月23日，毛泽东同志在延安文艺座谈会上发表了重要讲话，成为人民的、大众的先进文化的指路明灯，同样是我们弘扬中华诗词文化的行动指南。我们把青春诗会的地点选定在延安，更有着特殊的重要意义。

大家知道，青年是民族的希望，是祖国的未来，也是中华诗词事业的希望和未来。中华诗词的传承和发展，需要一代代人不断地努力和探索，尤其需要富有青春活力、具备深厚学识、勇于承担重任的青年才俊的加入。中华诗词是中华民族文化的精髓，传承和发展中华诗词，是推进中华文化走向世界、发扬光大中华文明的具体行动，我们要有这样的认识高度，要有这样的责任感和使命感。我们欣喜地看到，近年来，越来越多的青年人喜爱上了中华诗词，他们之中有的人已成为本地、本行业的诗词带头人，有的人在诗词界已有建树并初露头角，他们，是中华诗词发展的希望所在。

发展中华诗词事业需要青年人，发展中华诗词事业更需要有时代责任感和历史使命感的青年人。严羽在《沧浪诗话》中说道："学诗以识为主，入门须正，立志须高"。我们青春诗会的年轻朋友，正是在学诗的入门和立志阶段，一定要深刻理解、认真践行"正"和"高"的时代要求。在"入门须正"方面，首先要树立正确的人生观、价值观，做一个堂堂正正、遵纪守法的自然人，这也是"欲做诗家先做人"的基本要求；同时要确立正确的文学价值取向，这是今后自己的诗词作品能否有利于社会、有利于人民的根本所在；三是要坚持诗词创作的正确方向，即深入生活、深入实际、深入群众，坚持"三贴近"；四是要坚持诗词创作的正确原则，即马凯同志所概括的"求正容变"，认真继承坚守我们前人在千百年创作实践中所形成的"黄金格律"，同时又要与时俱进，改革创新。在"立志须高"方面，首先要树立高标准，不想当元帅的士兵不是好士兵，不想当名家的诗人不是好诗人。要瞄准唐宋先贤的历史峰巅和当代诗词的时代前沿，以山高千仞我为峰的英雄气概，坚持精品立身，勇立时代潮头。二是要坚持高品位。即坚持思想性与艺术性的高度统一，坚持时代精神与诗词艺术的完美结合，不要低俗媚俗。三是要确立高起点。即从初学阶段就要把握好高的起点，每写一篇都要反复推敲、反复请教，不要急于发表、不要追求数量，宁可少些，但要好些。争取做到不鸣则已，一鸣惊人。

《中华诗词》杂志社举办“青春诗会”已经十一届了，参加过青春诗会的诗人们，许多人现在已经是中华诗词的骨干力量，活跃在中华诗词的创作、评论、编辑、组织各个方面。这个局面让人欣慰，也是我们继续举办青春诗会、办好青春诗会的动力。我们会努力让青春诗会办得更有质量，更加丰富多彩，力争从这里走出更多的将来能在诗坛挑起重担的诗人。同时，我们也希望与会的各位青年诗人，珍惜这次机会，广泛交流、深入思考，让作品获得一次质的飞跃。

最后，以我在2012年辽宁大石桥青春诗会、2013年湖南张家界青春诗会和这次陕西延安青春诗会上写的三首七绝送给年轻诗友，来结束我的致辞。并预祝青春诗会取得圆满成功！

（一）

良才新秀会青春，欲作诗家先作人。
时代情怀唐宋韵，华章妙笔信如神。

（二）

诗意青春梦幻多，浪花滴水汇洪波。
兴观群怨悲欢事，七彩人生谱壮歌。

（三）

入门须正志须高，勇上山巅敢弄潮。
继宋承唐扬雅韵，与时俱进竞天骄。

（二〇一四年四月二十二日于延安）

当代中华诗词事业的复兴历程、发展现状和未来展望

——在广东惠州“海内外中华诗词高峰论坛”上的主题发言

五月的南国，千里莺啼绿映红，诗情画意醉和风。在这美好的季节里，在这美丽的巽寮湾，来自世界五大洲诗词界的朋友们，带着复兴中华民族的强国梦、弘扬传统文化的诗词梦，欢聚在美丽的惠州，以“中国梦·诗词梦”为主题，就如何继承和发扬中华民族的灿烂文化，中华诗词如何适应时代，深入生活，走向大众，走向世界，创作出更多更好反映时代精神的优秀作品，展开广泛讨论，共商振兴发展诗词文化大计。这是中华诗词史上一次空前盛会，必将对全球中华诗词事业的繁荣与发展起到积极的推动作用。根据中华诗词学会会长会议研究确定的这一主题，我汇报一下自己的初步理解与认识。

一、关于当代中华诗词事业的复兴历程

中国是一个诗的国度。以唐宋诗词为代表的中华诗词是中国文学宝库中的瑰宝，是中华民族文化的精髓，曾经创造了中国文学史上骄人的辉煌。五四新文化运动，高扬民主与科学的旗帜，是一场伟大的思想解放运动，功垂青史。然而，由于当时个别领导者思想上的形而上学和民族虚无主义，中华传统诗词一度被作为封建主义残渣扫进了历史的垃圾堆。不过这条渗透着中华民族文化血脉的打不死的神蛇，在经历了被打击和冷落之后，顽强地开始复苏。五四新文化运动的主将闻一多先生曾经发出“唐贤读破三千纸，勒马回缰作旧

诗”的感叹。特别是新中国开国领袖毛泽东同志，以其传统诗词创作的伟大实践，为传统诗词走出低谷、走向复苏开辟了道路。1945 年在重庆国共谈判期间，毛泽东一首《沁园春·雪》轰动朝野，彰显了传统诗词惊天撼地的艺术魅力。1957 年《诗刊》创刊，发表了毛泽东诗词十八首，昭示着传统诗词逐步复苏，并开始走向新的时代。1976 年的天安门诗歌运动，人们以鲜花和诗歌，而且主要是旧体诗为武器，纪念周总理、声讨“四人帮”，充分展示了传统诗词的时代感和战斗性。邓小平同志解放思想、实事求是的思想路线，使中华诗词真正挣脱了“左”的羁绊，催生了中华诗词学会的成立。到 1987 年 5 月 31 日，中华诗词学会正式成立。时任中共中央政治局委员、国务院副总理的习仲勋同志代表党中央、国务院在成立大会上的祝辞中指出：“过去，我们从来没有这样一个全国性的诗词组织。现在，把这个空白补起来了。”江泽民、胡锦涛同志都高度重视中华诗词传统文化，强调中华诗词博大精深，呼唤创造更多更好的“当代诗句”。习近平同志在弘扬中华诗词和传统文化上更是率先垂范，把画意诗情引入伟大的中国梦，并亲赋《念奴娇》，引领新风骚。中华诗词学会的成立，揭开了中华诗词走向复兴的新的一页。中华诗词学会第一任会长是全国政协副主席、文化名人钱昌照同志。第二任会长是全国人大常委会副委员长、著名历史学家周谷城同志。第三任会长是全国政协副秘书长，著名诗人、书法家孙轶青同志。第四任即现任会长是国家文化部原副部长、故宫博物院原院长郑欣淼同志。2010 年 5 月 31 日至 6 月 2 日，中华诗词学会第三次全国会员代表大会在北京召开，选举产生出现任领导班子。李长春同志、刘云山同志都发来了贺信。马凯同志、陈奎元同志等领导出席了大会开幕式。我们有这样一个共识，中华诗词学会虽然是个社会组织，但不同于一般的文学雅集，是被国家民政部表彰为“全国先进社会组织”的中国作协系统的唯一文学社团。它事实上已经成为党和政府联系广大诗人词家和诗词爱好者的桥梁和纽带，肩负着团结引领海内外诗词界开创社会主义时代诗词新纪元、弘扬和促进中华诗词事业繁荣发展的崇高历史使命。2011 年 9 月 7 日，隶属于国务院参事室、中央文史研究馆的中华诗词研究院正式成立，填补了我国国家编制体制内没有一个专门从事诗词研究机构的空白。马凯同志出席了揭牌仪式并发表重要讲话。中华诗词学会和中华诗词研究院，两个机构，一个目标，共同为振兴繁荣中华诗词事业不懈努力。就在 10 天前的 5 月 12 日，中央宣传部王世明副部长亲自邀请中华诗词学会相关领导和诗人词家代表在中宣部机关召开专题座谈会，促进主流宣传教育与中华诗词文化有效结合。大家就认真贯彻落实习近平总书记关于“要系统梳理传统文化资源，让收藏在禁宫里的文物、陈列在广阔大地上的遗产、书写在古籍里的文字都活起来”等指示精神，共同研究确定了让传统诗词文化参与到主流舆论宣传阵地，在时代大舞台上唱大戏，展风采，焕发魅力的具体措施与落实方案。对推动激活传统诗词文化元素，并融入当今思想文化的社会主流，具有里程碑意义。

在当代中华诗词事业的复兴进程中，我们欣喜地看到，不仅中国大陆各地的诗词组织、包括香港、澳门、台湾地区以及海外的许多诗词组织和广大的诗词爱好者们，也都付出了很大的心血，做出了积极地贡献。例如 90 多岁高龄的美籍华人、二战时期飞虎队队员谭克平先生，多年来热心中华诗词文化，不仅在海外积极传播诗词文化，而且热情支持赞助内地的诗词活动。为了表彰他为中华诗词事业做出的贡献，《中华诗词》杂志还设立了“谭克平青年诗词奖”。还有香港的林峰先生、澳门的冯刚毅先生、台湾的林恭祖先生、马来西亚的黄玉奎先生等，都为中华诗词的振兴发展做出了诸多贡献。可以说是海内外诗人词家和诗词爱好者大家的共同辛勤耕耘，才使得今天的中华诗词园地百花争艳，欣欣向荣。

二、关于当代中华诗词事业的发展现状

经过几代人、几十年的艰辛探索和不懈努力，中华诗词事业已经走出低谷，经历复苏，走向振兴，初现繁荣。中华诗词事业的总体形势很好。主要表现在以下几个方面：

一是从社会影响总体上看，诗词队伍空前壮大，诗词活动空前活跃。目前，全国大陆 31 个省、市、自治区和港、澳特区以及绝大多数市（地）、县（区）级都有诗词组织，中华诗词学会现有个人会员 22000 余名，团体会员 260 个，其中各省、市、自治区诗词学（协）会均为中华诗词学会的一级团体会员。加上各地各类诗词组织成员和广大诗词爱好者，中华诗词大军已有两百万之众。据不完全统计，海外有 30 多个国家和地区的华人中拥有诗词社团组织。诗词活动活跃，出现了实力强劲的“海外诗词兵团”，已成为海内外传播中华诗词文化的一支重要力量。近年来海外诗词组织不断涌现，影响广泛，如中国香港地区的香港诗词学会，台湾地区的停云诗社，美国洛杉矶的四海诗社，纽约的吟龙诗社，加拿大多伦多的晚晴诗社，法国巴黎的欧洲龙吟诗社等。此外，南美洲的巴西、澳洲的澳大利亚、非洲刚果等国家及地区的华人也在积极推动诗词组织的成立与壮大。从五大洲来看，凡有华人、汉语存在的地方，就有中华诗词的传播、创作和吟诵。仅举两例：在党和国家领导同志的关心重视下，中华诗词学会和中华诗词研究院都作为主办单位之一，联合中华书局、光明日报社、中央电视台、中国移动共同举办了首届“诗词中国”传统诗词创作大赛。这次大赛主要通过手机短信、彩信、飞信以及网络等途径征集原创诗词作品。大赛自 2012 年 9 月 28 日正式启动，于 2013 年 1 月底结束投稿。仅几个月时间，累计短信参与总量达 1.29 亿人次，平均每天有近 24 万人参与此项活动，这在中国的诗歌传播史上是一次空前的盛事。2013 年 10 月美国纽约诗画琴棋协会举办二十周年庆典活动，仅 10 月 12 日的庆典晚宴就有七百多人参加，足见中华诗词的魅力和影响力。再从全局上看诗词作品的数量，《中华诗词》杂志（1994 年创刊时为季刊，1997 年改为双月刊，2003 年改为月刊）每年发表作品 4000 首左右，文章 36 万字左右。据粗略统计，国内现有诗词期刊 850 多种，以平均每年 3 期、每期发表诗作 300 首来计算，每年可发表 76 万首，还有各类报纸和各种正式、非正式出版的诗集，扣除重复部分，全国纸质媒介发表的作品，每年发表量可达近百万首。加上中华诗词学会网站和其他各类网站以及个人博客上的网络诗词作品，更是难以尽数。当然仅仅诗词作品数量繁多并不能代表诗词事业的繁荣，但至少可以说明社会参与面比较广、群众积极性比较高。

二是在提高方面，主要是加大实施精品战略的力度。中华诗词学会已经连续组织了五届两年一度的“华夏诗词奖”评奖活动。特别是从2011年开始，中国作协组织的“鲁迅文学奖”评奖，也开始吸纳传统诗词作品参评。学会从2006年开始，编辑出版《中华诗词文库》。《文库》是一个诗词系统工程，包括近代以来诗词创作、诗词理论、诗词活动重要文献汇编，当代诗词名家个人作品专辑和各省市区（含港、澳、台）诗家及会员作品合集。目前已出版80多卷。我们还从2012年开始启动了编辑出版《当代中华诗词集成》大型资料汇集工程。《集成》时间界定是1949年10月1日至2012年底63年间在世的诗人词家所写的当代诗词作品，目前，各省市区都积极响应，抓紧组稿，有5个省已经初步完稿。

三是在普及方面，主要是大力推进诗教工作。我们把诗词普及视为建设社会主义精神文明和推进社会主义文化强国建设的重要组成部分，先后召开了四次全国性的诗教工作会议。我们按照建设社会主义文化强国的目标要求，并从诗词活动的实际出发，确定了“着眼国民诗教——着手校园诗教——着力社会诗教”的总体架构，大力推进诗词进校园、进机关、进企业、进农村、进社区等活动。各地的诗教工作对经济社会发展、精神文明建设和乡风民俗改变，起到了很好的推动作用。近些年来，许多地方政府为打造文化品牌、提高文化软实力，与中华诗词学会联合创意，作为一种有益的探索，推行了创建“诗词之市”、“诗词之乡”、“诗教先进单位”活动，收到了很好的效果。这一实践探索也得到中央领导同志的首肯。从1995年中华诗词学会评定福建省南安县贵峰村为“贵峰诗村”以来，经过地方政府申报，省、市、自治区诗词学（协）会推荐，中华诗词学会考察评定，截至2014年2月底，全国共有“诗词之市（州）”15个（其中“诗词之市”13个，“诗词之州”2个）；“诗词之乡”136个（其中县、县级市、区106个，乡镇30个）；“诗教先进单位”131个（其中大学7所、中学48所、小学48所，机关及其他单位28个）。这些先进典型产生了很好的示范和带动作用，推进了诗教工作广泛深入的开展和中华诗词事业的普及。我们还认真贯彻中宣部等中央六部委文件精神，积极指导开展传统诗词朗诵、演唱等活动，诗词入乐（音乐）也取得积极进展，推动了中华诗词的传播与普及。

在党和国家领导同志的关心重视下，我们还注意加强同中央电视台的联系，推动诗词上电视。中华诗词学会网已与中国网络电视台联网，实现了2013年春节前在央视网络台开办诗词栏目的阶段性目标。目前中央电视台科教频道已组成专门的摄制团队，投入人力、物力抓紧筹备开播，预计很快可以和观众见面。中华诗词学会与中国关心下一代工作委员会、新华社合作，联合制作百集电视大型公益专题片《诗词中国》，于2013年4月正式启动，目前首批20集已拍摄制作完成，后续摄制工作正在顺利进行中。全国一些地方电视台、报纸、网络等有的已开设了诗词栏目，有的正在积极筹备开设。

四是在诗词理论研究和诗词评论方面，成果比较丰硕。我们坚持每年一度举行诗词理论研讨会，到今年已举办了27届。据统计，共发表论文1810篇，约877万字。同时，我们还举行了一些专题研讨会，就当代中华诗词发展中的一些重大问题进行研讨，以发挥诗词理论对诗词创作的指导作用。全国各地的诗词组织（包括港、澳、台地区）每年都举办不同题材、不同形式的诗词理论研讨活动，推动和引导诗词创作健康持续发展。

五是在扩大诗词交流方面，成效比较明显。我们主要从两个方面着力：一是加大诗词与书法、绘画、戏剧、音乐等姐妹艺术形式的交流与联合，我们已组织成立了中华诗词学会书画委员会，对外称中华诗书画委员会，由书法大家、诗词大家沈鹏先生为主任；同时成立了中华诗词学会音乐委员会，对外称中华诗词音乐委员会，由著名作曲家谷建芬老师任主任。我们已成功组织了多次纪念性诗书画大赛和当代诗词作品吟唱会。二是加大海内外华人之间的诗词文化交流。先后多次与香港、澳门诗词界举办诗词学术活动。2006 年和 2009 年，中华诗词学会与福建省龙岩市联合举办了两届“海峡两岸诗词笔会”，与台湾近百名诗友共同采风。2011 年 12 月，中华诗词学会参访团赴台湾访问交流，获得圆满成功。2006 年和 2008 年，中华诗词学会和日本汉诗学会吟诵团两次在北京联合举办诗词吟唱会，扩大了中华诗词影响，增进了国际文化交流。我们还同美国纽约诗词学会开展诗家互访，进行诗词交流。

三、关于中华诗词事业发展的未来展望

党的十八大关于扎实推进社会主义文化强国建设的伟大号召，为中华诗词事业的繁荣发展，提供了强劲的东风和难得的历史机遇。我们一定要抓住机遇，乘势而上，扎实推进中华诗词事业的全面振兴与繁荣。对中华诗词事业未来发展的愿景展望，我主要讲以下三点：

（一）科学认识与把握未来中华诗词的社会定位与文化价值。纵观未来的全球发展，有两个趋势日益明显：一是全球化与多极化并行发展；二是共同性与多样性相伴而生。可见，多样文明与多元文化是未来中华诗词生存发展的生态环境。在这种多元文化生态环境下，越是民族的越是世界的。中华诗词作为中华文化的基因和精髓，必将作为中华文化的一个独特品牌，而参与世界多元文化的交融共生。这就是说，只要抓住历史机遇，顺应时代需求，中华传统诗词不仅能在国家文化产业发展大潮中确立自己的位置，而且将在推动中华文化走向世界的进程中发挥重要的作用。在未来国家文化发展战略格局中，中华诗词的社会定位与文化价值是显而易见的。弘扬中华诗词，是实现中华民族伟大文化复兴的重要内容，是贯彻落实党的十八大精神，建设社会主义文化强国战略的重要组成部分，也是实现建党 100 周年、建国 100 周年中国社会文化发展总体目标的内在要求。从总体发展愿景上看，中华传统诗词虽然不再像唐宋时期那样在社会文化领域独领风骚，但却依然有特殊永恒的艺术魅力而独具风采；虽然不会成为社会工作的中心，但却会影响社会工作的中心，例如军委总政治部就把弘扬中国历代军旅诗词作为培养当代军人战斗精神的重要内容，中央宣传部把诗词文化引入主流宣传教育阵地；虽然不会主导社会生活，但会渗透社会生活，其民族文化的基因和精髓作用，将渗透到社会生活的方方面面。因此，我们完全有理由对中华诗词的未来发展，充满文化自信。

（二）把诗教这篇经典文章作新、宏伟文章作大、基础文章作实。据报章杂志记载：1988 年，欧洲有 75 位诺贝尔科学奖得主在宣言中讲道：“最近 500 年，世界进步很快，源于欧美的科技进步；今后的 500 年，人类要活得有尊严的话，就必须回到2500年前，到东方孔子的文化教育中去。”（转引自孙轶青《开创诗词新纪元》，中国文史出版社，2006年版第274页）当然，今天的中国实行的是百花齐放、百家争鸣的文化方针，但作为儒家经典的诗学和诗教，却依然显示出其客观的真理性和鲜活的生命力。2500年前，孔老夫子就明确指出：“入其国，其教可知也。其为人也，温柔敦厚，诗教也。”（《礼记·经解》）可见，“诗教”概念的原宗本义是“以诗教人”，即用诗中所蕴含的道德、意志、情感等人民大众易于接受的美学力量，来教化人心，提高素质。从近二十年来我们指导开展诗教工作的实践中，我们深深感到，中华诗教在当代社会文化坐标系中依然占有重要位置：中华诗教是提高国民素质的基础环节，是建设社会主义精神文明的重要内容，是优化人际关系、构建和谐社会的有效途径，也是文化兴邦的重要支撑。所以，下一步我们要继续按照2011年中华诗词学会扬州诗教会议确定的总体思路，认真抓好诗教工作，营造全社会重视传统诗词文化的良好氛围，巩固、完善、提高“诗词之市”、“诗词之乡”、“诗教先进单位”的创建工作。要进一步加强诗词队伍建设，注重培养诗词新人。要广泛利用报纸、电视、网络、手机等各种社会媒体，积极宣传普及诗词知识。

（三）中华传统诗词要在适应时代、深入生活、走向大众中谋振兴，求发展，促繁荣。早在上个世纪九十年代中叶，中华诗词学会提出的“适应时代，深入生活，走向大众”的方针，已经写入《21世纪初期中华诗词发展纲要》，经过长期的实践检验，证明是符合客观实际的，是切实可行的。要坚持时代精神与诗词艺术的完美统一，在深入实际，深入生活中，紧紧扭住实施精品战略不放松，努力催生精品力作。我们一定要认真贯彻习近平总书记的系列讲话精神，坚持“二为”方向和“双百”方针，树立以人民为中心的创作导向，与中华诗词研究院和新成立的中华诗词发展基金会通力合作，通过理论引导、大赛催生、骨干带动等多种形式，力求创作出人民群众喜闻乐见的当代诗词精品力作，推出社会公认的当代诗词名家。要把走向大众的路子拓宽、走实，让诗词艺术和诗词文化走遍城市乡村，走进千家万户，走进百姓生活。要进一步加强同海外华侨、华人中的诗人、诗词社团以及国际友人中的汉诗爱好者的联系与合作，通过多种形式，努力扩大中华诗词的海外影响，为推动中华诗词和中华文化走向世界作出应有的贡献。国内各地的诗词组织之间也应团结协作，在普及诗教、实施精品战略、加大诗词宣传力度等方面通力合作，取得新成果。要加强与新体诗、歌词、民歌、儿歌、散文诗等诗体以及音乐、书法、绘画、楹联、辞赋、吟诵等团体的联系与合作，做到互相学习，取长补短，比翼齐飞，共促繁荣。要积极推进中华诗词走进电视、广播、报刊、网络等大众传媒和各种新兴媒体，努力营造中华诗词文化无时不在、无处不有的生动局面。

（二〇一四年五月二十三日于广东惠州）

为核心价值观融入诗词文化内涵

近日，中央宣传部领导接连召集中华诗词学会相关负责人开座谈会和工作协调会，推进主流宣传教育与中华诗词文化的有效结合，中华诗词长期被边缘化的历史状况，出现了具有里程碑意义的变化。这是贯彻落实习近平总书记系列指示，激活中华诗词等传统文化元素，使其最基本的文化基因与当代思想文化主流相适应的必然要求。

党的十八大关于扎实推进社会主义文化强国建设的伟大号召，为中华诗词事业的繁荣发展，提供了强劲的东风和难得的历史机遇。在培育和践行社会主义核心价值观的历史进程中，中华诗词也有着独具风采的重要意义和作用。

要树立中华诗词文化自信，科学认识与把握未来中华诗词的社会定位与文化价值。这是正确认识和理解当代中华诗词在培育和践行社会主义核心价值观中具有重要意义和作用的思想前提。纵观未来的全球发展，有两个趋势日益明显：一是全球化与多极化并行发展；二是共同性与多样性相伴而生。可见，多样文明与多元文化是未来中华诗词生存发展的生态环境。在这种多元文化生态环境下，越是民族的越是世界的。中华诗词作为中华文化的基因和精髓，必将作为中华文化的一个独特品牌，而参与世界多元文化的交融共生。这就是说，只要抓住历史机遇，顺应时代需求，中华传统诗词不仅能在国家文化产业发展大潮中确立自己的位置，而且将在推动中华文化走向世界的进程中发挥重要的作用。在未来国家文化发展战略格局中，中华诗词的社会定位与文化价值是显而易见的。弘扬中华诗词，是实现中华民族伟大文化复兴的重要内容，是贯彻落实党的十八大精神，加强社会主义文化强国战略的重要组成部分，也是实现建党 100 周年、建国 100 周年中国社会文化发展总体目标的内在要求。从总体发展愿景上看，中华传统诗词虽然不再像唐宋时期那样在社会文化领域独领风骚，但却依然有特殊永恒的艺术魅力而独具风采；虽然不会成为社会工作的中心，但却会影响社会工作的中心；虽然不会主导社会生活，但会渗透社会生活，其民族文化的基因和精髓作用，将渗透到社会生活的方方面面。因此，我们完全有理由对中华诗词的未来发展，充满文化自信。

要坚守民族精髓的文化承接，把握社会主义核心价值观与中华诗词文化的源流交汇。党的十八大指出，倡导富强、民主、文明、和谐，倡导自由、平等、公正、法制，倡导爱国、敬业、诚信、友善，积极培育和践行社会主义核心价值观。这与中国特色社会主义发展要求相契合，与中华优秀传统文化和人类文明优秀成果相承接，是我们党凝聚全社会价值共识作出的重要论断。社会主义核心价值观三个倡导所揭示的国家层面价值目标、社会层面价值取向、个人层面价值准则，既是中华优秀传统文化的基本内容，也是中华诗词所讴歌传承的主要内容，二者同源共流，共同推助中华文化的历史洪流。特别爱国主义作为一种核心的价值准则，更是历代中华诗词长颂不衰的永恒主题。可见，培育和践行社会主义核心价值观与弘扬中华诗词文化是同源共流的自然交汇。

要抓好民族传统的基因融入，为社会主义核心价值观与融入诗词文化内涵。把培育和践行社会主义核心价值观融入国民教育全过程，是实现国家层面价值目标，端正社会层面价值取向，确立人人层面价值准则的主要途径。把融入国民教育的社会主义核心价值观与体现中华民族文化基因中华诗词相融合，就可以为社会主义核心价值观融入诗词的美学力量，为当代诗词注入社会主义核心价值，做到相辅相成。例如在爱国主义教育基地建设、时代先进典型树立、重大纪念活动宣传等行为载体中融入诗词文化基因，就可以发挥文化感化心灵、润物无声的特殊效用。而且诗词融入社会主流宣传舆论阵地的时代作为，可以为诗词创新发展赢得时代地位，为诗词的多样性繁荣撑起时代天空，从而在崭新的局面上实现弘扬主旋律与提倡多样化的有机统一。

（二〇一四年六月）

在吉林四平纳兰性德文化研讨会上的讲话

今天，我们欢聚在美丽的北国城市四平，举行纳兰性德文化研讨会，感受诗情画意的四平，这是文化搭台、经济唱戏的佳妙创意，显示出四平市领导和人民的政治智慧、经济谋略和文化自觉。我代表中华诗词学会，向亲临会议的全国各地专家诗友表示热烈的欢迎！向为举办这次活动做出重要贡献和付出辛勤劳动的四平市委、市人民政府和四平市各界朋友表示衷心的感谢！

四平，是清朝三位皇太后和著名词人纳兰性德的祖居地。全国历史文化名镇叶赫，含有丰富的文化宝藏。纳兰性德是康熙朝一代权臣纳兰明珠之子，自幼饱读诗书，文武兼修，以御前一等侍卫之职，多次随康熙出巡。纳兰性德以英俊威武的武官身份，参与风流高雅和诗文之事，伴御驾南巡北狩，游历四方，奉命参与戎机之事，随皇上唱和诗词，译制著述，才华深受圣意赏识，是朝野羡慕的文武兼备的少年英才。纳兰性德出身豪门，才智超群，又深受皇恩，应是前途无量的达官显贵。但作为词艺奇才，他淡泊名利，深恶官场的庸俗虚伪，虽“身在高门广厦，常有山泽鱼鸟之思”。故清初少了一位八旗显贵，而中国文坛却多了一位“清朝第一词人”。据资料显示，纳兰性德词作现存 348 首（一说是 342 首），内容涉及爱情友谊、边塞江南、咏物咏史及杂感等方面。尽管他的词作数量不多，眼界也不够开阔，但由于作者性情率真，情韵柔美，因而词作尽出佳品。纳兰性德词风清新隽秀，哀感顽艳，颇近南唐后主。他生前即产生过“家家争唱”的轰动效应，身后更是赞誉有加。清代学者均对他评价甚高，到了民国，他又成为英才早逝的典例。纳兰性德逝世三百年之际，海峡两岸少数民族文学研讨会把纳兰性德研究推向一个高潮。近些年来，围绕纳兰家世、生平、思想及创作的研究日益全面和精深，从而形成一道纳兰性德文化研究的靓丽景观。四平市委、市政府以祖居地缘为契机，引导诗人词家走进纳兰性德文化，感受诗情画意四平，积极主动承办这次全国性诗词研讨会议，是对中华诗词事业的有力支持，也是市领导现代文化视野和文化兴市战略的生动体现。

四平，是我国东北地区重要交通枢纽和军事咽喉要地。解放战争时期的“四战四平”战役名垂青史，也使四平这座英雄城市和红色旅游城市闻名遐迩。四平是东北老工业基地和东北三大粮仓之一，梨树县是全国“二人转”之乡，公主岭更是全国诗词之乡，这些连同灵山秀水，构成了四平开展诗词活动的雄厚物质条件和人文基础。四平市诗词学会积极主动为市委、市政府弘扬诗词文化、实施文化兴市战略当好参谋助手，在诗词活动开展、诗词创作和研究、会刊编辑和网站建设，以及办公场所和诗化环境建设方面，都取得了一些好的经验，值得各地诗词组织学习和借鉴。

中华诗词是中华民族文化的精髓，有着悠久而辉煌的历史传承。新时期以来，特别是党的的十八大以来，中华诗词事业振兴与发展的形势喜人。除了中国大陆和港、澳、台地区诗词活动空前活跃，在五大洲还出现了弘扬中华诗词的强劲的“海外兵团”。今年 5 月 23 日，在广东惠州“海内外中华诗词高峰论坛”上，我受会长办公会议委托，代表中华诗词学会所作的《当代中华诗词事业的复兴历程、发展现状和未来展望》主题发言，受到来自五大洲诗友代表的一致赞同。纳兰诗词文化作为中华诗词文学宝库的一笔宝贵财富，很值得研究和发掘。这次以纳兰性德文化为主题的全国诗词研讨活动在四平举行，是中华诗词学会与四平市党政领导凝聚共识，聚焦纳兰诗词文化、培育地方特色文化，促进当地经济和社会发展的有力措施和远见卓识之举。与会同志将按照会议安排开展诗词研讨、工作交流和吟诵活动。希望大家珍惜这一美好的时机，以诗会友，相互学习，共同提高，为进一步弘扬中华诗词文化，发掘纳兰性德文化，促进四平市诗词事业振兴和社会主义文化大发展大繁荣，尽到我们积极的努力。

同时我们也相信，四平市领导和广大诗友，会进一步牢牢把握中华诗词文化发展前进的正确方向，乘着党的十八大浩荡东风，抓住历史机遇，积极乘势而上，为早日建成中华诗词之市而共同努力！

（二〇一四年八月二十八日）

诗壮国魂祭国殇

——《甲午战争120周年诗词选》序

公元2014年，是中日甲午战争120周年。

甲午战争以中国之完败而成为民之大痛，国之大殇。甲午，是中国国耻坐标年；甲午，是东方睡狮警醒年！甲午，这一让国人椎心泣血的历史伤痛，已经煎熬了中华民族两个甲子轮回。

甲午！甲午！！一篇篇反思文章，一次次纪念活动，一场场文艺演出，一部部影视作品，一个个网站热帖，一腔腔沸腾热血，无不昭示着知耻近乎勇，国人当自强的历史担当。

在纪念甲午战争，激励国人奋勇的历史担当中，也活跃着中华诗词大军的身影。甲午战争发生地山东威海诗词楹联学会和相关单位的领导及吟友，就是其中的代表。威海诗词楹联学会与刘公岛管委会和中国甲午战争博物院联手，在威海市委、市政府的领导下，积极组织开展了纪念甲午战争120周年诗词楹联全国征稿活动。在此基础上，将能搜集到的相关历史作品和此次征稿的入选作品，结集出版，定名《甲午战争120周年诗词选》。从而以古体诗词的艺术形式，壮国魂，祭国殇，铭国耻，振国威。这种文化自觉与历史担当，令人由衷钦敬。

这部诗词选的时间跨度是1894年至2014年的120年间，共收入相关内容的诗词作品近1200首，楹联120多副。其中最早的是1894年，到新中国成立前的有300多首，新中国成立后至今是800多首。我翻阅了这本诗集，从字词韵律间感觉到了甲午战争120年来，国人对这段沉痛历史的思考与省悟，应该说是深刻的、厚重的。书中的内容大致如下。

一是集古融今，博采广收。从某种意义上可以说，这是集甲午战争120年来围绕这一主题的格律诗词作品之大成。既有黄遵宪、梁启超、谭嗣同、丘逢甲、秋瑾、鲁迅等历史名人之大作，又有朱德、叶剑英、冰心、赵朴初等新中国开国元勋和文坛宿将之佳篇，还有当今诗词界的一些名家高手之作品，内容丰富多彩，编排精当。像黄遵宪的《哭威海》篇什，字字血，声声泪，可谓怒火的喷发。如丘逢甲的“四百万人同一哭，去年今日割台湾”的诗句，则是啼血的呐喊。我特别需要提及的是，新中国开国大将、海军司令员萧劲光关于甲午战争的诗作也收编在内，他那“甲午战云蔽海天，八载干戈添仇冤”与“宜将剑戟多砥砺，不教神州起烽烟”的诗句，读来倍感发人深思又催人奋进。

二是各有侧重，主题鲜明。书中诗作，首先是对甲午战争英烈邓世昌、左宝贵等将士的热情讴歌，对甲午战争惨败的痛心疾首；接着是对倭寇凶狠、贪婪，直到今天仍然在为军国主义招魂的无情挞伐和深刻揭露。更有对清廷的腐败无能，未战已败的无比愤慨。如梁启超《水调歌头》“拍碎双玉斗，慷慨一何多！满腔都是血泪，无处著悲歌”；杨逸明的《甲午书感》“教狼刮目相看法，只有从今不作羊”等诗句。再就是深刻反思失败教训，深切期望富国强军，面对当前的复杂形势信心百倍保卫海疆，使甲午悲剧永不重演。如周峙峰《驻刘公岛》：“烽烟血火浪中埋，杂草荒滩古炮台。休说国魂涛下没，怒涛夜夜扑崖来。”展示了甲午将士的雄魂永在。而李栋恒将军“知耻男儿休洒泪，卧薪尝胆奋邦雄”的诗句，则是勿忘国耻，发奋图强的誓言。

三是诗联合璧，交相生辉。这部选集还选取了纪念甲午战争120周年的部分优秀楹联作品，使诗词楹联各显所长，交相生辉。楹联作为中华汉字文化的又一朵奇葩，内容丰富，言简意赅，工稳对仗，深刻典雅，人们喜闻乐见。用这样的文学样式来写甲午战争这个题材，尤其显得铿锵有力，气吞山河；同时，也彰显了许多真知灼见，发人深省。可以说，似战鼓，如惊雷，慷慨悲壮，激励斗志，激越昂扬，催人奋进。如“义怀苍天铁骨铮铮扶社稷，气吞黄海丹心烈烈照千秋”。又如“此日漫挥天下泪，有公足壮海军威”。这副楹联的意境，和我三年前的诗句可谓不谋而合。2011年11月，寓居福州的著名诗家蔡厚示教授，约请我为中国船政文化发祥地和中国近代海军摇篮福州马尾福建船政写首纪念诗词，我复命了一首七律《福州船政》：

利炮坚船醒睡狮，师夷长技制强夷。
工开马尾兴船政，舰立潮头壮战旗。
学贯中西弘业伟，艺兼文武育才奇。
休言甲午风烟惨，浩气惊天神鬼欷。

甲午战争是一场败仗，是一大国耻。但甲午战争中以邓世昌为代表的中国海军将士誓死守卫祖国海疆的浩然正气，以及中国人民在不屈不挠抗日斗争中所形成的伟大抗战精神，即天下兴亡、匹夫有责的爱国情怀，视死如归、宁死不屈的民族气节，不畏强暴、血战到底的英雄气概，百折不挠、坚忍不拔的必胜信念，永远是令侵略者心惊胆战的强大精神力量。

我曾经在济南军区工作，多次到威海卫和刘公岛采访参观、凭吊缅怀，对甲午之痛刻骨铭心。值此《甲午战争120周年诗词选》成书付梓之际，应威海市相关领导诚邀，写出上面感言，权且为序。

（二〇一四年九月十日于北京齐贤斋）

格律诗是圣者心灵的放飞

——兼谈格律诗词的传承与创新

首先对首届海峡两岸中华诗词论坛暨聂绀弩诗词奖颁奖大会召开表示热烈的祝贺！向关心、重视、支持中华诗词事业的各级领导和各界朋友、向为举办这次大会付出艰苦努力和辛勤劳动的湖北省文学艺术界、特别是诗词界的领导和朋友们表示衷心的感谢！

2014年7月16日，在四川绵阳举办的第四届中国诗歌节第一场论坛的诗友互动阶段，有诗友提出“新诗是什么”的提问，著名诗歌评论家吴思敬教授即席回答说：两个字，“自由”。第二天，按照诗歌节组委会安排，第二场诗歌论坛由我作为旧体诗即格律诗词界的代表来主持。会前，有格律诗词界代表问我：“格律诗是什么？”我脱口而出：“格律诗是圣者心灵的放飞”。当听完我的解释后，在场的格律诗词界的代表们都表示赞同。湖北省诗词学会会长、本次海峡两岸中华诗词论坛组委会负责人罗辉先生，还同意把这一命题作为本次论坛的一个题目。这便是问题的由来。

我这里所说的“格律诗是圣者心灵的放飞”，是指“从心所欲，不逾矩”的圣者境界。被后世尊为“至圣先师”的儒学创始人孔子说过：“三十而立，四十不惑，五十知天命，六十耳顺，七十而从心所欲，不逾矩。”孔夫子所说的“从心所欲”，就包含心灵上的自由放飞和行为上的自如潇洒；“不逾矩”，就是指不超越规矩，当然包括道德、法律、制度上的各种规范。孔子作为人间圣者，在人生道路上要达到自如潇洒而又不越规矩的崇高境界，要待饱经风雨的七十岁之后，可见，此境界之高和到达如此境界之难。

格律诗作为诗歌的一种，篇式、句式有一定规格，音韵有一定规律，变化使用也要求遵循一定的规则。中国古典诗歌中的五言、七言绝句、律诗、排律以及词、曲各调，都是具有固定形式的格律诗。每首句式、句数，每句字数、押韵与换韵都有严格规定。欧洲格律诗大体是一句一行或一句两行，每节有一定的行数，每行有一定的字数、顿数，起韵、押韵、换韵都有一定规律。这和美国诗人惠特曼首创、中国五四运动以来普遍运用、兴起的“自由诗”，及其没有固定的格律限制，不求节数、行数、字数的整齐，押韵亦较自由的审美要求自成分野。

本文所讲的格律诗，当然是指以唐诗、宋词为代表的中国格律诗。中国格律诗的出现，可以追溯到唐代以前的南朝。南朝梁文学家、史学家沈约（441-513），今存诗 170 余首，与谢朓共创“永明体”，十分强调诗歌的声韵格律，力主“四声八病”说，其中虽有苛细之处，但对律诗的形成与发展有一定的贡献。谢朓（464-499）与谢灵运（385-433）同族，时称“小谢”，为“永明体”的代表作家之一，现存诗 200 余首，被后人视为开唐代律诗、绝句之先河，受到李白、杜甫、的极高评价。以唐代的中国格律诗、绝句、排律和宋词、元曲为代表的中国格律诗，是中国文学艺术皇冠上的明珠，是中国文学殿堂上的阳春白雪。经过南朝，特别是唐代以降一千多年文人骚客的千锤百炼和人民群众的倾情参与，中国的诗词格律已形成完美的艺术范式，它深深植根于中华民族的文化土壤里，与四声方块字的艺术魅力相得益彰，是格律诗形式大美的标志性体现。为便于表达，仅以格律诗中的五言、七言律诗、绝句为例，它规范篇有定句，句有定字，字有定声，而且要求平仄、押韵、对仗、粘对等，正是这些格律“规矩”，构建成格律诗均齐美、节奏美、音韵美、对称美、简洁美等的艺术“方圆”。这些体现格律诗大美的“黄金格律”，是中华民族一千年来文人骚客和人民群众集体智慧的结晶，是格律诗在文学殿堂被尊为阳春白雪的音律气韵的内在表现。对这些“黄金格律”，必须认真传承和坚守，丢掉了它，就会失去格律诗的艺术根基，使其“异化”为别的艺术形式。坚守它，当然要有一定的难度，要下很大的功夫。正如闻一多先生曾经把写格律诗比作戴着“镣铐”跳舞。也如芭蕾舞艺术家在脚尖着地等艺术规范内挥洒自如，舞姿翩跹。这就要求格律诗作者，要像人间圣者孔子在人生道路上追求“从心所欲，不逾矩”的崇高境界那样，刻苦学习，潜心磨砺，苦心修养，认真掌握格律诗在技术规范、艺术范式上的各种“规矩”，达到在“不逾矩”的前提下，“从心所欲”的艺术境界。

中华诗词学会历来坚持继承传统与改革创新的统一，后来马凯同志把这一原则概括为“求正容变”，得到诗词界广大诗友的赞同。在处理好格律诗词的传承与创新关系问题上，切实把握好“度”，是至关重要的。这个“度”，就是侧重点的问题。“求正容变”的原则，是个偏正结构，“求”和“容”不是平分秋色，而是主从有序。“求正”为主，即认真传承“黄金格律”，这是格律诗得以世代传承的根基和命脉所在。中华诗词学会在《21世纪初期中华诗词发展纲要》中明确指出：“中华诗词的声韵规律，经过历代诗人在艺术实践中的磨砺丰富，达到相当精致十分科学的完美程度，具有‘一万年也打不倒’的生命力。因此，举凡近体律绝、词曲诸体的格式，平仄对粘法则，以及曲调谱式，应保持不变，不应以改革为借口任改动。”这是格律诗词传承的重点所在。任何有志传承中华格律诗词的诗人词家和业余爱好者，都必须扎扎实实地从格律诗词的格律、音韵等基础知识、基础环节学起，做到学懂弄通。在“求正”的前提下，才有资格谈论“容变”。现在有些诗友对诗词格律、音韵规范等基础知识都没弄清楚，就盲目地写格律诗，并美其名曰“容变”和“创新”，这是不可取的。

在“求正”与“容变”、传承与创新这对关系中，“容变”处于从属地位。“容变”不是容许对格律诗词中“黄金格律”的根基和命脉进行动摇和变革，而是在确保“不逾矩”即传承和坚守“黄金格律”的原则柜架内，对格律诗词的某些方面进行改革创新。根据《21世纪初期中华诗词发展纲要》和广大诗友的长期实践，格律诗的改革创新主要是在内容上要适应时代、深入生活、走向大众。“诗文随世运，无日不趋新”。（赵冀）“文章合为时而著，歌诗合为事而作。”（白居易）“时运交移，质文代变”，“歌谣文理，与世推移”。（刘勰）“若无新变，不能代雄”（萧子显）等等，这些古往今来的至理名言，已为格律诗内容上的与时俱进，改革创新，作了最好的说明。至于形式上的变格、拗救等，古已有之，应是在“黄金格律”之“矩”所容许的范围内。格律诗的改革创新，还体现在声韵改革上。中华诗词学会从新时期以来声韵改革的实际出发，在尊重诗人采用新、旧韵创作自由的前提下，提出并贯彻实行了“倡今知古”、“双轨并行”的方针：即大力倡导使用以普通话语言声调为审音用韵标准的新声新韵，同时力求懂得、熟悉乃至掌握旧声旧韵。这一方针，已得到广大诗友的赞同，并在创作和评奖实践中得到有效贯彻。至于创造新的诗体，是诗歌自身发展的必然规律，将在漫长的艺术探索中诞生并走向成熟。但新的诗体，如果脱离了格律诗“黄金格律”的艺术之根和标志之本，就不再属于传统意义上的格律诗。因而这种探索，也不在格律诗词创新的范畴之内。

总之，中华格律诗词作为中国文学艺术殿堂上的阳春白雪，是圣者心灵的放飞，是“从心所欲，不逾矩”的崇高而美妙的境界。凡有志于弘扬中华格律诗词的诗人词家和爱好者，一定要以人间圣者“七十而从心所欲，不逾矩”的坚定与执着，苦其心志，累其体腹，为格律诗根本性标志的“黄金格律”之传承与坚守，而苦心孤诣，勠力笃行。

（二〇一四年十月十一日）

把握历史机遇，迎接诗国春天

——在首届海峡两岸中华诗词论坛的讲话提纲

党的十八大发出了建设社会主义文化强国的伟大号召，特别是习近平总书记高度重视、大力推进，就复兴中华传统文化，弘扬中华诗词文化作出了一系列重要指示，如习总书记强调指出："一个国家、一个民族的强盛，总是以文化兴盛为支撑的，中华民族伟大复兴需要以中华文化发展繁荣为条件"；"我很不赞成把古代经典诗词和散文从课本中去掉，'去中国化'是很悲哀的。应该把这些经典嵌在学生脑子里，成为中华民族文化的基因"；"古诗文经典已融入中华民族的血脉，成了我们的基因"等等，并且亲自赋诗填词，在讲话、指示中大量引用古诗文，为全党全国复兴传统文化、强固民族基因做出了榜样。党和国家的高度重视，为我们新形势下弘扬中华诗词文化提供了难得的历史机遇。我们一定要抓住机遇，乘势而上，团结奋进，积极迎接中华诗国的灿烂春天。根据会议安排，我想就这个问题谈点个人不成熟的意见，以求教于方家，与诗友共勉。

一、确立对中华传统诗词未来发展的文化自信

要确立对中华传统诗词未来发展的文化自信，首先要科学认识与把握未来中华诗词的社会定位与文化价值。纵观未来的全球发展，有两个趋势日益明显：一是全球化与多极化并行发展；二是共同性与多样性相伴而生。可见，多样文明与多元文化是未来中华诗词生存发展的生态环境。在这种多元文化生态环境下，越是民族的越是世界的。中华诗词作为中华文化的基因和精髓，必将作为中华文化的一个独特品

牌，而参与世界多元文化的交融共生。这就是说，只要抓住历史机遇，顺应时代需求，中华传统诗词不仅能在国家文化产业发展大潮中确立自己的位置，而且将在推动中华文化走向世界的进程中发挥重要的作用。在未来国家文化发展战略格局中，中华诗词的社会定位与文化价值是显而易见的。弘扬中华诗词，是实现中华民族伟大文化复兴的重要内容，是贯彻落实党的十八大精神，建设社会主义文化强国战略的重要组成部分，也是实现建党100周年、新中国成立100周年中国社会文化发展总体目标的内在要求。从总体发展愿景上看，中华传统诗词虽然不再像唐宋时期那样在社会文化领域独领风骚，但却依然有特殊永恒的艺术魅力而独具风采；虽然不会成为社会工作的中心，但却会影响社会工作的中心，例如军委总政治部就把弘扬中国历代军旅诗词作为培养当代军人战斗精神的重要内容，中央宣传部把诗词文化引入主流宣传教育阵地；虽然不会主导社会生活，但会渗透社会生活，其民族文化的基因和精髓作用，将渗透到社会生活的方方面面。因此，我们完全有理由对中华诗词的未来发展，充满文化自信。

二、抓住诗教这个传承、弘扬传统诗词的基础环节。

据报章杂志记载：1988年，欧洲有75位诺贝尔科学奖得主在宣言中讲道："最近500年，世界进步很快，源于欧美的科技进步；今后的500年，人类要活得有尊严的话，就必须回到2500年前，到东方孔子的文化教育中去。"（转引自孙轶青《开创诗词新纪元》，中国文史出版社，2006年版第274页）当然，今天的中国实行的是百花齐放、百家争鸣的文化方针，但作为儒家经典的诗学和诗教，却依然显示出其客观的真理性和鲜活的生命力。2500年前，孔老夫子就明确指出："入其国，其教可知也。其为人也，温柔敦厚，诗教也。"（《礼记·经解》）可见，"诗教"概念的原宗本义是"以诗教人"，即用诗中所蕴含的道德、意志、情感等人民大众易于接受的美学力量，来教化人心，提高素质。从近二十年来我们指导开展诗教工作的实践中，我们深深感到，中华诗教在当代社会文化坐标系中依然占有重要位置：中华诗教是提高国民素质的基础环节，是建设社会主义精神文明的重要内容，是优化人际关系、构建和谐社会的有效途径，也是文化兴邦的重要支撑。所以，下一步我们要继续按照2011年中华诗词学会扬州诗教会议确定的总体思路，认真抓好诗教工作，营造全社会重视传统诗词文化的良好氛围，巩固、完善、提高"诗词之市"、"诗词之乡"、"诗教先进单位"的创建成果。要进一步加强诗词队伍建设，注重培养诗词新人。要广泛利用各种社会媒体，积极宣传普及诗词知识。2012年9月启动的"诗词中国"传统诗词大赛，以历时4个月收到参赛作品3.8万首和用户短信与总量达1.29万亿条的骄人成绩，创造了诗词普及传播史上的一个奇迹。今年9月28日，又在美丽的十三朝古都西安，启动了第二届"诗词中国"传统诗词创作大赛，这对于诗教工作联系现实的深入开展，都将起到积极的促进作用。

三、把握主旋律与多样化的有机统一

习近平总书记强调指出："我们正在进行具有许多新的历史特点的伟大斗争，面临的挑战和困难前所未有，必须坚持巩固壮大主流思想舆论，弘扬主旋律，传播正能量，激发全社会团结奋进的强大力量。"中华诗词作为社会主义先进

文化的重要组成部分，在传播正能量，激发全社会团结奋进的强大力量上大有可为。当代中华诗词也只有在弘扬旋律，传播正能量上有所时代作为，才能在社会思想文化坐标系中赢得时代地位。因此，从某种意义上可以说，创作充满时代精神的主旋律作品。可以为当代诗词事业的与时俱进撑起一片开拓发展的天空。毋庸讳言，由于受历史上不同流派的影响及现实中的种种原因，有些诗人不喜欢或者说不愿意创作主旋律题材的作品，这是各自的创作自由，不能勉强。但作为数以百万计的中华诗词大军中，必须有人创作主旋律的作品。中华诗词学会和各地诗词学（协）会的领导和骨干，必须带头创作弘扬主旋律的作品。这不是本人的创作好恶问题，而是一种文化自觉、文化责任和历史担当。否则，当代中华诗词就会自我边缘化，甚至自我脱离时代。2014 年 5 月 12 日，中央宣传部领导邀请中华诗词学会领导和诗家代表，就如何促进主流宣传教育与诗词文化有效结合进行座谈，预示着当代中华诗词，开始进入新时代宣传教育的主流渠道。中宣部王世明副部长指出，要认真贯彻习近平总书记关于“要系统梳理传统文化资源，让收藏在禁宫里的文物、陈列在广阔大地上的遗产、书写在古籍里的文字都活起来”等指示精神，让诗词文化积极参与到主流舆论宣传阵地，在时代大舞台上唱大戏，展风采，焕发魅力。要把诗词文化运用到培育和践行社会主义核心价值观和爱国主义教育等长效宣传之中。接着，中宣部领导和机关便接连给中华诗词学会布置了一系列把诗词文化融入宣传教育主流渠道的任务。中华诗词学会领导和机关对此高度重视，狠抓落实，保证了中宣部布置的各项任务的圆满顺利完成。也造成了弘扬传统诗词的空前的舆论声势，使广大诗友深受鼓舞。

国家兴亡，匹夫有责；文化复兴，也是匹夫有责。我认为，一个人能力有大小、水平有高低，但作为一种文化担当和匹夫之责，在坚持“二为”方向和贯彻“双百”方针，既弘扬主旋律，又提倡多样化上，应该是积极探索，身体力行的。因为离开主旋律，当代诗词就会失去当下性而被时代边缘化，而没有多样化，就不可能有诗国大地的真正繁荣。多样化创作，主要体现在以下诸多方面，一是风花雪月总关情。风花雪月是自然界常见的四种现象，也是诗人词家古往今来吟咏不衰的经常性题材。不论春风、秋风、惠风、恶风，鲜花、奇花、残花、落花，还是初雪、瑞雪、残雪、狂雪，新月、满月、冷月、残月，都可以托情寄怀，各得其趣。二是山水田园任纵情。忘情山水，逸趣田园，是许多诗人词家所追求的一种超然闲适的境界和乐此不疲的主题。尽管有些山水派诗人受消极遁世思想的影响，但表现一种寂静清幽、身融自然的情趣，也是诗家心灵的一种放松。因此，纵情山水田园，是许多诗人词家的乐趣所在。三是览胜怀古尽寄情。览天下之胜境，寄思古之幽情，也是诗人词家的一大乐事。由于名胜古迹的多样性，也就决定了由此所引发的寄意传情的多元性。正如袁枚在《随园诗话》中所言：“诗写性情，唯吾所适。”不论览物寄情如何多姿多彩，但诗人所寄之情，以真切为要，以适吾为高。即诗人所抒发寄托的情怀，必须与自己的学养、阅历、认知相一致，不可人云亦云，更不可东施效颦。四是酬唱和答赠友情。酬唱和答，是诗人雅友联系交流的一种基本样式，也是雅集活动的重要内容。通过诗词作品的唱和应答，可以交流诗艺，增进友谊。进入诗词圈子十年来，我亲自体会到诗友间的酬唱和答，确实是学习诗艺的重要渠道，增进友谊的艺术桥梁。总之，多元化的诗情与多样化的诗意确实难以尽述。我这里只是择其要者抛砖引玉。

四、营造宽松和谐的诗词生态环境

把握历史机遇，迎接诗国春天，还必须努力营造宽松和谐的诗词生态环境。因为诗是诗家个性的张扬。诗家心灵深处的情感压抑和视觉错位，都不可能写出春意盎然的诗篇。而要放飞诗家的心灵，就必须营造出宽松和谐的诗词生态环境。首先从创作方向上，要引领诗人词家坚持“二为”方向，贯彻“双百”方针，适应时代、深入生活、走向大众，树立以人民为中心的创作导向，这是诗词生态环境的生机和命脉所在。其次在创作风格上，要提倡包容性，在宪法和法律的框架内，允许不同流派、不同风格的自由竞争，百花争艳。在处理诗家的关系上，要提倡“和为贵”，“己所不欲，勿施于人”，不要把自己的意见强加于人。在诗词评论上，不要在低层次上无休止争论，要在催生精品力作上，出高招，点龙睛。在诗词交流上，要拓宽视野，海纳百川。要把走向大众的路子拓宽、走实，让诗词艺术和诗词文化走遍城市乡村，走进千家万户，走进百姓生活。要进一步加强同海外华侨、华人中的诗人、诗词社团以及国际友人中的汉诗爱好者的联系与合作，通过多种形式，努力扩大中华诗词的海外影响，为推动中华诗词和中华文化走向世界作出应有的贡献。国内各地的诗词组织之间也应团结协作，在普及诗教、实施精品战略、加大诗词宣传力度等方面通力合作，取得新成果。要加强与新体诗、歌词、民歌、儿歌、散文诗等诗体以及音乐、书法、绘画、楹联、辞赋、吟诵等团体的联系与合作，做到互相学习，取长补短，比翼齐飞，共促繁荣。要积极推进中华诗词走进电视、报纸、广播等主流传媒和网络、微信、手机等新兴媒体，扩大诗词的社会影响，迎接诗国的遍地春色。

（二〇一四年十月十日）

在湖南省农村诗词工作经验交流会上的讲话

我们专程来到湖南，参加湖南省农村诗词工作经验交流会，感到非常高兴。刚才听了赵焱森会长关于全省农村诗词工作情况的报告，接着还要听取多个单位和个人的经验介绍，我们认为这是一次很有特色和重要意义的会议，对于推动湖南乃至全国农村诗词工作的繁荣发展，必将产生深远影响。在这里，我对会议的召开表示热烈祝贺！向多年来关心和支持农村诗词文化事业的湖南省各级领导和相关部门，表示诚挚的感谢和崇高的敬意！向湖南省广大农民诗友致以诚挚的问候！

我认为，湖南省召开的这次全省农村诗词工作经验交流会开得好：一是时机好。党的十八大和习近平总书记对加强社会主义文化强国建设，践行社会主义核心价值观，有一系列指示精神。如习总书记在去年 11 月在山东曲阜考察讲话中说："一个国家、一个民族的强盛，总是以文化兴盛为支撑的，中华民族伟大复兴需要以中华文化发展繁荣为条件。对历史文化特别是先人传承下来的道德规范，要坚持古为今用、推陈出新，有鉴别地加以对待，有扬弃地予以继承。"今年 9 月 9 日，他到北师大看望教师时说："我很不赞成把古代经典诗词和散文从课本中去掉，'去中国化'是很悲哀的。应该把这些经典嵌在学生脑子里，成为中华民族文化的基因。"两天后，在出访途中万米高空的专机上，他与记者交谈中又说："古诗文经典已融入中华民族的血脉，成了我们的基因。我们现在一说话就蹦出来的那些东西，都是小时候记下的。语文课应该学古诗文经典，把中华民族优秀传统文化不断传承下去。”从1995年中华诗词学会命名全国第一个诗词先进单位“贵峰诗村”开始，乡镇级创建“诗词之乡”的工作在全国各地也在积极发展。湖南省的整个诗乡、诗教创建活动，一直处在全国的前列，这次全省农村诗词工作经验交流会又抓得及时，为全国带了一个好头。二是主题好。据有关资料统计，目前全国有4.16万个乡镇，近8亿农村人口中，具有初中以上文化程度的农民约占60%。在这些有文化知识的农民中，不少是热爱诗词的，包括山歌、民歌和顺口溜等。只要把他们组织起来，经过培训、学习、交流，特别是创作实践的锤炼，是一支很壮观的诗词队伍。优秀传统诗词进农村，其不仅丰富了广大农村的文化生活，而且对在广大农村践行社会主义核心价值观，具有很大的现实意义和深远历史意义。你们的经验就是很好的例证。三是典型好。湘潭县云湖桥镇、沅江市三眼塘镇、湘阴县南湖洲镇等农民诗社的经验和农民诗人方贻书、李建国、严文光、费世明、戴绍湘、唐祖煜等的个人材料，都实事求是，各具特色，非常感人，很有典型示范作用。赵焱森会长在报告中总结的，当前湖南省农村诗词工作的形势和特点，今后的思路和意见，可谓高屋建瓴，非常精当。这些经验必将在湖南，乃至在全国广大农村发挥出示范推动作用，推动诗词进农村工作进一步蓬勃开展。

借此机会，我就农村诗词工作如何深入开展谈三点意见。

一、努力拓展农村诗词文化阵地。改革开放以来，特别是在新农村建设进程中，农民收入、生活质量显著提高，农村整体面貌、环境都发生了翻天覆地的变化。农民在物资生活得到基本满足后，极需精神生活的满足。学诗、写诗是陶冶人的人灵，净化农村社会风气，在农村践行社会主义核心价值观的一个重要方面。因此，我们在拓展农村诗词文化阵地上：一是要紧紧依靠党委、政府的重视与支持。湘潭县云湖桥镇、沅江市三眼塘镇、湘阴县南湖洲镇、临湘市定湖镇、常德市周家店镇等的诗词文化之所以搞得好，这都是同镇党委、政府高度重视密不可分。如临湘市定湖镇党委和政府将“诗词之乡”创建作为新农村建设的一项重要工作内容，列入了议事日程，把诗词文化阵地作为农村社会主义精神文明建设的主要阵地。党委书记兼任诗词分会名誉会长，镇长具体抓创建工作。诗社装修了 100 多平方米的活动室。近两年镇、村两级用于创建的经费达 30 余万元。二是要充分发挥乡镇文联和文化站的作用。上述四个镇的文联和文化站对农民诗社的工作，都是有求必应，有难必解。三是要在乡镇建立健全诗词组织。新邵县为了把诗词文化推广到乡镇及村，在县白云诗社的统一指导协调下，百分之七十以乡镇都建立了诗词组织。诗人和诗词爱好者多的乡镇建立诗词分社（会），次之建立诗词大组，少的（含村）建立诗词小组。他们的这一做法，我认为很好，值得在全国推介。

*二、努力培养农民诗词人才。*前面我已经提到，近 8 亿农民中，有文化知识，热爱中华优秀传统诗词文化，能写诗、想学写诗的人不少。但由于各种条件的限制，全国像五六十年代陕西临潼县王老九那样的优秀农民诗人还比很少。省、市、县诗词组织要深入基层乡镇，组织农民诗人加强理论学习，通过培训、研讨、组织学术交流、结合实际进行创作锻炼，在农民中广泛普及诗词常识，帮助他们提高诗词创作本平。湘阴县南湖洲镇诗联协会的经验很值得借鉴。他们为了

帮助农民会员掌握诗词创作的基本规则，在县诗联协会的指导下，成立了南湖洲老年大学诗词班，定期举行诗词教学。请诗词老师讲诗词创作基本知识，语法基础知识，诗词创作技巧。帮助会员在创作上，向形式规范化、格律精准化、语句形象化方面迈进。通过培训，培养一批优秀的农民诗人，多创作一些反映当代的田园诗词等作品。

三是努力抓好农村中小学诗教。开展“诗词进校园”，这是诗词“六进”活动的重中之重。童心是最美的诗，农村孩子亦然。国家要实现文化繁荣，广大农村中小学的文化建设是最重要的一环。因此，一方面，农村中小学本身必须要有一种传播优秀文化的使命意识，让优秀文化牢牢扎根校园，使学生在小学阶段开始，就接受优秀传统文化潜移默化的熏陶，远离低级庸俗文化；在提升农村学校办学品味的同时，把孩子们培养成一个具有高级文化趣味的文化群体，这是农村学校校园文化建设的当务之急。另一方面，诗词文化作为民族的瑰宝，在五千年的文化传承中的地位无可比拟，把这笔财富发掘出来，让孩子继承这一优秀的文化，从小培育和践行社会主义核心价值观。在农村中心小学开展诗教工作，要结合农村中小学的特点，创造性开展一些自选动作，使诗教工作独具乡村特色、别开生面、形成亮点。学校要有课时安排、有校本教材、有诗教老师、有诗刊园地、有诗化环境，动员广大师生和家长积极参与，形成学诗、诵诗、写诗的浓厚氛围。达到以诗育才，以诗促学，教学相长的目的。今年我们要以创建省和全国“诗教先进单位”为重点，把诗词进农村中小学工作推上一个新的层面。

（二〇一四年十月十三日）

当代军旅诗词的历史担当

——在第二届当代中华军旅诗词研讨会上的主题讲话

解放军红叶诗社在成功召开首届中华军旅诗词研讨会，收获了一批研究成果之后，又适时召开第二届当代军旅诗词研讨会，聚焦军旅诗词创作和研究，分析创作形势，总结创作经验，交流研究成果。这对于繁荣当代军旅诗词创作，促进中华诗词事业的繁荣与发展，必将产生积极的影响。对红叶诗社领导和同仁们的高度文化自觉和责任担当，我们表示由衷的敬意！

作为党和国家工作重要指南的习近平总书记系列重要讲话精神，贯穿着强烈的担当意识，反复强调领导干部要敢于担当。习总书记指出："坚持原则，敢于负责，勇于担当，体现着共产党人的蓬勃朝气、浩然正气、昂扬锐气，反映着领导干部强烈的事业心和责任感。""有多大担当才能干多大事业。"担当是共产党人的鲜明品格。常言道：国家兴亡，匹夫有责。这个责字，就包含一定的责任担当。在促进中华民族伟大复兴的历史进程中，各类社团组织和每个成员，即使作为一介匹夫，也应该有一定的责任担当。所以，我今天奉命主题发言的题目，就是"当代军旅诗词的历史担当"。当然，承担这个历史担当的是从事军旅诗词创作和研究的人员。我主要从四个方面，来汇报我的认识与感悟：一是，当代军旅诗词应成为弘扬主旋律的主流方阵；二是，当代军旅诗词应成为高扬爱国主义的一面旗帜；三是，当代军旅诗词应成为培育战斗精神的激越号角；四是，当代军旅诗词应成为中华诗国百花园里的一片春色。

一、当代军旅诗词应成为弘扬主旋律的主流方阵

习近平总书记强调指出："我们正在进行具有新的历史特点的伟大斗争，面临的挑战和困难前所未有，必须坚持巩固壮大主流思想舆论，弘扬主旋律，传播正能量，激发全社会团结奋进的强大力量。"中华诗词作为社会主义先进文化的重要组成部分，在传播正能量激发全社会团结奋进的力量上大有可为。当代中华诗词也只有在弘扬主旋律、传播正能量上有所时代作为，才能在社会思想文化坐标系中赢得时代地位。在 2014 年 9 月有来自全国各地 200 多位诗友参加的中华诗词江西瑞昌金秋笔会的讲话中，我面对全国诗友，这样讲道："毋庸讳言，由于受历史上不同流派的影响及现实中的种种原因，有些诗人不喜欢或者说不愿意创作主旋律题材的作品，这是各自的创作自由，不能勉强。但作为数以百万计的中华诗词大军中，必须有人创作主旋律的作品。中华诗词学会和各地诗词学（协）会的领导和骨干，必须带头创作弘扬主旋律的作品。这不是本人的创作好恶问题，而是一种文化自觉、文化责任和历史担当。否则，当代中华诗词就会自我边缘化，甚至自我脱离时代。"

由于人民军队的性质、宗旨所决定，当代军旅官兵所写的诗词和反映当代军旅生活的诗词，在紧跟时代前进步伐、弘扬主旋律上具有其天然属性。古往今来，中华诗词界因为创作题材、创作风格、创作地域不同而形成了许多流派。仅以创作题材区分，就有山水诗、田园诗、边塞诗、爱情诗、哲理诗等等。如田园诗派以描写田园风情、田园生活和抒发田园情怀等为表现题材，其主要代表人物为东晋大诗人陶渊明。他的田园诗淳朴自然，情感真挚，善用白描，不事藻绘，

形成简明淡雅，深刻隽永的独特诗风，在唐代以后影响很大。再如山水诗，则以歌咏山水名胜、描绘自然景色为主要内容。在中国文学史上开山水诗风的是晋宋之际的诗人谢灵运。唐代王维、孟浩然也以山水诗著名。谢灵运对山川景物观察细微，捕捉入微，琢句炼字，精巧富丽，艺术地再现清新自然之美。由于山水、田园诗派的有些代表人物所处的历史时代及人生际遇所决定，其诗中寄情田园山水，有的存在某些游离现实的情结是在所难免的。与之相呼应的有边塞诗派，反映从军出塞、卫国征战和军人戍边生活、情感的诗词，无疑应属于边塞诗的范畴。边塞诗与田园诗、山水诗的一个重要不同，则是有些边塞诗突显了爱国主义、英雄主义气概，给人以贴近现实，昂扬奋进之感。当代军旅诗词应是对古代边塞诗优秀传统的继承与发扬，特别是在贴近现实，紧跟时代，弘扬主旋律上应成为百万诗词大军中的一个主流方阵。红叶诗社领导和广大军旅诗家的文学价值取向、诗词创作成果已经充分说明这一点。

二、当代军旅诗词应成为高扬爱国主义的一面旗帜

爱国主义作为忠诚和热爱祖国的思想观念，是古往今来仁人志士歌咏题赋的突出主题，也是当代社会主义核心价值观的核心内容体现。军旅诗词所反映的客观主体和其作者本身，是深明大义，肩负道义，为报效国家和民族而不辞艰辛、舍身奋斗的戎衣志士，这和花前月下、酒肆茶坊的闲才逸士相比，其胸襟、抱负、志趣、情感、境界、风格都有明显不同。“愿得此身常报国”是军旅诗词的鲜明特性。精忠报国的爱国名将岳飞的《满江红》，我们摒弃对历史民族战争的某些片面解读，当视为爱国主义的千古绝唱。全词忠肝义胆，悲

壮激昂，情辞慷慨，气势雄放，是收复失地的进军号角，报效祖国的铮铮誓言，充分表现了作者“还我河山”的强烈爱国主义思想。唐人张为的《渔阳将军》诗句：“向北望星提剑立，一生常为国家忧。”也是对戍边老将报效祖国、壮心不已的高度赞扬。习近平总书记在文艺座谈会上的讲话中指出：“要把爱国主义作为文艺创作的主旋律，引导人民树立和坚持正确的历史观、民族观、国家观、文化观，增强做中国人的骨气和底气。”当代军旅诗词作者，必须认真贯彻落实习总书记讲话精神，以优秀的诗词作品来挺直民族脊梁，强固国人骨气、坚实国人底气。让军旅诗词切实成为高扬爱国主义的一面旗帜。解放军红叶诗社与《中华诗词》杂志社联袂举办的第二届“当代军旅诗词奖”获奖作品中，就突显了爱国主义主题。如部队现役官兵组的一等奖获奖作品，余龙胜的《志祥歌》中，就彰显了“男儿壮志仿宗悫，一纸血书效国防。……纵有千金不下海，誓将此生守国疆”的爱国主义情怀。二等奖作品汪业盛的《三沙吟》，开宗明义“华夏宣威南海上，三沙建市五星扬”，就把爱国主义旗帜高高扬起。其他获奖作品也都充满了爱国情、报国志。这是红叶诗社领导，引领军旅诗词大军，坚持正确的文学价值取向，在当代军旅诗词创作中，取得丰硕成果的真实体现。

三、当代军旅诗词应成为培育战斗精神的激越号角

中央军委习近平主席强调指出，培养战斗精神，是军队战斗力的一个重要因素。要加强战斗精神培育，教育引导官兵继承和发扬我军大无畏的英雄气概和英勇顽强的战斗作风，时刻准备为祖国和人民去战斗。我国古代有很多赞扬和弘扬军队英雄精神的优秀文化，可以结合培育当代革命军人

核心价值观，选编一些这方面的材料，提供给官兵学习，既砥砺品质，又结合军队特点弘扬民族精神。为了贯彻习主席的指示精神，根据军委和总政治部领导的部署要求，总政宣传部组织编写了《中国历代军旅诗词选编》已下发部队。各部队把这本军旅诗词选编作为加强战斗精神培育的辅助读物，结合深化培育当代革命军人核心价值观，紧贴部队实际，广泛开展了形式多样的学习活动，大力营造浓郁的战斗文化氛围，不断激发官兵一不怕苦，二不怕死的战斗精神，为实现能打仗、打胜仗的目标提供了强大精神动力，收到了很好的效果。如屈原《国殇》中“身既死兮神以灵，魂魄毅兮为鬼雄。”就鲜明提出了壮士死，国之殇，英灵不灭，做鬼亦雄的英雄主义精神。建安文学代表人物曹植的《白马篇》中“捐躯赴国难，视死忽如归”的诗句，叫响了视死如归的千古豪情。再如唐代诗人戴叔伦的《塞上曲》（其二）“汉家旌帜满阴山，不遣胡儿匹马还。愿得此身常报国，何须生入玉门关”和唐代诗人王维《少年行》（其二）“出身仕汉羽林郎，初随骠骑战渔阳。孰知不向边庭苦，纵死犹闻侠骨香。”都突显了报国不惜身，是军人永远的价值追求；征途不畏难，是军人鲜明的意志品格。这些诗句虽然时过千年，但今天读来仍令部队官兵血管偾张，热血沸腾，奋不顾身，冲锋陷阵。清末杰出女革命家秋瑾的“金瓯已缺总须补，为国牺牲敢惜身”的豪迈诗句，更使不少须眉志士忘死舍生。当代军旅诗词，贴近现实更紧，对官兵思想针对性更强，因而在培育部队战斗精神上更有用武之地。这次军旅诗词获奖作品中的许多优秀诗句，就是培养战斗精神的激越号角。如青年诗词组一等奖获奖作品、周清印的《满江红·雅安大地震救灾英雄礼赞》“铁甲吼开泥石路，伞花怒绽芦山月。救孤婴、断壁掘千寻，呼声切！”该组的二等奖作品、陈冰清的《江城子•归队》中“军中急报起硝烟，马当前，箭离弦。风卷旌旗，奉命戍陲边。壮士胸怀家与国。云浩瀚，浪滔天。”和黄小遐的《八声甘州》中“把丹心许国，已作雪中莲。是英雄，忠魂处处，在国疆，何必返家园”等等激越壮烈的诗句，都是一不怕苦，二不怕死战斗精神的生动写照。

四、当代军旅诗词应成为中华诗国百花园里的一片春色

军旅诗词，说到底，还是诗词，诗词文化的艺术特色和美学特质，是军旅诗词的基本标示。只不过其内容首先姓军，在思想性上要突出兵的特色。作为诗词文化的一个重要门类，军旅诗词的艺术要求，当然不只是铁板铜琶单音调和金戈铁马独奏曲，而应是色彩斑斓，绚丽多姿。使军旅诗词真正成为中华诗词百花园里的一片生机盎然、绚丽多彩的春色。军旅诗词应当是丰富多彩的军旅生活和军旅人生情感世界的诗情画意的艺术再现。包括对伟大祖国的热爱，对大好山河的赞颂，对边关风情的欣赏，对家乡亲人的思念，对军旅人生的思考以及对一些不良倾向的鞭笞等。古代军旅诗词中如岑参“北风卷地百草折，胡天八月即飞雪。忽如一夜春风来，千树万树梨花开”和王维“大漠孤烟直，长河落日圆”等对边关独特风景的描写；刘长卿“一身事征战，匹马同苦辛”和戚继光“一年三百六十日，多是横戈马上行”等等对军旅生涯的感叹；李益的“不知何处吹芦管，一夜征人尽望乡”和范仲淹“羌管悠悠霜满地。人不寐，将军白发征夫泪”等戍边将士思亲念乡的倾诉，都是军旅诗词多彩多姿的反映。当代军旅诗词，也是百花争妍，异彩纷呈。这次军旅诗词奖老战士组传统诗词一等奖作品蒋继辉的“最香不过茶当酒，端起牙缸碰掉瓷”的对士兵生活的追忆；王禾嘉的“愧无功绩三生憾，堪为豪情两袖风”的军旅人生的感叹，二等奖作品高荣的《阮郎归·红了樱桃》“樱桃点点雨濛濛，小园香气凝。比邻阿妹唤阿朋，玉盘纤手擎。人俏丽，果晶莹。兵哥心鼓鸣。墙头传递雨中情。芳心细品评。”等对战士爱情的赞美，都是当代军旅诗词百花园的妍丽花朵。

诚然，当代军旅诗词的历史担当，体现在很多方面。但作为每一个军旅诗人，只要有这种担当精神，每人都为繁荣当代军旅诗词创作贡献出自己的聪明才智，那么众手易擎，我们就能齐心协力托起当代军旅诗词繁荣发展的绚丽春天。

（二〇一四年十一月二十五日）

在山东莒南诗教工作现场会上的讲话

这次有机会重新来到沂蒙山老区的莒南县，感到很高兴、很亲切。1978 年我曾来过莒南。现在虽是隆冬时节，但伴随着和煦的阳光，一踏上莒南这块熟悉的红色沃土，我感到心里温暖如春。山东省诗词学会在莒南县召开的这次诗教工作现场会，是深入学习贯彻党的十八大和习近平总书记系列重要讲话精神的实际举措，必将在齐鲁大地掀起一股弘扬和发展传统诗词文化的热潮。上午，我们参观了莒南县九个单位诗教工作的成果，非常真实感人，他们的做法各有特色，看后深受启发。刚才，听了莒南县委书记陈一兵同志的致辞和副县长郑佩芹同志代表县委、县政府所做的争创诗词之乡的经验介绍，我感到莒南县四大班子的领导高度重视诗词文化事业的发展，工作扎实，成果显著。中华诗词学会授予莒南县（包括桓台县）中华“诗词之乡”称号，可谓实至名归。即墨市诗词学会周怀英会长介绍的巩固发展中华诗词之乡成果的经验，也很好，值得各地学习借鉴。特别是我们尊敬的李殿魁主席的讲话，起点很高，讲得很好、很实际，提出的四点指导性意见，完全符合山东诗词事业发展状况，对全国诗词事业的发展也很有启发和指导性，我完全赞同。我们这次现场会议，时间虽短，但高效务实，会风也很好，开得很成功，对于推动山东诗教工作以及全国诗教工作，必将产生积极而深远的影响。原计划，中华诗词学会和山东省诗词学会共同主办这个现场会，由于中华诗词学会要筹备明年第四届全国会员代表大会，临近年底收尾工作又多，时间比较紧，来不及认真准备，为确保会议质量和效果，最后确定由山东省自己召开，中华诗词学会派领导参加。借此机会，我们对莒南县委、县政府和各级领导关心支持中华诗词事业表示衷心的感谢！对莒南县、桓台县荣获“中华诗词之乡”表示热烈的祝贺！向重视、热爱并献身中华诗词事业的李殿魁会长和山东省及各地诗词组织、广大诗友表示崇高的敬意和亲切的问候！

莒南是沂蒙革命老区的重要组成部分，是山东省的四个一类革命老区县之一，被誉为“齐鲁红都”和“山东的小延安”。莒南县开展诗教工作的经验，除了党委重视，政府作为，群众参与，社会效果等共同特质外，很重要的一点是，把我们中华民族的传统诗词文化，与我们党在革命根据地所创建的红色文化，紧密地结合起来，从而使我们民族的传统文化基因有了新的载体，并且以一种新的形式重新激活起来。就此而论，莒南诗教经验值得肯定，也值得进一步发掘和推广。

2012 年 11 月，中华诗词学会在扬州召开了全国诗教工作会议。会议强调要端正认识，总结经验，科学把握，扎实推进当代中华诗教工作健康深入发展。号召大家一定要在以习近平同志为总书记的党中央坚强领导下，抓住机遇，团结奋进，开创诗教工作和中华诗词事业新局面。扬州会议之后，全国各地认真贯彻会议精神，结合本地实际，扎实抓好落实，诗教工作呈现出了崭新的局面。山东省是贯彻扬州会议精神力度最大、见效最明显的省份。仅从近两年全国上报请求考察的诗词之乡、诗教先进单位的数目来看，就几乎等于 1995 年至 2012 年 17 年的总和。这也从一个侧面说明，诗教工作越来越受到各级党委和政府的重视，越来越受到广大群众的欢迎，也使诗词组织和广大诗人的活动舞台，得到了越来越大的拓展与延伸。

山东省诗教工作也同全国一样，呈现出了一个大发展的好势头。一是扬州会议后，山东诗词学会结合本省实际情况，进行了积极认真的学习贯彻，省委宣传部等8个部、委、办、厅、局联合行文，决定在全省扎实推进诗教工作，开展齐鲁诗词之乡、诗教先进单位创建工作。在山东诗教历史上，这是开创性的举措，在全国以这种形式行文也不多见，标志山东诗教从此跨上一个新的台阶。二是扎实稳妥地开展中华诗词之乡、诗教先进单位创建工作，从已批准的昌邑、即墨、临淄、桓台、莒南等中华诗词之乡和诗教先进单位看，标准比较高，抓得比较实，效果比较好。同时，为全省扎实稳妥地开展诗教工作，开了好头，走开了路子。三是及时认真地总结经验，特别是莒南诗教工作现场会的召开，必将为今后诗教工作的深入开展，发挥积极的推动作用。

同时，我们也必须清醒地看到，从全国来看，我们山东省的诗教工作，与江苏、湖南、湖北、广西等省区相比，还有一定的差距，中华诗词之乡和诗教先进单位数量还比较少，具有山东特色的模式还没有形成，与山东作为诗教发源地的地位和经济发展大省的现状相比，还不够谐调，需要作的工作还很多，发展的空间还很大。下面，结合全国形势和山东诗教工作实际，谈几点意见，供大家参考。

一是要从民族复兴大业的大背景下思考和谋划诗教工作。党的十八大以来，习近平总书记提出了实现中华民族伟大复兴的中国梦，提出了要系统梳理传统文化资源，让收藏在禁宫里的文物、陈列在广阔大地上的遗产、书写在古籍里的文字都活起来。今年教师节，习近平总书记在北师大又强调说，我们的语文教材一定要加上中国传统文化中的古诗文，使之成为终生的民族文化基因，教材“去中国化”是很悲哀的。5月12日上午，中央宣传部邀请中华诗词学会相关领导和当代诗人、词家代表，在中宣部一号楼二层第一会议室召开专题座谈会，共同商谈如何促进主流宣传教育与中华诗词文化有效结合。中宣部副部长王世明同志强调指出，让中华传统文化元素活起来，诗词文化也是题中应有之义。而如何让诗词文化活起来，一个必由之路就是使其中最基本的文化基因与当代文化相适应、与现代社会相协调。诗词文化积极参与到主流舆论宣传阵地，在时代大舞台上唱大戏，展风采，焕发魅力。这都为中华诗词事业的发展，提供了前所未有的历史机遇。因此，我们这些从事中华诗词事业的诗词组织、诗人词家和业余爱好者，也要以前所未有的激情，抓住机遇，乘势而上，结合实际，发挥优势，挖掘潜力，贡献智慧，把山东的诗教工作推向前进，经过一段时间的努力，跻身于全国的前列，取得与诗教发源地相适应的地位，发挥两千年前那样的诗教示范和引领作用。

二是要把齐鲁诗词之乡创建活动扎扎实实地开展起来。诗教工作开展得比较早、比较好的几个省份，有一条基本经验，就是有自己的特点和品牌。如江苏的学校诗教，湖南创建诗词之市、诗词之乡和以常德诗墙为代表的诗化环境，湖北把诗教与传统文化和自然景观结合起来，广西充分发挥地方积极性“烧热灶”等等。与这些特点相辅相成的是，这些省份都开展了突显省份特色的创建活动，如湖北的荆楚诗词之乡，湖南的湖湘诗词之乡创建活动等等。这些省份的经验，都可借以为山东开展创建活动之用。就山东情况而言，首先要把“齐鲁诗词之乡”这个品牌立起来，要切实取得省和各级党委、宣传部门的认可与支持，江苏的诗教工作就得力于历任党委书记和宣传部长的重视。这是必须要做到位的工作，也是把创建活动真正开展起来的重要前提。首先是要把创建活动纳入本地党委、政府工作计划。唯有如此，创建活动才能真正开展起来，才会有惠及百姓的社会效果。第二就是要下大力建好各级诗词组织，省诗词学会要加大指导力度，同时注意发挥好市一级诗词学会的作用。就诗词组织而言，市一级诗词组织的领导应进入省学会，以利于发挥作用。中华诗词学会是这样做的，不少省也是这样做的。这样有利于协调全省的工作，有利于一个时期突出一、两个方向，也有利于形成争先创优的竞争态势。第三是在工作程序上，应是先创建为齐鲁诗词之乡，而且在巩固一段时间并有所发展之后，再上报申请考察验收成为中华诗词之乡。第四，还有一项很重要的工作，就是要加强对创建工作的研究与指导，要形成具有齐鲁特色的工作套路和发展模式。在这方面，还有许多工作要做。以上四个方面，我在这里只是提出问题供大家思考，希望你们结合实际深入研究，并通过扎扎实实、卓有成效的工作，把齐鲁诗词之乡创建活动真正开展起来，使之成为无愧于继承与发扬孔子诗教思想的全国诗教工作的又一个新的亮点。

三是要切实抓好“五进”工作。中华诗词学会强调的进学校、进机关、进农村、进企业、进社区，是把诗教具体化的工作内容和有效抓手。在创建中华诗词之乡过程中，这五个方面的工作都应该抓好。在实际工作当中，有的地区根据情况提出六进、七进、八进等，也是可取的。在接受考察验收时，这几个方面都应该有代表性的单位可看。这样，才能比较全面地反映创建状况和社会效果。这几个方面中，进机关是个难点。就一个县级单位来讲，所谓进机关，应该是进县党委、县政府、县人大、县政协机关。所以这样强调，是因为只有这几大班子动起来，整个机关才能动起来，进机关才能由口号变为实实在在的工作。这无疑是个难点。湖北恩施就是从州委、州政府机关带头“进”的。许多单位的经验证明，重点解决好“进机关”这个难点，其他难题就会迎刃而解。再一个基点是进学校。这方面的关键在于“进”的质量。有的采取简单化的做法，在学校的围墙上、板报上“糊”上诗词，就算是进学校了。这样做，只是搞了一点面子工程而已。进学校的真正含义是进入教学，要有师资、教材、课时，要有适应小学、中学、大学生不同需求的学习、创作、活动方式，要有实实在在的教学成果，使诗词的教化功能得到最大发挥，为诗人队伍的成长壮大打下基础。进学校是长期的基础性的工作，也是诗词组织和诗人发挥作用的最好舞台，更是关乎中华诗词事业的薪火相传、长远发展的大计。对此，我们必须下大力气抓实抓好。再一个就是要有标志性的设施，让群众感受到诗教的存在和熏陶。要把本单位、本地区的历史和现实联系起来，挖掘出最有代表性的诗词意象，以恰当的形式表现出来。如桓台县的秋柳街心公园，通过几块石头和一些灯柱，人们就可以感受到王渔洋秋柳四章的美妙意境，既美化环境，又发挥了诗词的熏陶作用，也为诗词之乡打造了名片，作了宣传。

四是要把创建、巩固、提高作为一体化来抓。我们抓诗教工作不是权宜之计，更不是“形象工程”、“面子工程”，而是培养人、教育人的长久大计。创建中华诗词之乡和诗教先进单位，创建是第一步，挂牌之后的巩固和提高，仍然很重要。中华诗词学会对这个问题进行过多次研究，认为巩固提高的长效工作，主要由省一级诗词组织来抓。这两年，一些搞得比较早的省份，就组织了回头看，有的总结经验，有的帮助整改，保持了诗词之乡和诗教先进单位建设水平不断有所提高。最近，我在思考一个问题，从一个省或者一个市来说，创建工作发展到一定程度，也就是在数量上有相当规模之后怎么办。山东是诗教发祥地，一旦组织发动起来之后，在诗教工作的拓展上，思路可以更开阔一些，步子可以更大一些，在诗教工作的创建、巩固、提高一体化上，探索出新的路子。这个问题，先提出来，大家积极探索，集思广益，形成一定思路后再专题研究。在这里，我还要特别强调一下诗词创作的质量问题。在群众充分发动起来之后，切实抓好创作质量提高，便成了一个突出问题。各级诗词组织负责人，一定要带头学习研究传统诗词的格律基础知识和艺术范式要求，尽快成为传统诗词的行家里手，带领广大诗友创作出更多、更好的精品力作，推动山东诗词事业百尺竿头，更进一步！

最后，为了表达对莒南县革命老区的敬意，对以天佛胜景为代表的莒南山水风光的赞美，对莒南弘扬历家寨精神愚公移山，改造中国，改天换地宏伟业绩的讴歌，以及对莒南荣获中华诗词之乡称号的祝贺，我口占一首小诗《咏莒南》，来结束我的致词：

红都齐鲁小延安，佛卧青云化翠峦。
换地改天兴伟业，诗乡春锦著花繁。

（二〇一四年十二月九日）

为人民抒怀

习近平总书记在文艺工作座谈会上的讲话强调："坚持以人民为中心的创作导向，努力创作更多无愧于时代的优秀作品"，"人民是文艺创作的源头活水，一旦离开人民，文艺就会变成无根的浮萍、无病的呻吟、无魂的躯壳。能不能搞出优秀作品，最根本的决定于是否能为人民抒写、为人民抒情、为人民抒怀。"这是对毛泽东在延安文艺座谈会上的讲话中关于"为什么人的问题，是一个根本的问题，原则的问题"重要思想的继承和发展，是为新时期全体文艺工作者指明的前进方向。以适应时代、深入生活、走向大众的为基本方针的当代中华诗词，在为人民的抒怀上，更应该走在前面，展现出特有的风采。

为人民抒怀，首先要有人民的情感。要自觉与人民同呼吸、共命运、心连心，欢乐着人民的欢乐，忧患着人民的忧患，始终把人民的冷暖，人民的幸福放在自己心中，把人民的喜怒哀乐倾注于自己的笔端。必须明确，文艺的根基在人民，文艺的源泉在人民，文艺的精髓在人民，文艺的前途在人民。人民的需要是文艺存在根本价值所在。当代传统诗词，要想在当今时代文化坐标系中赢得自己的地位，就必须在适应人民的需要、为人民抒写上有所作为。

为人民抒怀，要以人民的根本利益为出发点和落脚点。有国才有家。国家的繁荣富强，是人民最根本的利益所在。因此，把爱国主义作为文艺创作的主旋律，增强作为中国人的骨气和底气，是践行社会主义核心价值观的重要内容，也是人民群众根本利益和情感本色的体现。今年，是中国人民抗日战争暨世界反法西斯战争胜利70周年，是高扬爱国主义旗帜的最好历史契机。一切有理想、有抱负的诗人词家和诗词爱好者，都应该在创作爱国主义的精品力作上，展示自己的才华，展现自己的风采。

为人民抒怀，要以人民的需要为最高标准。习近平总书记明确指出："我国作家艺术家应该成为时代风气的先觉者、先行者、先创者，通过更多有筋骨、有道德、有温度的文艺作品，书写记录人民的伟大实践、时代的进步要求，彰显信仰之美、崇高之美。"习总书记所讲的"有筋骨、有道德、有温度"的作品，就是人民需要的文艺作品。其中有筋骨，就是有正确的思想立场和信仰坚持，有中国人的骨气；有道德，就是要有积极健康的道德力量，引导人们向上向善、向真向美；有温度，就是要有满腔的热情，在情感价值取向上有正能量的感染力。我们坚持以人民为中心的创作导向，坚持为人民抒怀，最终都要落实到这"三有"作品的创作上。

为人民抒怀，最根本的途径还是向人民学习，扎根人民，扎根生活。正如习总书记所指出的："要虚心向人民群众学习、向生活学习，从人民的伟大实践和丰富多彩的生活中汲取营养，不断进行生活和艺术的积累，不断进行美的发现和美的创造。"历史早已证明，象牙塔里不会有持久的文艺灵感和创作激情。文艺创作的源泉和富矿，都在人民和生活之中。

在中华民族伟大复兴的历史进程中，作为中华文化基因的诗词文化，也必须承担起自己的历史担当。伴随着伟大复兴中国梦的稳步实现，中华诗国繁荣发展的春天已经到来。让我们以诗人的良知和激情，坚持为人民抒怀，创作出更多更好的优秀作品，以无愧于人民，无愧于时代。

（二〇一五年二月）

传承民族基因的战略举措

——在各大媒体文学编辑研究班的致辞备课提纲

我是中央电视台军事节目中心的退休媒体人，退休后在中华诗词学会做打工志愿者。今天来到年轻优秀的媒体同仁中间，感到格外亲切，自己也好像年轻了许多。因为1996年我奉命进京参与创办央视七频道的军事节目之前，曾在济南军区长期从事新闻宣传工作，担任过济南军区宣传处长和主管新闻宣传的军区宣传部副部长，向《人民日报》、新华社、《光明日报》、中央人民广播电台、中央电视台、《解放军报》等主流媒体，拜师求教过多年。中央各大媒体领导和编辑记者队伍中，有我很多的良师益友。所以，今天我作为诗词业余爱好者参加这次媒体人的聚会，更有着独特的感触。

中国是一个诗的国度。国魂凝处是诗魂。中华诗词源远流长。以唐诗宋词为代表的中华传统诗词，是中华民族艺术宝库里一颗璀璨的明珠，是中华民族文化的精髓。从诗经、楚辞、汉赋，到唐诗、宋词、元曲，再到近代和当代诗歌，有很多脍炙人口的名篇佳作，涌现出很多杰出的诗人。改革开放以来，中华诗词在新的历史时期，仍然深受社会各界和广大群众的欢迎。各地的传统诗词爱好者，学写诗词的人，数以百万计。每年仅在纸质媒介发表的诗词作品就达百万首，在各类网站和个人博客上的诗词更是难以尽数。在这种情况下，如何弘扬传统诗词，便成为繁荣中华文化一个很重要的课题。

在承担弘扬中华诗词，繁荣中华文化的历史使命中，各大媒体的文学编辑，有着不可替代的重要地位与作用。因为历代优秀诗词的传承，当代诗词作品的传播，必须靠受众面最广的主流媒体的文学编辑去发现、筛选、编辑、发表。文学编辑的慧眼与妙手，直接关系到诗词传播推广的质量与效果。现在，习近平总书记已把中华传统诗词为主要内容的“古诗文”提高到中华民族“基因”的认识高度。如何传承中华民族的这一“基因”，各大媒体的文学编辑任重道远。因为大众传媒比图书有着更广博的受众面。传承民族“基因”，弘扬诗词文化，没有各大媒体鼎力宣传推广，是难以奏效的。而“闻道有先后，术业有专攻”。文学分为小说、诗歌、散文、报告文学等许多门类。诗歌中又有新体诗、旧体诗、散文诗等不同分支。而新体诗的本质体现是自由，旧体诗的艺术特质是讲究“格律”、“声韵”。不把“格律”、“声韵”这些“门槛”层面的技术要求学懂弄通，就很难有“识珠”的慧眼和“点石成金”的妙手。上级领导决定举办各大媒体文学编辑研究班，就旧体诗词或者说传统诗词的技术要求和艺术规范进行学习提高，即在传承民族“基因”，弘扬诗词文化中，抓住了关键群体的关键问题，具有基础性和战略性的意义。

作为媒体人中的诗词爱好者，我想借此机会，同媒体从业的年轻朋友，简要交流一下我对诗词格律和格律诗的认识与感悟。相对于自由诗是人们心灵的自由放飞而言，以唐诗宋词为代表的中国格律诗是圣者心灵的放飞。我这里所说的“圣者心灵的放飞”，是指“从心所欲，不逾矩”的圣者境界。被后世尊为“至圣先师”的儒学创始人孔子说过：“三十而立，四十不惑，五十知天命，六十耳顺，七十而从心所欲，不逾矩。”孔夫子所说的“从心所欲”，就包含着心灵上的自由放飞和行为上的自如潇洒；“不逾矩”，就是不超越规矩，当然包括道德、法律、制度上的各种规范。孔子作为人间圣者，在人生道路上要达到自如潇洒又不越规矩的崇高境界，要待饱经风雨的七十岁后，可见，此境界之高和到达如此境界之难。以唐诗宋词为代表的中国格律诗，是中国文学艺术殿堂上的“阳春白雪”，人们要达到在“格律”、“声韵”规矩内“从心所欲”，同样要下一番真功夫，用一番大气力。

中国格律诗的出现，可以追溯到唐代以前的南朝。南朝梁文学家、史学家沈约（441-513），今存诗170余首，与谢朓共创“永明体”，十分强调诗歌的声韵格律，力主“四声八病”说，其中虽有苛细之处，但对律诗的形成与发展有一定的贡献。谢朓（464-499）与谢灵运（385-433）同族，时称“小谢”，为“永明体”的代表作家之一，现存诗200余首，被后人视为开唐代律诗、绝句之先河，受到李白、杜甫的极高评价。以唐代的中国律诗、绝句、排律和宋词、元曲为代表的中国格律诗，是中国文学艺术皇冠上的明珠。经过南朝，特别是唐代以降一千多年文人骚客的千锤百炼和人民群众的倾情参与，中国的诗词格律已形成完美的艺术范式，它深深植根于中华民族的文化土壤里，与四声方块字的艺术魅力相得益彰，是格律诗形式大美的标志性体现。为便于表达，仅以格律诗中的五言、七言律诗、绝句为例，它规范篇有定句，句有定字，字有定声，而且要求平仄、押韵、对仗、粘对等，正是这些格律“规矩”，构建成格律诗均齐美、节奏美、音韵美、对称美、简洁美等的艺术“方圆”。这些体现格律诗大美的“黄金格律”，是中华民族一千年来文人骚客和人民群众集体智慧的结晶，是格律诗在文学殿堂被尊为“阳春白雪”的音律气韵的内在表现。对这些“黄金格律”，我们必须认真传承和坚守，丢掉了它，就会失去格律诗的艺术根基，使其“异化”为别的艺术形式。坚守它，当然要有一定的难度，要下很大的功夫。正如闻一多先生曾经把写格律诗比作戴着“镣铐”跳舞。也如芭蕾舞艺术家在脚尖着地等艺术规范内挥洒自如，舞姿翩跹。这就要求格律诗作者，要像人间圣者孔子在人生道路上追求“从心所欲，不逾矩”的崇高境界那样，刻苦学习，潜心磨砺，苦心修养，认真掌握格律诗在技术规范、艺术范式上的各种“规矩”，达到在“不逾矩”的前提下，“从心所欲”的艺术境界。

中华诗词学会历来坚持继承传统与改革创新的统一，后来马凯同志把这一原则概括为“求正容变”，得到诗词界广大诗友的赞同。在处理好格律诗词的传承与创新关系问题上，切实把握好“度”，是至关重要的。这个“度”，就是侧重点的问题。“求正容变”的原则，是个偏正结构，“求”和“容”不是平分秋色，而是主从有序。“求正”为主，即认真传承“黄金格律”，这是格律诗得以世代传承的根基和命脉所在。中华诗词学会在《21世纪初期中华诗词发展纲要》中明确指出：“中华诗词的声韵规律，经过历代诗人在艺术实践中的磨砺丰富，达到相当精致十分科学的完美程度，具有‘一万年也打不倒’的生命力。因此，举凡近体律绝、词曲诸体的格式，平仄对粘法则，以及曲调谱式，应保持不变，不应以改革为借口任意改动。”这是格律诗词传承的重点所在。任何有志传承中华格律诗词的诗人词家和业余爱好者，都必须扎扎实实地从格律诗词的格律、声韵等基础知识、基础环节学起，做到学懂弄通。在“求正”的前提下，才有资格谈论“容变”。现在有些诗友对诗词格律、声韵规范等基础知识都没弄清楚，就盲目地写格律诗，并美其名曰“容变”和“创新”，这是不可取的。

在“求正”与“容变”、传承与创新这对关系中，“容变”处于从属地位。“容变”不是容许对格律诗词中“黄金格律”的根基和命脉进行动摇和变革，而是在确保“不逾矩”即传承和坚守“黄金格律”的原则框架内，对格律诗词的某些方面进行改革创新。根据《21世纪初期中华诗词发展纲要》和广大诗友的长期实践，格律诗的改革创新主要是在内容上要适应时代、深入生活、走向大众。“诗文随世运，无日不趋新。”（赵翼）“文章合为时而著，歌诗合为事而作。”（白居易）“时运交移，质文代变。”“歌谣文理，与世推移。”（刘勰）“若无新变，不能代雄。”（萧子显）等等，这些古往今来的至理名言，已为格律诗内容上的与时俱进，改革创新，作了最好的说明。至于形式上的变格、拗救等，古已有之，应是在“黄金格律”之“矩”所容许的范围内。格律诗的改革创新，还体现在声韵改革上。中华诗词学会从新时期以来声韵改革的实际出发，在尊重诗人采用新、旧韵创作自由的前提下，提出并贯彻实行了“倡今知古”、“双轨并行”的方针：即大力倡导使用以普通话语言声调为审音用韵标准的新声新韵，同时力求懂得、熟悉乃至掌握旧声旧韵。这一方针，已得到广大诗友的赞同，并在创作和评奖实践中得到有效贯彻。至于创造新的诗体，是诗歌自身发展的必然规律，将在漫长的艺术探索中诞生并走向成熟。但新的诗体，如果脱离了格律诗“黄金格律”的艺术之根和标志之本，就不再属于传统意义上的格律诗。因而这种“变异”式的探索，应该不在格律诗词创新的范畴之内。

总之，中华格律诗词作为中国文学艺术殿堂上的阳春白雪，是圣者心灵的放飞，是“从心所欲，不逾矩”的崇高而美妙的境界。凡有志于弘扬中华格律诗词的诗人词家和爱好者，一定要以人间圣者“七十而从心所欲，不逾矩”的坚定与执着，苦其心志，累其体腹，为格律诗根本性标志的“黄金格律”之传承与坚守，而苦心孤诣，勠力笃行。

在这里，我们特别需要借用一位哲人说过的话：“入门并不难，深造也是办是到的。”各大媒体的文学编辑，都有很深的文学造诣，有很高的悟性与灵感，就律诗、绝句的技术要求和基础知识，大家半天就能学会。当然要熟练掌握也还确实需要下些功夫。相信通过努力，各大媒体的文学编辑，一定能够成为格律诗词的行家里手，如虎添翼，在传承民族基因、弘扬诗词文化上，大有作为，大放光彩！

（二〇一五年五月六日于北京齐贤斋）

序《新国学大百科千字文》

近些年来，特别是党的十八大以来，传统文化复兴势不可挡，形成了所谓“国学热”。这是伴随着实现中华民族伟大复兴中国梦的历史脚步，对文化复兴的必然要求。习近平总书记指出：“培育和弘扬社会主义核心价值观必须立足中华优秀传统文化。牢固的核心价值观，都有其固有的根本。抛弃传统、丢掉根本，就等于割断了自己的精神命脉。博大精深的中华优秀传统文化是我们在世界文化激荡中站稳脚跟的根基。”这一重要论述深刻揭示了中华优秀传统文化的当代价值。

我是一位古典诗词的业余爱好者。自然非常关注中华传统文化的继承与弘扬。正是基于这种情结，便有诗友向我推荐了一位年轻人的新作《新国学大百科千字文》，并请我为其作序。我不加思索便婉言谢辞。因为我不是专门研究国学的，不可妄加评说，以免贻笑大方。后来这位热心诗友执意劝说，并拿来新作样书及作者相关情况介绍。出于对后生的鼓励和支持，我便认真翻阅样书，并作了些思考。

“国学”，按照《现代汉语规范词典》的通俗解释，是指研究我国传统学术文化，包括哲学、史学、文学、考古学、中医学、语言文字学等方面的学问。《新国学大百科千字文》，听起来是个很吓人的书名。“国学”本来就博大精深，再加上“大百科”的广博性，而又要浓缩到“千字文”里，纵然很多国学大师也未及问津。众所周知的《千字文》，是中国旧时蒙学课本，为南朝梁文学家周兴嗣所撰写。拓取了王羲之遗书不同的字一千个，编为四言韵语，叙述有关自然、社会、历史、伦理、教育等方面的知识。隋代即开始流行。有多种续编和改编本。如宋胡寅《叙古千文》、侍其玮《续千文》、葛正刚《重续千文》，元许衡《稽千文》，明周履靖《广易千文》、李登《正字千文》，清何桂珍《训蒙千字文》、龚聪《续千字文》等。还有唐代高僧义净曾撰《梵语千字文》。凡此种种，足见世人对“千字文”这种韵文形式之喜爱。

《新国学大百科千字文》的作者何智勇是位“80”后的年轻人。他写这本书的初衷是为自己女儿写启蒙读物。让女儿通过他新编的“千字文”，既可识字，又可以学习基本的国学知识。当然，对于“国学”知识库和“大百科”的概念，这种启蒙读物可能是管中窥豹，其完整性和系统性都有待提高。但这在新的历史条件下普及国学知识和启蒙幼儿教育上，也不失为一个有益的探索。

《新国学大百科千字文》这本书，其实是何智勇先生对自己所编《新编千字文》作的注解。据作者所言，多年前他曾流寓南方，租住在极其简陋的屋子中，每日以读古书为乐。在此过程中，他突然萌生了重新编写千字文的想法，于是从《现代汉语常用字表》中精心遴选出1000余个常用汉字，仿照古代周兴嗣《千字文》的格式，四字一句，编排为适合记诵的韵文。形成了所谓《新编千字文》。《新编千字文》共分为18个章节，分别冠以天文、地理、人伦、历史、哲学等标题，试图从不同角度展示中华传统文化。《新编千字文》编好后，作者又不断加以修改，力求完美，如此过了六七年才算完稿。

这本《新国学大百科千字文》似有如下几个视点。

新国学。国学无所谓新旧。我想作者所谓“新国学”，应该是指本书对国学阐述的方式较新，将《新编千字文》与国学知识结合在一起，使父母与孩子可以亲密互动，一边识字，一边学习国学，不仅能拓宽知识领域，也可提高学习兴趣。

大百科。这本书介绍的内容以国学知识为主，但不限于此，还包括了诸如天文、地理、数学、物理、化学等自然科学知识，以及古文字学、美学、古典文学等人文科学知识，有着明显的知识百科的价值取向。本书还适当选取了一些哲学观点，以期引起读者探索的兴趣。

千字文。《新编千字文》是本书的主干内容，作者在创作时，充分借鉴古《千字文》的特点，全文通篇押韵，以求适合记诵。当然文中用的是新韵。这也是符合中华诗词学会关于“倡今知古、双轨并行”的用韵原则的。句式还力求对偶，以展现汉语的内在之美。用字无一重复，以求扩大知识容量。

由此可以看出，本书还是适合儿童启蒙识字所用的。作者说此书为其女儿所写，看来并非虚言。教育部新近颁发的《完善中华优秀传统文化教育指导纲要》中指出，“中国特色社会主义道路是在对中华民族5000多年悠久文明的传承中走出来的”，“加强中华优秀传统文化教育，是构建中华优秀传统文化传承体系，推动文化传承创新的重要途径”。要求“深入挖掘和阐发中华优秀传统文化讲仁爱、重民本、守诚信、崇正义、尚和合、求大同的时代价值”，并“开展以天下兴亡、匹夫有责为重点的家国情怀教育”，“开展以仁爱共济、立己达人为重点的社会关爱教育”，“开展以正心笃志、崇德弘毅为重点的人格修养教育”。从我的阅读感观来说，本书是努力坚持了这些价值导向的。当然，作为一种探索和尝试，本书还需要国学、百科和韵文界的专家学者不吝赐教。

出于对本书作者这位年轻父亲的责任心和传播国学知识自觉性的热情鼓励，出于为传承国学知识探索精神鼓与呼的文化担当，应约写出了上面的文字，是为序。

（二〇一五年五月二十八日于北京齐贤斋）

为实现中华民族伟大复兴的中国梦勇于弘扬诗词文化的历史担当

——在中华诗词学会第四次全国会员代表大会上的工作报告

中华诗词学会第四次全国会员代表大会今天在北京开幕了。这是诗词界的盛会。

中华诗词学会成立于1987年5月31日，至今已走过二十八年的奋斗历程。经过几代人的艰辛探索和不懈努力，中华诗词事业已经走出低谷，经历复苏，走向振兴，初现繁荣。中华诗词事业的总体形势很好。此时此刻，我们更加怀念为中华诗词学会的创立和中华诗词事业的发展做出重大贡献的钱昌照、周谷城、孙轶青等先贤们。学会“三代会”以来，又有中华诗词学会创始人之一的周汝昌先生，中华诗词学会名誉会长张锲，中华诗词学会顾问周克玉、张结、张作斌、袁第锐、苗枫林、叶玉超、谭克平、谭博文、秦中吟和几位常务理事、名誉理事去世，这是中华诗词事业的重大损失。我提议，请大家起立，为已故的诗词界老前辈、老诗人默哀。现在，我受郑欣淼会长委托，代表中华诗词学会第三届理事会向大会报告五年来学会工作的基本情况和今后的工作设想。请代表们予以审议。

一、创新发展的五年历程

2010年5月31日至6月2日，中华诗词学会第三次全国会员代表大会在北京召开，时任中共中央政治局常委李长春同志和时任中央政治局委员、书记处书记、中宣部部长刘云山同志分别发来了贺信，马凯同志、陈奎元同志等领导出席了大会开幕式。五年来，我们认真贯彻党的十七大、十八大精神，积极落实学会“三代会”确定的工作目标和各项要求，以开拓创新的精神积极进取、扎实工作，为繁荣和发展传统诗词文化做出不懈努力，使中华诗词事业在原有基础上有了新的发展和提高。概括起来，主要表现在以下几个方面。

（一）积极参与主流宣传，诗词文化的综合社会影响力进一步扩大。“三代会”以来，全社会对传统诗词文化的重视程度明显提高，中华诗词生存发展的社会环境出现了可喜变化。党和国家领导同志高度重视、大力支持中华诗词事业的发展和中华诗词学会的工作。党的十八大以来，社会主义文化强国建设迈出强劲步伐，有力助推了中华诗词事业的繁荣发展。习近平总书记在弘扬中华诗词和传统文化上更是率先垂范，把画意诗情引入伟大的中国梦，强调“古诗文经典已融入中华民族的血脉，成了我们的基因”，并亲自赋诗填词，引领一代风骚。习近平总书记2014年10月15日在北京主持召开文艺工作座谈会并发表重要讲话，为新时期文艺工作包括诗词文化的发展指明了前进的方向。2015年3月30日，中共中央政治局委员、中央书记处书记、中宣部长刘奇葆同志邀请中华诗词学会几位主要领导和诗词界代表，举行“弘扬诗词文化”座谈会，就贯彻落实习近平总书记弘扬和振兴中华文化的系列重要讲话精神，新形势下中华诗词如何推陈出新、如何传播和普及、如何以诗育人、服务社会等问题，发表了重要讲话。2014年5月份以来，中共中央宣传部王世明副部长先后六次邀请中华诗词学会相关领导和诗词家代表，就如何促进主流宣传教育与中华诗词文化有效结合进行座谈。中宣部领导强调要从培育和践行社会主义核心价值观的高度，让诗词文化积极参与到主流舆论宣传阵地，在时代大舞台上唱大戏，展风采，焕发魅力。为此，中宣部就诗词文化配合主流宣传教育工作启动实施了一系列相关品牌项目。中华诗词学会在组织诗人词家完成中宣部赋予的任务中，锻炼提高了队伍，在时代宣传文化的主流大舞台上，展现了传统诗词的风采。党和国家领导的重视，为中华诗词事业的发展繁荣创造了有利条件。郑欣淼会长作为全国政协委员，每年在全国两会期间，都联合一些代表委员，就中华诗词事业的发展繁荣向大会提交提案，引起了有关部门的重视并得到认真回应。

（二）诗词复兴的步伐加快，诗词队伍空前壮大。五年来，中华诗词的复兴步伐明显加快，催生诗人队伍、诗词组织快速增长。目前，祖国内地 31 个省、市、自治区和港、澳特区以及绝大多数市（地）、县（区）级都有诗词组织，中华诗词学会现有个人会员 23000 多名，团体会员 260 多个。加上各地各类诗词组织成员和广大诗词爱好者，中华诗词大军已有两百万之众。近几年，网络诗词成为诗词创作传播的新领域，网络诗人增长迅速，且以中青年为主，也有百万之众。据粗略统计，现在海外有 30 多个国家和地区的华人中有诗词组织或诗词活动，被称为“海外诗词兵团”。从五大洲来看，凡有华人、汉语聚居的地方，就有中华诗词的传播、创作和吟诵。从会员的构成来看，年龄结构、职业结构也在发生明显变化，年龄从老年人为主逐步向以中青年为主转变，其职业也从公务人员和知识分子辐射到全社会的各个层面和角落。

（三）以“精品战略”为牵引，诗词创作水平有新提高。诗词作品的水平质量决定着诗词的社会文化地位和生存发展空间。几年来，我们进一步加大实施精品战略的力度，把多出好诗、出精品，作为诗词工作的着力点。学会每年的工作安排部署、所举办的各项重大活动，都突出强调精品意识并提出明确要求。中华诗词学会已经连续组织实施了五届两年一度的由海内外诗人参与的“华夏诗词奖”评奖活动。几年来，中华诗词学会与有关地方政府合作，先后十多次组织全国著名诗人词家赴延安、唐山、兰考等地采风，推出了一批高质量的弘扬主旋律的诗词作品集，受到社会广泛好评。《中华诗词》杂志设立的“时代风云”栏目、“谭克平诗词奖”、“青春诗会”、“金秋笔会”等，已形成品牌效应，推出了一批新人和高质量的诗词作品。中华诗词学会每年都联合各地诗词组织以及一些市县级政府，举办大量的不同主题、不同形式的诗词大赛，在扩大诗词影响、传播诗词知识、提高诗词创作水平等方面发挥了积极作用。从2011年起，中国作家协会组织的“鲁迅文学奖”评奖，开始吸纳传统诗词作品参评。2014年，四川大学教授周啸天的作品《将进茶——周啸天诗词选》获第六届鲁迅文学奖诗歌奖，实现了中华诗词“入鲁奖”“零”的突破。

（四）以诗教为抓手，诗词普及工程取得新成效。我们把诗词普及视为建设社会主义精神文明和推进社会主义文化强国建设的重要组成部分来抓。在前几届学会工作的基础上，针对诗词文化的特点规律和各地的实际情况，不断研究新情况，总结新经验。2012年11月在扬州召开的全国诗教工作会议上，我们确定了“着眼国民诗教——着手校园诗教——着力社会诗教”的总体架构，大力推进诗词进校园、进机关、进企业、进农村、进社区等活动。各地的诗教工作对经济社会发展、精神文明建设和乡风民俗改变，起到了很好的推动作用。近些年来，许多地方政府为打造文化品牌、提高文化软实力，与中华诗词学会联合创意，作为一种有益的探索，推行了创建“诗词之市”、“诗词之乡”、“诗教先进单位”活动，收到了很好的效果。这一有益的实践探索，得到了党和国家领导同志的首肯与鼓励。从1995年中华诗词学会评定福建省南安县贵峰村为“贵峰诗村”以来，经过地方政府申报，省、市、区诗词学（协）会推荐，中华诗词学会考察评定，截至2015年4月30日，全国共有“诗词之市（州）”15个（其中“诗词之市”13个，“诗词之州”2个）；“诗词之乡”161个（其中县、县级市、区120个，乡镇41个）；“诗教先进单位”161个（其中大学7所、中学64所、小学52所，机关及其他单位38个）。这些先进典型产生了很好的示范和带动作用，推进了诗教工作广泛深入的开展和中华诗词事业的普及。我们还认真贯彻中宣部等六部委文件精神，积极指导开展传统诗词朗诵、演唱等活动，诗词入乐（音乐）也取得积极进展，推动了中华诗词的广泛普及。与浙江经济职业技术学院合作，成立了中华诗词文化学院，诗词的培训质量不断提高。

（五）诗词文化的宣传多样化，主流媒体、电视宣传取得新突破。几年来，社会新闻媒体对传统诗词文化宣传的力度明显加大，《人民日报》、《光明日报》、人民网、光明网等主流媒体都相继开辟了诗词专栏，或增加了对诗词文化宣传推介的分量。《中华诗词》杂志和《中华诗词学会网》

的编辑质量不断提高，在诗词文化宣传中发挥了主流引导作用。在党和国家领导同志的关心重视下，我们注意加强同中央电视台的联系，推动诗词上电视。中华诗词学会网已与中国网络电视台联网，2013 年春节前在央视网络台开办了诗词栏目。由中华诗词学会始终参与策划、国务院参事室中国国学中心和中央电视台科教频道联合摄制的十集纪录片《诗行天下》，在中央电视台 10 套开路频道播出。在央视一套的《时代楷模发布厅》等重要栏目和节目中，都相继增加了传统诗词的内容，使中华诗词进入了当下最具影响力的主流媒体。全国一些地方电视台、报纸、网络等有的已开设了诗词栏目，有的正在积极筹备开设。

（六）诗词理论研究不断深化，编辑出版工作取得新成绩。我们坚持每年一度举行包括海内外代表参加的诗词理论研讨会，已连续举办了 28 届。据统计，共发表论文 1910 篇，约 977 万字。同时，我们每年还与各地联合举行一些专题研讨会，就当代中华诗词发展中的一些重大问题进行研讨，发挥了诗词理论对诗词创作的引领和指导作用。诗词的编辑出版工作取得突出成绩，《中华诗词文库》精选精编了近现代诗词理论、文献，涵盖了近现代诗词名家个人作品专辑和各省市区、港澳特区及台湾地区诗家及会员作品合集，目前已出版 80 多卷。我们还从 2013 年开始启动了编辑出版《当代中华诗词集成》大型资料汇集工程。目前，各省市区都积极响应，抓紧组稿。各地诗词组织和许多诗友都先后出版了大量的诗词作品集和诗词理论读物，为诗词普及做出了贡献。

（七）拓宽了诗词文化领域，内外交流取得新进展。五年来，我们主要从两个方面着力：一是加大诗词与书法、绘画、戏剧、音乐等姐妹艺术形式的交流与联合。“三代会”后我们组织成立了中华诗词学会书画委员会，对外称中华诗书画委员会；成立了中华诗词学会音乐委员会，对外称中华诗词音乐委员会，多次成功组织了大型诗书画大赛和当代诗词作品吟唱会。编辑出版了《中华诗词歌曲集》。二是积极推动两岸三地以及海内外华人之间的诗词文化交流活动。2014 年 5 月 23 日至 25 日，中华诗词学会在广东省惠东县举办了“海内外中华诗词高峰论坛”，来自世界五大洲的近百位诗人、学者和社会各界人士参加。会议在充分酝酿讨论的基础上，通过了《海内外中华诗词高峰论坛海王子宣言》。这是中华诗词发展史上从未有过的创举，扩大了中华诗词在海内外的声誉，初步展示了“海外诗词兵团”的魅力。2014 年 10 月 9 日至 11 日，由中华诗词学会作为主办单位之一的海峡两岸中华诗词论坛暨聂绀弩诗词奖颁奖大会在湖北武汉隆重举行。来自祖国内地及港澳台诗词界的专家学者 300 余人参加交流探讨，在海内外反响热烈。中华诗词学会先后多次与香港、澳门诗词界举办诗词学术活动。2011 年 12 月，中华诗词学会参访团赴台湾访问交流，获得圆满成功。我们还同美国纽约诗词学会开展诗家互访，进行诗词交流。这些交流互动活动，扩大了中华诗词的影响，增进了国际文化交流。

二、五年奋进的经验思考

学会“二代会”、“三代会”期间，主要是针对中华诗词长期被打压、冷落之后，从走出低谷到经历复苏，形势逐步好转的客观实际出发，着重总结研究了诗词创作和诗词活动本身需要处理和解决的继承与创新、普及与提高、坚持“二为”方向与贯彻“双百”方针，以及当代诗词的社会文化地位等基本问题。“三代会”以来的五年，中华诗词事业初步繁荣，特别是结束了中华传统诗词长期被边缘化的历史，已经开始进入了社会思想文化的主流渠道。我们这次代表大会，总结经验、研究问题的着力点，应该是适应新的形势和任务，从工作指导上如何进一步推动中华诗词走向社会，开创中华诗词事业繁荣发展的新局面。主要有以下三点：

（一）当好参谋助手，为党委政府重视推广诗教，提供业务支撑。推动当代中华诗词走出“小圈子”，融入大社会，最有效的措施之一就是抓诗教。历史的启迪与现实的经验已经充分说明，中华诗教是提高国民素质的基础环节，是建设社会主义精神文明的重要内容，是优化人际关系、构建和谐社会的有效途径，是文化兴邦的重要支撑。从“着眼国民诗教 -- 着手校园诗教 -- 着力社会诗教”的总体布局来看，我们正在蓬勃开展的创建“中华诗词之市”、“中华诗词之乡”、“中华诗教先进单位”活动，是符合当今诗词发展规律的成功探索，是把传统诗词推向社会，促进中华诗词全面振兴繁荣的有效载体。开展中华诗教创先活动的根本经验和决定因素，是党委重视，政府作为。特别是党委一把手的态度，更是重中之重。而要想引起党委政府对诗教活动的重视，当地诗词组织的参谋助手作用，又是必不可少和不可替代的。经验证明，凡是创建成功和诗词文化开展活跃的单位，都是诗词组织特别是学（协）会会长参谋到位，助手得力。他们的共同经验，具有普遍指导意义：一是积极宣传创建工作的目的意义，拿出可操作性的规划措施，争取党委政府重视，争取领导支持和社会参与；二是抓好自身建设，优化诗人形象；

三是办好报刊，推出力作，扩大影响；四是围绕中心工作，开展多种活动，以“有作为”赢得“有地位”。

（二）当好桥梁纽带，为广大诗友写诗弘诗开拓发展空间。1987 年 5 月 31 日，时任中共中央政治局委员、国务院副总理的习仲勋同志，代表党中央、国务院，在中华诗词学会成立大会上祝辞时指出：“过去，我们从来没有这样一个全国性的诗词组织。现在，把这个空白补起来了。”在此后的第二次、第三次全国会员代表大会上，党和国家领导同志在贺信、讲话中多次强调，“希望中华诗词学会进一步团结和联系海内外诗人和诗词爱好者，”“继续发挥桥梁纽带作用，更好地推动中华诗词文化繁荣发展。”中华诗词学会自成立的那一天起，就致力于当好党和政府联系诗词组织、诗词爱好者的桥梁和纽带，大力促进中华诗词事业的繁荣发展。我们及时把党和政府的主流意志传达给广大诗友，并组织广大诗友围绕党和政府的中心工作，开展诗词创作，展示个人才华，催生精品力作。例如，2014 年 5 月以来，我们围绕中宣部布置的主流宣传系列品牌项目，组织广大诗友开展诗词创作，使许多普通诗友的优秀诗词作品登上了《人民日报》、《光明日报》、人民网、光明网等主流媒体，特别是上了中央电视台一套节目和其他电视节目，传播到了更广大的受众之中。同时，我们也把广大诗友的愿望，及时反映给党委政府。从而为诗词事业的繁荣发展、为精品力作的催生，开拓了广阔的发展空间。

（三）当好服务平台，为推动诗词繁荣发展营造和谐环境。中华诗词学会作为全国性的诗词组织，是全国和海内外广大诗友联系交流的重要平台。强化服务意识，增强包容理念，营造和谐环境，便成为中华诗词学会的工作主旨。自《诗经》以来，诗体进化到了诗、词、曲并存共荣，优秀作品很多，知名诗人也很多。诗人的炫目风华，诗词的异彩纷呈，诗风的千姿百态，从不同的方向和层面，影响并改变着我们的诗词认知与文化生活。毋庸讳言，几千年的诗词传统文化，风格多样，流派绵延，现实中就会表现为不同的风格取向和流派特点，形成不同的观点和见解。对于这些，我们坚持社会主义文艺的根本方向，坚持以有利于繁荣诗词事业为前提，在“求正容变”总的原则指导下，采取多包容、不争论的态度。例如，适应音韵双轨制推出的新韵书，为提升填词科学性推出的新编词谱，在诗体上鼓励以继承为前提的创新尝试，在诗词传播上充分利用网络平台等等。对此，无论来自传统还是出自创新，即使有的赞成有的反对，但只要有利于诗词事业的繁荣，我们都给予包容。同时，认真做好自己的工作，注重加强引导与交流。比如，坚持每年突出一个主题，邀请全国诗人词家和高校学者专家，召开诗词理论研讨会。与省市诗词组织加强合作，召开具有地方特色的专题研讨会。利用《中华诗词》和学会通讯内刊，再加上一些省市区的诗词刊物，积极开拓畅所欲言的渠道。当然讲包容决不是不讲原则，不辨是非。我们在党和国家“全面建设小康社会”、“全国深化改革”、“全面依法治国”、“全面从严治党”的总体战略指导下，从严治会，以法治会，在法律法规和事关诗词文化发展前进的方向等重大是非面前是从来不含糊的。

三、未来五年的使命担当

作为党和国家工作重要指南的习近平总书记系列重要讲话精神，贯穿着强烈的担当意识，反复强调领导干部要敢于担当。习总书记指出："干部就要有担当，有多大担当才能干多大事业，尽多大责任才会有多大成就。不能只想当官不想干事，只想揽权不想担责，只想出彩不想出力。要意气风发，满腔热情干好，为官一任，造福一方。"担当是共产党人的鲜明品格。中华诗词学会是受到党和国家关注、支持的全国性诗词组织，不同于一般的文学雅集，是被国家民政部表彰为"全国先进社会组织"的中国作协系统唯一社团。它事实上已成为党和政府联系广大诗人词家和诗词爱好者的桥梁和纽带，肩负着团结引领海内外诗词界开创社会主义时代诗词新纪元、推进中华诗词事业繁荣发展的崇高历史使命。对于这一点，党和国家领导同志已给予充分肯定并寄予殷切期望。现在，习近平总书记已把中华传统诗词为主要内容的"古诗文"提高到中华民族"基因"的认识高度。如何传承、弘扬中华诗词文化"基因"，便成为中华诗词学会义不容辞的历史责任。在未来五年中，我们要在党的十八大、十九大和习近平总书记系列重要讲话精神指引下，认真贯彻"二为"方向和"双百"方针，坚持以人民为中心的创作导向，不断研究新情况，解决新问题，开辟新领域，切实抓好中华诗词文化的历史传承，奋力推进中华诗词文化的科学发展，为社会主义文化的大发展大繁荣作出新的贡献。具体要从以下几个主要方面着手用力。

（一）认真学习贯彻党的十八大和习近平总书记系列重要讲话精神，增强机遇意识，促进诗词事业的振兴。改革开放以来，经过几十年的艰辛探索和不懈努力，目前中华诗词事业的总体形势很好，使我们有了继续前行的基础和条件。同时，也正如习近平总书记在文艺工作座谈会讲话中指出的

“在文艺创作方面，也存在着有数量缺质量、有‘高原’缺‘高峰’的现象，存在着抄袭模仿、千篇一律的问题，存在着机械化生产、快餐式消费的问题。”习总书记指出的当前文艺创作中存在的问题，完全符合诗词界实际，应该引起我们的高度重视。各地诗词组织要认真学习、深刻领会习总书记的重要讲话精神，把思想和行动统一到讲话精神上来。一是要有时不我待的使命感。党的十八大以来，是中华诗词事业发展的最好历史机遇期。各地诗词组织和广大诗友，一定要抓住历史机遇，用好有利条件，乘势而上，扎实推进中华诗词事业的全面振兴与繁荣。二是要有有所作为的责任担当。在文化多元、文化样式增多特别是视觉文化强烈冲击的社会文化生态的现实中，我们必须坚守诗词文化阵地，并且不断拓展生存发展空间。要进一步解放思想，开阔视野，勇于探索，大胆实践，认真研究新形势下诗词事业发展繁荣的新情况、新问题以及应对的新举措，努力为传统诗词注入时代精神，充分激发各地诗词组织的生机与活力。三是要有真抓实干的良好风尚。习近平总书记多次强调“空谈误国，实干兴邦”，这是至理名言。实干兴邦，实干兴业，要提倡“自愿参与、自我奉献、自讨苦吃、自得其乐”的自觉精神，改进作风，改善文风，力戒空谈，抓好落实，为推动诗词事业的繁荣发展做一些实实在在的工作。

（二）加强宏观谋划，推动当代中华诗词事业科学持续、健康深入发展。2001 年 2 月 28 日，中华诗词学会制定通过了《21 世纪初期中华诗词发展纲要》，为指导世纪初期的中华诗词事业发展，发挥了重要作用。经过十几年的实践发展，我们遇到了许多新情况，解决了许多新问题，也积累了许多新经验。特别党的十八大以来，以习近平同志为总书记的党中央治国理政的大气魄、大手笔和实现中华民族伟大复兴中国梦的宏伟蓝图，都需要融入当代宣传教育主流渠道的中华诗词界作出新的回答，拿出新的举措。我们要从中华民族伟大复兴的战略格局中，加强诗词文化继承创新、繁荣发展的宏观谋划，找到作为中华民族文化基因的中华诗词的社会地位、文化坐标和历史担当，研究提出科学可行的意见方案。坚持求正容变的原则，对被实践证明是有效的、成功的经验要加以总结提高；对已经叫响的品牌要予以巩固发展；对不断涌现的文化新样式、新载体在扬弃的基础上加以吸收接纳；对已看准了的事情要大力支持、大胆实践。以高视点、广视野、大胸怀，充分调动一切积极因素，整合各种社会资源，利用各种有效形式，全力推动诗词事业的繁荣和发展。

（三）强化精品战略意识，切实繁荣诗词创作。习近平总书记在文艺工作座谈会上的讲话指出“坚持以人民为中心的创作导向，努力创作更多无愧于时代的优秀作品”。他强调“我国作家艺术家应该成为时代风气的先觉着、先行者、先创者，通过更多有筋骨、有道德、有温度的文艺作品，书写记录人民的伟大实践、时代的进步要求，彰显信仰之美、崇高之美”。每一个诗人词家和诗词爱好者都要努力践行习总书记的重要指示，把“三有”当作精品力作的根本标志，努力使诗词作品“接地气”，上质量，开创诗词新纪元。繁荣诗词事业，抓好创作是中心环节，只有诗词作品特别是高质量的精品力作大量涌现，才能为传统诗词的生存发展拓展空间。中华诗词有“为”才有“位”。要鼓励创作、推动创作。要树立以人民为中心的创作导向，自觉“为人民书写，为人民抒情，为人民抒怀”，要把适应时代的导向把紧、把牢；把深入生活的步伐迈大、迈稳；把走向大众的路子拓宽、走实，让诗词艺术和诗词文化走遍城市乡村，走进千家万户，走进百姓生活。要发挥诗词美刺并举的功能，歌颂人间真善美，针砭现实假丑恶，弘扬中华民族正气，传递正能量。要紧紧扭住实施精品战略不放松，坚持办好两年一届的“华夏诗词奖”，与湖北省诗词学会联合办好海峡两岸诗词论坛暨聂绀弩诗词奖。《中华诗词》杂志、中华诗词学会网及以各地学会的网站、刊物都要在联系诗友、扩大合作、提高质量等方面加强工作，并在内容、版式、栏目设置等方面不断优化调整，不断推出精品力作。要加强对中青年诗人的培养扶持，给新人新秀施展诗词才华提供机会和平台，推出社会公认的当代诗词名家。

（四）*以诗教活动为有效载体，加大对中华诗词的宣传普及力度。*从近二十年来指导开展诗教工作的实践中，我们深深感到，诗教是推动诗词走向社会的重要抓手。这项工作受到中央领导的肯定，得到各地政府的支持和社会各界的欢迎。今后五年，我们要继续按照学会已有的诗教工作的总体思路和诗教创先活动的规范性文件，广泛深入地抓好诗教工作，巩固、完善、提高“诗词之市”、“诗词之乡”、“诗教先进单位”创建工作的成果。学会要加强对诗教工作的具体指导和分类引导，注重总结经验，推广典型，不断探索形成计划、安排、考察、报告、初审、汇报、审批有序的工作模式，增强诗教工作的计划性和科学性。各地要重视抓好诗教创先工作的“回头看”，建立长效机制，力争使诗教工作全面出成效、上台阶。这几年网络诗词异军突起，队伍庞大，创作活跃，作品繁多，并且培养了一批年轻的诗词创作骨干，要在鼓励支持的同时，切实加以引导和规范，使其健康有序发展。要加强与新闻媒体的联系、沟通与协调，充分利用报纸、电视、广播等各种传统社会媒体资源，加大诗词宣传力度；同时又可依托一些有资质的媒体机构来办好诗词网站、手机报、客户终端，力争办出影响和效果。尤其是要积极配合主流报刊、中央电视台等大众传媒、社会各界和各地的电视台网开办诗词栏目，宣传普及诗词知识，推动传统诗词文化走向大众传媒，走进人民大众。我们也恳切希望各级宣传文化部门在弘扬传统诗词文化上继续给予大力支持和帮助。

（五）坚持团结兴业，扩大诗词交流。促进诗词事业的持续健康发展，需要天时、地利、人和，关键在于人和，在于有一个团结奋进的领导班子。加强各级诗词组织领导班子建设，提倡识大体、顾大局、讲奉献、干实事，真正成为一方诗词事业的领军集团。要优化横向联合，促进同姊妹艺术的团结协作与和谐共融。积极加强与新诗体、歌词、民歌、儿歌、散文诗等诗体以及音乐、书法、绘画、楹联、吟诵等团体的联系与合作，作到互相学习，取长补短，比翼齐飞。要强化上下互动、左右联动，加强诗词界各级组织间的团结协调。虽然总体来讲，各级诗词组织都是独立法人的群众团体，没有隶属关系。但各省级诗词组织（包括香港特区、澳门特区在内）都是中华诗词学会的一级团体会员单位。同时我们的兴趣爱好相同，目标一致，中华诗词学会的两万多会员，好比种子，播撒在社会的四面八方，又是各地诗词组织的创作骨干，就应该加强联系、沟通与合作，互相学习，整合才力资源，办大事、办成事。要扩大对外交流，加强同海外华侨、华人中的诗人、诗词社团以及国际友人中的汉诗爱好者的联系与合作，进一步增进中华诗词的海外影响，为推动中华诗词文化走向世界作出应有的贡献。

各位代表、各位诗友，中华诗词事业的发展前景光明，我们的任务艰巨而光荣。让我们紧密团结在以习近平同志为总书记的党中央周围，同心同德，奋力开拓，把诗词事业推向新的发展阶段，促进社会主义文化大发展大繁荣，为实现中华民族伟大复兴的中国梦，勇于弘扬诗词文化的历史担当！

（二〇一五年五月三十一日·北京）

在中国毛泽东诗词研究会第十五届年会暨换届大会上的致辞

值此中国毛泽东诗词研究会第十五届年会暨换届大会召开之际，我谨代表中华诗词学会和郑欣淼会长对大会的召开表示热烈的祝贺！对中国毛泽东诗词研究会为弘扬毛泽东诗词文化，促进中华诗词事业的繁荣发展所做出的积极努力和重要贡献表示崇高的敬意！并借此机会，对各级领导和各界朋友关心支持中华诗词学会的工作，表示衷心的感谢！

“东方红，太阳升，中国出了个毛泽东。”作为新中国开国领袖的毛泽东同志，不仅是伟大的革命家、思想家、理论家、军事家，而且是光照千秋、独领风骚的伟大诗人。毛泽东诗词以其崇高的境界、高超的艺术和非凡的魅力，雄立于中华诗词的艺术高峰。在去年中宣部文艺局等单位举办的“聚焦核心价值观”中国传统诗词推荐活动中，全国二十多万网友海选投票，毛泽东的《沁园春·雪》荣占榜首。去年11月5日《光明日报》选登的400字内专家评点中这样写道：“纵观中华千秋诗词，尽管群星璀璨，高峰林立，但网民排名第一的毛泽东《沁园春·雪》，无可争议地雄居群峰之巅。该词有‘三最’：一曰艺术之最，如果说词是中国古代诗词文苑中的一畦鲜花，那么，《沁园春》就是这畦鲜花中常开不败的奇葩，毛词在艺术上已独领风骚；二曰艺术魅力之最，正如柳亚子所说，毛主席这首词可谓千古绝唱，且技艺、胸襟之高超也是中国有词以来第一作手，连东坡、稼轩均屈居其下。该咏雪词脱尽前人窠臼，词出新意，意焕新彩，实乃‘横绝六合，扫空万古’，大气包举祖国万里江山和中华悠久历史；三曰社会影响之最，该词在重庆谈判期间轰动朝野，似春雷震响，一石千浪，波及全国，影响世界，非李杜苏辛任何诗词作品可比拟。”这在某种程度上也代表了对毛泽东诗词艺术成就的高度评价。

中国毛泽东诗词研究会，以毛泽东诗词作为主要研究对象，就在诗词研究领域，独占了艺术高枝。毛泽东诗词继承中华诗词的优秀传统，把人民作为讴歌的对象，在开辟一个历史时代的进程中开创了一代诗风，实现了中华诗词从“小我”到“大我”的境界飞跃。毛泽东诗词名句、境界、意趣所独具的精、气、神，形成了特有的精神气象，是中国精神的精髓和魂魄所在。中共中央政治局最近审议通过的《关于繁荣发展社会主义文艺的意见》中特别强调，繁荣发展社会主义文艺，要坚持以人民为中心的创作导向，为人民抒写、为人民抒情，建立经得起人民检验的评价标准。要聚焦中国梦的时代主题，培育和弘扬社会主义核心价值观，唱响爱国主义主旋律，传承和弘扬中华优秀传统文化，让中国精神成为社会主义文艺的灵魂。中国毛泽东诗词研究会，自信自觉地弘扬毛泽东诗词文化，就是以毛泽东诗词为光辉典范，推助中国精神成为社会主义文艺的灵魂。

相信通过这次换届大会，中国毛泽东诗词研究会顺利实现领导班子的新老交替，将进一步焕发生机与活力，在党的十八大和习近平总书记在文艺工作座谈会上的重要讲话精神指引下，继往开来，再创佳绩，为弘扬毛泽东诗词文化，为弘扬中华诗词文化，为促进社会主义文化的大发展大繁荣做出新的更大的贡献。

（二〇一五年九月）

在黄庭坚诞辰九百七十周年纪念活动开幕式上的讲话

我们从祖国四面八方来到美丽的山城江西修水，参加纪念北宋伟大的书法家、江西诗派的领袖、“中华二十四孝”之一黄庭坚诞辰970周年的系列活动，都感到非常高兴。作为活动之一的全国诗词大赛的主办方，我谨代表中华诗词学会，对修水县委县政府组织这样隆重的系列活动表示崇高的敬意。北京华夏翰林文化艺术研究院等单位，在全国诗词大赛中付出了许多辛劳，我们对此表示诚挚的感谢！

黄庭坚是我国历史上德才兼备、影响深远的重要文化人物。他不仅擅诗文，文思酣畅、字句严谨，为江西诗派一祖三宗之一；而更精书法，笔势开合跌宕，气韵凝厚澹远，与宋苏轼、米芾、蔡襄合称“宋代四大家”。他的诗作与苏轼并称“苏黄”。他的词作与秦观并称“秦黄”。黄庭坚对宋代诗词文化的繁荣发展做出了不可磨灭的贡献。这次纪念黄庭坚诞辰970周年的全国诗词大赛，对弘扬中国传统文化，传承江西诗派精神，繁荣振兴中华诗词，都有着积极的推动作用。整个大赛共有来自全国各地包括海外华人的参赛者5000多位，入选参赛作者2015位近一万首诗词作品，最终获奖的是222位作者。大赛影响之广、参与人数之多、作品整体水平之高在同类比赛中还是不多见的。尤其可喜的是，大赛中涌现了一批优秀的年轻诗人，参赛作者年龄最小的是2000年出生，一等奖获得者之一的刘童是来自安徽的80后青年。这充分说明传统的中华诗词不再是老年人的专利，它正受到全国广大年轻人的热爱。并昭示着传承弘扬中华诗词后继有人，前景光明。本次大赛还留下了一大批以黄庭坚以及黄庭坚家乡修水县为题材创作的诗词作品，在获奖作品中占了较大比例。这是重要的文化成果，不仅是对修水文化的贡献，也是对当代中国文化的贡献。中国是诗的国度，中华诗词是中国文化的精髓，是经典中的经典，是国粹中的国粹！只有我们一代一代不断学习、传承与弘扬，才能无愧于辉煌灿烂的中华诗歌史，才能无愧于中华民族百年复兴的中国梦。

（二〇一五年九月）

一片春光腾锦绣

——序蔡丽双“清丽双臻”填词新作集《美播清音》

2015年12月上旬，我应邀并履行了相关报批手续之后，来香港参加系列文化活动。12月9日晚，我作为主礼嘉宾之一，跟随梁振英特首等领导和主礼嘉宾步入香港会议展览中心新翼三楼大会堂后，香港著名诗人词家蔡丽双博士，在朋友陪同下来到我座席旁，送来相关材料，恳切地请求我为她新近将要付梓的“清丽双臻”填词新作集《美播清音》写序。这实在是盛情难却，我只好恭敬不如从命。

蔡丽双是文坛多面手，能自如地跨越多种文体。她写散文、散文诗、新诗、歌词、诗词、联曲，都写得精湛。她一共出版了近一百本个人专著，每本面世后，都好评如潮。她自创词牌，制定词谱《清丽双臻》，和大陆有些诗友的自度曲，都属于积极创新的一种探索。细读《美播清音》清样中的三百多首词后，我认为这部她自创词牌、自定词谱的第二本填词专著，同样也有许多佳处。现浅述如下，请读者们共同探讨。

（一）努力为人民和时代抒写抒怀

习近平总书记在文艺工作座谈会上的讲话强调：“要坚持以人民为中心的创作导向，努力创作更多无愧于时代的优秀作品。”又说：“人民是文艺创作的源头活水，一旦离开人民，文艺就会变作无根的浮萍、无病的呻吟、无魂的躯壳。”“能不能搞出优秀作品，最根本的决定于是否能为人民抒写、为人民抒情、为人民抒怀。”遍览《美播清音》这部词集，我深深感到蔡丽双心中装着人民，紧跟时代，为人民而抒写和抒怀。这是蔡丽双明确的创作方向。她的作品能适应时代，深入生活，走向大众，因而展现出特有的风采和格调。

为人民抒怀，首先要有人民的情感，要自觉地与人民同呼吸、共命运、心连心，忧乐着人民的忧乐。始终把人民的冷暖、人民的幸福放在自己的心中，把人民的喜怒哀乐倾注于自己的笔端。蔡丽双这部词集的许多作品，毫端汩汩流淌着的就是人民群众的喜怒哀乐。如《韵里乾坤》辑中的《忧乐写民生》下阕写道："今古事，世人情，写入新诗心韵涌，滔滔卷作啸吟声。手握沧桑牵岁月，长铭忧乐写民生。"从这里，无疑可以看出女词人心中装着人民，要为人民抒写和抒怀的心迹。

蔡丽双清楚，文艺根基在于人民，源泉在于人民，精髓在于人民，前途在于人民。人民的需要和喜爱是文艺存在的根本价值所在。这是可喜的创作道路。

（二）不忘关注和倡行时代风气

文艺是时代的风雨仪。

习近平总书记还明确指出，"我国作家艺术家应该成为时代风气的先觉者、先行者、先倡者，通过更多有筋骨、有道德、有温度的文艺作品，书写和记录人民的伟大实践、时代的进步要求，彰显信仰之美、崇高之美。"其中所说的有筋骨，就是要有思想立场、有信仰坚持的作品；有道德，就是教人向上向善的作品；有温度，就是情感价值取向的向上感染力。

在词集中，蔡丽双正在努力创作"三有"作品。词集中的许多作品，就体现了蔡丽双时刻关注时代要求，关注国计民生。如《韵里乾坤》辑中的《遐思》下阕写道：“鶯恰恰，马骎骎。共咏中兴新岁月，同讴圆梦敞吟襟。远掷浮名和利禄，民情国计壮丹忱。”这里面，也不难看出女词人所要讴吟的是民情国计，特别提到“圆梦”，即是国家复兴、民族强盛、人民富裕的中国梦。蔡丽双纵情歌吟时代风气，这在创作方向上十分可喜。

（三）积极传承和弘扬传统文化

风起雨涌的中华诗词，作者们都自觉以传承中华传统文化为己任，因而越来越展现出蓬勃的生命力，展现出特有的风采。

蔡丽双可谓是传承和弘扬中华传统文化的自觉作家。她先后出版了诗词联曲专集有《芙蓉轩诗词》、《爱莲吟草》、《古韵新声》、《澄怀观道》、《静照忘求》、《驰骋古今》、《纵横乾坤》、《剑龙鸣籁》、《兰蕙清音》、《织锦年华》、《芙蓉妙韵》、《亮丽彩虹》、《人间锦绣春》、《诗境芳菲》、《清丽双臻词集》等十部个人诗词专著，她知道古往今来，词牌、词谱是在诗词家们的创作实践过程中，不断加以拓展和增加的。因而她大胆自创词牌和自制词谱，名曰：“清丽双臻”。她自己先创作了以“清丽双臻”为词牌、按照其词谱填写的专集《清丽双臻词集》。为了证明这一词牌词谱填写的可行性，还举办了“蔡丽双杯中国梦”全球华文“清丽双臻”填词大奖赛，奖金共超过 10 万人民币，特等奖奖金为 1 万元。共收到一万多份应征词作。这在诗词界可谓一个创举，在一定程度上会推动诗词创作。

在《美播清音》集中，也有许多为中华诗词鼓与呼的作品。如《韵里乾坤》辑中的《词牌名入词》，把十二个词牌名有机地写入词中。同辑的《韵里乾坤》一词写道："一叶轻舟荡，波峰浪谷任沉浮。岁月匆匆牵不住，正宜抓紧耒春秋。着意写沧桑，豪情歌且讴。//兴骏业，笑王侯。韵里乾坤无醉意，开怀大笑韵悠悠。自古人生如击水，诗风词雨谱民猷。"词中彰显了女词人对中华诗词一腔炽热之情，也乐意以中华诗词为载体，来讴歌祖国、讴歌人民、讴歌骏业、讴歌民猷。蔡丽双本是以写散文诗和新诗见长的，一转入写中华诗词，其志之坚，其情之烈，实属难能可贵。

（四）精心刻画和描绘锦绣河山

辽阔神州版图，"江山如此多娇"，"风景这边独好"。礼赞祖国的锦绣河山，是热爱伟大祖国的浓烈表现，是热爱伟大祖国的炽热情感。集中不乏这类作品。《僻乡》、《渔村》、《山野》、《故土》等等，都在她的笔下熠熠生辉。如《秀丽风光》辑中的《郊游拾韵》写道："绿岸寻幽处，烟波轻袅映花明。绿翳莺歌藏婉转，苍岩泉瀑泻珑玲。邀友乐郊游，裙边风有情。//青嶂列，白云轻。翠柳扶疏争窈窕，丹桃溢艳竞娉婷。拾得诗囊吟籁挤，留连脚印贮嘤鸣。"这首词写得轻盈小巧，语言俏丽流畅。不是大胜迹，而是一隅郊区，她绘景绘色，使人感到神州大地无处不妖娆。

诗是文学中的文学。中华诗词是中国文学艺术皇冠上的明珠，其艺术的真实在于源于生活，高于生活。这正如梁启超在《惟心》中所说的"境者，心造也。一切物境皆虚幻，惟心造之境为真实……"这里所说之境，当然包涵景物在内。诗词创作立足于主观情感的真，但也不能排斥和舍弃客观的真。必须做到主客相融，虚实结合。《郊游拾韵》一词，景中有情，情中有景，情景交融，景美情真。这类词作，本书中不乏佳例。

（五）细腻撰写和颂扬人间真情

诗词是诗人词家个性的张扬、情感的奔放和心灵的放飞。诗词没有了情，缺少了情，就像萎谢之花，干枯之苗，没有生机活力，少却鲜嫩妍艳。写入诗词之情，可以是对祖国美好前程而雀跃之情，可以是对人民高贵品性而赞美之情，也可以是对乡情、亲情、友情的高雅而缱绻之情，也可以是对爱情博大内涵而讴歌的炽热之情。诗词既要写出崇高圣洁的“大爱”之歌，也要写出如火如荼的“至情”之曲。

《美播清音》集中，除了大爱之歌，也不乏写乡情、亲情、友情、爱情的至情之曲。如《深情厚谊》辑中的《中秋节敬赠澳门中联办主任李刚书画家》一词写道：“欢度中秋节，绵绵情谊寄濠江。书画生辉莲馥里，政坛肩任志高昂。忧乐记心头，口碑传誉长。//枫叶艳，菊花黄。喜见鹏翼承道义，殷殷扶助俏韶光。今夕维湾诗意涨，衷忱凝铸感恩章！”这首词写出了女词人与李刚的深厚、纯洁、敦朴的友谊，字里行间也恰如其分地赞扬了李刚的政绩和品德。

蔡丽双曾出版过爱情诗集《燕语》、《火恋》、《情网》、《花与蝶》，后又出版了爱情长诗《比翼云天》、《守望百年》。在《美播清音》书中，也写了《爱海情天》一辑爱情词作。其中《相思》一词写道：“柳立春风里，飞来还往燕衔泥。总是闽南看不尽，艳花灼灼令人痴。似水有柔情，绵绵浑似丝。//心眷眷，意迟迟。隐约群山青婉转，千重江浪涌奔时。唯有心音传万里，人间无处不相思。”这首词紧扣相思两字，写得缠绵缱绻，情深意切，颇有李清照的词风。《隐痛情思》也写得哀婉含蓄，令人动容。

（六）善抓寻常和细微升华哲理

如果说情是诗词血肉，那么，理则是诗词的骨骼。但是诗词不能用标语口号来说理，而是要在诗词所描状的寻常事物意象构建中，来掬取哲理，升华哲理。有了发人深思、耐人寻味的哲理之诗词，可谓是有筋骨、有道德之作。哲理，有机融于客体和主体的哲理，就能够以正确的思想立场，崇高的信念信仰，催人奋进向上。

在《花木凝妍》辑中的《榕树礼赞》一词上阕头四句写道："郁郁葱葱壮，撑擎绿翳覆浓荫。遒劲轩昂怀伟岸，只缘厚土扎根深。"个中写榕树的葱郁、绿翳、浓荫、遒劲、轩昂、伟岸，到底为何能如此？第四句升华了哲理："只缘厚土扎根深"。正如有一副古联："学识根深方柢固；功名水到自渠成。"其升华之哲理有共通之处。

中华诗词是国粹，是中华民族传统文化的瑰宝。习近平总书记指出："中华优秀传统文化是中华民族的精神命脉，是涵养社会主义核心价值观的重要源泉，也是我们在世界文化激荡中站稳脚跟的坚实根基。"

我希望蔡丽双博士再接再厉，不懈求索，勇于攀登，摒弃一些缺乏新意、不够奇崛等缺点，写出更多更好的文学作品来。《美播清音》给我总的印象是："一片春光腾锦绣，千枝新艳舞晴明。"

由于情况掌握不多，加之时间仓促，仅根据蔡丽双博士和诗友提供的相关资料，删减堆砌，权且复命为序。

（二〇一五年岁末于北京齐贤斋）

立志敬业，诗化人生

——序《陈立敬诗词集》

乙未孟冬的一天，我收到了一个陌生电话号码的短信。来信者是位工作单位在秦皇岛市委办公厅自称名叫陈立敬的80后青年，他以虔诚真挚的渴望，非常执着地想请我为他的诗词集写序。并特别强调“请您先不要回绝我，我对自己有信心，希望您看过我的书后，再道可否好吗？”这小伙子的虔诚、执着与自信，倒是令我油然而生感佩。加之鼓励公务员写诗和扶持年轻人写诗，都是我的重要关注点。于是便未加思索地随手回复道：可以，把诗稿寄来我先看看。

过了不久，一本打印精致的《陈立敬诗词集》寄到我手中。诗稿给我的整体印象是文字清丽、典雅，韵味古远、悠长，似带着千年的风尘走来。可以看出作者在中国古典诗词的长河里，弥久地浸润过；也可以看出作者在多年持之以恒地坚守中，虽然圭角不露，却藏傲骨如峰。特别看过诗词书稿才明白，这位名叫陈立敬的男青年，原来是个女诗友。

细读陈立敬的诗词，也确实感到字里行间透出一股须眉剑气。如《临江仙·碣石山》：“遥想当时登啸处，是何瀚海青峦？邀君来此做阿瞒。临风怀古意，一去上千年。身置山高辽阔地，雄心笑傲云端。人生气象大如天。纵横苍宇里，俯首看江山。”这是何等的男儿襟抱。再如：《临江仙·长寿山》：“石嶂挽云潜入水，随波摇漾缠绵。邀君来此寿河边。不因求命久，只为近天然。岁渐壮兮人渐晓，好弓常要松弦。红尘劳碌怎延年？山中寻自在，心上得清闲。”这又是何等的仙风道骨。

当然，立敬诗友毕竟是位女士，儿女情怀还是她诗情词意的基调原色。如《苏幕遮·梦晨》："宿山郭，栖木舍，鸟语声声，啼醒凡间客。翠麓云天皆倦色。窈窕溪流，枕梦庐前过。草珠噙，花玉唾。欲吐还含，两个难离索。妙境清晨人一个，多少词心，难与红尘说。"又显露几分玉漱婉约词风。而她的古风《烟水梦》："我有烟水梦，飘袅在云汀。汀北垂丝碧，汀西蒹葭青。汀南蝶恋花。汀东水潺鸣。汀间结木舍，小舍窗晶莹……"则犹如一方晶莹翠玉，剔透玲珑。

在立敬小诗友仿"诗经"的古诗中，还流露出另一番心结。如《鹓雏》："水边柳翀，山间松葱。阔野林茂，不栖也！孤洁孤洁，只栖梧桐。大江漭漭，溪河潺潺。川界水泱，不饮也！孤洁孤洁，只饮醴泉。草虫鲜腴，粟谷精细。入口馐美，不食也！孤洁孤洁，只食竹米。"借赞美鹓雏这种鸟，来表达作者的孤傲高洁，甚至孤高不群的某种情结。她自己在《巫山一段云·梅花消寒图》的题画诗"诗境絮语"中就坦然表白："你说你没有社交恐惧症，你只喜欢一个人，把惆怅说与细弦，把相思写入词间，把对春天的渴望描进一幅梅花消寒图里。"作为长者建言，此孤傲情结也不可任性。有言道：花不可藏柜而养，藏则无法汲取日月精华；人不能索居自闭，索则无法感知天地人和。希望你还是多走一走，看一看，拥抱自然，亲近山川，广交朋友，兼容并蓄，从而可以更好地完善与提高自己。

最后，我想把2012年、2013年我在中华诗词杂志社"青春诗会"开幕词中寄语青年诗友的两首七绝，抄录如下，赠给立敬诗友，愿与你共勉，并祝福诗情画意充满你的美好人生！

（一）

良才新秀会青春，欲作诗家先作人。
时代情怀唐宋韵，华章妙笔信如神。

（二）

诗意青春梦幻多，浪花滴水汇洪波。
兴观群怨悲欢事，七彩人生谱壮歌。

是为序。

二〇一五年岁末

多元诗情中的个性特色

——在陈文玲第三本诗词集《颍川诗词》新书发布暨高端研讨会上的发言

在充满希望的二〇一六年开年之初，我们欢聚在北京港澳中心，共同见证和分享陈文玲同志诗词创作丰收的喜悦，感到非常高兴。刚才听了几位领导、专家的致辞，很受启发和教益。

我非常荣幸地应邀出席了陈文玲同志三部诗词集的新书发布和作品研讨会。一次有一次的收获，一次有一次的感悟，一次有一次对诗词创作更深一步的理解。

第一次是 2010 年 10 月 22 日，在北京国子监。当时我和陈文玲同志还未曾谋面，只是有朋友的间接邀请。我听说陈文玲同志是国务院的司长，出版了自己的第一部诗词集《颍川吟草》，便抱着开开眼和帮帮人场的态度前去见证学习，没有打算发言。后来被现场的气氛所感染，在主持人的鼓动下，便作了即席发言。中心意思是呼吁公务员写诗。我讲到，事实上，公务员特别是在国家高层机关担负高级或重要职务的公务员，由于其社会视点高，宏观信息量大，一旦突破了诗词技术层面的樊篱，他们在诗词创作尤其是主旋律诗词创作上，就会有其得天独厚的优势。像马凯同志的《抗洪十首》、《抗雪十首》、《抗震十首》等，就是突出的代表。这里需要说明的是，我呼吁公务员写诗，倡导创作主旋律诗词作品，决不是什么个人偏好。这一思想观点，我在 2014 年 9 月中华诗词江西瑞昌金秋笔会上，作了更明确的阐述。面对来自全国各地的 200 多位不同界别的诗友我这样讲道：

“当代中华诗词只有在弘扬主旋律，传播正能量上有所时代作为，才能在社会思想文化坐标系中赢得时代地位。毋庸讳言，由于受历史上不同流派的影响及现实中的种种原因，有些诗人不喜欢或者说不愿意创作主旋律题材的作品，这是各自创作的自由，不能勉强。但作为数以百万计的中华诗词大军中，必须有人创作主旋律的作品。中华诗词学会和各地诗词学（协）会的领导和骨干，必须带头创作主旋律的作品。这不是本人创作的好恶问题，而是一种文化自觉、文化责任和历史担当。否则，当代中华诗词就会自我边缘化，甚至自我脱离时代。”陈文玲同志作为国务院机关层面的公务员，自觉创作传统诗词，带头创作弘扬主旋律的诗词作品，正是在这方面作了最好的注脚。

第二次是 2012 年 5 月 26 日，在广东惠州。我发言的题目是《人性的立体与诗情的多元》。实际上是第一次在研讨会发言呼吁公务员写诗，弘扬主旋律的基础上，旗帜鲜明地提倡多样化。从陈文玲同志庄严权威的国务院研究室司长、著名经济学家的身份与诗词集中许多超凡脱俗、灵动柔美的锦篇华章中，分析提出人性立体观与诗情多样化。并且以历史上豪放派代表人物的婉约之作、婉约派代表人物的豪放力作为佐证，支撑人性立体与诗情多元的立论。就连马凯同志这样的高层领导，除了有抗洪、抗震、抗雪等主旋律的力作之外，也有《听小女胎音》、《外孙出生》、《下班归来》等人情味很浓的诗篇，同样体现出人性的立体与诗情的多元。从而得出的结论是：“在包括诗词在内的文学创作中，我们弘扬主旋律，非但不排斥多元性，而且大力提倡多样化。因为主旋律的作品是一个时代文学挺直的脊梁；而多元性的作品，则是这个时代文学丰满的血肉。二者不可偏废。”这正是陈文玲同志第二部诗集给我们的深刻启示。

当我收悉拜读了陈文玲同志第三部诗词集《颍川诗词》之后，又有了更深一层的认识与感悟。那就是“多元诗情中的个性特色。”意思是说，多元诗情决不是千人一面、平分秋色的拼盘什锦，而是有着不同诗人的个性特色。按照唯物辩证法的基本观点，事物都是矛盾的对立统一体。矛盾的普遍性决定事物的共性，矛盾的特殊性决定事物的个性。而体现事物个性的矛盾特殊性，又是该矛盾的统一体中起主导作用的矛盾主要方面所决定的。就每个诗人而言，由于诗人所从事的职业不同，生活环境与条件不同，受教育程度和知识学养不同等等，影响诗词创作的不同主客观因素，又会在多元性诗词创作中或多或少地带有体现其主客观因素特征的要素与基色。如军旅出身的诗人作品难免会有军旅生涯的豪迈与雄壮；专家教授的诗词作品，又会呈现知识渊博、学养丰厚的风采；农家牧民的诗词作品，天生有着田园牧歌的神韵；高贤雅士的诗词作品，自然会流露出特有的清高与洒脱……，凡此种种，不一而足。即使豪放派、婉约派的诗人词家代表，尽管从总体上看都是具有诗情的多元性，但体现其个性特征的要素基色都是难以改变的。如苏东坡尽管有“夜来幽梦忽还乡。小轩窗，正梳妆。相顾无言，惟有泪千行”等令人柔肠寸断的婉约柔情，但最终掩盖不了他“大江东去，浪淘尽，千古风流人物”的豪放本色。李清照虽然有“生当作人杰，死亦为鬼雄。至今思项羽，不肯过江东”等令须眉折腰的豪壮诗句，但其要素基色还是“此情无计可消除，才下眉头，又上心头”和“莫道不消魂，帘卷西风，人比黄花瘦”的婉约情怀。陈文玲同志在国务院研究室长期从事经济研究、政策研究和国家战略研究，参加党中央、国务院一些重大文稿的起草和国家多项重大课题的调研，许多研究成果、文稿得到党中央、国务院领导的重视和批示，被国家决策采纳。这些体现其职业和学识的个性特征，表现在多元诗词的个性特色上，则是研究者的悟道和思想者的哲思。这在《颍川诗词》的许多篇什中都有生动的体现：

如“水韵山声”栏目中的《如梦令·丹霞山神韵》：“气势磅礴横卧，涂抹霞光丹色。山峁嫁清江，禅意顺流飘落。交错！交错！天地阴阳之作。”依托这里的山川风物、阴阳元石的自然奇观，把天地、日月、山水、昼夜、寒暑、男女、上下等等哲思理念，浓缩归纳于“阴阳”概念中。

再如“自然书架”中的《暗香·春霭》：“又逢春霭，暗香浩如海，轮值千载……春意浓浓晾晒，五色土，结出安泰”等词句，用“五色土”代表五色土筑成的社稷坛，寓意全中国的疆土，结出民安国泰之果。寓深情祝福于广博知识之中。“拾翠闻香”栏目中《七律·黄金落叶》：“最美并非繁茂树，真情却在化蝶间”的颔联，则以哲人的思考深切指出，四季轮回，以树为例，并非叶满枝头才是盛景之时，景随季转，最动人的是生命在绽放和消逝中的重生，每一次轮回有如一次羽化成蝶。把自然界的四时变化，揭示得如此深刻、美妙。

还如“荡气诗书”栏目中，作者以长达171字的三阕长调词牌《三台》，填写了《遥远的绝唱》，畅谈了自己读《道德经》的体会。开宗明义地指出：“巨星煌煌岁月老，乘风驾云飘渺。”揭示了老聃这一160余岁的长寿之星，史称老子，其哲学思想和其创立的道家学说，是光辉灿烂的精神瑰宝，对中国古代思想文化产生了深远影响。进而指出："密码中，宇宙蕴玄机，谁知谁晓。开浑沌，辩证阴阳考。"大自然未解的密码中，宇宙万物蕴藏着多少玄机，谁人能够知晓。而老子的道德经，却使人思想上如浑沌大开，运用朴素的辩证法思想，把宇宙中客观存在的万事万物，概括升华到阴阳的对立统一和相互转化之中。最后一阕的开头，作者用"恍兮惚兮理至简，道法自然圭臬。"揭示《道德经》中的重要思想："道之为物，惟恍为惚。惚兮恍兮，其中有象；恍兮惚兮，其中有物。""人法地，地法天，天法道，道法自然。"从而看出老子的法则意识里，就是自然法则。并且把用自然法则来治理国家，提升到圭表、比喻为准则的认识高度。"错落心乡"栏目中《荆州亭·一叶扁舟》的结句："世上皆他乡，大隐隐于自己。"便是领悟借鉴了道家的哲学思想，小隐隐于野，大隐隐于市。作者认为，天地之大，处处为他乡，真正的隐士，隐于自身，隐于内心的一片净土，保持自己心灵深处远离喧嚣，闲逸潇洒。诗家哲人悟道者的形象跃然纸上。

陈文玲同志是国务院研究室综合司原司长，现为国家高端智库中国国际交流中心总经济师、执行局副主任、学术委员会副主任，中华诗词学会副会长。她集著名经济学家、诗人、书法家、研究员、博士生导师于一身，在短短5年时间内，先后整理、出版了诗词集"三部曲"，在弘扬主旋律，体现多样化，彰显特色性上进行了成功的探索，可喜可贺！当然，学习无止境，提高也无止境。相信陈文玲同志在诗词艺术的探索与把握上，会百尺竿头，更进一步！我们期待陈文玲同志有更多的诗词佳作问世。

（二〇一六年一月二十二日·北京）

不负党中央加强扶持的厚望

《中共中央关于繁荣发展社会主义文艺的意见》明确指出："中华优秀传统文化是中华民族的精神命脉，是我们屹立于世界文化之林的坚实根基。坚守中华文化立场，坚持古为今用、推陈出新，秉持客观科学礼敬的态度，努力实现创造性转化和创新性发展。""加强对中华诗词、音乐舞蹈、书法绘画、曲艺杂技和历史文化纪录片、动画片、出版物的扶持。"在党中央强调"加强""扶持"的中华优秀传统文化项目中，文学门类里只提到"中华诗词"，而且突出置于其他艺术、宣传、出版门类的首位，足见重视程度之高。这使中华诗词界倍受鼓舞、激励和鞭策，深感使命光荣，责任重大。每一个当代中华诗人词家和诗词爱好者，都要有一种"匹夫有责"的文化自觉性和历史责任感，不负党中央加强扶持的厚望，为繁荣发展中华诗词事业而倾心协力，竭尽绵薄。

首先要看到，这是在中共中央正式文件中，第一次使用了"中华诗词"这一文学概念。在此之前，"中华诗词"的称谓可谓五花八门，诸如：旧体诗、古体词、格律诗、汉诗、传统诗词、当代诗词等等。尽管每一称谓都有其道理和诗友圈，但党中央下达了正式文件后，中华诗词界都应该规范、统一到"中华诗词"这一文学概念上来。

同时要认识到，党中央把"中华诗词"放在"加强""扶持"的各文学艺术、宣传出版品种的首位，充分体现了党中央对繁荣发展中华诗词的高度重视和殷切期望。中华诗词学会及其机关刊物《中华诗词》杂志社，各地诗词组织和诗词刊物，在繁荣发展中华诗词上责都无旁贷，理应以高度的文化自觉和责任担当，积极作为，有所建树。

要打造精品。繁荣发展中华诗词，决不只是对传统诗词经典的背诵记忆和知识比拼。而是要运用中华诗词的传统艺术形式来反映时代、反映现实，创作出反映时代风采和时代气派的中华诗词精品力作。这才是真正贯彻落实中央文件中所强调的“努力实现创造性转化和创新性发展”。一个时代总要有一批又一批记录这个时代特征和反映这个时代人民心声的、能够“惊风雨、泣鬼神”的佳作、精品乃至经典。繁荣中华诗词事业，中心环节是抓好创作。只有反映时代的中华诗词作品特别是精品力作大量涌现，才能为中华诗词的生存发展拓展空间。必须指出，当代中华诗词精品力作，不是某些人自封或小圈子内相互吹捧的脱离现实的“假古董”作品，而是充分体现习近平总书记强调指出的“有筋骨、有道德、有温度”的“三有”作品，是时代精神与诗词艺术的完美结合。

要广开胸襟。海纳百川，有容乃大。繁荣发展中华诗词，必须动员千千万万的诗词爱好者，必须营造万紫千红的诗国春色。“诗家本无种，男女当自强”。以唐诗宋词为代表的中华诗词，是老祖宗给我们留下的宝贵精神财富，中华民族任何一个后世子孙都有权继承和发扬。任何人都无权排斥别人学诗、爱诗、写诗。我们要不分界别、不分行业、不分年龄，坚持中华诗词创作“质量面前人人平等”。同时在帮助扶持的政策上，注意向弱势群体倾斜。

要激励后人。长江后浪推前浪，世上前人让后人。青年，是中华民族的未来，也是中华诗词的未来。要倾心关注、大力培养青年诗人词家，鼓励他们当好中华诗词和中华优秀传统文化的薪火传人。必须明确，要想当好中华诗词事业的接班人，仅仅靠年轻是不够的。必须按照诗界前贤的教诲:“夫学诗者以识为主: 入门须正，立志须高”。(严羽《沧浪诗话》)这个“正”，除了“以汉魏晋盛唐为师，不作开元、天宝以下人物”（引语同上）的艺术源头师门之正外，还应当包括做人要正，从当今现实来看，就要包括树立正确的世界观和人生观，确立正确的文学价值取向。这是青年诗人立业成才的根正基实所在。当前，一股中华诗词热正在悄然兴起，许多人士都在想法为自己贴上“中华诗词”的标签。这是一件好事，我们应该欢迎支持所有愿为中华诗国增添春色的人和事。同时，我们也必须保持应有的文化定力，沉下心来抓创作，扎扎实实上质量；下大气力抓普及，红红火火促发展。

（二〇一六年二月）

诗意人生的正气之歌

——在岳如萱诗词集《吟哦江山》作品研讨会上的主旨讲话

今天，我们欢聚一堂，举行岳如萱诗词集《吟哦江山》作品研讨会，这无疑是为中华诗国百花园增添一抹亮丽的春色。我代表中华诗词学会，对岳宣义将军创作丰收表示热烈的祝贺！

这部诗词集给人的第一印象是图文并茂，装帧精美。细读其中篇什，更能感到这位集将军、部长于一身的诗人、词家之诗意风采和人文魅力。

一、戎雅生涯的诗意写照

岳宣义同志是我在原济南军区工作时的老领导、好朋友。岳如萱是他的笔名。他集将军、部长、诗人于一身，从本色上讲，他首先是位军人。他戎马倥偬38年，从士兵到将军，57岁那年，又奉命转业任中央纪委驻司法部纪检组长（副部长级）。虽然工作岗位变了，但从老红军、老八路身上传承下来的革命军人的本色始终没变。他忠诚、正直、刚毅，这些军人特质融入了他的灵魂，激荡在他的诗词中。这部诗词集作品的时间跨度，从1975年到2014年，长达40年之久。澎湃的激情，绚丽的诗境，正是其戎雅生涯的诗意写照。请看：

1975年11月，在太行山野营拉练途中，他满怀豪情地写下“一声号令动穹苍，喜看三军拉练忙。两个团结今又是，身披飞雪走太行”。1979年2月，他所在集团军接到上级关于自卫还击保卫边疆的参战命令。作为团政治处主任，他抓紧进行战前教育，搞好参战动员。全团士气高昂，同仇敌忾，做好了一切战斗准备，只待出征命令下达。这一天终于到了，作者兴奋地写道：“岂容狐霸闹南天，盘马弯弓箭上弦。泰岳黄河齐报告，出征命令此时颁”。短短28个字，就把我军指战员渴望反击侵略、保卫人民和平劳动的强烈愿望与不畏强敌、敢打必胜的坚强决心勾画出来了，读来使人热血沸腾，神情振奋。“边寇今天讨罢还，七十二号界碑前。又瞧华夏山河好，伴我春风唱凯旋。”这是反映1979年自卫还击保卫边疆作战胜利凯旋时的情景。而电影《高山下的花环》观后，则表现出这位战争亲历者对牺牲烈士怀揣欠帐单，舍命赴疆场惊天义举的崇高敬仰和铁骨柔肠：“一弯冷月照高山，稚子婆媳拜墓前。欠帐一单悲万古，泪飞焉敢看《花环》。”

再看其抗洪作品：“风狂雨骤夜色茫，飞驰险境未彷徨。焉能犹豫伏凶水，岂敢疏忽失大江。棉灿烂，稻金黄，三十万众转移忙。八月十六死生夜，不喜不悲不断肠”。这首《鹧鸪天》是反映1998年8月16日夜，作者亲自参加抗击长江第六次特大洪峰准备分洪的真实写照。那天晚上真是千钧一发，挽狂澜于既倒！2012年10月，70岁的岳宣义同志率中国法律援助“万里行”考察调研组赴西藏，用10天时间，行程8000余里，翻越5000米以上的高山，对西藏法律援助情况进行考察调研。他兴奋而自豪地写道：“层林尽染，雪域迷人眼。何惧八千多里远，奇异风光无限。民心法律工程，扶危济困苍生。爱使开疆拓土，消愁天下安宁。”一首46字的《清平乐》，把将军志、公仆心和诗人情怀融为一体，跃然纸上。

二、激越昂扬的时代强音

贺敬之老在为《吟哦江山》诗词集所作序言中写道："这部诗集选用'吟哦江山'字样标示主旨，而'江山'的'吟哦'者正是江山的保卫者和建设者。由长期的战斗经历和工作经历决定了他的心路历程和诗路历程，是与祖国征程和人民呼吸连在一起的。述壮志、抒豪情，感沧桑，发深思……对出自将军诗人兼公仆诗人的这一篇篇诗词作品，我不敢妄评它们达到怎样的高度，但它们所显示的江山保卫者和建设者的鲜明态度，诗心与民心的共振，从而发出时代的正音和强音，我确是对之神往并感受教益的。"所以贺老把他序言的题目定为"发出时代的正音和强音"。作者在后记中也说："呼啸的历史，变迁的时代，变幻的风云，浮躁的世风，使得我不得不拿起笔来，去描绘那个千姿百态的世界。歌颂真善美，鞭笞假恶丑，弘扬主旋律，砭刺社会病。"对贺敬之老的点评和作者的心声，我都深表赞同。

岳宣义同志有着五十多年的工作经历，曾长期在部队工作，后转业到地方工作。既经历了炮火硝烟的实战锻炼，又经历了抗洪前线的生死考验；既在纪检战线高扬过反腐利剑，又在公益慈善事业中奉献出赤子真情。不论在军队还是到地方，不论在职还是退休，融化到他血液里的军人特质、担当精神和浩然正气始终如一。所以，在他的诗词作品里，也轰响着担当精神的时代强音。不妨试举几例：

写于1994年10月的《菩萨蛮·青岛军事演习》（之二）："西边厉鬼声声嚷，东边风月天天唱。腚下坐头牛，席中一栋楼。东南开眼望，海上翻黑浪。盘马箭弓弯，还须买箭钱。"就正气凛然地痛斥腐败误国，呼吁注资强军。

写于 1998 年 9 月抗洪前线的《从乌林到赤壁》：“劈破洪波大浪舟，乌林赤壁到心头。千年烽火云烟去，今日雄师威武留。拼命只因图报效，舍身原不为获酬。西风借我降洪帽，陪伴长江万古流。”则酣畅淋漓地抒发了抗洪将士舍身报国的豪情壮志。

上个世纪末，57 岁的岳宣义同志转业到国家机关司法纪检战线，放下打豺狼的枪，拿起反腐败的剑。阵地转移了，工作岗位、工作对象等都发生全新的变化，可以说是转大弯，转急弯，一切要从头学起，重新做起。他迎难而上，勇往直前，搏击风和浪，谈笑凯歌还。“梦断窗前快雪纷，梅仙得意报新春。复苏花木安思旧，憔悴山河欲鼎新。世路难行钱作马，愁城欲破酒为军。天公借我龙泉剑，斩尽人间鬼与神。”这是岳宣义同志 2008 年 1 月写的一首七律《春日杂咏》。须知，当时正是腐败在神州大地最为猖獗的时期。作者以大无畏的精神，对腐败的现象作了无情的揭露，表明了坚决反对腐败的决心，读来如剑在握，令邪恶胆寒。岳宣义同志一直工作到 66 岁，已经“超期服役”，在自请退休的情况下，中央才决定他去职。中央纪委主要领导作出批示，对他给予充分肯定。退休后，岳宣义同志又先后担任中国法律援助基金会副理事长、理事长，做了 7 年的公益慈善事业。他全身心地投入，为中国没有法律饭吃的老百姓要饭吃，实现“法援大门朝难开，有理无钱请进来”的美好愿景和梦想。他写道：“一年苦辣与酸甜，都为苍生绽笑颜。利禄功名何所有，消愁天下铸平安。”这就是岳宣义同志的思想境界和诗意情怀。

三、艰苦扎实的艺术探索

岳宣义将军在《写在后面的话》中这样写道：“《吟哦

江山》是我二十五年来出版的第五部诗集，前四部诗集或者是旧体诗和新诗的合篇，或者是格律诗与新古体诗的混编，《吟哦江山》则完全是格律诗词。”“收入集子里的三百首诗词，是从我近四十年来写的一千多首诗词中筛选出来的”，并坦言诗词集作品中艺术上的“粗疏”和差距。从这谦虚、朴实、诚恳的话语中，我们深切感受到这位将军诗人、部长词家对诗词艺术的敬畏、孜孜不倦的追求和艰苦扎实的探索精神。

我曾在多种场合强调过这样一个观点：“诗家本无种，男女当自强”。但毕竟闻道有先后，术业有专攻。由于人生道路不同，学习进入诗词领域的时间有先后、水平有高低，大家都有个学习提高的过程。恰如一位哲人所说，再伟大的天才，他生下来的第一声啼哭，也决不是一首好诗。对于文科大学毕业，特别是从事古典文学研究和教学的专家教授来说，对中华诗词的造诣精深是得天独厚的。而像岳宣义同志这样一位集将军、部长于一身的领导干部，他的青春年华、聪明才智，都贡献给了保卫祖国和建设祖国的伟大事业。他半路出家，业余喜欢学习、创作中华诗词，在对诗词格律、音韵的了解、熟悉和掌握上，有个从门外到门里，从了解到掌握的过程，是再正常不过了。这也是马克思主义认识论的客观要求。问题的关键是，像岳宣义同志这样达到如此级别的老同志，在从领导岗位退下来之后，能够以甘当小学生的精神，沉下心来扎扎实实地从诗词格律和音韵的基础知识学起，坚持不懈，终有收获，就非常难能可贵了。纵观岳宣义同志二十五年来出版的五部诗集，从《衔吴钩的和平鸽》（1992 年）、《马鸣苍穹》（1996 年）、《香江灯火》（1997

年）到《八千里路云和月》（2008 年）和《吟哦江山》（2015 年），岳宣义将军在诗词艺术上的艰辛探索之路，便清晰展现出来。

贺敬之老在序言中说“我不敢妄评它们已达到怎样的高度”，我等之辈则更不敢妄评。但岳宣义将军在学习、探索诗词艺术道路上取得的成功，却是有目共睹的。岳宣义同志曾表达过对诗词艺术的基本观点，说“诗随时代，诗人要率先发出时代的强音；群众是真正的英雄，为人民而歌唱；诗贵有筋骨，挺起爱国主义的脊梁；求正容变，师古而不泥古；直抒胸臆，不故弄玄虚；诗是大众的，要让人看懂；与时俱进，吸纳新词，多用新韵等。”选入集子里的诗词反映了他上述对诗词艺术的不断追求。岳宣义同志长期忙于军务政务，写诗是他的业余爱好。他对格律诗词艺术规律的认识是在不断实践中探索前进的。比如声韵，岳宣义同志是遵循中华诗词学会提出的“倡今知古，双轨并行”的方针，但他主要用新声韵。他认为，时代发展了，语音变化了，应当多用新声韵，但也不放弃用《平水韵》和《词林正韵》，“老祖宗”不能丢。“塞上明珠闪碧空，贺兰千里卧苍穹。稻花回望黄河水，秋雨催开枸杞红。电影城中听故事，丝绸路上唱英雄。酒杯多是人头做，西夏陵前忆彩虹。”这首七律《宁夏行》用的就是平水韵。而用词林正韵填的词如《蝶恋花·新中国成立六十周年》：“千古一声楼上唱。地覆天翻，夜尽东方亮。拉朽摧枯横扫荡，乾坤翻转多舒畅。剩水残山重摆放。炼狱出来，换了新模样。今看西风多惆怅，钓鱼台畔东风爽。”

再看他的一首七言绝句《华山》：“相距红尘一万重，顶天立地太虚中。星驰云涌身边过，华夏之根不老松。”不仅总体符合七绝的格律和平水韵韵脚的要求，在内容上也给人以“华夏”之“华”来源于华山，华山被誉为华夏之根的知识启迪，而且在诗境意象构建上，也非常洒脱空灵，给人以美妙灵动之感。

当然，诗词艺术的探索与提高是永无止境的。祝愿岳宣义将军通过这次作品研讨会的总结与提高，百尺竿头，更进一步，创造出诗意人生的新辉煌。

（二〇一六年五月二十日·北京）

水是生命之源　诗是人生之花

探寻无边无际、无始无终的宇宙奥秘，大自然的一切生命都源于水中。地球这个有机生命体，最初由混沌时期的原始星云形成。水是地球在形成过程中，释放大量氢、氧，气化反应的结晶。地球深处发现的三叶虫、小春虫，显示出亘古的生命特征。东西方虽然文明差异，但对一切生命皆源于水却有惊人的认同。中国道家视水和“金、木、火、土”为五行之一，事物都在道法自然的规律之中。古希腊认为世界上的一切物质，都是由水和土、气、火组合的四元素构成。科学家证实奥陶纪水中出现了鱼类，海生藻类已相当繁盛。三叠纪和白垩纪，则出现了哺乳动物在陆地上爬行。人类祖先的生命，是在一颗小行星撞击地球恐龙灭绝后诞生。汉文化的图腾为龙，同样寓意龙源于水的生命传承。水是生命的本源，水是人类的摇篮，水是万物的乳汁，水是文化的载体。水承载着历史的厚重，承载着亘古的文明。

人类是万类生命物种的最高形态。动物高于植物。人类区别于其他动物的根本标志在于会劳动、有语言、能思维。而诗则是人类思维的灵光，人类语言的异彩，是人类生命的奇葩。自由体诗是人类灵魂的自由飞翔。而中国格律诗则是“圣者心灵的放飞”，是“从心所欲，不逾矩”的圣者境界。被后世尊为“至圣先师”的儒学创始人孔子说过：“三十而立，四十不惑，五十知天命，六十耳顺，七十而从心所欲，不逾矩。”孔夫子所说的“从心所欲”，就包含心灵上的自由放飞和行为上的自如潇洒；“不逾矩”，就是不超越规矩，当然包括道德、法律、制度上的各种规范。孔子作为人间圣者，在人生道路上要达到“从心所欲，不逾矩”的崇高境界，要待饱经风雨的七十岁之后，可见此境界之高和到达如此境界之难。以唐诗宋词为代表的中国格律诗，是中国文学艺术皇冠上的明珠，是中国文学殿堂上的阳春白雪。体现格律诗大美的“黄金格律”，是其被尊为阳春白雪音律气韵的内在表现。对这些“黄金格律”，必须认真传承和坚守。丢掉它，就会失去格律诗的艺术根基，使其“异化”为别的艺术形式。坚守它，当然要有一定的难度，要下很大的功夫。这就要求格律诗作者，要像人间圣者孔子在人生道路上追求“从心所欲，不逾矩”的崇高境界那样，刻苦学习，苦心孤诣，认真掌握格律诗在技术规范、艺术范式上的各种“规矩”，达到在“不逾矩”的前提下，诗词创作“从心所欲”的艺术境界。

（二〇一六年六月于青海国际诗人圆桌会）

再谈“入门须正，立志须高”

——在2016中华诗词白银青春诗会上的开幕词

2016年《中华诗词》青春诗会，在塞上名城白银市隆重举行了，我谨代表中华诗词学会和《中华诗词》杂志社，向白银市委、市政府和各大班子领导及各界朋友，向甘肃省诗词学会和广大诗友表示衷心的感谢，向参加青春诗会的青年诗人表示热烈欢迎！

白银市自然风景美丽壮阔，历史悠久，文化底蕴丰厚。特别是白银市所辖的会宁县是红军三大主力胜利会师之地。值此红军长征胜利八十周年之际，我们在这样的历史文化名城举行以培养青年诗人为目的的诗会，继往开来，添薪接力，更具有特殊的意义。

今年青春诗会的与会者，是在全国数百位参赛的青年诗人中遴选出来的。他们能通过几道评审关来到这里，证明了自己的实力。可以说，他们是当今青年诗人中的佼佼者。

当前，中华诗词事业面临蓬勃发展的大好局面。这个大好局面不仅体现在全国诗词创作的繁荣，更体现在党和政府对中华诗词的高度重视。《中共中央关于繁荣发展社会主义文艺的意见》明确指出：“中华优秀传统文化是中华民族的精神命脉，是我们屹立于世界文化之林的坚实根基。坚守中华文化立场，坚持古为今用、推陈出新，秉持客观科学礼敬的态度，努力实现创造性转化和创新性发展。”“加强对中华诗词、音乐舞蹈、书法绘画、曲艺杂技和历史文化纪录片、动画片、出版物的扶持。”在党中央强调“加强”“扶持”的中华优秀传统文化项目中，文学门类里只提到“中华诗词”，而且突出置于其他艺术、宣传、出版门类的首位，足见重视程度之高。这使中华诗词界倍受鼓舞、激励和鞭策，并深感使命光荣，责任重大。每一个当代中华诗人词家和诗词爱好者，都要有一种“匹夫有责”的文化自觉性和历史责任感，不负党中央加强扶持的厚望，为繁荣发展中华诗词事业而倾心协力，竭尽绵薄。

作为当代青年诗人，如何做到“具有文化自觉性和历史责任感，不负党中央加强扶持的厚望，为繁荣发展中华诗词事业而倾心协力，竭尽绵薄”？我想，很重要是要做到八个字，这就是“入门须正，立志须高”。对于这个主题，在2014年延安青春诗会上我已作了阐述，今天之所以再次强调，是因为这个命题对立志成才的青年诗人来说，实在是太重要了。

“入门须正，立志须高”，是宋代严羽所著《沧浪诗话》中的语句。他说：“诗者以识为主，入门须正，立志须高，以汉魏晋盛唐为师，不作开元天宝以下人物。若自退屈，即有下劣诗魔入其肺腑之间，由立志不高也，行有未至，可加工力；路头一差，愈骛愈远，由入门之不正也。故曰学其上，仅得其中，学其中，仅得斯下矣。”这里有些观点，很是值得我们关注共勉：什么是“入门须正”？就是要“以汉魏晋盛唐为师，不作开元天宝以下人物。”这里他讲的汉、魏、晋几个朝代和盛唐时期，各有高峰，都开辟了当时诗歌创作的新天地，产生了一大批名篇巨人。所以严羽说：“工夫须从上做下，不可从下做上，先须熟读楚辞，朝夕风咏，以为之本；及读古诗十九首、乐府四篇；李陵、苏武、汉魏五言皆须熟读；即以李杜二集枕藉观之，如今人之治经。然后博取盛唐名家酝酿胸中，久之自然悟入。虽学之不至，亦不失正路”。我们知道，开元、天宝是唐玄宗的年号，也是盛唐由盛转衰的分界线，在开元天宝时期，出现了一大批诗词巨匠，如张九龄、李白、杜甫、王维、孟浩然、王昌龄、岑参、元结、韦应物，都是我们耳熟能详的。由开元天宝这个时代上溯，我们也可以列出一连串的伟大诗人的名字。不作“开元天宝以下人物”的中心意思，是要求诗人“取法于上”。

以上引用古人论述入门及立志，主要是从学诗技艺方法上来讲的。作为一个青年诗人，要想立志成才，最根本的是“欲作诗家先做人”。也正如陆游所说：“汝果欲学诗，功夫在诗外。”这个诗外功夫，就是做人层面的问题。必须明确，每年一度的青春诗会，是中华诗词学会依托中华诗词杂志社举办的一项重要育才工程。每年从大量报名者中，选出10名佼佼者，进行免费重点培养。目的就是要培养造就中华诗词事业的接班人。如果你仅仅想学点诗词技巧，将来抒发点个人小情小调，在朋友圈子里卖弄点风骚，那你可能报错了校门。大家都知道，黄埔军校门口有副对联，上联是：“升官发财请往他处”；下联是：“贪生怕死勿入斯门”。横批：“革命者来”。借用这种句式，我们中华诗词青春诗会，也可以有副对联。上联是：“逐利追名请往他处”；下联是：“附庸媚俗勿入斯门”。横批是：“有志者来”。当然写诗是吟者的个性张扬，我们决不会强迫任何人写任何内容的诗，只是因势利导，吸引有志者来。那么，对于立志成才的青年人来说，从做人层面讲，“入门须正”应注意哪些问题呢？我认为，主要有三点：一是价值取向要正。即要树立正确的世界观和人生观，确立正确的文学价值取向。要做一个堂堂正正、遵纪守法的自然人，做一个昂扬向上、积极进取的有志者。确立正确的文学价值取向，是保证自己今后的诗词作品能够有利于社会、有利于人民的根本所在。二是思想态度要正。著名诗人、书法家吴丈蜀在论书诗句中写道："若为猎名求利禄，未曾举步便迷程"。青年人学诗，也要有正确的思想和态度。要淡泊名利，真心爱诗、学诗、写诗。不要打着学诗、弘扬诗的旗号，捞名捞利，蒙人骗人，到头来背个历史的骂名。三是求学途径要正。要坚持诗词创作的正确方向，脚踏实地，深入生活，深入实际，深入群众，坚持以人民为中心的创作导向。要坚持继承与创新的统一，坚持"求正容变"。认真继承坚守我们前人在千百年创作实践中所形成的"黄金格律"，同时又要与时俱进，改革创新。必须明确，青春诗会的主要任务是"求正"，是"继承"，是"坚守"。社会上那种不愿下苦功夫、真功夫学懂弄通中华诗词的"黄金格律"，而打着各种花招搞所谓创新的人，是不足为取的。在"立志须高"方面，主要也有三点：首先目标要高。军界有句名言：不想当元帅的士兵不是好士兵。吟坛也应当借用这块他山之石，提出自己的格言：不想当名家的诗人不是好诗人。要瞄准唐宋先贤的历史峰巅和当代诗词的时代前沿，以山登绝顶我为峰的雄心壮志，坚持精品立身，勇立时代潮头。二是品味要高。即坚持思想性与艺术性的高度统一，坚持时代精神与诗词艺术的完美结合，不要低俗媚俗。三是起点要高。即从初学阶段就要在主题确立、意象构建和敲词炼句上把握好高的起点，反复推敲，反复切磋，不要急于发表，不要追求数量，宁可少些，但要好些。争取做到，不鸣则已，一鸣惊人。

中华诗词杂志社举办"青春诗会"，已经十三届了。参加过青春诗会的诗人们，许多已成为骨干力量，活跃在中华诗词的创作、评论、编辑、组织等各个方面。我们会努力把青春诗会越办越好，力争从这里走出更多将来能在中华诗坛担当重任的新秀良才。

甘肃省、白银市有关方面，为这次青春诗会的顺利举行做了大量的工作，接下来在诗会期间将开展作品讨论和创作体会交流，并将有采风活动，领略壮美的西部风光，希望与会的青年诗人，珍惜这样的难得的机会，深入交流、广交朋友，扎扎实实地把自己的思想水平和诗词艺术水平再提高一步！

（二〇一六年六月二十六日于甘肃白银市）

营造万紫千红的诗国春色

——当代中华诗词主旋律与多样化创作漫谈

《中共中央关于繁荣发展社会主义文艺的意见》明确指出："中华优秀传统文化是中华民族的精神命脉，是我们屹立于世界文化之林的坚实根基。坚守中华文化立场，坚持古为今用、推陈出新，秉持客观科学礼敬的态度，努力实现创造性转化和创新性发展。""加强对中华诗词、音乐舞蹈、书法绘画、曲艺杂技和历史文化纪录片、动画片、出版物的扶持。"在党中央强调"加强""扶持"的中华优秀传统文化项目中，文学门类里只提到"中华诗词"，而且突出置于其他艺术、宣传、出版门类的首位，足见重视程度之高。这使中华诗词界倍受鼓舞、激励和鞭策，深感使命光荣，责任重大。每一个当代中华诗人词家和诗词爱好者，都要有一种"匹夫有责"的文化自觉性和历史责任感，不负党中央加强扶持的厚望，为繁荣发展中华诗词事业而倾心协力，竭尽绵薄。我们举办这期中华诗词高级研修班，就是贯彻落实党中央指示，在传承弘扬中华诗词上，"努力实现创造性转化和创新性发展"的实际行动。

胜日寻芳泗水滨，无边光景一时新。
等闲识得东风面，万紫千红总是春。

宋代著名理学家朱熹的这首《春日》，借流经孔子家乡曲阜的泗水寻芳，深含寻求圣人之道的哲理。诗的原意是通过游春踏青，寻得无边春光万象更新，喻示学子要努力儒门之学，探寻人性之仁，从而在仁的道德理念上达到春风扑面，焕然一新的境界。而后人在引用该诗句时，更多的是把“万紫千红总是春”，当作了文学创作百花齐放、繁荣发展的一种文化期待。我在这里也是想借此意境，就当代中华诗词创作中如何把握主旋律与多样化相统一的创作方向，促进中华诗词的全面振兴与繁荣，谈点个人的认识与感悟，以求教于方家，与诗友们共勉。

因为我们是高级研修班，讲课的内容应该突破诗词创作的技术辅导层面，着重诗词创作的艺术鉴赏，特别是诗词创作的方向把握。由于在中华诗词学会工作，几年来，在当代中华诗词创作方向的认识与实践把握上，自己确实用了不少心思，下了不少气力。我曾经冒着被扣上“标语口号”的帽子的风险，理直气壮地弘扬主旋律，呼唤为传统诗词注入时代精神。同时，我也多次在讲话和文章中强调阐明人性的立体与诗情的多元，在弘扬主旋律的同时，又旗帜鲜明地提倡多样化。说到底，这都是全面坚持“二为”方向和“双百”方针的问题。我就打算着重围绕这一问题，谈一下我的当代诗词主旋律与多样化创作的知行统一观。主要从两个方面来讲。

一、弘扬主旋律，撑开诗词事业的天空

习近平总书记强调指出：“我们正在进行具有许多新的历史特点的伟大斗争，面临的挑战和困难前所未有，必须坚持巩固壮大主流思想舆论，弘扬主旋律，传播正能量，激发全社会团结奋进的强大力量。”中华诗词作为社会主义先进文化的重要组成部分，在传播正能量激发全社会团结奋进的强大力量上大有可为。当代中华诗词也只有在弘扬旋律，传播正能量上有所时代作为，才能在社会思想文化坐标系中赢得时代地位。因此，从某种意义上可以说，创作充满时代精神的主旋律作品。可以为当代诗词事业的与时俱进撑起一片开拓发展的天空。毋庸讳言，由于受历史上不同流派的影响及现实中的种种原因，有些诗人不喜欢或者说不愿意创作主旋律题材的作品，这是各自的创作自由，不能勉强。但作为数以百万计的中华诗词大军中，必须有人创作主旋律的作品。中华诗词学会和各地诗词学（协）会的领导和骨干，必须带头创作弘扬主旋律的作品。这不是本人的创作好恶问题，而是一种文化自觉、文化责任和历史担当。否则，当代中华诗词就会自我边缘化，甚至自我脱离时代。

2014 年 5 月 12 日，中央宣传部领导邀请中华诗词学会领导和诗家代表，就如何促进主流宣传教育与诗词文化有效结合进行座谈，预示着当代中华诗词，开始进入新时代宣传教育的主流渠道。中宣部王世明副部长指出，要认真贯彻习近平总书记关于“要系统梳理传统文化资源，让收藏在禁宫里的文物、陈列在广阔大地上的遗产、书写在古籍里的文字都活起来”等指示精神，让诗词文化积极参与到主流舆论宣传阵地，在时代大舞台上唱大戏，展风采，焕发魅力。要把诗词文化运用到培育和践行社会主义核心价值观和爱国主义教育等长效宣传之中。接着，中宣部领导和机关便接连给中华诗词学会布置了一系列把诗词文化融入宣传教育主流渠道的任务。如纪念中国共产党成立 93 周年的“诗词飞扬党旗飘”征稿评奖活动，“时代楷模”和“最美人物”系列，“党员小故事”系列，“勿忘国耻，圆梦中华”系列，“俭以养德”系列，影响中国历史进程的“优秀共产党员”系列等等。

最近又布置开展了“笔走诗词楹联，礼赞伟大祖国”系列诗词创作，纪念新中国成立65周年，高扬爱国主义主旋律。中华诗词学会领导和机关对此高度重视，成立了协调领导委员会，由会长亲自挂帅，常务副会长具体抓，下设精干的办事机构，负责夜以继日地完成中宣部布置的各项任务。在中华诗词学会领导和机关的身体力行和广泛组织发动下，中宣部布置的各项任务都得以圆满顺利完成。仅以“诗词飞扬党旗飘”征稿为例，从5月20日启动到6月底的短短40天时间里，就收到全国各地诗词作品25780多首，经过严格评选，评选出一、二、三等奖和优秀奖，“七一”前后，部分优秀作品已在《人民日报》、《光明日报》、人民网、光明网、央视网、新浪网、腾讯网、搜狐网、乐视网等媒体刊载和展示。全国大陆31个省市、自治区、直辖市的报纸、电视、广播、网站等传媒纷纷刊登征稿启事和优秀诗词作品，造成了空前的舆论声势，使广大诗友深受鼓舞。

在当代中华诗词长期被边缘化到转入思想宣传教育主流渠道的历史进程中，中华诗词学会领导、机关和杂志社的同志们，要求广大诗友做到的自己首先做到，在贯彻落实中央指示上，勇于以身作则。其中杂志社的领导和同志们表现非常突出，经常连夜突击加班，积极完成组稿任务，作品均被采用发表。我作为中宣部系列任务的直接受领者，在及时布置任务、组织开展征稿工作的同时，也自己带头创作了“时代楷模”系列的《沁园春·礼赞赵亚夫》，“最美家庭”系列的《樊桂英家》，“俭以养德”系列的《俭以养德》，“勿忘国耻，圆梦中华”系列的《勿忘九·一八》、《满江红·卢沟桥事变》、《减字木兰花·南京大屠杀遇难同胞纪念馆》，

“优秀共产党员”系列的《李大钊颂》等诗词作品。其中《沁园春·礼赞赵亚夫》成为中央电视台第一套节目“时代楷模”发布厅发布的第一篇“时代楷模”词作。弘扬主旋律的《沁园春·党旗颂》除《光明日报》等报刊刊登外，还被选入《手机报》广为传播；提倡节俭、倡廉反腐的古风《青莲曲》被中宣部指示中国曲艺家协会主办的“俭以养德”主题广场演出配乐朗诵。进一步扩大了古体诗词的社会影响。其他作品也被《党建》杂志或其他媒体陆续采用。事实上，写好主旋律的作品并非易事，有些水平不错的诗人写出的主旋律作品也并非能够被中宣部和相关媒体选取或采用。它要把时代先进典型事迹升华为诗词意象，提炼出深刻的主题，并要进行恰如其分的诗意表达。这比一般地写山水田园、闲情逸致的诗要难得多。这里仅举两例，一是反映“时代楷模”系列的《沁园春·礼赞赵亚夫》：科技兴农，根系山乡，立地顶天。践百年一诺，帮民致富；千辛万苦，济世除难。东渡求知，草莓引进，稻麦人家果品鲜。葡萄架，串香甜沃野，丰硕秋原。　有机高效粮田。岗坡地、掏金喜可观。历三番探索，亲身试验；多方教授，率众攻关。地震前沿，四川援建，抱病传经示范园。平生愿，葆先锋本色，沥胆披肝。这是中宣部命题的《沁园春》词牌，第一篇限时上交的答卷。把农业专家赵亚夫矢志科技兴农的先进事迹作了高度浓缩概括和诗意表达。二是歌颂优秀共产党员的七律《李大钊颂》：

北李南陈播火忙，茫茫长夜唤晨光。
红楼振臂风雷动，黑狱抒怀意气扬。
纬地铁肩担道义，经天妙手著文章。
绞刑架下传真理，青史千秋颂守常。

把李大钊传播马列主义、领导新文化运动和五四运动，绞刑架下的报告等历史功勋和浩然正气作了意象升华，并把李大钊的名联“铁肩担道义，妙手著文章”嵌入诗中，从而塑造了共产党员典型形象与众不同的“这一个”。

关于主旋律作品创作和为传统诗词注入时代精神方面应注意把握的问题，我曾就直面时代题材、升华时代意象、抒发时代情感、活用时代语言、反映时代气息、针砭时代弊端、描绘时代画卷等方面作过专题讲课，相关文章也已发表，今天就不再重复了。

还有一种情况，虽然不属于本来意义上的主旋律作品，但从其现实需要和条件限制上来看，其当下性和指令性都比较强，应属于时代要求的“命题作文”，其创作难度也比较大。如中央电视台第10套科技频道从2014年9月9日到18日，连续10天晚间播出的十集纪录片《诗行天下》，是贯彻落实中央领导同志指示精神，在中央电视台开路频道播出的以弘扬传统诗词为主要内容的系列节目。其中最后一集的压卷词，是节目总导演根据台领导要求向我提出的，词牌定为《沁园春》，题目为《诗魂中华》，要求不能有任何政治术语，必须在一两天内完成。我奉命突击创作了《沁园春·诗魂中华》：“古老文明，千载骚魂，独秀宇中。自诗经集典，楚辞添彩，唐风问鼎，宋韵争雄。元曲新弹，明清别唱，曾遇寒霜依旧红。逢春雨，看群芳吐艳，万木葱茏。　天生华贵雍容。四声字，图形音律融。赞抑扬顿挫，寄怀似酒，均齐对称，悦目如虹。妇幼同吟，城乡共咏，锦绣神州颂雅风。扬国粹，把心灵滋润，意远情浓。”虽然没有任何政治术语，但突出了传统诗词的艺术特质，并从诗词意象上彰显了时代精神。

二、提倡多样化，繁荣诗词事业的大地

由于主旋律作品创作，是突显传统诗词的当下性，使传统诗词适应时代，深入生活，走向大众的一个重点和难点，也是诗家讲课的一个回避点，大都不愿意做这种费力容易惹闲话的事，这是可以理解的。然而，国家兴亡，匹夫有责；文化复兴，也是匹夫有责。所以出于一种匹夫责任和文化担当，我在这方面讲得比较多，强调的也比较重。有人便以为我偏爱主旋律作品创作，这对我是一种曲解。人性的立体与诗情的多元，这一观点是我提出的，对我也是适用的。在这方面，林峰同志就我的诗词风格多样性问题作过专题分析，刘庆霖同志也对我为把握创作方向所进行的探索谈了自己的见解。除了鼓励的成分之外，他们的看法是客观的。事实上，我总认为，一个人能力有大小、水平有高低，但在坚持“二为”方向和贯彻“双百”方针，既弘扬主旋律，又提倡多样化上，应该是积极探索，身体力行的。因为没有多样化，就不可能有诗国大地的真正繁荣。下面，也以自己创作得失，与诗友们作些交流，以求指正。

1. 风花雪月总关情。风花雪月是自然界常见的四种现象，也是诗人词家古往今来吟咏不衰的经常性题材。不论春风、秋风、惠风、恶风，鲜花、奇花、残花、落花，还是初雪、瑞雪、残雪、狂雪，新月、满月、冷月、残月，都可以托情寄怀，各得其趣。2001 年 4 月 17 日，我同中央电视台《世纪初年走边关》摄制组南路记者一起走到云南大理时，被大理的风花雪月迷人景象所吸引，便随即口占了一首五绝《风花雪月大理情》：风劲花犹俏，山苍雪岭峣。天光明镜里，洱海月容娇。把大理市下关的风劲，上关的花俏，苍山的雪美，洱海的月娇，尽收画面，自己营造了一种超然物我两忘，

悠然天人合一，不是仙人却身入仙境的空灵意象。1996年初春，我在济南南郊卧虎山下参加军区读书班的时候，晨起散步，看到山坡上零星早开的几朵山野花，油然而生一种敬意，于是脱口吟出《早春山野花》：寂寥长忍耐寒风，初绿荒原几点红。不向人间争宠爱，甘将笑靥缀春容。借山野花虚静恬淡的意象，抒发了诗人即使戎马倥偬，也可有超然世外的几分淡定。又如2012年6月，在辽宁大石桥举办青春诗会期间，去黄丫口参观被誉为花中西施的杜鹃园，杜鹃花却凋谢已尽，但这并没有影响诗人充满诗情画意的好心情，于是写了《杜鹃园赏花不遇》一诗：黄丫芳苑访西施，韵去红残一步迟。几瓣余香留曲径，花开心底满园诗。

2007年隆冬时节，雪后初晴，我在办公楼附近的北京柳荫公园散步，忽见柳梢头上已有鹅黄的春讯，便把自己目睹的奇特景观以《三九觅春》为题，咏诗为证：冰天雪地穿河走，水面行人脚步悠。莫道春光无觅处，鹅黄已上柳稍头。

还如2000年9月12日，我在法国巴黎访问时，正值华夏中秋夜，我以《巴黎问月》为题，借月传情寄意：华夏中秋夜，巴黎望昊空。对天轻问月，可照我家中？表现了每逢佳节倍思亲的国人情怀，和作者远在万里之外的异国他乡念国思家的游子情结。

2. 山水田园任纵情。忘情山水，逸趣田园，是许多诗人词家所追求的一种超然闲适的境界和乐此不疲的主题。尽管有些山水派诗人受消极遁世思想的影响，但表现一种寂静清幽、身融自然的情趣，也是诗家心灵的一种放松。因此，纵情山水田园，是许多诗人词家的乐趣所在。2012年9月中旬，在江苏洪泽县举行金秋笔会期间，我们特意参观了相传为老子炼丹得道处，名叫“老子山”，但海拔仅29米，正常望去只是一个不足一丈高的平缓山坡，顿悟“山不在高，有仙则名”之古训，遂成《老子山即咏》小诗：道教千秋祖，功成老子山。坡高不盈丈，名盛赖真仙。

2013年10月中旬，我有机会参观了作为贵州名胜之一的贞丰县双乳峰，以对母爱的尊崇，顿生了一种奇思妙想，现场口占《贵州双乳峰》：江山圣母双峰耸，造物奇观别样幽。丰满圆融风韵雅，哺天哺地哺春秋。

2014年4月，我去安徽池州九华山所写的《水龙吟·九华山》，则把九华山的山川风物与佛教文化融为一体：东南九子凌空，争穿云表青峰起。危崖拔地，芙蓉出水，雄奇秀异。南接黄山，北邻天柱，华光无际。赏松涛峡谷，渊潭瀑涧，溪流趣，清新气。　　地藏禅林群寺，闪灵辉，众生纷至。莲花佛国，肉身金殿，祈迎祥祉。楚越仙台，墨家骚客，寄情联谊。望平湖浩淼，心融胜境，畅登临意。

1996年6月1日，在济南寓所前的小花果园里劳作收获之后，形成了一首五律《逸趣》，则是自我营造了一种微缩的田园：门前巴掌地，植物袖珍园。草木争奇美，芳菲斗丽妍。盘中蔬菜嫩，桌上果实鲜。笑语耕肥土，欢声品蜜甜。

3. 览胜怀古尽寄情。览天下之胜境，寄思古之幽情，也是诗人词家的一大乐事。由于名胜古迹的多样性，也就决定了由此所引发的寄意传情的多元性。正如袁枚在《随园诗话》中所言：“诗写性情，唯吾所适。”不论览物寄情如何多姿多彩，但诗人所寄之情，以真切为要，以适吾为高。即诗人所抒发寄托的情怀，必须与自己的学养、阅历、认知相一致，不可人云亦云，更不可东施效颦。2009年6月，我曾去内蒙古呼和浩特参观了被称为青冢的王昭君墓，并填写了一首《一剪梅·昭君墓》：青冢黄昏暮色新。拜了贤人，散了游人。独留浩气荡乾坤。一缕香魂，千古昭君。落雁花容过塞门。胡汉和亲，绥靖边尘。琵琶声里唱德馨。众议弦音，谁解弦音？2013年6月，我又路过了湖北兴山县的昭君镇。我想，分别到过青冢和昭君镇的人不少，但同时到过昭君出生地和魂归地的人就不多，如果把这些元素升华为诗的意象，就会是一种与众不同的情感。于是，我在昭君镇口占《七绝·过昭君故里》：曾从青冢拜昭君，今到香溪觅馥芬。毓秀钟灵滋大美，千秋落雁化祥云。现场的罗辉会长等诗友，就给了热情鼓励。

京口北固楼曾因南宋词人辛弃疾的一首《南乡子·登京口北固亭有怀》而名扬天下。2012年11月，我在江苏省原副省长、省诗词学会会长凌启鸿等同志的陪同下来到镇江。镇江市文化部门有关领导对我们说，经过几百年的风雨沧桑，重建后的北固楼刚刚完工，近日准备对外开放，请你们作为北固楼新生后的第一批文人墨客登临参观，并请领导们能够留下美好的诗篇。登上雄伟的北固楼，举目望着苍茫大地和滚滚长江，辛弃疾的《南乡子》“千古兴亡多少事，悠悠。不尽长江滚滚流”；杨慎的《临江仙》“滚滚长江东逝水，浪花淘尽英雄”；杜甫的“无边落木萧萧下，不尽长江滚滚来”；以及崔颢的“日暮乡关何处是，烟波江上使人愁”等诗情画意齐涌心头。这时我想，即使写长江有情全化泪，一江愁水向东流，也难以跳出古人悲壮哀愁的情结藩篱。于是，我似乎蓦然看到了冲浪运动员，恰如新时代的弄潮儿。尽管长江淘尽了千古英雄，但历朝历代都不乏时代弄潮儿。我就应当歌颂一下“但当生前事，何计身后名”的时代弄潮儿。于是脱口吟出《登京口北固楼口占》：风雨千秋北固楼，登临举目望神州。长江淘尽英雄事，又见新人立浪头。在场的省、市有关领导和诗人词家都称赞这是反古人之意而出新。北固楼管理机构负责人则说，北固楼800年来，是你们山东籍的两位将军，辛弃疾是山东济南人，李文朝将军是山东梁山人，写出了登临北固楼的两种时代两重天。再如《沁园春·避暑山庄》：锦绣山庄，幽境仙乡，避暑纳凉。看宫廷殿宇，皇家苑景，平原峻岭，洲岛湖光。峰秀泉甘，草丰林茂，万壑松风汇海洋。花满地，赏祥云故里，珍兽天堂。 康乾盛世流芳。惊政变，垂帘起祸殃。叹皇清社稷，江河日下，千秋帝制，正寝消亡。鉴古知今，贫穷挨打，苦难辉煌路漫长。承遗产，待中华圆梦，永泰恒昌。则是把自己掌握的历史知识和唯物主义历史观以及对中华复兴的美好期盼融入览胜怀古中。

4. 酬唱和答赠友情。酬唱和答，是诗人雅友联系交流的一种基本样式，也是雅集活动的重要内容。通过诗词作品的唱和应答，可以交流诗艺，增进友谊。进入诗词圈子十年来，我把诗友间的酬唱和答，作为学习诗艺的重要渠道，增进友谊的艺术桥梁。由于在中华诗词学会工作等有利条件，我诗词唱和的范围比较广，既有庙堂之高，也有江湖之远；既有名师大家，也有各界诗友。他们中，有党和国家领导同志云山同志、马凯同志等，有终身成就奖获得者霍松林教授、叶嘉莹教授、刘征先生等，有中华诗词学会的领导、顾问和机关、杂志社的同仁，也有省、市、自治区和各地诗词组织的负责人及诗友，还有耄耋乡贤和青年网络诗人等，他们都是我的良师益友，在唱和交流中，切磋了诗艺，增进了了解和友谊，确实获益匪浅。在马凯同志的亲切关怀和大力支持下，重启后的恭王府海棠雅集，是社会安定、文化昌明、人心尚美、诗词繁荣的一种体现。自2011年重启以来，一年一度已历4届，现已经形成一种文化品牌，收效良多。因历届雅集活动都已及时报道，这里不再赘述。

诗人间的酬唱和答，有多种形式，有步韵、依韵或脱开原韵另写诗词等，都很生动活泼，丰富多彩。其中步韵唱和难度最大，对和者驾驭语言文字的功力也要求最高。我喜欢挑战自我，步韵唱和。在我最近出版的《诗词诗论选》中，到学会工作后10年来的作品，诗友间的唱和诗词占有很大比重，其中基本上都是步原韵而作。步原韵而自如似原唱，并要在内容上出新，和出独特神韵，就要认真下一番功夫。2013年4月的海棠雅集，安排两人领唱，一是叶嘉莹先生的《金缕曲·为2012年西府海棠雅集作》，二是我的七律《癸巳西府海棠雅集》。而作为雅集活动的策划组织者之一，我第一位的任务是带头唱和好叶嘉莹先生的《金缕曲》。叶先生自幼长于北京，于1941年考入辅仁大学，在女院恭王府旧址读书。叶先生词回顾了72年的风雨人生路，自然凄美沉郁：事往如流水。忆昔年、黉宫初入，青春年纪。学舍正当西海侧，草树波光明媚。有小院、天香题记。艳说红楼留梦影，觅遗踪、原是前王邸。府院内，园林美。　　古城当日烟尘里。每花开、诗人题咏，因花寄意。把酒行吟游赏处，多少沧桑涕泪。都写入、伤春文字。七十二年弹指过，我虽衰、国运今兴起。恣宴赏，海棠底。而我要步韵奉和这首辞雅意美的佳作，就必须站在晚她近四分之一世纪的后来人的视角，唱和出我的理解与感悟：宫苑春塘水。照归人、青丝成雪，辅仁偏纪。西府重迎骚人聚，满苑芬芳娇媚。恍若梦、裁笺新记。海外飞鸿惊妙句，领吟坛、酬唱恭王邸。诗与酒，竞花美。　　海棠笑映青云里。溢清香、妍容带露，蕴情含意。亲历园林沧桑变，老树苍然溅泪。顿化作，佳词锦字。

酣饮千觞同畅想，正东风、争看神龙起。励壮志，荡心底。

初稿发给周笃文教授请求赐教，周老热情鼓励说，“风流倜傥，一气呵成。起结尤佳，次韵而不为韵束，有如原唱”。而且周老又亲自和了一首，令我收获倍增。

湖北侯孝琼教授以治学严谨、艺术上要求近似刻薄著称。2014年6月下旬，我和侯教授还有广西钟家佐会长一起被邀请参加中央电视台组织的桂林山水雅集活动。雅集期间，侯教授用手机短信发给我了《减字木兰花·桂林山水雅集》两首：

（一）

环城有水，绿水青岚相映美。独秀一枝，如此江山应有诗。　　诗行天下，处处春风驰阵马。韵满榕湖，满目清晖入画图。

（二）

无诗不可，朗月清风今属我。吟咏真情，下里巴人亦动听。　　山平水仄，韵入乾坤增秀色。诗铸民魂，禹甸今朝万象新。

为了抓住向侯教授学习的机会，我本着“弄斧就要到班门”的逆向思维原则，开动脑筋抓紧唱和了两首：

（一）

灵山秀水，水绕山环如梦美。绿野琼枝，城满风情树满诗。　　名扬天下，骚客试才多倚马。榕映明湖，锦绣荧屏诗画图。

（二）

非来不可，身入桂林心忘我。碧水倾情，八面青峰侧耳听。　　他平你仄，诗捧江山添秀色。重振骚魂，华夏吟坛逐日新。

短信发给侯教授后，我诚惶诚恐地等待教授的批评。没想到手机短信收到如下回复："将军李，和词甚妙，尤其之二的下阕。佩服，佩服！侯。"面对刁德一称赞阿庆嫂的这种语言模式，我茫然不知所措，便请周笃文教授指点迷津。周老说，侯教授在诗词艺术上是从不廉价夸人的，就连著名的蔡厚示教授也常常被她挑剔得难受。她这样回复，应该是真诚的。接着，我又面见侯教授聆听教诲。她笑着说："我那个原词很难和，特别是第二首的下半阕，出句比较刁。你能和成这样真的不错"。我想这就是"弄斧到班门"的收获。

2011年5月初，我去湖北大冶考察验收诗词之乡期间，登门拜访了当地的八旬乡贤刘云亭老先生。老先生赠我七律一首：

耄岁砚田耕未休，工夫不负苦赢牛。
"三中"全会开新纪[①]，"双创"完臻报旧游[②]。
市长登楼持玉尺[③]，将军临案赐银钩[④]。

挥毫博得群英喝，“诗寿双星”笔力遒。

【注】

①指中华诗词学会、中国书法家协会、中国楹联学会，作者在大冶市都是第一个参加的，至今一身加入三个中字头的诗书联组织者，大冶市尚无第二人。

②双创：指大冶创建诗词之乡，楹联城市。

③玉尺：见李白《上清宝鼎》诗：“仙人持玉尺，度君多少才。”玉尺，古为选拔人才及评价诗文的标准。

④中华诗词学会常务副会长李文朝将军在市委、市政府、市人大领导的陪同下，光临寒舍，并题写“诗寿双星”见赠。银钩，旧指书法刚劲有力。

我随即礼貌地步韵奉和：

兼程风雨步春秋，子弟兵为孺子牛。
解甲身轻存雅趣，弘诗任重不闲游。
乡贤领唱迎天籁，伍士赓吟对月钩。
玉尺仙人应笑慰，童颜鹤发笔锋遒。

从而加深了与这位耄耋乡贤诗友的了解与友谊。

总之，多元化的诗情与多样化的诗意确实难以尽述。我这里只是择其要者抛砖引玉。只要抱着宽容和谐的理念，加强同各界诗友的交流，把握主旋律与多样化的统一，坚持新声旧韵的并行，“己所不欲，勿施于人”，在宪法和法律的框架内，创造宽松和谐的诗词生态环境，就一定能够迎来中华诗国万紫千红的满园春色！

（二〇一六年八月十一日于北京东岳书院）

不负党的厚望，推进精品战略

——中华诗词“2016”临朐金秋笔会开幕词

2016年《中华诗词》临朐金秋笔会，今天在人杰地灵的山东省临朐县隆重开幕了，我谨代表中华诗词学会和《中华诗词》杂志社，向临朐县委、县政府和各大班子领导及各界朋友，向山东诗词学会和广大诗友表示衷心的感谢，向来自五湖四海的各位诗友表示热烈的欢迎！

临朐县风景秀丽，历史悠久，文化底蕴丰厚，属于著名的沂蒙革命老区，是全国文化模范县和著名的“小戏之乡”、“书画之乡”、“奇石之乡”。境内有大汶口、龙山等古文化遗址210余处。国家5A级旅游景区沂山、世界化石宝库山旺国家地质公园、全国七十二大名泉之一老龙湾、山东省重点风景名胜区石门坊等旅游景点蜚声海内外。我们在这样的历史文化名城举行笔会，更能增添几分文化的厚重和诗意的灵感。

当前，中华诗词事业面临蓬勃发展的大好局面。这个大好局面不仅体现在全国诗词创作的繁荣，更体现在党和政府对中华诗词的高度重视。《中共中央关于繁荣发展社会主义文艺的意见》就弘扬中华优秀传统文化明确指出：“中华优秀传统文化是中华民族的精神命脉，是我们屹立于世界文化之林的坚实根基。坚守中华文化立场，坚持古为今用、推陈出新，秉持客观科学礼敬的态度，努力实现创造性转化和创新性发展。”“加强对中华诗词、音乐舞蹈、书法绘画、曲艺杂技和历史文化纪录片、动画片、出版物等的扶持。”这使中华诗词界倍受鼓舞、激励和鞭策，深感使命光荣，责任重大。每一个当代诗人诗家和诗词爱好者，都要有一种匹夫有责的文化责任心和历史使命感，为繁荣发展中华诗词事业而竭尽绵薄。

要认识到，在党中央强调“加强”“扶持”的中华优秀传统文化项目中，文学门类里只提到“中华诗词”，而且突出置于其他艺术、宣传、出版门类的首位，充分体现了党中央对繁荣发展中华诗词的高度重视和殷切期望。《中华诗词》杂志作为中华诗词学会的机关刊物，在繁荣发展中华诗词上责无旁贷。我们举办金秋笔会，就是以实际行动，积极作为，有所建树：

要打造精品。繁荣发展中华诗词，决不只是对传统诗词经典的背诵记忆和知识比拼，而是要运用中华诗词的传统艺术形式来反映时代、反映现实，创作出反映时代风采和时代气派的中华诗词精品力作。这才是真正贯彻落实中央文件中所强调的“努力实现创造性转化和创新性发展”。一个时代总要有一批又一批记录这个时代特征和反映这个时代人民心声的、能够“惊风雨、泣鬼神”的佳作、精品乃至经典。繁荣中华诗词事业，中心环节是抓好创作。必须指出，当代中华诗词精品力作，决不是某些人自封或小圈子内相互吹捧的脱离现实的“假古董”作品，而是充分体现习近平总书记强调指出的“有筋骨、有道德、有温度”的“三有”作品，是时代精神与诗词艺术的完美结合。

要广开胸襟。海纳百川，有容乃大。繁荣发展中华诗词，必须动员千千万万的诗词爱好者，必须营造万紫千红的诗国春色。“诗家本无种，男女当自强”。以唐诗宋词为代表的中华诗词，是老祖宗给我们留下的宝贵精神财富，中华民族任何一个后世子孙都有权继承和发扬。任何人都无权排斥别人学诗、爱诗、写诗。我们要不分界别、不分行业、不分年龄，坚持中华诗词创作“质量面前人人平等”。在保证刊物质量不断提升的前提下，注意关照老会员，注意向弱势群体倾斜。要激励后人。长江后浪推前浪，世上前人让后人。青年，是中华民族的未来，也是中华诗词的未来。要倾心关注、大力培养青年诗人词家，鼓励他们当好中华诗词和中华优秀传统文化的薪火传人。必须明确，要想当好中华诗词事业的接班人，仅仅靠年轻是不够的。必须按照诗界前贤的教诲：“夫学诗者以识为主：入门须正，立志须高”（严羽《沧浪诗话》）。这个“正”，除了“以汉魏晋盛唐为师，不作开元、天宝以下人物”（引语同上）的艺术源头师门之正外，还应还应当包括做人要正，从现实来看，必须包括树立正确的世界观和人生观，确立正确的文学价值取向。这是青年诗人立业成才的根正基实所在。当前，许多人士都在想法为自己贴上“中华诗词”的标签。这是一件好事，应该欢迎支持。同时，我们必须保持应有的文化定力，沉下心来抓创作，扎扎实实上质量。

“我见青山多妩媚，料青山见我应如是。”要用我们的笔、我们的心灵去书写。“用自己的声音为人民歌唱”。这一点很重要。现在诗词创作的一个突出问题就是，多有公式化语言，少有诗人个性化语言，所以我们应向着有“自己的声音”的方向努力，努力写出无愧于时代的诗词精品，努力写出自己的风格和自己的气派。

最后，我口占一律，来结束我的致辞，并祝临朐金秋笔会圆满成功，祝各位领导、诗友身体健康、平安吉祥，创作丰收：

临朐抒怀

毓秀钟灵誉鲁中，沂山壮美沐仙风。
千秋骈邑从今越，万卷层书自古通。
戏小情长明世理，石奇形巧见天工。
原生胜境融诗画，筑梦群星耀碧空。

（二〇一六年九月十七日于山东临朐）

解贞玲：用诗词丈量生命高度

——序《友声集》

山西表里河山，物华天宝，钟灵毓秀，是黄河文化的会聚之地。自古文人荟萃，英才辈出，诗家接踵。“三百唐诗半三晋，十分元曲六河东”。山西乃华夏文明和古典文学之重要发端，素有“中国古代文化博物馆”之称。千百年来，一直流淌着文化血脉，孕育着诗歌灵气。就是这片神奇的沃土，曾哺育了太多中华民族的优秀儿女，涌现出许多杰出的历史名人。诞生过荀子、韩非子、班婕妤、王勃、王维、王之涣、温庭筠、柳宗元、白居易、元好问、白朴、罗贯中等一批名垂千古、灿若星河的文学大家。岁月荏苒，河汾依旧；文人墨客，继往开来。近现代以来，更是人才济济，文光璀璨。其中众多晋籍女诗人以她们纤敏又顽韧的创作成为“文学晋军”的重要组成。一个最近的明证便是，在山西省的诗人中，女诗人不但人数可观，创作水准也巾帼不让须眉。在我们观照的视野中，她们中的一些人已经名扬三晋，诗传九州，闪现出富有山西灵动质感的文学辉光。解贞玲诗家即是其中的一位。

解贞玲诗家早年毕业于山西财经学院，研修于清华大学，主业是一位高级会计师，她还是诗人、作家、文学评论家、书法家，堪称“文坛多面手”。眼光来自古典、功夫用在当下的解贞玲涉猎甚多，精力弥满，积 50 余载对诗、词、曲、散文、评论、书法等领域的研习、探索，立志与古人争高低，不与今人论短长。她始终保持纯朴天真、散淡宁静之天性，用才情攀登诗词艺术，用诗词丈量生命高度，豪放中不失婉约，柔和中映衬刚强。既有巾帼之淑贤，更兼须眉之刚毅；既有常人的世俗感慨，又具崇高的爱国情怀。她不仅多才博学，而且志存高远。以其执著的热情、辛勤地笔耕，提高素质，完善自我。根据她提供的相关资料显示，近20多年来，女诗人解贞玲随着她的清丽诗词，在山西诗坛脱颖而出，并逐步在中国诗坛产生一定影响。她的诗词饱怀爱心，淡定清纯。表现了新时代女性诗人的特有格调，从中发出对祖国、对社会、对生活的热爱之情。她以惊人的毅力，创作出诗、词、曲千余首，各类文章逾二百万字，出版有《解贞玲诗书选萃》，诗集《清风斋咏怀》，文艺评论集《贞玲文集》，文学评论集《皖文集》，散文集《悠悠千古情》以及多种合著书籍。她除了自己辛勤耕耘之外，还担任着中国散文学会理事，山西省女作家协会副秘书长，山西诗词学会诗词馆副主任，山西唐明诗社常务副社长，《唐明诗苑》诗刊常务副主编，山西省国际文化交流中心期刊《交流》特邀文学评论家等。《贞玲文集》《皖文集》及系列文学评论文章百余万字，连载于《交流》杂志（2014年—2016年），颇受各界好评。她的主要事迹及个人传略被全国数百家新闻媒体刊登或专题报道。诗书文作品多次被各种选本转载，数次在省内外各种诗书文大赛中获奖。其中2000年专业论文荣获中国管理科学研究院学术成果一等奖，2005年11月散文作品荣获“首届中国散文精英奖”，2014年5月文学评论荣获全国第六届“冰心散文理论奖”。草书作品在2005年10月“中国书画精品名作大展”评比中荣获金奖，作品被中国华夏书画艺术院等馆院收藏。

这次，我有机会先期拜赏了解贞玲编著的诗书画集《友声集》样稿，书中汇聚了当代三百位诗人、作家、书画艺术家的一千余首（幅）诗、词、曲、楹联、书画作品。洋洋大观，琳琅满目，可谓千红万紫，景象万千。《友声集》中，有诗书泰斗，社会名流，诗国名家，吟坛新秀，其风雅神韵，开卷便知。《友声集》通过三百位诗人、艺术家对解贞玲的诗、书、文点评，从不同角度诠释了她对诗、书、文创作的不断追求和所取得的不凡成就。可以说，解贞玲诗家对诗词的热爱与执著犹如一条红线，贯穿了《友声集》全部的作品内容。

在这本书中，细心的读者可以读到一个立体的解贞玲，可以看到她以诗词会友、艺术搭桥所结交的星光灿烂的诗友群。《友声集》为解贞玲和她的吟朋艺友架起了一座友谊的彩桥。从这个意义上来说，解贞玲是幸运的，更是幸福的。能有三百位师友的真诚点评，倾情致贺，也非一厢情愿所能企及。

一个崇高的目标，只要不渝地追求，就渴望梦想成真。解贞玲在诗词艺术道路上的探索从未停歇，一直在用心去感受艺术，寂寞求索、苦心营建着属于自己的精神世界。她远离了浮躁，接近了纯静，写出了自己的精彩人生，绘出了内心的一片澄明。解贞玲：一个努力用诗词去丈量生命高度的人。相信她会在时间和历史的长河中不断泛起美丽的浪花。“百尺竿头须进步，十方世界是全身”（宋·释道元语）。未来，对于解贞玲来说，应是一个更加辽阔而明媚的诗境，也是一条漫长而艰辛的路程。我们希望能看到她更坚实的脚印，期待她新作硕果的佳音。诗海无涯，学无止境。王安石在《游褒禅山记》中有一段话：“而世之奇伟，瑰怪，非常之观，常在于险远，而人之所罕至焉，故非有志者不能至也。”我抄在这里，与解贞玲同道共勉。应诚邀谈些感想，对《友声集》出版表示祝贺，并权且为序。

（二〇一六年十月于北京）

同兴风雅颂 共铸诗国魂

——在第二届海峡两岸中华诗词论坛闭幕式上的讲话

第二届海峡两岸中华诗词论坛暨“聂奖”颁奖大会，经过紧张有序的组织和与会专家的共同努力，即将圆满结束。我谨代表海峡两岸中华诗词论坛组委会，对本次大会所取得的丰硕成果表示热烈的祝贺！对为大会的圆满成功作出贡献的各位来宾、各界朋友以及全体后勤保障人员表示衷心的感谢！

传统诗词是中华民族不变的文化基因，是海峡两岸同胞乃至华人世界共同的精神血脉，与会各位专家学者围绕当代诗词的创作与研究提出了各自的看法，进行了热烈而广泛的交流，展现了许多动人的景象。这正是中华诗词从复苏走向复兴的又一体现，也是诗词文化追求真善美的又一彰显。借此机会，我就新形势下中华诗词发展的有关问题谈点个人看法，与广大诗友们共勉。

一、需要加快中华诗词的复兴步伐

当代中华诗词之发展，仅以中华诗词学会于1987年成立算来，也有三十个年头了。其间的发展，虽然情况变化，道路曲折，然而却节节提升，步步兴盛：诗人群体不断扩大，诗词组织不断增加，诗词网站不断涌现，诗词影响不断加深……党的十八大以来，对传统文化的重视理是得到有力加强。习近平总书记在讲话中明确强调“中华民族的伟大复兴需要以中华文化的发展繁荣为条件”，“把这些经典嵌在学生的脑子里，成为中华民族文化的基因”。中共中央政治局常委刘云山同志在近期的中央党校秋季开学典礼上，也明确指示："坚定文化自信，是为了实现文化自强，也就是增强我国文化软实力，建设社会主义文化强国。要牢牢把握社会主义先进文化前进方向，把'不忘本来、吸收外来、面向未来'作为重要方针落实到文化建设各个方面。要礼敬和弘扬中华优秀传统文化……"2015 年 10 月《中共中央关于繁荣发展社会主义文艺的意见》明确指出"加强对中华诗词、音乐舞蹈、书法绘画、曲艺杂技和历史文化纪录片、动画片、出版物的扶持。"这是在中共中央文件中第一次使用"中华诗词"这一文学概念。而且，在党中央强调"加强""扶持"的中华优秀传统文化门类中，文学门类里只提到了"中华诗词"，还突出置于其他各项门类之首，足见中央重视程度之高，也充分体现了中央对繁荣和发展中华诗词的殷切期望。适逢如此千载难逢的历史机遇，我们每一个当代诗人词家都应具有"复兴诗词，匹夫有责"的文化自觉性和历史责任感，乘势而上，加快推进传统诗词文化的脚步，努力把中华诗词事业做大做好做强，奏响时代的主旋律，诗词高扬中国梦！我们正在开展的海峡两岸中华诗词论坛与"聂绀弩诗词奖"活动，正是在践行党中央和习总书记繁荣发展中华诗词的要求，正是在为建设社会主义文化强国而积极作为，奋力前行。

二、需要深入加强两岸诗词文化的交流

两岸四地，血浓于水，文化同根同源，在不断加强经济合作的同时，文化交流也早已开展：互相派遣留学生、互相宣传旅游文化、开展两岸文学艺术交流等等。在这个时代，我们寻根寻祖，彼此从未放弃；在这个时代，我们手足情深，相互从未淡忘。这样的精神，彰显于诗词，是感人肺腑的，是伟大而深沉的。我不禁想起台湾同胞余光中那首《乡愁》：

小时候／乡愁是一枚小小的邮票／我在这头／母亲在那头
长大后／乡愁是一张窄窄的船票／我在这头／新娘在那头
后来啊／乡愁是一方矮矮的坟墓／我在外头／母亲在里头
而现在／乡愁是一湾浅浅的海峡／我在这头／大陆在那头

这是一支始终萦绕在两岸人民心中的旋律，是两岸同胞血浓于水的最深切的旁白与注释。而传统诗词界呢？更是不甘落后，凭借着崇高的爱国精神和民族觉悟，每逢重要节日和重大时事，爱国思亲作品不断涌现，不断唱响祖国统一的时代心声，将热爱祖国的主旋律奏得更加响亮和高昂。比如，2005年天津市人民政府台湾事务办公室曾主办“海峡两岸楹联诗词大赛”，获奖作品中有一首七律《中秋夜念台胞》：

巡天望月共良宵，一样瓜蔬一样谣。
纵有惊天千顷浪，难摧跨海一心桥。
寻根痛洒思乡泪，掬土遥闻弄玉箫。
待到莼鲈成旧梦，霞天碧野宴春朝。

这首诗就抒发了“每逢佳节倍思亲”、并寄语台胞“月是故乡明”的情愫。

获奖作品中还有一首《咏台胞思乡诗》，也委婉寄托了天涯游子思故乡的家国情怀：

遥想神州梦断肠，长天碧海两茫茫。
亲朋骨肉今何在，芳草萋萋是故乡。

凡此类诗词之花，每遇佳节，倍加开放。不断加强两岸文化交流是我们的愿景，也是我们必须为之努力的方向。加强两岸交流，传统诗词是一条美丽而坚韧的纽带。近些年来，两岸诗词界的来往唱和更是络绎不绝。在福建龙岩，已经成功举办了两届海峡诗词笔会；中华诗词学会赴台湾参访团，已完成了两岸诗人词家交流的“破冰之旅”，等等。事实证明，运用诗词来促进两岸的交流，是一个很好的形式。我们举办的海峡两岸中华诗词论坛，也是一个重大举措。我们始终坚持两岸一家亲的观念，注重两岸“心灵的契合”，每届海峡两岸中华诗词论坛的召开和“聂绀弩诗词奖”的评选，都非常重视面向海峡对岸的台湾诗友和大学生，这种有意识地跨越海峡文化交流的远见卓识，在当今诗坛是值得肯定的。这些活动都无疑让我们能增加两岸同胞的交流和握手的机会，让彼此更理解对方的诉求，让彼此更理解对方的需要，进一步密切两岸同胞感情，从而共同携手，使两岸诗人和两岸同胞更和谐融洽，亲如一家。

三、需要为中华诗坛注入青春活力

当今中华诗词的发展正面临着一个现实的问题，在全国总人口中，诗词爱好者所占比例较小；在诗词爱好者中，青年诗人群体所占比例相对更小，这已引起大家的关注。如何认识青年人，特别是在校大学生、研究生这个群体的特点，充分发挥中华诗词的魅力，激发当代青年群体对中华诗词的认同与热爱，引导青年群体读诗、背诗、写诗、用诗的兴趣，将这份经典“嵌在学生脑子里，成为中华民族文化的基因”，引导他们成为诗词文化的薪火传人，这是能否真正繁荣发展中华诗词文化重要课题。可喜的是，诗词界与主流媒体正在为此进行有效的努力，并取得了长足的进步。例如，在影响面最广的中央电视台一套新闻发布厅栏目和中央其他主流媒体，都加大了对传统诗词的宣传力度。由央视举办的《中国诗词大会》和由河北卫视举办的《中华好诗词》节目等，对宣传普及传统诗词，都收到了很好的效果。

但是，我们也必须清醒地认识到，繁荣发展中华诗词，决不只是对传统诗词经典的存量盘活、背诵记忆的知识比拼，而是要运用中华诗词的传统艺术形式来反映时代，反映现实，努力创作出反映时代风采和时代气派的中华诗词精品力作。这才是真正贯彻落实中共中央文件中所强调的“努力实现创造性转化和创新性发展”。一个时代总要有一批又一批记录时代特征和反映这个时代人民心声的、能够“惊风雨、泣鬼神”的佳作、精品乃至经典。繁荣中华诗词事业，中心环节是抓好创作。必须指出，当代中华诗词精品力作，决不是某些人自封或小圈子内互相吹捧的脱离现实的“假古董”作品，而是充分体现习近平总书记强调指出的“有筋骨、有道德、有温度”的“三有”作品，是时代精神与诗词艺术的完美结合。“江山代有才人出，各领风骚数百年”。繁荣发展中华诗词事业，我们对青年人寄予厚望。由中华全国学生联合会、中华诗词学会、中华诗词研究院主办，由湖北省学生联合会、湖北省荆门聂绀弩诗词研究基金会、华中师范大学、湖北省中华诗词学会共同承办的“聂绀弩杯大学生中华诗词邀请赛”，已于2015年进行了成功的尝试，今年正式启动。这项赛事以“创造诗词新篇”、“注入青春活力”为使命，面向两岸四地的在校大学生、研究生，旨在激发当代大学生对中华诗词的认同与热爱，弘扬中华民族优秀传统文化。该项赛事已纳入“一奖、一会、一刊”系统工程的制度安排，使得“三个一”系统工程不断充实，不断壮大。青年是国家与民族的未来，也是中华诗词事业的未来，我们要千方百计创造条件促进青年诗人茁壮成长，努力让中华诗词事业后继有人，后来居上。

中华诗词的发展前途光明，使命艰巨。在推进中华诗词复兴繁荣的实际工作中，我们还有着许多薄弱的环节，比如诗词创作总量虽然很大，但总体质量欠佳；写诗词的人很多，写诗词评论的人却不多，而且诗词评论文章的质量总体偏低；诗词理论研究水平有待提高等等，这些都是亟待我们去补足的“短板”。因此，诗词界既要认识到自己的使命是光荣的，也要清醒地认识到我们的责任是重大的，任务是艰巨的。诗词界当专注于传统诗词复兴之伟大事业，为文化强国之未来，竭诚贡献自己的热情与力量！“长风破浪会有时，直挂云帆济沧海。”我们相信，在实现中华民族伟大复兴的“中国梦”的进程中，中华诗词从复苏走向复兴的诗国梦也一定能够实现。

最后，我谨用一首《临江仙》来结束我的闭幕讲话，并再一次祝贺本次海峡两岸中华诗词论坛的圆满成功：

血脉情浓穿海水，诗桥又会群贤。唐音宋韵满山川。联吟歌禹甸，戳力筑骚坛。　　翰墨清香飘两岸，滋兰种蕙结缘。国风雅颂化千帆。金瓯争共补，华夏大同天。

（二〇一六年十月十日于武汉）

诗意兵心

——序《沂蒙战友诗词集》

诗，是一个充满激情与浪漫，美丽而优雅的字眼；

兵，是一个充满奉献与担当，英勇而雄壮的字眼……

诗意，是诗化了的生活意象；兵心，是当兵人的心。“诗意兵心”，则是原本天然的沂蒙老兵群体，带着火药味和泥土香的诗意人生、心灵之花的生动写照。

上世纪 70 年代，我在山东省军区工作时，结识了一群临沂军分区的战友。40 多年后，我怎么也想不到，那帮玩刀弄枪的兵，竟然在耳顺之年，都文绉绉地作起了诗，这让同样身为老兵、但忝列将军之位和中华诗词学会常务副会长的我，惊愕不已。

昨天晚上，好战友鹿成增、程鹏一行，冲破浓雾重霾，驱车 12 个小时，从山东来到北京，给我带来了一摞近 400 页的诗稿，说是沂蒙老兵写的诗词，准备出本集子，请我指教，并不容分说地要我写序。共进晚餐后，我连夜翻阅，兴奋不已，竟至心潮澎湃，夜不能寐。

对于沂蒙老兵写诗的事儿，我是知道一些的。这帮老兵有几百人之多，这几年，在鹿成增、魏茂泉的带领下，可谓返老还童，青春再现！他们抱团养老，相互帮衬，团结得就像一个人似的。为了活跃晚年生活，他们成立了老兵艺术团、钓鱼俱乐部和战友诗社等，并经常组织活动，特别是战友微信群里的诗社活动，更是活跃红火，令人钦羡。

闻听沂蒙战友诗社成立，我很高兴，专门为其写了贺诗：

“昨日军营百战身，今朝雅苑铸诗魂。老兵真有超人处，再写辉煌入翰林。”后来，社长杜冬云专程到北京向我作了汇报，我去沂水县考察验收“中华诗词之乡”时，诗社掌门人鹿成增和副社长程鹏、刘冬梅还专门陪同，一路上和我讲了不少诗社的事儿。当时我没太在意，只是想，战友们老了，找个乐子罢了，没想到，不到两年时间，他们竟整出动静来了，他们要出诗集了！

惊叹之后，我打开了诗稿，这下，不仅仅是惊叹了，而是感动——被诗中兵的情感、兵的胸怀、兵的豪气所感动！

浓浓的兵的情感。打开诗集，一股感润身心、令人动容的情感扑面而来。这情感，是当过兵的人所特有的，没有从军经历的人是很难体会甚至是不可理解的。情——战友情，母子情，军民鱼水情……贯穿于全书，在其“唱和诗”的一些栏目中更是得到了很好的体现。从《赞歌一曲唱女兵》中，我看到了退伍时战友相拥泪洒肩头的别离之情；从《遥寄明月诉衷肠》中，我看到了想念战友夜不能寐的思念之情；从《八一相聚庆恒源》中，我看到了他们时隔三四十年后相聚的激动之情；从《又到八一建军日》中，我看到了他们对昔日军旅的眷恋之情；从《我心永驻桃棵子》中，我体味到他们对沂蒙这块红色土地和红嫂的感恩之情；更从《怀念领袖毛泽东》《红色陵园建心中》中，感受到沂蒙老兵对人民领袖和已故战友的缅怀之情……

宽广的兵的胸怀。有人说，军人的心胸如大海，在这部诗集中，我看到了这个“大海”。沂蒙战友联谊会名誉会长鹿成增是位民营企业家，他发出了“当兵一日，报国一生”的响亮心声，自己创业成功后，三年来，无偿拿出700多万元，帮助贫困村南大圈脱贫致富；听说红嫂故里桃棵子村成立了“扶弱助老基金会”，百名老兵争相捐款……这些，他们都用诗记录了下来，如于胜英写的《工农联盟写新篇》：“荒山建成百果园，姹紫嫣红映眼帘。绿水青山风景胜，谁人不夸南大圈？唯我成增胸怀广，工农联盟写新篇。今日撒下幸福籽，明日荒山换新天！”为帮助红嫂故里——沂水县桃棵子村发展旅游事业，他们成立了旅游文化公司，老兵们纷纷入股。有人说，这是个长远项目，你们都这把年纪了，能受什么益？能得什么好处？老兵们用诗给予回答：“百名老兵百股东，一腔热血写忠诚。入股岂为个人利，只愿乡亲脱贫穷。初心不改仍本色，沧海横流真英雄。红嫂故里创新业，晚霞满天夕阳红！”（程鹏《赞老兵股东》）“入股岂为个人利”，这是诗的语句，更有实际的行动，一位老兵，在汇了一万元的汇票落款上，只写了四个字——“沂蒙老兵”，害得董事会找了他大半个月。这是何等的胸怀和境界，拳拳赤子心跃然纸上，满满正能量日月可鉴！

澎湃的兵的豪气。这群沂蒙老兵，年龄都在60岁以上，最长的当了一辈子兵，最短的也有三四年。不管时间长短，军人的胆魄和豪气，刻入了他们的骨子里，融进了他们的血液中。因此，在诗中就不可避免地散发出浓浓的兵味儿，而兵味中又会有意无意间流露出一股豪迈之气。思念军营和兵生活，他们这样写道：“第二故乡是沂蒙，最难割舍军旅情。耳畔常闻杀声喊，梦里又回独立营！”（郑文毅《梦回军营》）到八一建军节了，他们又写：“又到八一建军日，再思戎装着身时，一次为兵长爱武，保家卫国暮不迟。”（鹿成增《又到八一建军日》）也许是一辈子从军的缘故，我对带有兵味的诗词尤为喜爱。因为当兵的人写的诗，多是情真意切，更有气势，更有骨气，更能感染人，更能激励人奋进。兵诗，打骨子里就有一股豪气。

……

谁都知道，战士上战场杀敌，靠的是勇气。但你可知道，这当兵出身的，要拿起笔来写诗，也是需要勇气的。所以我猜想，这些老兵们，写这么多激情澎湃的诗，肯定是鼓足了很大勇气的。他们中可能没几人专门学习和研究过诗的体裁、韵律等，这一点，从他们的诗作中就能看得出来。正如颜廷丰在夸战友、“草根诗人”彭林洋的诗中写的那样：“学历兵龄虽然短，草根勤奋也成龙。偶有诗句欠推敲，不管技艺只讲情！”对一些初学写诗的老兵来说，不能要求太高。只要学习诗的语言，表达自己的真情实感，就应该鼓励。

兵诗，又有史诗的印记。不同的年代，其兵诗的寓意各不相同。过去的千百年间，一句“嫁女于征夫，不如弃路旁”的兵诗，把兵的悲惨形容得淋漓尽致。兵，哪里还有幸福，哪里还能生出诗意？如今，在中国共产党领导下的人民子弟兵不同了，他们不再是私利集团的守护者，而是人民的保护神，是抵御外虏、护我疆土的钢铁长城。所以，今日之兵，义薄云天，气冲霄汉，自然也就能和诗相伴到一起了。毛主席不是用一句“中华儿女多奇志，不爱红装爱武装”来赞美中华女兵吗！无论是战争年代，还是和平岁月，中国之兵，无不伴诗而行。看看老一辈无产阶级革命家，哪个不是豪情满怀，与诗为友伴？毛泽东、周恩来、朱德、陈毅、叶剑英等是如此，无数革命先烈如夏明翰、方志敏、陈然等亦如此。他们那一首首诗像号角，激励着人们冲破黑暗，英勇战斗，迎接新时代的曙光！

兵为诗行，诗为兵作，有时更是一种气场的融合。大家都知道中国工农红军的二万五千里长征，其艰难，其危险，皆称世界之最。化而为诗，更是震撼心灵，名垂万古。毛泽东同志把红军长征的壮举，化为《七律·长征》的诗篇："红军不怕远征难，万水千山只等闲。五岭逶迤腾细浪，乌蒙磅礴走泥丸。金沙水拍云崖暖，大渡桥横铁索寒。更喜岷山千里雪，三军过后尽开颜。"短短八句诗，五十六个字，是概括，又是宣言，把长征印在了世界史，写在了天地间！所以，当兵的，一旦把兵融进了诗作，那兵，会因诗而升华；那诗，会因兵而不朽。

我确实为战友们的晚霞映诗天而高兴，这么多的沂蒙战友，他们都是普通的兵，竟然也都作诗了。我在不同场合经常讲，诗的创作必须适应时代，深入生活，走向大众。生活是诗词的唯一源泉，大众是诗词的坚实根基。因我深知，一个人民乐于作诗的国度，必然是个全民幸福的国度。诗，是幸福与快乐的一种体现。这么多60多岁的老兵，这么有激情，如此地赞美军营，如此地赞美我们的祖国，难道不是一种向心力的体现吗？难道不是我们祖国繁荣富强、人民安居乐业的一种反映吗？

我国现有诗社难以尽数。介入中华诗词学会工作十多年来，我还没有为一个具体诗社出书写过一篇序言。原因一是艺术标准不好把握，二是确实精力有限。但在这帮沂蒙老兵燃烧的激情面前，我的艺术顾虑已显得多余。因为战友们只是让我与他们分享创作丰收的喜悦，并未要求我对他们诗作的艺术水准进行评价。今天我破例为沂蒙老兵的诗词集写了序言，只因我也是个老兵，只因那是我亲爱的沂蒙战友，更因诗中那浓浓的兵的情感、宽阔的兵的胸怀、澎湃的兵的豪气感染了我，感动了我！

连夜成篇，仓促复命，权且为序。

（二〇一六年十一月十八日东方破晓时于北京齐贤斋）

《今韵诗词三百首》序

眼下正值冬令时节，北京的窗外寒风凛冽，万木凋谢。但当我在学会办公室收到尹贤老师的《今韵诗词三百首》书稿时，却有一股春天的气息扑面而来。

今古韵的争议，伴随中华诗词的复兴而由来已久。中华诗词学会在《21世纪初期中华诗词发展纲要》里，明确指出“声韵改革势在必行”，及时提出“倡今知古，双轨并行”的方针，合情合理合法，科学正确可行。但质疑的声音也一直没断。这是学术自由的正常反映。2011年7月，我代表中华诗词学会在第25届（黑龙江肇源）诗词研讨会的开幕词中曾经强调指出“要坚持声韵改革，倡今知古，实行双轨并行。对这些重大原则问题，我们就是要坚定不移，毫不动摇。我们清楚地知道，确实有部分诗友，十分执著于传统。这是他们的学术自由，我们予以尊重。他们用旧声韵写出的好作品，我们同样予以支持。”“至于声韵改革，倡今知古、双轨并行，这是几次代表大会大家共同作出的郑重决定，应群策群力予以贯彻实施，无须无休止地再对已经明确的问题搞那些翻烙饼式的争论，那样，只会无端转移诗友们的注意力。”所以，至于用新韵还是用旧韵创作，完全是诗人的创作自由。只是你不要去干涉别人的用韵自由。我们一再申明，“平水韵”永远不会被废止，因为那是我们老祖宗留下的宝贵精神财富。只有了解“平水韵”，才能读懂旧体诗。习惯用平水韵创作的诗友，你可以安心地继续用平水韵写诗。但是也必须看到，声韵改革势在必行的历史大趋势。国家教育部语用司已经向中华诗词学会下达了“研究制定汉语普通话韵的国家标准”的课题任务，中华诗词学会领导高度重视，组织课题组，正在抓紧论证，扎实推进，相信按照国家教育部的部署和要求，不久就会推出权威的普通话韵韵书。在这种历史条件和文化背景下，尹贤老师主编推出《今韵诗词三百首》，显然具有重要的实践意义。

《今韵诗词三百首》的作者面宽，涵盖老、中、青各个年龄段和政、经、文各个不同行业，从高端到基层，都有热心使用今韵的诗词作者。作品质量如何？从本书的三百首中可略见一斑。本书所选诗词，应该说不乏上乘之作，是时代精神与诗词艺术的有机结合。它进入中华诗词的园圃，与优秀的古韵诗词作品一同展现了当代诗词繁荣发展的新面貌，一同绽放出中华诗国特有的芬芳。

合乎发展规律的新生事物是不可阻挡的。使用今韵的诗词作者今后会越来越多。多少年来，一直坚持宣传推广今韵的尹贤诗家，固守初心，矢志不移，耄耋之年选编成《今韵诗词三百首》，令人欣慰和感动。此书对当代中华诗词的繁荣发展将具有不可忽视的重要意义。

受尹贤老师诚邀，仓促成篇复命，权且为序。

（二〇一六年十一月三十日于北京齐贤斋）

大写人生的诗意风采

——拜读《姜春云诗词选集》有感

姜春云同志生于农村，起步基层。曾任山东省省长、中共山东省委书记，主政山东，享誉齐鲁，后任中共中央政治局委员、中央书记处书记，国务院副总理，全国人大常委会副委员长，一步步走上党和国家领导人的重要岗位，可谓波澜壮阔的大写人生。然而鲜为人知的是，在姜春云同志的大写人生中，还蕴含着满怀豪情和澎湃激情的诗意风采。

2017 年 3 月的一天，我应邀来到位于北京某地的姜春云同志住处。87 岁高龄的姜春云同志，精神矍铄、思维敏捷。在热情招呼客人坐定之后，他开门见山地对我说："文朝同志，我是从报纸、刊物上读到你的诗词和文章，感到很有时代感、思想性和艺术性，所以一直想找个机会和你当面交流、切磋一下。"我忙说："感谢首长厚爱！像您这样德高望重的老领导，能够关心、重视中华诗词，是中华诗词事业之幸。我也很荣幸能够有机会当面聆听像您这样的高层老首长，在弘扬中华传统诗词方面的教诲。"打开诗的话题，我们一下子就缩短了年龄和身份上的差距，而且谈得很投机。春云同志关于传统诗词必须关注时代风云，抒发时代情感，反映火热生活，反映大众心声等诗观，使我很受启发。临别，春云同志递给我一本《姜春云诗词选集》打印清样，并非常诚恳谦虚地让我抽空指点一下。我说不敢妄言，一定认真拜读。

打开散发着清幽芳香的《姜春云诗词选集》样稿，一股历史风云和时代气息扑面而来。我逐篇学习，掩卷思考，几番感悟便油然而生。

一、人生足迹的诗情诠释

按照党和国家的有关规定，像姜春云同志这样级别的老领导，退下来后经过报批，可以出一部图文并茂的人生履历《画传》。我去这天，正好看到《姜春云人生足迹》画传的清样送审本，于是便向首长借阅了一下。对照《姜春云人生足迹》的具体内容和《姜春云诗词选集》每篇的创作时间，不难看出，姜春云同志的“诗词选集”正是对其“人生足迹”的诗情诠释。《姜春云诗词选集》内容上分为六个部分：一、“壮美河山”；二、“绿染华夏”；三、“人文名胜”；四、“红色记忆”；五、“农耕天地”；六、“人生情感”。时间跨度从1982年5月到2016年10月。正是他人生最辉煌、最成熟的一段岁月。

最早收入本诗集的诗篇，是发表于1982年5月22日《大众日报》的组诗《看五莲县山山水水》。这是姜春云同志担任山东省委副秘书长、秘书长期间，带领山东省委办公厅的同志，就山区建设方针问题，到潍坊地区五莲县（现划归日照市）调查研究，有感而发写下的。当时的历史状况是，长期以来，山东不少山区为了保粮，大肆垦荒，将原本就稀缺的林木也砍光了，结果导致水土流失，山林、农业都遭受损失。五莲县较早认识到“山区要致富，就得多栽树”，走出了一条造林绿化、生态发展的成功之路。姜春云同志和工作组认真总结了五莲县的经验，又即兴创作了《绿化》、《行路》、《园艺》、《赞花》四首组诗。把五莲的经验和自己的认识，进行了诗意升华，展现了五莲县“山川葱郁翻绿浪，村村花果处处园”的诗情画意。发表于1984年7月14日《大众日报》的组诗《走黄河千里大堤》，则是通过《摇篮》、《功过》、《神通》、《崛起》四部曲，把黄河的自然壮观、人文地位、历史功过、现实治理、美好未来等，进行了诗意抒发，揭示了“一从江山人民坐，无羁黄龙被降缚”的历史变迁。

1996年7月，作为中共中央政治局委员、书记处书记和主管全国农业农村工作的国务院副总理，春云同志深入到贵州西部石山区访问贫困农民，有感而发创作了《石山区访贫》一诗，历述了“幢幢茅屋居室陋，户户山民少吃穿”的心酸场景，从而发出了“星火急救岂容缓”的心底誓言。春云同志1997年10月到延安，2001年11月到遵义，2002年5月到井冈山、瑞金，2003年9月到西柏坡。在“红色记忆”章节里，作者以《满庭芳·延安》、《拜谒遵义会议会址》、《踏莎行·井冈山》、《望海潮·红色瑞金》、《庆春泽·西柏坡》等篇什，抒发了“人民江山，得来何易！烈士鲜血写史诗”、“观烈士丰碑，经霜弥坚”、“长征路遥远”、“运筹帷幄破敌阵，摧枯拉朽转乾坤”、“今日有幸谒圣地，振兴中华吏激情”等继承遗志、接力长征的诗意豪情。创作于2002年11月的《沁园春·马江吟》，则是通过参观福州马尾港，凭吊中国现代海军摇篮，发出了“固堡垒，军民心相连，长治久安”的心声。

春云同志从领导岗位退下来后，依然关心着党的建设、祖国的发展和人民的幸福，这个时期的诗作，也更显得深沉。如2003年4月，作者在《晚霞曲·离退》的自注中写道：“2003年3月，我从领导岗位上退下来，既感到‘无官一身轻'，又总想回顾梳理一下几十年的实践，做一些有益的探索工作。”并由衷地发出：“春华时节忙耕耘，秋实如期当收获”的咏叹。创作于2016年10月的《新型农业赞》则把作者1987年在山东诸城总结的“农工商贸一条龙”的经验，与2013年农业部对全国农业化龙头企业发展至11万家的统计结果联系起来思考，从而对新型农业发展方向，进行了诗情展现。创作于2016年3月8日的《奔向“十三五”——贺两会》，则是抒发了作者“绿色中国最美丽”、“中华振兴正扬帆”的豪迈情怀。

二、公仆情怀的诗意表达

诗言志。春云同志作为从农村基层逐步走上党和国家领导岗位的老领导，心系农村，心系大众的公仆情怀，具有其与生俱来的天然性。这种公仆情怀，在他的诗词选集里，也得到了诗意表达。

例如：创作于1982年春夏之交的《农亦工——昌邑县社队工副业见闻》，作者欣喜地写道：“渤海之滨春意浓，花红时节昌邑行”，“疑是置身厂区里，哪知乡间农亦工”。2000年5月，作者到江南农村调研有感而作《农家乐》，热情咏叹道：“耕作方式变，农夫不再忙”。“村村建新舍，户户奔小康”。1997年7月，春云同志到陕北调查研究，听延安市枣花流域的农民介绍，他们那里全是坡耕地，跑水跑土跑肥。过去广种薄收，人均八亩地全种粮食，还吃不饱。后来建设高产稳产田，把坡地整平，精种高产，亩产千斤，人均种二亩粮食吃不了，剩下的六亩种林果牧草，不仅绿化山坡，而且增加了收入。2016年10月，春云同志经过多年思考，创作了《耕作变更颂》，在自注中明确指出，广种薄收还是精种高产，是中国农业发展的一个关键问题。并在诗中鲜明地对比道：“山岗坡地跑水土，人均八亩饿肚皮”；“改种高产稳产田，只种二亩吃有余”。2005 年 10 月作者到河北张家口张北县调查研究，看到坝上的美好秋景和人民的祥和生活，在即兴创作的《坝上秋韵》中吟唱道：“千尺海拔塞外地，无垠原野换素装”；“湿地苇丛鸟飞舞，白云飘处聚牛羊”。

春云同志作为曾经主管全国农业农村工作的国务院副总理，注重生态治理，加强环境保护，改善人民的生存条件，是他公仆情怀的重要情结。2012 年 9 月，姜春云同志在长期思考和潜心研究的基础上，以编审委员会主任、总撰稿人的身份，主编出版了《拯救地球生物圈——论人类文明转型》的环保专著。该专著以十五篇章，洋洋 45 万字，重新审视人类与自然的关系，深刻论述了人类文明转型的历史必然性、现实针对性，以及措施、标准和办法等，为国家环保工作科学研究，作出了重要贡献。在他的诗词集中，着重有生态情结的充分展现。他在《沁园春·绿染华夏》中深刻写道：“人口剧增，毁林垦荒，掠夺开发患无边。”“醒来方知悔憾。毁生态，无异灭人烟！需天人合一，道法自然，良性循环，旧貌新颜”。他在《赤峰防治沙化》一诗中欣喜地写道：“千丘红杏映朝阳，万壑骄杨叶正黄。”“绿海原生戈壁锁，沙暴从此不再狂！”在四部曲《散文诗·大漠心吟》中，更是对治沙造林情怀，作了酣畅淋漓地抒发。在《水龙吟·乡情》中作者又深情地写道：“叹年少离家，霜鬓复归，情怀旧，似醉酒。”“户户瓦屋楼宇，果园绿，嫩麦如韮。父老温饱，其乐悠悠，吾喜心头。”

三、真情实感的诗心存照

春云同志主张，写诗一定要抒发自己的真情实感，与其无病呻吟，还不如不写。所以，一部《姜春云诗词选集》，可谓是其真情实感的诗心存照。

姜春云同志作为人子、人夫、人父，首先有一份浓浓的亲情。他在为纪念父亲姜振令诞辰113周年而作的《父亲》一诗中，深情回顾了父亲“八秩含辛黄连苦，求生累弯腰椎骨”的艰辛人生经历和“超凡技艺木工匠，行善百家修镰锄”的手艺，以及“育教子女沥心血，理当沐浴报恩雨”的未等子女报恩的遗憾。姜春云同志的岳母刘天香，在曾任胶东抗日联军政治部主任的丈夫李佐民29岁壮烈牺牲后，含悲忍痛抚育革命烈士遗骨、坚持革命斗争的革命风范和奉献精神，令作者十分钦敬。作者在《岳母》一诗中，对老人家寄托了无限哀思，表达了崇高敬意：

战火绝情亲人逝，哀天泣地无回音。
烈士捐躯万民颂，家人悲痛顿失魂。
携子带女苦度日，传承遗志献忠心。
狂风暴雨识劲草，高风亮节励后人。

在2003年为老伴李志娥70周岁生日而作的《老伴》一诗中，则深情赞颂老伴“风雨兼程七十冬，行进路上步未停”、“不枉艰辛大半生，学业事业皆有成”的人生成就以及“忘忧解烦心态平，欢乐祥和夕阳红”的幸福晚年。而在《忆段君毅同志》、《忆王众音同志》、《忆张明同志》等篇什中，则抒发了作者对老领导、老同志的深情厚谊。在自己七十五岁生日杂感《生命常青》一诗中，作者又显现出“人生短暂可延绵，万物消长总有缘”、“时光珍惜莫枉度，当把美好寄人寰”坦然与淡定。

作者的真情实感，还超出了亲情、友情等情感范围，升华到对祖国大好河山和中华厚重文化的热爱之情。在《岱宗吟》一诗中，作者热情歌颂了中国“五岳”之首的东岳泰山“历尽沧桑几多变，岱宗凌空亿万年”的雄伟壮丽之自然景观和“傲立华夏护国泰，稳如磐石佑民安”的象征“国泰民安”之人文价值。在《长白山天池》一诗中，作者倾情赞颂了充满神话传说色彩的长白山天池，“山高拔地三千尺，池水湛蓝百丈渊”、“九天仙女别瑶池，彩裙飘飘再下凡”的人间仙境之风韵。在为我国古代“四大书院”之一的河南“嵩阳书院”所写的诗篇中，作者深情礼赞了中国书院文化的源远流长和历史变迁：“世人皆知少林武，鲜闻嵩阳书院古”、“华夏文明源流长，而今挥毫绘新图。”在河北省张家口市涿鹿县参观黄帝城三祖文化遗址后，作者豪情满怀赋《瞻仰黄帝城》一诗，赞颂轩辕皇帝“合符都邑涿鹿城，三祖联盟大一统”的实现中华统一、开创千古文明之历史功业，展望中华民族“华夏文明千古秀，东方巨龙正升腾”的美好未来。

写诗填词是诗人的心灵写照。不论居庙堂之高，还是处江湖之远，凡为诗者，都有自己观察社会的视角和感悟生活的体会。像春云同志这样，曾经身为党和国家领导人，还能够几十年如一日，激情澎湃，笔耕不辍，以实际行动写诗填词，关注中华诗词事业，其行为感召力是不言而喻的。为此，我做为一名弘扬中华诗词事业的后来人和志愿者，向春云同志表示敬意！

认真拜读了《姜春云诗词选集》之后有感而发，匆匆涂鸦了上述文字，不当之处，请春云同志批评赐教。

（二〇一七年三月三十一日于北京齐贤斋）

序《纪念中华诗词学会成立三十周年暨首届“沈鹏诗书画奖”大赛获奖作品集》

中华传统文化博大精深，丰富多彩，源远流长。中华“诗书画”都是植根于中华传统文化沃土里的艺术奇葩，堪称中华文化艺术宝库中的三颗明珠。首先，中国是一个诗的国度，国魂凝处是诗魂。这里所说的“诗”，主要指唐诗宋词为代表的中华传统诗词；这里所说的“书”，特指的是散发着独特视觉艺术魅力的汉字书写艺术；这里所说的“画”，又是专指中国传统绘画形式的“中国画”，主要题材表现为人物、山水、花鸟等。盛唐时期的著名文学家、诗人、书画家郑虔（691-759），作山水画一幅，并自题诗献于圣上，受到玄宗皇帝的高度赞赏，御署“郑虔三绝”，使其名扬天下。从此，诗书画三绝，便成为名人雅士集三种艺术于一身、多才多艺的美称。我们不必去进行太专业的历史考证，仅从广为流传、众所周知的苏东坡自书词《念奴娇》“大江东去”和毛泽东自书词《沁园春·雪》中，就可以感受到豪情奔放、气象恢宏的词意，通过作者飞龙舞凤、刚劲飘逸的书法艺术展现，其艺术冲击力和感染力，是其他样式文字载体所无可比拟的。而元末明初著名“诗书画家”王冕自题诗的《墨梅图》，那柔枝铁骨、清香淡雅的墨梅图卷，配以题诗：“我家洗砚池头树，朵朵花开淡墨痕。不要人夸好颜色，只留清气满乾坤”，就给“花开淡墨痕”的画意，注入了“清气满乾坤”的诗魂。这些都成为文坛艺苑的佳话。因此，培养造就集诗书画艺术于一身的当代名流雅士无疑是弘扬中华传统文化的一大亮点。

党的十八大以来，以习近平同志为核心的党中央高度重视弘扬中华传统文化，习近平总书记更是率先垂范，把诗情画意引入伟大的中国梦。2015 年 10 月，下发了《中共中央关于繁荣发展社会主义文艺的意见》，今年 1 月，中共中央办公厅、国务院办公厅又印发了《关于实施中华优秀传统文化传承发展工程的意见》，两个文件都强调要“加强对中华诗词、音乐舞蹈、书法绘画、曲艺杂技和历史文化纪录片、动画片、出版物等的扶持。”著名书法家、美术评论家、诗人、编辑出版家沈鹏先生，特此向中华诗词学会捐出一笔款项，以支持中华诗词事业的繁荣发展。中华诗词学会研究决定以此资金为基础，设立“沈鹏诗书画奖”项目。扶持、鼓励当代“诗书画”全面发展之创作人才。“沈鹏诗书画奖”活动，从 2017 年开始，两年一次，将长期举办。

2017 年 5 月 31 日，是中华诗词学会成立三十周年，借此机遇，我们举办“纪念中华诗词学会成立三十周年暨首届‘沈鹏诗书画奖’大赛”及展览活动，更有着特殊的历史意义。

本次活动的开展，得到了近二十家媒体的争相报道。参赛者年龄跨度从 13 岁到 96 岁；参赛地域包括祖国大陆、海峡两岸，乃至大洋彼岸的加拿大、美国；参赛人员从农民到白领、从党政军群到企业界、从市民到官员、从小学学生到大学教授……无不有之。参赛范围之广，令人鼓舞！尽管本次大赛要求同一幅诗书画或诗书作品必须是由同一位作者独立完成，较之以往的诗书画大赛作品无疑增加了难度，但在短短的时间里，大赛组委会收到的参赛作品数量还是非常可观的。

举办由一名作者独立创作完成的“诗书画”大赛，在中华诗词学会成立三十年来的历史上还是第一次。学会领导对此高度重视，加强领导。分管领导则是倾心尽力靠上抓。本次大赛共分为“诗书画”和“诗书”两类作品样式。诗是书画之魂，书艺是诗魂之载体，画意是诗情之展现。把诗书画艺术融为一体，精美结合，是本次大赛追求的最高境界。为了确保评奖质量，大赛组委会非常荣幸地诚请到在当代诗书画界享有盛誉的名师大家担任评委会的名誉主任，对大赛评奖进行艺术指导。同时聘请当代诗书画界权威名家组成评委会进行具体评奖工作。评委会本着公开、公平、公正和法眼、铁面、宁缺毋滥的原则，对投稿作品进行初评、中评、终评层层把关。他们首先对作品从诗书画总体上予以初选。然后，由研究和创作国画、书法的权威学者选出入围的国画、书法作品，再由诗词名家认真把关诗词格律，对比诗词意境，把握时代精神与诗词艺术的统一，把握诗情、画意、书魂有机融为一体。这样经过反复比较，多次商量，最后又经沈鹏老对“诗书画”和“诗书”两类作品中的一、二、三等奖作品，亲自审看把关首肯，最终达成共识：从自然来稿的1600多幅作品中，分别评出“诗书画”和“诗书”类作品一等奖各1名，二等奖各2名，三等奖各3名，优秀奖各5名，入围奖各20名。共计62名获奖者62幅作品（投来多幅作品的同一名作者只择优选其一幅）。为了保证展览和出书的品位和质量，大赛组委会通过诗书画界的名家朋友，特邀了部分擅长诗词的书法、绘画界名家和诗词队伍里的书画家或书画爱好者，提供部分特邀作品予以参展和出书。

需要说明的是，由于第一次举办这类集“诗书画”或“诗书”于一身的大赛，不仅缺乏经验，而且时间仓促，在工作中还有一些不足和遗憾：主要表现为，一是从广泛发动到截稿时间相对较短，致使不少海外作品未能在规定时间内寄到，这一问题，将在今后组织实施中注意防止；二是由于参赛作品要求“诗书画”或“诗书”的精美统一，致使有些书法、绘画艺术品位不错的作品，因为诗词水平的欠缺或有些诗词不错的作品，因为书法、绘画艺术不到位而被割爱。即使入选的作品，也有不少存有某些艺术方面的缺憾；三是即使对特邀作品，经评委集体研究把关，少数因为艺术品位没有达到基本要求也未能入选，特致歉意。

中华诗词学会以促进中华“诗书画”艺术全面发展为己任，举办此次活动，意在展示作为中华传统文化精华——“诗书画”的艺术魅力；提高人们对中国传统“诗书画”的审美修养和人文价值的认识，同时给这方面的艺术爱好者一个相互交流的平台和展示才华、实现梦想的舞台；以此扶持、鼓励、促进中华“诗书画”全面发展之创作人才的培养。从而为中国社会主义文化大发展大繁荣尽一份绵薄之力。

现将首届“沈鹏诗书画奖”大赛评选出的获奖作品及特邀作品布置展览并编辑出版，一方面对入展、入书者予以肯定和鼓励，为其留下自豪的人生足迹；另一方面激励更多的有识之士参与到传承弘扬中华“诗书画”全面发展的行列中，共同为繁荣发展中华诗词、书法、绘画做出贡献。同时，期许得到各位方家赐教，为今后“沈鹏诗书画奖”活动的成功举办提出建设性的宝贵意见。

受大赛组委会和学会会长会议的委托，作为本次大赛的组委会执行主任、评委会执行主任，把这次大赛的举办初衷、基本原则和评选情况等，记述下来，作为历史存照。不当之处，请各位领导、专家和朋友批评指正。仓促复命，权且为序。

（二〇一七年五月八日于北京）

感悟火热生活　提炼精辟对仗

——漫谈诗词创作中的对仗艺术

押韵、平仄、对仗，是格律诗词创作的三大基石。其中押韵、平仄是起点和基点，而对仗则是难点和亮点。对仗对于律诗来说尤其重要。一两联精辟的对仗，可以给一首律诗增添奇光异彩。因此，诗词创作中的对仗艺术，在格律诗词特别是律诗创作中是至关重要的。

在这一话题展开之前，我想先从新疆师范大学星汉教授的一篇文章说起。星汉先生是中华诗词学会第二、三届的副会长，第四届为顾问，是当代中国公认的实力派诗人。在我的拙作《李文朝诗词诗论选》出版不久，星汉教授写了篇文章《李文朝诗词对仗浅说》，在“内容提要”中“肯定其对仗源于生活的优长”。并在文中指出：“遍览《李文朝诗词诗论选》中的诗词对仗，我们不难发现其工整稳健的优长。在内容上清新活泼，不见陈腐的典故，以上所举例子，无不如此。笔者以为，文朝诗词的对仗，其难度要超过追求‘古色古香’、以用生典僻典来炫耀所谓学问的当代诗家词客，因为文朝诗词的对仗源于火热生活，而不是僵冷的书本。不见借鉴，不见依傍，故而难得。”这里面，除了老朋友间的过奖鼓励、鞭策之外，对星汉教授“肯定其对仗源于生活的优长”，我还是引为知音的。

我历来主张写诗填词是诗人个性的张扬。一个诗人崇尚什么样的诗风，展现什么样的心迹，那是各人的创作自由，别人无可强求。但我本人作为一个长达半个多世纪的中华诗词业余爱好者，在某种程度上，和诗界革命的先驱黄遵宪先生“我手写我口”的主张是相通的。即写诗填词不要依猫画虎，不要鹦鹉学舌，不要拾人牙慧。要用自己的眼睛去观察、用自己的大脑去思考，用自己的灵感去升华，把自己对火热生活的所感所悟，构建成诗词意象，提炼出诗词语言，从而形成具有自身所处时代特征的自己的诗词风采和诗词气派。当然，这样创作起来的难度要比较大。在困难面前，同样也要有“狭路相逢勇者胜”的气概。要自我加压，自我设难，努力探索“无限风光在险峰”的创作境界。总怕留有缺憾，有待继续努力，也是有益的。

我主要讲两个方面的问题。

一、关于诗词创作中把握对仗的基本要求

根据中国著名语言学家王力教授的基本教材，我把诗词创作对仗中最有代表性的有关律诗创作中对仗的基本要求，简要摘录如下，不作详述。因为我们是高级研修班，报名来参加学习的诗友，对这些基本知识已经大体了解，我在这里梳理一下，就是为了让诗友们对这方面的基础知识，有个系统的掌握。

诗词中的对偶，叫做对仗。古代的仪仗队里是两两相对的，这就是对仗这个术语的来历。所谓对偶，就是把同类概念或对立的概念并列起来。对偶可以句中自对，又可以两句相对。上句叫出句，下句叫对句。对偶的一般规则是名词对名词，动词对动词，形容词对形容词，副词对副词。对偶是一种修辞的手段，它的作用是形成整齐的美。律诗中的对仗，还有它更严格的规则。关于格律诗对仗的知识，主要应该掌握以下几点：

（一）对仗的种类

词的分类是对仗的基础．依照律诗的对仗，概括起来，词大约可以分为下列九类：①名词，②形容词，③数词（数目词），④颜色词，⑤方位词，⑥动词，⑦副词，⑧虚词，⑨代词（之、其可以归入虚词）。同类的词相为对仗，我们应该特别注意 4 点：①数目自成一类，“孤”、“半”等也算数目。②颜色自成一类。③方位词自成一类。主要是东、西、南、北等字。这三类词很少跟别的词相对。④不及物动词常常跟形容词相对。连绵词只能跟连绵词相对。连绵词当中又再分为名词连绵字（鸳鸯、鹦鹉等），形容词连绵字（逶迤、踊跃等）。不同词性的连绵字，一般还是不能相对。专名只能与专名相对，最好是人名对人名，地名对地名。名词还可以细分为以下一些小类，大体有 11 种。即：天文、地理、时令、宫室、服饰、器用、植物、动物、人伦、人事、形体等。

（二）对仗的常规——中两联对仗

为了说明的便利，古人把律诗第一二句叫做首联，第三四句叫做颔联，第五六句叫做颈联，第七八句叫做尾联。

对仗一般用在颔联和颈联，即第三四句和第五六句。因为时间关系，且是基础知识，我就不再举例说明了。

（三）首联对仗

首联对仗可用可不用。首联对仗，并不能因此减少中两联的对仗。凡是首联用对仗的律诗，实际上常常是总共三联的对仗。五律首联用对仗的较多，七律用对仗的较少。但是这个情况不是绝对的；在首句入韵的情况下，首联用对仗还是可能的。

（四）尾联一般是不用对仗的。到了尾联，一首诗就要结束了。对仗不大适宜于作结束语的。但是，也有少数的例外。例如杜甫的《闻官军收河南河北》，最后两句“即从巴峡穿巫峡，便下襄阳向洛阳”。一气呵成，是一种流水对。这和一般的对仗不大相同。当然全篇都用对仗的也有，只是比较少见。

（五）少于两联的对仗

律诗一般以中两联对仗为原则，但在特殊情况下，对仗可以少于两联。这样就只剩一联对仗了。这种单联的对仗，比较常见的是用于颈联。如李白《塞上曲》第一首之颈联“晓战随金鼓，宵眠抱玉鞍。”

（六）长律的对仗

长律的对仗和律诗同，只有尾联不用对仗，首联可用可不用，其余各联一律用对仗。

（七）对仗的讲究

律诗的对仗讲究颇多，择其要者有以下几点。

（1）工对。凡同类的词相对，叫工对。名词既然分为若干小类，同一小类的词相对，更是工对。有些名词虽然不同，但在语言中经常并列，如天地、诗酒、花鸟等，也算工对。反义词也算工对。例如李白《塞下曲》的“晓战随金鼓，宵眠抱玉鞍”就是工对。

句中自对而又两句相对，算是工对。如杜甫诗中的“国破山河在，城春草木深”，山与河是地理，草与木是植物，对得很工整了，于是地理对植物也算工整了。

在一个对联中，只要多数字对得工整，就算工对。例如毛主席《送瘟神》其二：“红雨随心翻作浪，青山着意化为桥。天连五岭银锄落，地动三河铁臂摇”。“红”对“青”，“着意”对“随心”，“翻作”对“化为”，“天连”对“地动”，“五岭”对“三河”，“银”对“铁”，“落”对“摇”，都非常工整；而“雨”对“山”，“浪”对“桥”，“锄”对“臂”，名词对名词，也还是工整的。

超过了这个限度，那不是工整，而是纤巧。一般地说，宋诗的对仗比唐诗纤巧；但宋诗的艺术水平反而比较低。

这里特别要提醒是的：同义词的相对似工而实拙。《文心雕龙》说：“反对为优，正对为劣”。同义词相对一般比正对自然更“劣”。如果出句与对句完全同义或基本同义，叫做“合掌”，更是诗家的大忌。

（2）宽对。形式服从于内容。诗人不应该为了工对而损害了思想内容。同一位诗人在一首诗中用工对，在另一首诗中用宽对，那完全是看具体情况而定的。

宽对和工对之间有邻对，即邻近的事类相对。例如天文对时令，地理对宫室，颜色对方位，同义词对连绵词等等。如王维《使至塞上》：“征蓬出汉塞，归雁入胡天”。以“天”对“塞”，是天文对地理；陈子昂《春夜别友人》：“离堂思琴瑟，别路绕山川”，以“路”对“堂”，是地理对宫室，这类情况是很多的。

稍为再宽一点，就是名词对名词，动词对动词，形容词对形容词，这是最普遍的情况。

若是更宽一点，那就是半对半不对了。首联的对仗本来可用可不用，所以首联半对半不对自然是可以的。陈子昂的“匈奴犹未灭，魏绛复从戎”，李白的“渡远荆门外，来从楚国游”就是这种情况。如果首句入韵，半对半不对的情况就更多一些。颔联的对仗本来就不像颈联那样严格，所以半对半不对也是常见的。如杜甫的“遥怜小儿女，未解忆长安”就是这种情况。

（3）借对。一个词有两个意义，诗人在诗中用的是甲义，同时借用它的乙义来与另一个词相为对仗，这叫借对。例如杜甫《巫峡敝庐奉赠侍御四舅》中“行李淹吾舅，诛茅问老翁”，“行李”的“李”并不是“桃李”的“李”，但诗人借用“李”与“茅”作对仗。又如杜甫《曲江》“酒借寻常行处有，人生七十古来稀”，古代八尺为寻，两寻为常，所以用寻常来对数目字“七十”，也是可以的。

有时候，不是借意义，而是借声音。借音多见于颜色对，如借“篮”为“蓝”，借“皇”为“黄”，借“沧”为“苍”，借“珠”为“朱”，借“清”为“青”等。杜甫《恨别》：“思家步月清宵立，忆弟看云白日眠”。以“清”对“白”。又如《赴青城县出成都寄陶王二少尹》：“东郭沧江合，西山白雪高”，以“沧”对“白”，就是这种情况。

（4）流水对。对仗一般是平行两句的话，它们各自有独立性。但是，也有一种情况是一句话分成两句说，其实10个或14个字是一个整体。出句独立起来没有意义或至少是意义不全。这叫流水对。例如：“即从巴峡穿巫峡，便下襄阳向洛阳”。（杜甫）“人怜巧语情虽重，鸟忆高飞意不同”。（白居易）“塞上长城空自许，镜中衰鬓已先斑”。（陆游）等等。

总之，律诗的对仗不像平仄那样严格，诗人在运用对仗的时候有更大的自由。艺术修养高的诗人常常能够成功地运用工整的对仗，来做到更好地表现思想内容。遇必要时，也能够摆脱对仗的束缚来充分表现自己的意境。无原则地追求对仗的纤巧，那就是庸俗的作风。

以上就是著名语言学家王力教授关于律诗对仗基本知识的概述。当代诗人词家有关律诗对仗的讲课和对仗的研究，大都是对王力教授有关基本教义的阐释、举例和发挥。

然而，正如中国古训所言：百说不如一做。对相关基本知识掌握得再熟，如果不付诸创作实践，也是空谈。在这里要说明一个问题，老师讲课中引用什么作品，完全属于他的学术自由。因为检验一堂课质量高低，效果好坏，最终标准是学员愿听不愿听、欢迎不欢迎、答应不答应。不论引用古人的、今人的还是自己的作品示例，都应该以讲课内容需要为前提。例如鉴赏古诗词，必须引用古人的名篇佳作，这类课程是从事古典文学教学、研究的专家教授们的学术专长；分析当代诗词，必须大量引用当代诗人词家的代表性作品，这是从事诗词报纸、刊物、网站编辑及研究者的职业所长；升华创作感悟，交流创作体会，则是所有从事诗词创作的各类人等的“寸有所长”。大家参加研修学习的主要目的是提高创作水平。鉴赏名篇佳作，分析创作形势，最终也应为指导创作服务。而升华创作感悟，交流创作体会，则是直接服务于创作。不论成败得失，对大家都是一种启迪。因此，下面我要讲的第二个问题，也是着重要讲的问题。

二、关于诗词创作中提炼对仗的实践感悟

因为律诗的对仗，在诗词创作中最具典型性和代表性，所以我们漫谈创作实践感悟，也以律诗创作中的对仗提炼作为主要研究对象。

（一）、关于综合反映一个特定地域律诗创作中的对仗提炼——借鉴聚焦手法，捕捉标志亮点。

首先需要说明，这是一个存在争议的话题。新诗界的朋友，曾经对此提出过质疑：格律诗意欲用八句话的一首律诗，来综合反映一个地域（地市或县区）这几乎是不可能的。我认为，朋友提出的这一质疑，有其客观性。但能不能用一首律诗来反映一个地域的意象风貌，这是一个创作实践问题。回答应该是肯定的。套用黑格尔的一句哲学命题，存在的就是合理的。那么在诗词创作对象上，需要的就是应该的。从中华诗词学会创建“诗词之市”、“诗词之乡”和《中华诗词》杂志社举办“青春诗会”、“金秋笔会”的实践来看，相关领导、群众和诗友，很希望前来考察采风的诗人词家能为当地写首标志性的律诗或词。这和李白、杜甫时代诗家潇洒自在、独往独来的社会需求，有了明显不同。因此诗教活动组织者和责任人，为相关地域综合写诗填词的文化责任，便应运而生。这是诗词队伍必须面对的现实课题。但至于能不能写好，则是个艺术提高的问题。

由于在中华诗词学会和《中华诗词》杂志社的工作所系，这些年来，综合为一个地域创作诗词的任务，对我挑战不小。学会机关诗友戏称我为“撑场子”。这种“撑场子”诗词作品创作的酸甜苦辣，我也确实体会较深。

就以 2016 年 9 月到山东临朐举办“金秋笔会”为例，去之前临朐诗友代表县领导和群众意愿，提出让我为临朐写首诗。山东是我的故乡，乡亲们的这个面子是必须要给的。于是，我上网查阅了临朐的大量资料，借鉴镜头聚集等手法，捕捉临朐标志性亮点：位于临朐境内的沂山主峰玉皇顶，有鲁中仙山之称；临朐西周时称骈邑，西汉置县，距今已有两千多年的历史；临朐山旺古生物化石产生的硅藻土，层薄如纸，宛若书页，古人称之为“万卷书”；临朐还是中国“小戏之乡”、“奇石之乡”、“书画之乡”；是生态旅游的先进县，等等。这就是临朐标志性的地域亮点。着手创作后，经过多次修改和广泛征求各方意见，逐步形成了七律《临朐抒怀》以下诗篇：

毓秀钟灵誉鲁中，沂山壮美沐仙风。
千秋骈邑从今越，万卷层书自古通。
戏小情长明世理，石奇形巧见天工。
原生胜境融诗画，筑梦群星耀碧空。

其中颔联和颈联的对仗各具特色：颔联的“千秋”对“万卷”；“骈邑”对“层书”，这个标志性亮点就比较突出，因为临朐西周时称为骈邑，“骈”是并列的意思，而“万卷书”又是一层一层的，“骈邑”对“层书”这两个亮点是临朐独具特色的。最后，“从今越”对“自古通”都应该属于工对。颈联则把“小戏之乡”和“奇石之乡”灵活起来加以对仗。“戏小”对“石奇”，“情长”对“形巧”，“明世理”对“见天工”，应该是比较巧妙的工对。且无纤巧之嫌。

又如2013年9月上旬，我们到即墨举办金秋笔会期间，我为即墨市创作的《七律·即墨即咏》也是聚焦彰显了即墨市的标志性亮点：

千载商都墨水滨，财源文脉两惊人。
火牛陷阵雄威壮，义士捐躯正气纯。
泉海涌金开富路，石林化木探奇因。
繁荣贸易连天下，黄酒蓝城硅谷新。

这里开头就点明了即墨是靠墨水河而得名，（秦代置县，隋朝建城）有千年商都之美誉，其财源之广，文脉之长，都是令人惊叹的。颔联则包含了发生在即墨的两个著名历史故事，田单火牛阵破燕和田横五百士殉节。以“火牛”对“义士”，“陷阵”对“捐躯”，“雄威壮”对“正气纯”是工对。颈联则介绍了被列为国家级自然保护区的即墨马山柱状节理石柱群和硅化木两大地质奇观。其中“泉海”对“石林”，“涌金”对“化木”，“开富路”对“探奇因”也应算是工对。再加上尾联即墨黄酒和当代建设新成就的内容，一个独具即墨标志特色的城市名片也就打造出来了。

再如北京市前门大街，虽然不是建制的市县，但也是特定地域，而北京市的街道办事处就是正县级。2012 年 7 月，北京市东城区文联、作协举办了一次北京中轴线景观诗词大赛。由于我原来工作的单位解放军电视宣传中心在北京中轴线东侧，属东城区，所以东城区作家协会聘请我为顾问。这次中轴线景观诗词大赛，主办单位一定要我为他们写首诗，以示支持。于是，我便抓住中轴线上的特色地段前门大街，并聚焦前门大街的标志性亮点，写了一首七律《前门大街》：

华夏京都中轴线，正阳门外箭楼前。
一条街道连今古，两列商家缩地天。
财汇五洲生异宝，风来八面聚高贤。
名牌老号添新彩，国运民情喜变迁。

稿件交给他们后，被组委会隐去姓名，作为正常来稿参评，无意间获了个一等奖。其中颔联，“一条街道”对“两列商家”，“连今古”对“缩地天”，体现了动宾结构时间与空间的对仗。颈联“财汇五洲”对“风来八面”，“生异宝”对“聚高贤”不仅对仗工稳，而且在内容上聚焦展现出前门大街的标志性特色。

近些年来，由于工作需要，我“从命”创作的这些综合反映一个地域风貌的诗词作品不少。如七律《沂水壮怀》、《天水放歌》、《白银礼赞》、《咏丽水》、《寿光》、《开封寄怀》、《宣城抒怀》、《咏辽阳》、《赤峰抒怀》、《永城畅怀》、《咏恩施》、《三沙礼赞》、《岷县抒怀》、《环县寄怀》，五律《沧源抒怀》、《来凤抒怀》、《咏瑞昌》等诗篇，以及《沁园春·濮阳》、《临江仙·彭水》、《清平乐·乾州古城》、《水调歌头·义乌感赋》、《水调歌头·北流寄怀》、《水调歌头·临沧》等等词篇。这种综合反映特定地域类诗词作品，都不乏应有的体现标志性亮点的诗词对仗联句。创作这类诗词作品，究竟是有益的实践探索，还是徒劳的临场应酬，只有实践才是检验真理是非的标准。

多年的创作实践证明，这类综合反映某个地域特色的诗词，还是很受当地领导和群众的欢迎的，并在地方文化史志中占有一席之地。

（二）关于综合反映一个特定人物律诗创作的对仗提炼——借鉴漫画笔法，彰显个性特点。

综合反映一个特定的历史人物或现实人物，是诗词创作中的经常性题材。那么，如何写像、写活一个特定人物，借鉴漫画笔法，提炼鲜活对仗，彰显人物个性特色，便是律诗写作中一个关键环节。

以中国妇孺皆知的诸葛亮为例，他是中国智慧的化身。而且他的智慧是以《三国演义》中的传奇故事作为流传载体的。因此提炼诸葛亮这一特定历史人物的鲜活对仗，应以《三国演义》中深得人心的诸葛亮的生动故事作为创作提炼的个性亮点所在。如“隆中对”、前后“出师表”、“六出祁山”、“七擒孟获”、“功盖三分国”、“名成八阵图”等等。这些代表性亮点，与数目字分不开，而大家知道在平水韵中，除了三是平声字外，其余均为仄声或入声。因此，形式服从内容。创作一首彰显诸葛亮人生亮点的律诗，采用新声韵比较主动。于是，我创作的高度概括诸葛亮一生的七律《谒定军山武侯墓》就是采用新声韵，对数目字的运用，也颇下了番功夫。全诗这样写道：

古柏森森掩定军，寝宫高冢卧龙人。
永怀蜀业明遗志，光复汉邦存壮心。
六进七擒布八阵，一言两表盖三分。
巨星虽殒灵光在，共仰千秋智慧神。

这样，在要求必须对仗的颈联，“六进”对“一言”，“七擒”对“两表”，“布八阵”对“盖三分”。这一联对仗中用了六个数目字，概括了诸葛亮生平中的六大亮点，只是一、七、八按新韵读平声。当然韵脚也是按新韵把握，使形式更好地服从内容。

再如在河南省郏县城西北22公里的小峨眉山，有埋葬北宋大文学家一门三学士苏洵、苏轼、苏辙的三苏坟。我在七律《三苏坟咏叹》中，既要对“三苏”的文学成就加以概括，又要对其中文学成就最大的苏轼相对突出。全诗这样写道：

巴蜀天骄生硕彦，嵩阳地幸瘗骚魂。
一门学士空来者，两代文章绝古人。
明月青天留问语，大江赤壁荡回音。
苏坟夜雨飘千载，铁板铜琶唱到今。

其中颔联对仗，综合概括了三苏的成就。“一门”对“两代”，“学士”对“文章”，“空来者”对“绝古人”。颈联则以苏轼的两篇代表作《水调歌头》“明月几时有，把酒问青天”和《念奴娇·赤壁怀古》“大江东去，浪淘尽，千古风流人物”的词篇名句突显苏轼的文学成就。其中“明月”对“大江”，“青天”对“赤壁”，“留问语”对“荡回音”。也是工对。

在反映近现代人物缅怀革命先烈李大钊的七律《李大钊颂》，则把李大钊在北大红楼组织领导“五四”运动和被捕后坚持狱中斗争，就义前绞刑架下的报告等人生壮举，特别把他“铁肩担道义，妙手著文章”的代表性名联嵌入诗中：

北李南陈播火忙，茫茫长夜唤晨光。
红楼振臂风雷动，黑狱抒怀意气扬。
纬地铁肩担道义，经天妙手著文章。
绞刑架下传真理，青史千秋颂守常。

其中颔联反映领导“五四”运动和坚持狱中斗争，“红楼”对“黑狱”，“振臂”对“抒怀”，“风雷动”对“意气扬”。颈联则把他的名联巧妙地嵌入，“纬地”对“经天”，“铁肩”对“妙手”，“担”对“著”，“道义”对“文章”。

这就表现出一位活灵活现、特点鲜明的革命先烈李大钊，而不是其他似是而非的人物。

因为综合反映一个人物的诗词作品比较多，而且这类题材不存在争议，所以就不再举例赘述了。

（三）关于综合反映一个事件律诗创作中的对仗提炼——借鉴白描手法，点明要素特色。

综合反映一个事件，必须对这个事件的全貌、本质和要素、特点勾画出来，使读者有所了解。否则，一味强调空灵，讲的不着边际，那就难以写出个性鲜明的“这一个”。以“九三”抗战胜利大阅兵为例。写阅兵题材的诗词不少，但要写活 2015 年 9 月 3 日，纪念中国人民抗日战争胜利 70 周年北京天安门广场的大阅兵，就必须勾勒烘托出这次阅兵与众不同的独特之处。如“老兵列阵”、“少将排头”等，即使同样写铁流滚滚的气势，也要彰显正义之举、文明之师的内涵。七律《抗战胜利大阅兵》：

震撼东方大阅兵，人民胜利鬼魂惊。
老兵列阵狮威显，少将排头虎气生。
动地铁流彰正义，铺天彩练写文明。
长城已若金汤固，宝剑锋寒佑太平。

其中，颔联“老兵”对“少将”，“列阵”对“排头”，“狮威”对“虎气”，“显”对“生”。而颈联则是“动地”对“铺天”，“铁流”对“彩练”，“彰”对“写”，“正义”对“文明”。对仗都比较工稳。而且在内容上也是凸显了与众不同大阅兵的“这一次”。

再如《世纪初年走边关》大型电视系列采访报道，以“披世纪朝霞，走万里边关，领千般风情，颂不朽军魂”为主题，从 2001 年 1 月 1 日新世纪第一缕曙光祖国大陆初照地——浙江温岭石塘镇剪彩开机出发，我们中央电视台军事记者兵分两路，沿着祖国海岸线和陆地边界走了一圈，以每天的“走”来带出新闻，到 2001 年 7 月 31 日在新疆阿拉山口南北两路记者会师，历时 7 个月，行程 4 万多公里，被誉为中国新闻史上的创举和中国电视史上的万里长征。作为这一重大电视采访报道活动的总策划、总监制，我有责任用诗词的艺术形式把它记录下来。于是，我创作了一首七律《世纪初年走边关》：

世纪朝霞映在身，长征创举走新闻。
高原雪域连云哨，大漠沙洲守卡人。
海浪千重歌卫士，边关万里颂军魂。
民族村寨风情画，光彩荧屏满目春。

其中颔联“高原”对“大漠”，“雪域”对“沙洲”，“连云哨”对“守卡人”；颈联“海浪”对“边关”，“千重”对“万里”，“歌卫士”对“颂军魂”。在工对中，使“走边关”的诗情画意，得到美的升华。

2008 年初春，我国南方部分省区发生了多年不遇的严重冰雪灾害，南方军民展开了一场气壮山河的抗冰雪斗争。为了记录反映这一重大事件，我写了首排律《南国抗冰雪》。除了首尾两联，中间各联全部用了对仗。其中反映灾情的三联这样写道：

迎春瑞雪成灾雪，团聚欢声化怨声。
辆辆飞车趴冻链，条条铁路卧僵虫。
凌压线断光明断，雪堵车停活力停。

特别是灾情第三联“凌”对“雪”，“压”对“堵”，“线”对“车”，“断”对“停”，“光明”对“活力”，最后又强化重复了“断”对“停”。这应是严格的工对。但又点化出冰雪灾害的典型性特征。当然这种情况还很多，不再一一列举。

这里特别需要说明一下，在前面讲到反映特定地域、特定人物、特定事件律诗创作中，我讲到了借鉴摄影、绘画的一些术语、技法，是借来为诗词创作升华意象所用的。决不是说在诗词创作中可以有“雕塑绘画”造型艺术之拙劣。此中奥秘要靠诗词作者在创作实践中去探索和感悟。犹如在诗家创作传统忌讳的“地雷”区中，探索出一条出奇制胜的险路。事实上，像白描手法等，在古人作品中不乏其例。马志远的《天净沙·秋思》：“枯藤老树昏鸦，小桥流水人家，古道西风瘦马”等，就是典型的白描手法。

（四）关于具体反映某一事物律诗创作中的对仗提炼——借鉴写意手法，点化神采气韵。

这类题材的律诗创作是最常见的，也是诗友们比较容易掌握的。因为反映的事物比较具体、比较聚象，创作起来既便于把握，又易于灵动。只需运用写意手法，以空灵的笔触，点化出神采气韵即可。没有太多、太硬性的特色指标和任务，就更容易写得意象空灵，神韵潇洒。

如2009年8月我们去上海朱家角采风时的一次泛舟活动，我写了首五律《朱家角泛舟》：

今古宜居地，吴淞一角藏。
幽情生水岸，野趣出天堂。
夜静诗空阔，舟行画卷长。
何当唤苏子，珠里溯流光。

最后一句“珠里”是朱家角的别称。其中颔联“幽情”对“野趣”，“生”对“出”，“水岸”对“天堂”；颈联“夜”对“舟”，是名词对名词，“静”本身也可以作动词，即使作为形容词，它也是和“动”相对的。因此，和“行”可以构成对仗，“诗空”对“画卷”，“阔”对“长”。从而写意点化出一幅空灵、幽静的水墨泛舟图。

再如2012年8月底，我们到内蒙古赤峰市克什克腾采风，这个县级单位的旗，面积达两万多平方公里，同时兼有草原、林海、沙漠、湖泊、湿地等多样景观。在这里面驱车观光，自然令人心旷神怡。于是我即兴写了首五律《驱车克什克腾》：

旷野染秋光，驱车走画廊。
青松流翠绿，白桦泛金黄。
林海连沙漠，草原融水乡。
克旗风景异，长调韵悠扬。

其中颔联10个字有3组6个颜色词，“青”对“白”，“翠”对“金”，“绿”对“黄”，再加上一组名词“松”

对“桦”，一组动词“流”对“泛”；颈联“林海”对“草原”，“连”对“融”，“沙漠”对“水乡”，都应是工对。从而写意出一幅草原风情画。

又如 2015 年中秋夜，我应朋友之邀请，登北京饭店楼顶赏月，结果浓云密布，赏月不遇。北京饭店楼顶是离天安门、端门、午门最近的长安街上制高点，我即兴赋五律一首《中秋夜登北京饭店楼顶赏月不遇》：

近在端门侧，登高感慨多。
楼林成霓海，车水汇灯河。
仰望云藏影，俯观光溢波。
恍然心敞亮，诗境会嫦娥。

其中颔联“楼林”对“车水”，“成”对“汇”，“霓海”以“灯河”；颈联“仰望”对“俯观”，“云”对“光”，“藏”对“溢”，“影”对“波”。两联工对，写意出北京饭店中秋夜长安街两侧的景观神韵。这种情况诗友们比较熟悉，不再赘述。

（五）关于酬唱和答律诗创作中的对仗提炼——吃透原唱精神，和出别样风采。

酬唱和答，是诗人雅友联谊交流的一种基本方式，也是各类雅集活动的重要内容。通过诗词作品的唱和应答，可以交流感情，切磋诗艺，增进友谊。有人认为唱和诗是庸俗的应酬，出不来好诗。这种认识是片面的。历史上很多流传千古的名篇佳句，不乏酬唱应答之作。当然，酬唱和答不如原唱自如，首先必须吃透原作精神，然后在原作精神的基础上，进行意象构建，诗境表达，和嵌词炼字。

2014年2月10日，当代著名诗人周笃文教授用手机短信给我发来他的大作七律《奉和鹏老咏马长句》和沈鹏老的原作《咏马》：

疆场万里一横行，呼啸风飞龙虎声。
志逐霜蹄弄骄影，功成玉辔待新征。
枥寒旧日苦温饱，厩满今时乐太平。
报效忠诚生死事，膘肥还欲请长缨。

周笃文：《奉和鹏老咏马长句》

中华大道正流行，万户千门满笑声。
天马西来驰骏足，大鹏东起领长征。
折冲帷幄操全算，吐哺精诚致太平。
扫尽崎岖迎甲午，降妖试手有长缨！

原诗、和诗都以咏马为主要意象，首句入韵和四联先后采用的是“行”、“声”、“征”、“平”、“缨”的韵脚，为了增进友谊，也为了更好地借机会向周老、沈鹏老学习，我随即奉和了一首七律《恭随周老奉和鹏老咏马大韵》：

轻蹄高蹈太空行，常伴龙吟不废声。
边草连心催骏跃，天云入目促鹏征。
山冈岭岳呼风起，湖海江河踏浪平。
改换乾坤逢甲午，防妖御寇振长缨。

这里特别要说明一下，颔联意象运用上对古人的诗意翻新。因为这首和诗原唱作者是沈鹏老，诗咏主题就是马。所以唱和诗篇离不开马和鹏两种动物意象。这很容易使人想起唐代诗人刘禹锡七律《始闻秋风》第五六句这一名联：“马思边草拳毛动，雕眄青云睡眼开”。但仅仅引用，重复古人的话，即使重复千遍也是古人的，不是你自己的。关键是要善于古为今用，意象翻新。所以，我这首唱和沈鹏老《咏马》诗的颔联，就借用了古人的这一意象，把“马”和“鹏”对应起来。用“边草”对“天云”，“连心”对入“入目”，“催”对“促”，“骏”即马对“鹏”，“跃”对“征”；颈联则塑造了一个天马行空，越山踏浪的浪漫意象。以“山冈岭岳”对“湖海江河”，以“呼风”对“踏浪”，以“起”对“平”。这样两联工对，既照应了作者沈鹏老的名字鹏，又突显了马的神韵。

又如2011年3月下旬，中华诗词学会组织诸诗友赴江南采风。年事已高的刘征老虽不能同行，但雅兴不减，临行赠有《七律·送学会诸诗友江南采风》：

乍染鹅黄庭柳梢，消寒春意日妖娆。
江南想渐花如锦，河上应能始放篙。
电视屏中看芳草，午休梦里踏青郊。
游观千里羡诸友，谢氏风流霞客豪。

刘征老的首句入韵及四联的韵脚是：“梢”、“娆”、“篙”、“郊”、“豪”。为了表达对刘征老的敬意并借机向刘征老学习求教，我急就和诗：七律·步玉敬和刘征老《送学会诸诗友江南采风》：

鹅黄初染北枝梢，南下车窗景色娆。
画意多姿河岸柳，诗情一点水中篙。
刘公领唱京华地，诸友和鸣吴越郊。
老骥心驰千里远，采风神会笔锋豪。

和诗要吃透刘征老的想象中的江南采风意象，从而唱和出应有的神韵。其中颔联“画意”对“诗情”，“多姿”对“一点”，“河岸”对“水中”，“柳”对“篙”；颈联则点出刘公领唱、诸诗友唱和的诗谊友情，“刘公”对“诸友”，“领唱”对“和鸣”，“京华地”对“吴越郊”。在工对中升华了诗界前辈和后来者之间的诗友情深。

还有一种步韵是自我加压，没有唱和者之间的诗谊情缘。但也要对原诗精神、要义领悟深透。2013 年 9 月下旬，我们广东之行飞越零丁洋上空。同行诗友对我随口说道，我们脚下就是零丁洋，是否该给文丞相写首诗。说者无心，听者有意。我油然而生敬意，激发灵感，自觉步文天祥《过零丁洋》名诗原玉，作了一首七律《飞越零丁洋步韵遥祭文丞相》：

动地感天生死经，光昭日月暗群星。
改元帝国沙飞絮，换代君臣水逐萍。
正气歌中扬正气，零丁洋上颂零丁。
人间多少匆匆客，千古文公耀汗青！

这同样需要把文天祥原诗和意象深刻加以领悟。

文天祥《过零丁洋》：

辛苦遭逢起一经，干戈寥落四周星。
山河破碎风飘絮，身世浮沉雨打萍。
惶恐滩头说惶恐，零丁洋里叹零丁。
人生自古谁无死，留取丹心照汗青！

从而站在晚他几个世纪的历史新的观察点，以历史唯物主义的视角，对原诗境界进行了拓展、延伸和点评。其中颔联以“改元帝国”对“换代君臣”，以“沙飞絮”对“水逐萍”；颈联以“正气歌中”对“零丁洋上”，以“扬正气”对“颂零丁”，并把“正气”与“零丁”作了重复强化。特别尾联“人间多少匆匆客，千古文公照汗青”对文天祥的“人生自古谁无死，留取丹心照汗青”，作了历史的注解。

当然，对仗的种类和情况还有很多。诗友们在诗词创作中也都有很多感悟。今天择要谈谈体会，和诗友们交流，以求教于方家。

（二〇一七年五月三十日端午节修改于北京齐贤斋）

漫谈诗词创作中的诗意翻新（讲课提纲）

翻新，就其本意来讲，是指改造旧的衣服、房子等使之成为新的。也指在原来的基础上不断变换形式，力求出新，如花样翻新等。而作为一种修辞方法，则是将现成的名言、警句、成语、俗话，稍加改动后赋予全新的寓意，或者反其意而用之，翻出新意，以达到耐人寻味的效果。我这里讲的诗意翻新，显然是取修辞方法之意。正如明末清初一位文学家所说，对圣人之言等，将其理翻新换异，横见侧出，以使人鼓舞不倦耳。

新中国的开国领袖、被誉为千秋词史“第一作手”的毛泽东同志所创作的《卜算子·咏梅》就是诗意翻新的典范之作。他在序言中开宗明义地写道：“读陆游咏梅词，反其意而用之。”陆游是南宋爱国大诗人。他生活在封建统治阶级向外侵略势力委屈求和的时代，爱国抱负不为时用，晚年退居家乡。他填写了一首《卜算子·咏梅》：

驿外断桥边，寂寞开无主。已是黄昏独自愁，更著风和雨。　　无意苦争春，一任群芳妒。零落成泥碾作尘，只有香如故。

陆游在这首词中，表现出孤芳自赏、清凉抑郁的情调。而毛泽东同志用陆游原调原题，反其意而用之，展现出的则是梅花坚贞顽强、积极向上、美丽豁达、报春不争春的崇高形象：《卜算子·咏梅，读陆游咏梅词，反其意而用之》：

风雨送春归，飞雪迎春到。已是悬崖百丈冰，犹有花枝俏。　　俏也不争春，只把春来报。待到山花烂漫时，她在丛中笑。

学习借鉴名人名家的名篇名作名诗名句，是当代诗词创作的必由之路。如果善于用诗意翻新的手法，就可以承借名家名篇的智慧灵光，达到生面别开，蹊径独辟的艺术效果。下面，结合我自己的创作实践，谈谈诗词创作中的诗意翻新的体会，与各位诗家交流探讨。

一、意境深化

诗意翻新的一个重要手法，就是对原参照系列中的名人名篇之诗文意境进行深化，达到境界全新的艺术效果。这里不妨举几个示例作品：

1.《七律·娄山关》

2001 年 4 月，我因电视军事采访任务，来到中国革命生死攸关的纪念地贵州遵义的娄山关。这首先使人想起开国领袖毛泽东同志的著名词篇《忆秦娥·娄山关》。但此时彼时已经过去 66 年，毛泽东同志当年的诗词意境已经发生深刻变化。所以，我就在对名人名篇意境深化的基础上，创作了这首《七律·娄山关》，对霜晨月、马蹄声、如海苍山、似血残阳等都赋予深化全新意义上的内涵：

长征首胜破雄关，访圣寻踪上险山。
似血残阳辞旧宇，如涛翠岭换新天。
犹闻战马蹄声碎，更感霜晨月色寒。
万水千峦接力走，继承勿忘奠基难。

（二〇〇一年四月二十四日于贵州遵义娄山关）

对照毛泽东《忆秦娥·娄山关》：

> 西风烈，长空雁叫霜晨月。霜晨月，马蹄声碎，喇叭声咽。　　雄关漫道真如铁，而今迈步从头越。从头越，苍山如海，残阳如血。

1935年1月15日至17日，遵义会议开了三天，随后红军就经娄山关北上四川，想和张国焘的红四方面军会合。2月5日，在一个叫“鸡鸣三省”（四川，贵州，云南）的村庄，博古把军事指挥权正式移交给毛泽东。上任伊始，初战受挫。毛泽东当机立断，决定放弃和张国焘会合的这一长征初始目标，回贵州攻打战斗力薄弱的黔军。这是长征途中的最重大的战略转折。黔军企图凭娄山关天险力阻红军，会合川军、滇军和中央军妄图聚歼红军于云贵川交界处。彭德怀亲自带兵以急行军在2月26日下午抢占娄山关，接着几天，又在娄山关周围歼敌两个师，取得了自从惨败湘江，损失多半人马以来的长征途中的第一个大胜利。毛泽东感慨万千，即兴填词。这首词，应该是作于2月26日前后。

2.《水调歌头·黄鹤楼》

丁丑夏日，余乘飞机至武汉，刚下白云处，即上黄鹤楼，顿生仙凡交融之感，遂填是阕。

> 寻遍空悠处，追至笛鸣楼。①白云黄鹤传说，几度上心头。仙道乘风永去，我坐飞机往返，两界比风流。②神到玄中觅，人在画中游③。　　既非塔，还非阁，又非楼。形制匠心独具，工艺领千秋。拔地凌空雄峙，极目楚天锦绣，一望四方收。把酒江涛问，何叹世间愁？④

（一九九八年七月五日于湖北武汉）

【注】

① 这是一种浪漫主义的意境。作者在飞机上，联想到崔颢“黄鹤一去不复返，白云千载空悠悠”的诗句，大有在空悠云端寻觅古仙之感，又加李白“黄鹤楼上吹玉笛”诗句的点化，恰如追寻玉笛之声，找到黄鹤楼胜景之状。

② 传说中的神人仙道骑着黄鹤，乘风远去，再也没能回来；而作者却坐着现代化的飞机，穿云破雾，自由往返于天地之间。犹如仙凡两界相比，究竟谁更风流。

③ 传说中的神仙，只能到玄虚中寻觅；而现实中的人们，却正在如画的美景中畅游。

④ 这里是一反古人“烟波江上使人愁”的悲意，登楼赏景，把酒临风，祭问江天，在这宠辱皆忘的如画胜景中，叹怨什么人世间的烦愁呢？一展诗人豁达大度，昂扬奋进的精神状态。

对照崔颢《七律·黄鹤楼》：

昔人已乘黄鹤去，此地空余黄鹤楼。
黄鹤一去不复返，白云千载空悠悠。
晴川历历汉阳树，芳草萋萋鹦鹉洲。
日暮乡关何处是，烟波江上使人愁。

传说中的仙人早乘黄鹤飞去，只留下了这空荡的黄鹤楼。

飞去的黄鹤再也没有归来了，唯有悠悠白云仍然千载依旧。

晴天从黄鹤楼遥望江对岸，汉阳的树木看得清清楚楚，鹦鹉洲上，草长得极为茂盛。

时至黄昏不知何处才是我家乡？面对烟波浩渺的大江，令人发愁！

这首诗通过诗人在仕途失意之际来游黄鹤楼的所忆所见，抒发了吊古伤今之感和游子的乡愁。诗的前四句主要写诗人登黄鹤楼的凭吊之感。而这种览胜吊古的情思，又自然地与有关黄鹤楼命名之由来的美丽传说紧密相联。驾鹤成仙美丽而虚幻，但诗人却浪漫地认无为有，肯定他们“已乘黄鹤去”，现在黄鹄矶上只剩下空楼一座，徒有其名而已！于是，诗人吊古伤今之意，借鹤去楼空点出，从而使画面呈现出一种空寂寥落感。而“黄鹤一去不复返，白云千载空悠悠”二句，又深寓了古人不可见之憾，展现了诗人对世事变幻无常的感慨。这种人事变迁、今非昔比的感慨，在古人心目中是典型的，也是共通的，它是很容易触动政治失意者的共鸣。诗的后四句，写登楼所见景色和因凭吊而生的乡情。诗人登楼远眺，汉阳府东晴川阁附近平坦的陆地上草木繁茂，历历在目；而江中的鹦鹉洲上则“芳草萋萋”，生意盎然。看到亭亭绿树，萋萋芳草，此时，诗人心中蓦地想起了《楚辞·招隐士》中“王孙游兮不归，春草生兮萋萋”的名句，触发了思乡之情，于是，诗人的目光便落在“日暮”时分的“烟波江上”，想透过眼前迷茫的景色去寻觅自己的“乡关”，然而，故乡遥迢千里，诗人在黄鹤楼上怎么能够看得到呢？从而由“烟波江上使人愁”一句透露出浓重的乡愁。这种情思渺渺、悠悠不尽的心灵感受，对客游异乡的人来说，是不难理解的。

在律诗中，这是一首破格之作。诗的前四句一气贯注，跌宕转折，连用三个“黄鹤”、两个“空”字，第三句几乎全用仄声，第四句又用三平调煞尾，完全摆脱格式和平仄的拘束，自然流泻，意到笔随，情跃纸上。对于这一七律中的离格奇绝之笔，沈德潜曾称赞它是“意得象先，神行语外，纵笔写去，遂擅千古之奇”。作为律诗，前四句既然破格，后四句就要力求整饬归正。否则，就把七律写成七古了。由于该诗后四句回到格律时文笔也很自然，因此它在整体上仍然给人以大气磅礴、一气呵成的感觉。在某种意义上可以说此诗实在是一种创新和突破，所以，人们不仅不以“离格”责之，反而弥觉新颖。所以，李白说眼前有景道不得，崔颢题诗在上头。这也是我到黄鹤楼后填词独辟蹊径，而不写诗狗尾续貂的重要原因。

3.《踏莎行·郴州三绝碑步秦少游韵》

去过湖南郴州的文人墨客都应该知道有“三绝碑”，在郴州市苏仙岭公园内，白鹿洞石壁上。为北宋秦观的词《踏莎行·郴州旅舍》、苏轼的跋和著名书法家米芾的书法，世称“三绝”。2014 年 10 月，我去郴州时，步秦少游原韵填了首《踏莎行·郴州三绝碑步秦少游韵》：

妙跋霄台，奇词汉渡，神书绝碣云高处。愁肠寄意逾时空，情深不记朝和暮。　　南岭飘红，北原裹素，山川赞语真无数。苏仙仰慕到人间，文星化羽升天去。

（二〇一四年十月十七日于湖南郴州）

对照秦少游《踏莎行·郴州旅舍》：

雾失楼台，月迷津渡，桃源望断无寻处。可堪孤馆闭春寒，杜鹃声里斜阳暮。　　驿寄梅花，鱼传尺素，砌成此恨无重数。郴江幸自绕郴山，为谁流下潇湘去。

这首词是秦观在绍圣四年（1097 年）于郴州旅馆所作。绍圣初年，秦观因旧党关系，在朝内很受排斥，一再贬谪，削了官职，远徙郴州。就是在这种情况下，秦观写了这首词，以抒发自己凄苦失望的情绪。词的大意是说，白天雾气使人看不清楚楼台，晚上的月色使人迷糊渡口，理想的世外桃源无处寻觅。哪受得了独处客舍，春寒逼人。斜阳暮色中又有杜鹃“不如归去”的思乡悲啼之声。“驿寄梅花”，南朝陆凯寄范晔诗：“折梅逢驿使，寄与陇头人”。这里是说相知的友人寄来的慰问信。“鱼传尺素”，借用古诗意：“客从远方来，寄我双鲤鱼。呼童烹鲤鱼，中有尺素书”。素，就是白色的绢，用以写文字。意思是说，朋友来信，更带来另外友人的的来信，这些关心更把我的恨砌了一层又一层，即“砌成此恨无重数”。最后借郴江抒胸臆：郴江啊，你自己有幸绕自己的郴山得了，为谁偏偏要流到湘江去呢？暗喻画外音：秦观啊，你自己在家乡多好啊，为谁你偏要外出谋自己的官职呢？以自悔自责，吐露心中块垒。

二、意象拓展

诗意翻新的另一个重要手法，是对原参照系中名人名篇之诗文意象进行拓展，达到意象开新的艺术效果。请看示例作品。

1.《七律·飞越零丁洋步韵遥祭文丞相》：

动地感天生死经，光昭日月暗群星。
改元帝国沙飞絮，换代君臣水逐萍。
正气歌中扬正气，零丁洋上颂零丁。
人间多少匆匆客，千古文公耀汗青！

（二〇一三年九月二十五日于零丁洋上空感怀）

对照文天祥《过零丁洋》：

辛苦遭逢起一经，干戈寥落四周星。
山河破碎风飘絮，身世浮沉雨打萍。
惶恐滩头说惶恐，零丁洋里叹零丁。
人生自古谁无死，留取丹心照汗青！

这首诗是文天祥被俘后为誓死明志而作。一二句诗人回顾平生，但限于篇幅，在写法上是举出入仕和兵败一首一尾两件事以概其余。中间四句紧承“干戈寥落”，明确表达了作者对当前局势的认识：国家处于风雨飘摇中，亡国的悲剧已不可避免，个人命运就更难以说起。但面对这种巨变，诗人想到的却不是个人的出路和前途，而是深深地遗憾两年前自己未能在军事上取得胜利，从而扭转局面。同时，也为自己的孤立无援感到格外痛心。我们从字里行间不难感受到作者国破家亡的剧痛与自责、自叹相交织的苍凉心绪。末二句则是身陷敌手的诗人对自身命运的一种毫不犹豫的选择。这使得前面的感慨、遗恨平添了一种悲壮激昂的力量和底气，表现出独特的崇高美。这既是诗人人格魅力的体现，也表现了中华民族的独特的精神美，其感人之处远远超出了语言文字的范围。

2.《临江仙·岳阳楼》：

自古洞庭天下水，巴陵胜状名楼。烟波浩渺荡仙舟。口衔山影远，腹饮大江流。　　杜范诗文增灿烂，骚人迁客来稠。怡情赏景任巡游。关山戎马泪，边塞庙堂忧。

（一九九八年七月七日于湖南岳阳）

对照范仲淹《岳阳楼记》节选：

予观夫巴陵胜状，在洞庭一湖。衔远山，吞长江，浩浩汤汤（shāng），横无际涯；朝晖夕阴，气象万千。此则岳阳楼之大观也。前人之述备矣。然则北通巫峡，南极潇湘，迁客骚人，多会于此，览物之情，得无异乎？……予尝求古仁人之心，或异二者之为，何哉？不以物喜，不以己悲；居庙堂之高则忧其民；处（chǔ）江湖之远则忧其君。是进亦忧，退亦忧。然则何时而乐耶？其必曰：“先天下之忧而忧，后天下之乐而乐”……

本文全篇仅368字，却内容充实，情感丰富，将叙事、写景、议论、抒情自然结合起来，既有对事情本末的交代，又有对湖光水色的描写；既有精警深刻的议论，又有惆怅悲沉的抒情。记楼，记事，更寄托自己的心志。作者又善于以简驭繁，巧妙地转换内容和写法。如以“前人之述备矣”一语带过无数叙述，以“然则”一语引出“览物之情”，以“或异二者之为”展开议论话题，等等，千回百转，层层推进，叙事言情都入化境。

对照杜甫《登岳阳楼》：

昔闻洞庭水，今上岳阳楼。
吴楚东南坼，乾坤日夜浮。
亲朋无一字，老病有孤舟。
戎马关山北，凭轩涕泗流。

《登岳阳楼》是唐代诗人杜甫于大历三年（768年）创作的一首五言律诗，诗篇表现了杜甫得偿多年夙愿，即登楼赏美景，同时仍牵挂着国家命运的百感交集之情，表达了报国无门的哀伤。

代宗大历三年（768）之后，杜甫出峡漂泊两湖，此诗是登岳阳楼而望故乡，触景感怀之作。开头写早闻洞庭盛名，然而到暮年才实现目睹名湖的愿望，表面看有初登岳阳楼之喜悦，其实意在抒发早年抱负至今未能实现之情。二联是洞庭的浩瀚无边。三联写政治生活坎坷，漂泊天涯，怀才不遇的心情。尾联写眼望国家动荡不安，自己报国无门的哀伤。写景虽只二句，却显技巧精湛，抒情虽暗淡落寞，却吞吐自然，毫不费力。

这首诗是一首即景抒情之作，诗人在作品中描绘了岳阳楼的壮观景象，反映了诗人晚年生活的不幸，抒发了诗人忧国忧民的情怀。

3.《七律·恭随周老奉和鹏老咏马大韵》：

轻蹄高蹈太空行，常伴龙吟不废声。
边草连心催骏跃，天云入目促鹏征。
山冈岭岳呼风起，湖海江河踏浪平。
改换乾坤逢甲午，防妖御寇振长缨。

（二〇一四年二月十日）

对照沈鹏《咏马》：

疆场万里一横行，呼啸风飞龙虎声。
志逐霜蹄弄骄影，功成玉辔待新征。
枥寒旧日苦温饱，厩满今时乐太平。
报效忠诚生死事，膘肥还欲请长缨。

对照周笃文《奉和鹏老咏马长句》：

中华大道正流行，万户千门满笑声。
天马西来驰骏足，大鹏东起领长征。
折冲帷幄操全算，吐哺精诚致太平。
扫尽崎岖迎甲午，降妖试手有长缨！

比照刘禹锡《始闻秋风》：

昔看黄菊与君别，今听玄蝉我却回。
五夜飕飗枕前觉，一年颜状镜中来。
马思边草拳毛动，雕眄青云睡眼开。
天地肃清堪四望，为君扶病上高台。

三、意义变新

诗意翻新还有一个重要手法，就是反其原意，使立意变新。看几则示例作品：

1.《七绝·登京口北固楼口占》：

风雨千秋北固楼，登临举目望神州。
长江淘尽英雄事，又见新人立浪头。

（二〇一二年十一月二十四日于江苏镇江）

对照辛弃疾《南乡子·登京口北固亭有怀》：

何处望神州，满眼风光北固楼。千古兴亡多少事，悠悠。不尽长江滚滚流。　　年少万兜鍪，坐断东南战未休。天下英雄谁敌手，曹刘。生子当如孙仲谋。

这首词盖作于开禧元年（1205），是与《永遇乐·千古江山》背景相同的怀古咏史之作。“千古江山”词通篇用典以寄寓伤今之意，结篇更是唏嘘感慨，悲壮之至。这一阕气象和词旨稍有不同。

上片放眼古迹，慨叹江山不改，英雄俱往。下片追怀三国英雄，推崇孙权与北方强敌抗衡，巩固江南霸业的才能和气概，从而由上片纵观历史而生的兴亡沧桑之感慨转入具体历史英雄人物的凭吊，词旨渐显，仍是托古况今。结句所用典故，机关暗藏，借孙权和刘表之子刘琮的对比，即前者战胜北方强敌从而巩固江南国土，而后者不战而屈的故事，来褒贬历史人物，实是表达作者振兴南国，进而收复失地的一贯主张，同时讽刺苟安者的懦弱无能。虽然仍归于以古鉴今，但此阕比之“千古江山”篇，形式上的自问自答，显得短小生动而局势开阔，故少英雄暮年的悲壮沉郁，而更多激昂慷慨的英雄本色，据此也有人认为当是词人早年作品。

对照杨慎《临江仙·滚滚长江东逝水》：

> 滚滚长江东逝水，浪花淘尽英雄。是非成败转头空。青山依旧在，几度夕阳红。　　白发渔樵江渚上，惯看秋月春风。一壶浊酒喜相逢。古今多少事，都付笑谈中。

这是一首咏史词，借叙述历史兴亡抒发人生感慨，豪放中有含蓄，高亢中有深沉。从全词看，基调慷慨悲壮，意味无穷，令人读来荡气回肠，不由得在心头平添万千感慨。在让读者感受苍凉悲壮的同时，这首词又营造出一种淡泊宁静的气氛，并且折射出高远的意境和深邃的人生哲理。作者试图在历史长河的奔腾与沉淀中探索永恒的价值，在成败得失之间寻找深刻的人生哲理，有历史兴衰之感，更有人生沉浮之慨，体现出一种高洁的情操、旷达的胸怀。读者在品味这首词的同时，仿佛感到那奔腾而去的不是滚滚长江之水，而是无情的历史；仿佛倾听到一声历史的叹息，于是，在叹息中寻找生命永恒的价值。

滚滚长江，汹涌东逝，不可拒，不可留。浪花飞溅，千古英雄在个中湮没不闻。对也罢，错也罢；成也好，败也好，功名，事业，一转眼的工夫就随着江水流逝，烟消云灭，不见踪影。只有青山仍旧矗立眼前，看着一次又一次的夕阳西下。

在这凝固的历史画面上，白发的渔夫、悠然的樵汉，意趣盎然于秋月春风。江渚就是江湾，是风平浪静的休闲之所。一个“惯”字让人感到些许莫名的孤独与苍凉。幸亏有朋自远方来的喜悦，酒逢知己，使这份孤独与苍凉有了一份慰藉。“浊酒”似乎显现出主人与来客友谊的高淡平和，其意不在酒。古往今来，世事变迁，即使是那些名垂千古的丰功伟绩也算得了什么。只不过是人们茶余饭后的谈资，且谈且笑，痛快淋漓。多少无奈，尽在言外。

2.《五律·结句续诗——倒步唐贤韦应物原韵》：

序曰：有吟朋网友者，将唐人韦应物一首五言诗结句发帖网上，要求续诗，从者较多，坊传一时间有十万之众，友人邀我同续赓吟，以助雅兴：

我有一瓢酒，可以慰风尘。
化作知时雨，滋生应物春。
鸟鸣山涧里，诗漫水云滨。
岁月长河久，知音有后人。

（二〇一六年三月六日）

对照韦应物《简卢陟》：

可怜白雪曲，未遇知音人。
恓惶戎旅下，蹉跎淮海滨。
涧树含朝雨，山鸟哢余春。
我有一瓢酒，可以慰风尘。

韦应物诗的大体原意是：高雅的乐曲，可惜遇不到听得懂的知音。在旅途中忙碌地行进，在淮水入海的地方虚度光阴。山涧上的树还沾着早晨时的雨露，残留的春色里还有山野的鸟在鸣叫。我这里有一瓢酒，可以安抚旅途的劳顿。

3.《破阵子·朱日和阅兵——步辛弃疾韵》：

警醒扬威亮剑，雄师百里连营。统帅戎装挥巨手，塞外金戈铁马声。沙场夏点兵。　　利器轰天动地，锋寒鬼怯魔惊。矢志打赢圆伟梦，报国为民不计名。强军虎气生。

（二〇一七年八月一日于欧洲）

对照辛弃疾《破阵子·为陈同甫赋壮词以寄之》：

醉里挑灯看剑，梦回吹角连营。八百里分麾下炙，五十弦翻塞外声。沙场秋点兵。　马作的卢飞快，弓如霹雳弦惊。了却君王天下事，赢得生前身后名。可怜白发生！

《破阵子·为陈同甫赋壮词以寄之》是宋代词人辛弃疾的作品。此词通过对作者早年抗金部队豪壮的阵容和气概以及自己沙场生涯的追忆，表达了作者杀敌报国、收复失地的理想，抒发了壮志难酬、英雄迟暮的悲愤心情；通过创造雄奇的意境，生动地描绘出一位披肝沥胆、忠一不二、勇往直前的将军形象。全词在结构上打破成规，前九句为一意，末一句另为一意，以末一句否定前九句，前九句写得酣恣淋漓，正为加重末五字失望之情，这种艺术手法体现了辛词的豪放风格和独创精神。

“挑灯”的动作又点出了夜景。那位壮士在夜深人静、万籁俱寂之时，思潮汹涌，无法入睡，只好独自吃酒。吃“醉”之后，仍然不能平静，便继之以“挑灯”，又继之以“看剑”。翻来覆去，总算睡着了。而刚一入睡，方才所想的一切，又幻为梦境。“梦”了些什么，也没有明说，却迅速地换上新的镜头：“梦回吹角连营。”壮士好梦初醒，天已破晓，一个军营连着一个军营，响起一片号角声。这号角声，富有催人勇往直前的力量。而那位壮士，也正好是统领这些军营的将军。于是，他一跃而起，全副披挂，要把他“醉里”、“梦里”所想的一切统统变为现实。

2005年5月，在中国现代文学馆举行的“李文朝将军手稿著作捐赠仪式暨作品研讨会”上，时任现代文学馆研究部主任的许建辉女士，在发言中讲了这样一段话：“大凡对一种表现手法的使用，如果只具偶发性，则是创作者的兴致所致，率性所为。如果反复出现在同一支笔下，那么即使不是创作者有意探索和追求，也是其无意中的习惯和偏爱。归根到底，这其实就是一种已经形成或者正在形成的独特视野和广博的学识以及丰厚的古代文学功底，古为今用，人为‘我’用，使歌咏人文景观的诗作，无论是形象，还是意境，都呈现四维性全面扩张，读来大气磅礴、遐思横飞。”正是在许建辉老师这一评论的引导下，十二年来，我在诗词创作实践中，对这种她所称谓的“翻变法”，有意探索和追求，形成了“诗意翻新”的创作手法，以上粗浅梳理，就是一种阶段式提炼，不论成功与否，交流出来，以求教于方家和诗友。

（注：讲课时进行比照分析，临场发挥。）

（二〇一七年十一月二十四日于北京齐贤斋）

适应新时代中国社会主要矛盾转化，为满足人民日益增长的美好生活需要，提供更多的优秀诗歌作品

——在中国作协诗歌委员会学习十九大精神座谈会上的发言

在中国共产党第十九次全国代表大会胜利闭幕不久，中国作协诗歌委员会就安排这次学习贯彻党的十九大精神为主要内容的座谈会，非常及时，非常必要。这对于诗歌界按照中国作协党组的要求，认真贯彻落实党的十九大精神，适应新时代中国社会主要矛盾转化，为满足人民日益增长的美好生活需要，提供更多的优秀诗歌作品，有着非常重要的现实意义和促进作用。

习近平总书记在十九大报告中明确指出："中国特色社会主义进入新时代，我国社会主要矛盾已经转化为人民日益增长的美好生活需要和不平衡不充分的发展之间的矛盾。"习总书记的科学论断，完全符合新时代中国社会的客观现实。十几亿中国人民的温饱问题基本解决之后，必然对民主法治、精神文化方面的美好生活充满向往。而充满诗情画意的生活，无疑是精神文化生活最高雅、最美妙的境界。诗歌被誉为文学中的文学，是人们精神生活中的鲜花、甘露。当代诗人和诗歌爱好者，应该有一种文化自觉意识和时代担当精神，以习近平新时代中国特色社会主义思想为指导，充分发掘自己的聪明才智，激发自己的创作灵感，满腔热情地创作反映新时代新生活的优秀诗歌作品，为人民向往的美好生活锦上添花。

那么怎样创作反映新时代新生活的优秀诗歌作品，习总书记在十九大报告中强调："中国特色社会主义文化，源自于中华民族五千年文明历史所孕育出的中华优秀传统文化，熔铸于党领导人民在革命、建设、改革中创造的革命文化和社会主义先进文化，植根于中国特色社会主义伟大实践。""社会主义文艺是人民的文艺，必须坚持以人民为中心的创作导向，在深入生活、扎根人民中进行无愧于时代的文艺创造。要繁荣文艺创作，坚持思想精深、艺术精湛、制作精良相统一，加强现实题材创作，不断推出讴歌党、讴歌祖国、讴歌人民、讴歌英雄的精品力作。发扬学术民主、艺术民主、提升文艺原创力，推动文艺创新。倡导讲品位、讲格调、讲责任，抵制低俗、庸俗、媚俗。"我们必须紧密联系诗歌创作实际，认真学习领悟，扎实落到实处。

以唐诗宋词为代表的中华诗词，是中华民族五千年文明历史所孕育出的中华优秀传统文化的精髓，当代优秀诗歌创作，必须注意从中华诗词的名篇佳作中吸取艺术营养，传承文化血脉。以传承弘扬中华诗词文化为己任的中华诗词学会和中华诗词界，在新时代促进中华诗词传统文化的创造性转化和创新性发展上，更应该承接更多的历史担当，创造更多的时代成果。

众所周知，自党的十八大以来，传承与发展中华优秀传统文化，成为党和国家的重要文化战略。通过贯彻落实习近平总书记的系列重要讲话和党中央颁布的文件精神，传承和发展优秀传统文化已被提升到"治国理政"的高度，成为各级党委、政府工作的重要内容和全国人民共同参与的文化事业。中华诗词无疑是优秀传统文化的重要组成部分，因此在国家文化发展战略中必然被赋予更多的使命。习近平总书记在不同场合多次强调指出中华诗词的价值和作用。他说：“学诗可以情飞扬、志高昂、人灵秀”，认为“古诗文经典已融入中华民族血脉，成了我们的基因”，并带头赋诗填词，把诗情画意引入了伟大的中国梦。2015 年 10 月，中共中央颁布的《关于繁荣发展社会主义文艺的意见》中，突出强调要“加强对中华诗词、音乐舞蹈、书法绘画、曲艺杂技和历史文化纪录片、动画片、出版物等的扶持”。2017 年 1 月，中央办公厅和国务院办公厅联合印发了《关于实施中华优秀传统文化传承发展工程的意见》，重申加强扶持中华诗词等传统文艺形式的重要性和必要性。进入新时代的广大诗人词家和诗词爱好者，一定不辜负党中央、习总书记和广大人民的殷切期望，以习近平新时代中国特色社会主义思想为指导，认真学习、领会、贯彻落实好十九大精神，注意总结发扬在完成中宣部交办的《诗词飞扬党旗飘》、《时代楷模发布厅》、歌颂“优秀共产党员”系列、歌颂“英模人物”系列、《最美家庭》系列等新时代创作任务中积累的成功经验，虚心学习新诗界朋友紧跟时代步伐的澎湃创作激情，扎实推进传统诗词文化的创造性转化和创新性发展，努力以传统诗词的艺术形式，创作出更多讴歌党、讴歌祖国、讴歌人民、讴歌英雄的精品力作。把习总书记倡导的“讲品位、讲格调、讲责任”真正落实到诗词创作实践中，以实际行动坚决抵制低俗、庸俗、媚俗等不良倾向，为满足人民日益增长的美好生活需要创作更多的时代精品，为践行党的十九大绘制的宏伟目标，为实现中华民族伟大复兴中国梦，早日建成社会主义现代化强国，尽到匹夫之责和绵薄之力。

（二〇一七年十二月一日）

抓住历史机遇，锐意奋发进取，在全面建设社会主义现代化国家新征程中，开创新时代中华诗教工作的美好未来

——在全国诗教工作（镇江）会议上的主题报告

“何处望神州？满眼风光北固楼”。在中国历史文化名城镇江，在登临举目望神州的北固楼下，我们召开全国诗教工作（镇江）会议，蕴含着深刻的文化内涵；特别是在党的十九大明确提出了中国特色社会主义新思想、新时代、新目标、新征程的重要历史时刻，我们召开总结过去，展望未来的诗教工作会议，更有着深远的历史昭示。我们就是要通过这次会议，全面客观地分析形势，信心百倍地展望未来，明确我们的使命担当，抓住历史机遇，锐意奋发进取，开创新时代中华诗教工作的崭新局面，为促进社会主义文化大发展、大繁荣，为实现中华民族伟大复兴的中国梦，尽到匹夫之责和绵薄之力。受中华诗词学会会长会议和郑欣淼会长的委托，我代表中华诗词学会，向这次全国诗教工作会议作主题报告，不当之处请批评指正。我主要讲三个方面的内容。

一、扬州会议以来全国诗教工作的形势分析

2012年11月全国诗教工作（扬州）会议以来，乘着党的十八大东风，高扬中华诗词旗帜，全国诗教工作呈现出蓬勃发展的大好形势。以自觉的文化担当，大力弘扬传承优秀传统文化，尤其是传承中华诗词这一流淌在中华民族血脉里的“基因”，已成为各地诗词组织、广大诗人词家和诗词爱好者的共同认识；“着眼国民诗教，着手校园诗教，着力社

会诗教”的当代中华诗教总体架构，在有关地方党委、政府和社会各界的大力支持下，已在更加广阔的范围内基本确立；以创建中华诗词之市（州）、中华诗词（散曲）之乡、中华诗教先进单位为行为载体的诗教活动，得到了更加广泛深入的开展与提高；以促进诗词精品创作，促进诗词教育普及，进而推动中华诗词事业由复兴走向繁荣的生动局面，已初步形成，并且在健康发展。下面我们主要从四个方面对五年来全国诗教工作形势做一个总体回顾与概略分析。

（一）乘借浩荡东风，推动中华诗词文化传承发展。党的十八大以来，以习近平同为核心党中央高度重视中华民族优秀传统文化的传承与弘扬，特别是作为中华民族优秀传统文化精髓的中华诗词，受到了前所未有的重视。习近平总书记关于“学诗可以情飞扬、志高昂、人灵秀”等弘扬诗词文化的重要论述、在文艺工作座谈会的重要讲话和带头写诗填词的率先垂范，都为新时代弘扬中华诗词指明了前进方向，注入了无限生机。《中共中央关于繁荣发展社会主义文艺的意见》和中办国办《关于实施中华优秀传统文化传承发展工程的意见》中，都明确把中华诗词列在重点扶持的传统文化项目的首位。中华诗词学会成立三十周年纪念活动期间，时任中央政治局常委刘云山同志，中央政治局委员、中宣部部长刘奇葆同志，中央政治局委员、国务院副总理马凯同志，分别作出重要批示或写来贺词、贺信，在表示祝贺的同时，对我们提出了殷切期望。在此之前，中宣部领导多次专门约请中华诗词学会领导和部分诗人词家代表，就如何通过诗词创作和诗教活动，弘扬主旋律，让传统基因活起来这一重要问题，进行专题座谈，从而结束了中华诗词长期被边缘化的历史，使其进入了党和国家宣传思想工作的主流渠道。上述这些，为我们科学认识与把握中华诗词的当代定位与文化价值，提供了理论支撑；为我们积极适应社会发展需要，扎实做好诗教工作提供了政策依据；为我们充分展示中华诗词特有魅力，推进中华诗词事业不断向前发展提供了有利条件。在这样的大好形势下，中华诗词事业之船犹如乘上浩荡东风，破浪远航。不少省、市、自治区乘势而上，以传承中华诗词文化为己任，结合本地区实际展开诗教，拓展了广阔的发展空间。江苏省委宣传部明确要求各市、县委宣传部门必须负起诗教的责任，并作出了“把诗教‘六进’列为江苏省弘扬社会主义核心价值观行动方案”、“编写弘扬社会主义核心价值观——中华诗词系列读本（校园本和成人本）作为诗教的基本读本”的两项决定，推动江苏省诗教在原有基础上向更高层次发展。山东省委宣传部联合教育厅等八家单位一起行文，展开创建齐鲁诗词之乡、齐鲁诗教先进单位活动，全省诗教工作局面为之一新。内蒙古自治区委宣传部和文联、诗词学会，着眼少数民族地区特点，指导诗教吸纳草原文化特点，与自治区基层建设的“十个全覆盖”结合起来，创新并形成了诗词村、诗教示范基地、诗词之乡三个层次相衔接的诗教创先模式。贵州省委宣传部文明办、教育厅、文联和省诗词学会联合开展诗教工作，在贵州省级诗词之乡、诗教先进单位牌匾上共同署名，形成机关合力抓诗教的大格局。目前，原来诗教基础比较好的湖南、湖北、广西等省区，继续保持着很好的发展势头，诗教工作起步较晚的山西、江西、浙江、陕西、河北、重庆等省、市，发展也将步入快车道。

（二）坚定文化自信，倾心打造“诗教创先”活动品牌。扬州会议以来，中华诗教作为社会主义精神文明建设的重要内容和文化兴邦的重要支撑，作为提高国民综合素质和优化人际关系的有效途径，越来越受到各级党委政府领导的认可与重视，越来越被广大人民群众所喜爱、所接受。尤其是诗教创先活动以党委重视、政府作为的“主体行为”，和面向群众、走向社会——进学校、进机关、进社区、进企业、进农村、进景区等的“社会效果”，都得到了较好落实。保证了诗词之（市）乡、诗教先进单位创建总体质量的不断提升，也形成了诗教创先活动的响亮品牌。5 年来，我们批准了 10 个诗词之市，2 个诗词之州，1 个中华诗城，171 个诗词之乡，1 个散曲之乡，284 个诗教先进单位，不仅数量多于开展诗教创先活动前 17 年的总和，而且在形式、内容上都有所拓展。这种蓬勃发展的大好形势，与相关市县党委政府加强领导，狠抓“六进”落实，深入广泛地开展诗教创先活动是分不开的。江苏镇江市委、市政府将中华诗教创先工作作为贯彻党的十八大、十九大精神，传承优秀传统文化，培育和践行社会主义核心价值观，加强文明城市建设，提升镇江发展软实力的重要抓手，历任市委书记、市长对诗教创先工作都给予坚定、明确的支持，从上至下，思想认识高度统一。形成组织体系切实加强领导，分层投入多方筹资给予财力支撑，狠抓“六进”各项工作落实，并强化考核督查，切实保证质量。所属六个区县同步创建，再加上 2002 年就已获得诗词之乡称号的扬中市，成为全国第一个所属市区县全部是中华诗词之乡的诗教创先“满堂红”市。湖北黄冈市委书记李雪荣亲自负责中华诗词之市创建工作，把创建工作与全市长远建设融合起来，利用大讲堂亲自宣讲本土诗词文化，大手笔打造东坡园、遗爱湖，使苏轼在黄冈创作的“两赋一词”走进百姓生活，让人们感受到苏东坡又回来了，感受到传统诗词文化的永恒穿透力。安徽宣城市时任市委书记姚玉舟和市长韩军，以对历史、对当代、对人民极端负责的精神抓诗教，用好李白这张名片，举全市之力以创建中华诗词之市为契机，加强以诗词为重点的文化建设，让人们随时随地感受到创建成果的诗词文化熏陶。内蒙古五原县委书记郭占江始终把创建中华诗词之乡作为一份情怀和追求，肩负起传承诗词文化的使命，担当起繁荣诗词文化的主责，坚持诗词文化与县域经济齐头并进，统筹安排，亲力亲为，真正让诗词文化成为群众的精神食粮。湖南省湘潭县云湖桥镇党委政府站在传承和发扬中华诗词、增强文化软实力的高度，近十年来，一以贯之地抓诗教创先工作，充分发掘本镇深厚的诗词文化底蕴，宣传晚清国学大师、诗词名家王闿运诗词成就，带动镇上的人民群众欣赏诗词，学写诗词，诗人队伍不断壮大，诗教活动丰富多彩，社会影响越来越广泛，成为全镇文化建设最为耀眼的亮点。这五年来被批准的诗词之市、诗词之乡和诗教先进单位，都各有特点，在诗教百花园里，散发着各自的芳香；在为中华诗教品牌增光添彩的同时，努力展现着各自的文化风采。

（三）坚持创新发展，不断繁荣诗教工作样式。中华诗词学会一直把实施精品战略和推动诗教普及作为车之两轮和鸟之两翼，以驱动中华诗词事业不断平衡稳健向前发展。就诗教而言，及时发现新情况，积极采取新举措，认真解决新问题，努力求得新发展，是我们所秉持的基本工作思路和方法。开展诗教创先活动二十多年来，各地在诗、词的普及和创作上做了大量工作，但在散曲的普及和创作上还有相当的空间。为了适应形势发展需要，中华诗词学会在 2015 年上半年成立了散曲工作委员会，郑欣淼会长亲自兼任主任，加强了对这方面工作的指导。当山西省原平市农民散曲活动成为一种社会现象时，我们及时组织进行了专门的调查研究。感到原平现象具有一定的启示意义，在一定程度上预示着散曲的复兴，通过促进散曲的复兴，有可能把中华诗词事业的全面发展向前推进一步。中华诗词学会对原平市散曲现象，进行了认真分析研究，决定在全国诗教工作中开展创建“中华散曲之乡”活动，并授予山西省原平市为第一个中华散曲之乡。至此，中华诗词之市，中华诗词之乡，中华散曲之乡，构成了一个涵盖诗词曲三座高峰的诗教创先活动的系列。目前，陕西、山西、湖南、广西、北京等地散曲创作已蔚成风气，散曲理论研究活动已具有一定规模和深度。2013 年，中华诗词学会与湖北诗词学会联系相关单位，成立湖北荆门聂绀弩诗词研究基金会，确定设立聂绀弩诗词奖，每两年组织一届海峡两岸诗词论坛，每两个月出版一期《心潮诗词评论》，每年组织一次两岸四地大学生诗词大赛，把诗教普及与诗词创作融为一体。目前，诗词奖已颁给了刘征、霍松林、叶嘉莹等诗词大家，台湾来参加论坛的已有十多所大学和团体，推出了 48 名大学生诗人新秀，24 期《心潮诗词评论》，在祖国大陆、香港、澳门以及台湾地区引起热烈反响。内蒙古正蓝旗，把草原文化融入中华诗教的大格局，把蒙古族诗歌与元散曲和当下诗词联接在一起，为少数民族地区如何推行以“六进”为基本形态的诗教活动进行了有益探索，总结了新鲜经验。江汉大学在校园内营造爱诗、吟诗、赏诗、学诗、写诗、谈诗的文化氛围，积极办好以本校教职工为主体的“江汉诗社”和以学生为主体的“海天涯诗社”，持续开设《诗词曲联写作》和《诗词写作与欣赏》两门诗词选修课。他们与武汉大学、华中科技大学、华中师范大学等学生诗词组织建立了稳定关系，走出了大学诗教的路子。贵州大学的诗教工作持之以恒，常抓不懈，取得了丰硕成果。贵州省仁怀市城北小学，把“诗韵校园，风雅育人”作为办学理念，以诗韵之花陶冶师生的道德情操，激励师生的进取精神，塑造师生的美丽心灵。还有一些省、市、自治区诗词学（协）会新成立了辞赋学会、女子诗社等，一些诗词组织进行了多方面的创新探索与尝试，这都为诗教工作内容、形式的拓展与深化，提供了经验和思路。

（四）强化责任意识，自觉为推进诗教奉献拼搏。开展中华诗教创先活动以来，广大诗人词家和各地诗词组织，以对我们中华民族优秀传统的高度文化自信和对传承优秀传统文化的自觉责任担当，积极投身其中，涌现了许多杰出人物和先进单位。在扬州会议上，中华诗词学会给杨叔子先生和梁东先生颁发了“中华诗教突出贡献奖”，今天，我们还要表彰一批中华诗教模范人物、中华诗教先进单位和中华诗教先进个人。特别是江苏省的凌启鸿同志，广西壮族自治区的钟家佐同志，湖南省的赵焱森同志和来自中华诗教创先活动第一个荣誉单位“贵峰诗村”——福建省南安市贵峰村的王赎回同志，他们共同的特点是，全身心地投入中华诗词事业，运用自己的智慧，宣传诗教的目的意义，呼吁党委政府领导和社会，开展、支持、推动诗教创先工作，带领诗词组织搞创作，搞活动，搞自身建设，以诗词组织的“有作为”，赢得了在社会上的“有地位”，为中华诗教工作做出了重要贡献，这次被表彰为“中华诗教模范”可谓当之无愧。在这里，让我们向他们，同时向这次虽然没有被表彰但为中华诗教工作同样做出了重要贡献的中共陕西省委原书记张勃兴，原国家教委副主任柳斌，中华诗词学会顾问宣奉华，浙江经济职业技术学院教授孔汝煌等，表示由衷的敬意。开展诗教创先活动二十多年尤其扬州会议以来的实践证明，诗词组织必须以自己的良好形象去赢得社会的尊重，必须以高质量的工作赢得应有的社会地位。加强诗词组织自身建设，强化责任意识和担当精神，扎扎实实地做好每项工作，是搞好中华诗教工作的基础和前提。中华诗词学会积极按照中宣部的要求，组织各地诗词组织和诗人词家，为中央电视台等主流媒体推出的系列时代楷模、系列节庆活动等节目撰写诗词稿件，对诗词创作如何围绕践行社会主义核心价值观，如何走进党和国家宣传文化工作主流渠道，进行了有益尝试。经过一年多的反复论证，中华诗词学会完成了教育部立项课题《中华通韵》研究论证工作。在此基础上，又与教育部一起，组织了全国新诗韵诗词大赛。以上工作，分别得到了中宣部和教育部的肯定。中华诗词学会在组织华夏诗词奖、学术研讨会、青春诗会、金秋笔会、沈鹏诗书画奖、诗词演唱会、编著出版纪念学会成立三十年及诗词文库系列丛书，在组织诗词之乡和诗教先进单位考察验收，办好学员培训和函授班，发展会员入会，发现推出年轻优秀诗人，以及党组织建设和日常工作，都力求做得好些，以无愧于民政部表彰的全国优秀社团组织称号。在这里我们向给予中华诗词学会全力支持的各省市区和各市县以及基层诗词组织、广大诗友表示衷心感谢。最近，我们又在深入调查研究的基础上，制定了中华诗词之市（州）、中华诗词（散曲）之乡、中华诗教先进单位申报考察验收细则，经过这次会议讨论修改后下发执行，作为扬州会议讨论制定的《创建中华诗词之乡（市、州）中华诗教先进单位有关规定》的配套文件，力求把诗教创先工作搞得更加规范和扎实，质量更高，口碑更好，以我们富有成效的工作，保证这一活动品牌永远金光闪耀。

总体看来，扬州会议五年来的全国诗教工作，确实形势喜人，形势催人，形势鼓舞人。但辩证审视、客观分析我们面临的全国诗教形势，仍存在一些问题和不足。主要表现为：一是由于思想认识不到位，诗教工作特别是作为其行为载体的“诗教创先”活动，发展不平衡，发力不充分；二是由于参谋工作不到位，致使有些党委、政府，在开展“诗教创先”活动上思想不够明确，行动不够自觉；三是由于经费投入不到位，致使有些地方诗化环境建设差距比较明显；四是由于自身建设不到位，诗词组织本身应有的担当精神、工作方法、工作力度还有不少欠缺。这些都需要在未来工作中认真加以克服。

二、镇江会议之后全国诗教工作的前景展望

中华诗词学会是幸运的，也是清醒的。我们全国诗教工作的两次重要会议即扬州会议和镇江会议，有幸赶上党的十八大、十九大胜利召开的伟大历史时刻，我们清醒认识并及时抓住了这一千载难逢的历史发展机遇，使全国诗教工作紧跟中国特色社会主义的历史脚步，跨入了新时代。2012 年 11 月，党的十八大刚刚闭幕不久，我们就及时召开了全国诗教工作（扬州）会议，明确提出，党的十八大吹响了建设社会主义文化强国的进军号角，以弘扬中华民族文化精髓——中华诗词为己任的当代诗人词家和诗词爱好者，一定要抓住机遇，团结奋进，在以习近平同志为核心的党中央坚强领导下，开创诗教工作和中华诗词事业新局面。对党的十八大以来五年的全国诗教工作，我们以上已作了全面总结，大家有目共睹。2017 年 10 月 18 日到 24 日，中国共产党第十九次全国代表大会在北京胜利召开。一个月后，我们及时召开了全国诗教工作（镇江）会议。这既是一种历史的机缘，更是我们的自觉意识。党的十九大提出了新思想，迈进了新时代，规划了新目标，指明了新征程，也使我们的诗教工作升华了新境界：

习近平总书记在十九大报告中明确提出："中国特色社会主义进入新时代，我国社会主要矛盾已经转化为人民日益增长的美好生活需要和不平衡不充分的发展之间的矛盾。"习总书记的科学论断，完全符合新时代中国社会的客观现实。十几亿中国人民的温饱问题基本解决之后，必然对民主法治、精神文化方面的美好生活充满向往。而充满诗情画意的生活，无疑是精神文化生活最高雅、最美妙的境界。

习总书记在党的十九大报告中豪情满怀地讲："站在九百六十多万平方公里的广袤土地上，吸吮着五千年中华民族漫长奋斗积累的文化养分，拥有十三亿多中国人民聚合的磅礴之力，我们走中国特色社会主义道路，具有无比广阔的时代舞台，具有无比深厚的历史底蕴，具有无比强大的前进定力。"中华诗词学会和诗词界特别是诗教工作致力弘扬的中华诗词，是"五千多年中华民族漫长奋斗积累的文化养分"

的精华，是我们“无比深厚的历史底蕴”的重要组成部分。面对党的十九大提出的新思想指导下的新时代、新目标、新征程，展望我们的诗教工作和诗词事业，同样心潮澎湃，豪情满怀。站在历史巨人托起的时代舞台上，跟随新时代中国特色社会主义发展的战略安排，我们必须清醒认识到：“从十九大到二十大，是‘两个一百年’奋斗目标的历史交汇期。我们既要全面建成小康社会、实现第一个一百年奋斗目标，又要乘势而上开启全面建设社会主义现代化国家新征程，向第二个百年奋斗目标进军”。“第一个阶段，从二〇二〇年到二〇三五年，在全面建设成小康社会的基础上，再奋斗十五年，基本实现社会主义现代化”。“第二个阶段，从二〇三五年到本世纪中叶，在基本实现现代化的基础上，再奋斗十五年，把我国建设成富强民主文明和谐美丽的社会主义现代化强国”。党和国家鼓舞人心、催人奋进的新目标、新征程，对我们作为文化发展战略组成部分的中华诗教工作和中华诗词事业发展，同样带来了相应的历史机遇和美好愿景。按照诗教工作“着眼国民诗教，着手校园诗教，着力社会诗教”的总体架构，和在诗教创先工作中积累的成功经验，对今后五年、十五年乃至本世纪中叶中华诗教工作的美好前景，我们充满期待、充满信心：

（一）注重国民诗教，推动优秀传统文化创造性转化和创新性发展，将成为各级党委、政府的自觉行动。“坚定文化自信，推动社会主义文化繁荣兴盛”，是党的十九大向全党发出的伟大号召。各级党委、政府都一定会深刻领会，坚决贯彻落实。习近平总书记在十九大报告中指出：“中国特色社会主义文化，源自于中华民族五千年文明历史所孕育的中华优秀传统文化，熔铸于党领导人民在革命、建设、改革中创造的革命文化和社会主义先进文化，植根于中国特色社会主义伟大实践。”而中华诗词正是“中华民族五千多年文明历史所孕育的中华优秀传统文化”的精华。以诗教人的诗教，博大精深，源远流长。最早提出“诗教”概念的是儒家学说奠基人孔子。孔子曰：“入其国，其教可知也。其为人也，温柔敦厚，诗教也。”(《礼记•经解》)“不学诗，无以言。”(《论语•季氏》)“小子何莫学夫诗？诗可以兴，可以观，可以群，可以怨。”（《论语•阳货》）显而易见，诗教概念的本意就是“以诗教人”。即用诗中所蕴含的道德、意志、情感等人民易于接受的美学力量，来教化人心，提高素质，这是诗之教化功能的本质体现。从 20 多年来中华诗词学会倡导开展的“诗教创先”活动实践中，许多“诗词之市（州）”、“诗词（散曲）之乡”的党委、政府和广大人民群众，已经深切感悟到，中华诗教是提高国民素质的基础环节；是建设社会主义精神文明、繁荣社会主义文化的重要内容；是优化人际关系，美化生存环境，构建和谐社会、建设美丽中国的有效途径；是坚定文化自信，推动文化兴邦的重要支撑。他们已经从温柔敦厚的国民素质和优美典雅的诗化环境中，实实在在地增强了开展诗教工作和“诗教创先”活动的获得感。我们完全有理由相信，随着贯彻落实党的十九大精神的深入，随着文化强国战略的推进，随着对中华民族优秀传统文化的弘扬，各级党委、政府开展诗教工作和“诗教创先”活动将由“要我创”变为“我要创”。他们一定会充分运用党委的号召力和政府的推动力，整合党委、政府、群众团体等一切社会力量，推动国民诗教的持续深入健康发展。在未来五年、十五年乃至三十年，“诗词之市（州）”、“诗词（散曲）之乡”、诗教先进单位或其他新的“诗教创先”形式，都将如雨后春笋，遍及中华大地。

（二）深入校园诗教，将成为教育行政部门和学校工作的重要职责。校园诗教是国民诗教的基础环节和潜力工程。在贯彻落实党的十九大精神和推进社会主义文化强国战略的进程中，随着各级党委、政府对诗教工作和弘扬优秀传统文化的重视程度提高，各级教育行政部门和学校领导，也会自觉把抓好诗教做为自己的重要工作职责。党的十八大以来，国家教育部领导和机关对诗教工作和弘扬中华诗词的重视程度越来越高。教育部领导亲自主持新时代韵书《中华通韵》的研究论证和具体编纂工作。相信随着党的十九大精神的贯彻落实，国家教育部门推动诗教工作的力度会越来越大。诗词进校园、进课堂、进教材、进考卷的期盼，将逐步变为现实。各级教育行政部门，都会从本地实际出发，对校园诗教作出统一安排，并切实纳入教学计划。各大、中、小学领导和教务、教研机构，也会区分不同年级、不同层次的教育对象，编发不同内容的诗词教材，并不间断对教师进行诗词知识培训，以保证诗教工作有足够合格的师资力量。校园诗教环境将进一步优化，校园诗教将更加灵活多样，丰富多彩。全国大、中、小学中200多个诗教先进典型的经验，如校园诗教要做到有计划、有师资、有教材、有诗社、有刊物、有活动、有氛围、有经费等，将在各级各类学校普遍开花。

（三）推动社会诗教，将成为党政军群、社会各界的共同使命。习近平总书记在党的十九大报告中明确指出：“党政军民学，东西南北中，党是领导一切的。”诗教工作只要引起了各级党委的重视，切实纳入党委工作的一盘棋，那么推动社会诗教，包括诗词进机关、进企业，进社区、进农村、进军营、进景区等具体问题，都会迎刃而解。在各级党委的统一领导下，党委宣传部门、政府文化部门、群团社会组织，包括各地诗词学会，乃至各级机关、各企业、各乡镇、各社区、各景区的领导和工作人员，都会各司其职、各尽其力，齐心协力推动社会诗教健康深入发展，产生良好的社会效果。各地诗教创先的经验证明并将被实践继续证明，诗词进机关，特别是率先进入党委、政府、人大、政协等领率机关，可以通过领导和机关的示范、引领，推动诗教普及，开创当地诗教工作新局面。诗词进企业，可以使诗词文化与企业文化相融合，发挥文化的凝魂聚气，鼓劲加油作用，既促进经济效益提升，又促进企业文化繁荣。诗词进乡镇、进农村，可以使诗词文化与民俗文化有机结合，促进精神文明建设和乡风民俗改变，使农民美好生活提升文化层次，使农村文化生态得到有效改善。诗词进社区则为市民美好生活的向往增添诗情画意，活跃基层文化生活，促进城市的精神文明与和谐社会建设。诗词进军营，主要是通过军队政治工作部门，按照党中央、中央军委的部署和要求，把传统诗词文化特别是军旅诗词文化融入新时代的军营文化建设之中。军委政治工作部门已经组织编写出版了《中国历代军旅诗词选编》《革命先辈战斗诗词选辑》等战斗文化学习丛书下发部队。并可以结合文化双拥工作或军民文化联欢等形式，融入弘扬中华诗词文化内容。解放军红叶诗社和军队老干部中的诗词爱好者，应邀结合军营文化活动为部队官兵讲解军旅诗词和诗词基础知识，辅助战斗精神培育，进行了积极有益的探索，相信还会有新的发展。诗词进景区，则为景区美丽的外表，注入诗词文化内涵，使景区文化更加典雅、厚重，增加对游客的吸引力，促进旅游事业发展。总之，整个社会诗教，会越来越显得从容、自觉、普及、深入。

（四）统筹协调诗教，将成为各地诗词组织的主要职能。习近平总书记在十九大报告中指出：“中国共产党从成立之日起，既是中国先进文化的积极引领者和践行者，又是中华优秀文化的忠实传承者和弘扬者。当代中国共产党人和中国人民应该而且一定能够担负起新的文化使命，在实践创造中进行文化创造，在历史进步中实现文化进步。”各级党委要担负起新的文化使命，在忠实传承和弘扬中华优秀传统文化中，实现创造性转化和创新性发展，就必须有相应的参谋和助手机构。而各地诗词组织，就自然成了党委政府在开展诗教工作、推动诗教创先方面的参谋和助手。由于党委和政府的宣传文化工作任务繁重，样式繁多，加之机关人员编制员额少，很难做到有足够的专职人员专门研究和协调诗教工作。注重发挥当地诗词组织的作用，便成为党委领导工作的需要和领导艺术的体现。各地诗词组织必须自觉认识和担负起这一新的文化使命，把协助党委政府统筹协调诗教工作，作为自己的主要职能。党的十九大修改通过的《中国共产党章程》第五章第三十三条规定：“社会组织中党的基层组织，宣传和执行党的路线、方针、政策，领导工会、共青团等群团组织，教育管理党员，引领服务群众，推动事业发展。”各地诗词组织一定要认识到新时代赋予诗词组织新的文化使命和主要职能，自觉为党委政府当好参谋助手，统筹协调诗教活动在党委政府统一领导下有序、健康发展。

（五）优化诗教环境，将成为美丽中国的亮丽风景。习近平总书记在十九大报告中号召：“加快生态文明体制改革，建设美丽中国。”生态文明建设已成为新时代中国特色社会主义事业“五位一体”总体布局的重要组成部分。我们开展诗教创先活动的一项重要内容，就是诗化环境，即在城市、乡村、旅游景点和人民群众生活的场所，建立诗墙、诗碑、诗词专栏、诗词画廊等诗词文化景观。使人民群众随时随地受到诗词文化环境的熏陶，为人民美好生活需要增添诗情画意。这和党的十九大推进“美丽中国”建设的总体布局是完全一致的。在贯彻落实党的十九大精神过程中，各级党委、政府都会增加专项经费，加强美丽生态环境建设。只要我们各地诗词组织的参谋工作及时到位，就可以借助美丽城市、美丽乡村建设的东风，打造诗墙、诗碑、诗词专栏、诗词画廊等诗化环境设施，从而使优化诗教环境成为美丽中国建设的独具风采的亮丽风景。这方面，已经建成“诗词之市（州）”“诗词（散曲）之乡”“诗教先进单位”的成功经验已经很多，也很切实有效，我们要结合新时代的新形势、新特点加以继承发扬、创新发展。如结合城镇、乡村的生态基本建设和环境综合治理，在诗化环境上形成大手笔，打造大景观；结合旅游景点的建设，让诗词自然和谐地走进景区，产生诗情画意的新亮点；结合学校、机关、单位的环境改造，因地制宜地增添诗化环境内容，做到借风行船，借枝开花。

（六）繁荣诗教形式，将为文化强国增添绚丽春色。习近平总书记在十九大报告中指出：“要坚持中国特色社会主义文化发展道路，激发全民文化创新创造活力，建设社会主义文化强国。”开展诗教工作，弘扬中华诗词，是“推动中华优秀传统文化创造性转化、创新性发展”的重要举措，是建设社会主义文化强国的题中应有之意。随着社会主义文化的繁荣发展，开展诗教工作、弘扬诗词文化的形式将会更加灵活多样，丰富多彩，兴盛繁荣。其主要表现形式就是诗词文化与其他艺术形式、文化形态的兼融并茂。首先是诗词艺术与书画艺术的交相生辉。中华“诗书画”是植根于中华传统文化沃土里的连理奇葩，堪称中华文化艺术宝库中的三颗明珠。其中“诗”是书画之魂，“书艺”是诗魂之载体，“画意”是诗情之展现。把诗书画艺术融为一体，精美结合，就可以使三种艺术相得益彰，交相生辉。特别是能为空灵抽象的诗词意境，增添书法绘画的艺术神韵和视觉冲击力。二是诗词艺术与音乐艺术的结合。唐诗、宋词、元曲，与音乐艺术有着与生俱来的天然联系。要结合新时代音乐艺术发展的新特点，为诗词艺术插上音乐的翅膀，飞向大众的心灵。三是诗词艺术与楹联艺术的结合。骈文与律诗是楹联产生发展的两大直接艺术源头。楹联自从以对联、春联等艺术形式独立出现之后，在平仄格律、嵌词炼字等艺术风格上有了长足发展，特别是在广接地气，走进千家万户上，形成了自己的优势。这些优长都值得诗词文化学习借鉴。四是诗词艺术与吟诵、朗诵、演唱艺术的结合。使诗教工作寓教于乐，以人民群众喜闻乐见的形式，加大诗词文化传承、弘扬、推广、传播的力度。五是诗词艺术与新体诗、歌词、民歌、儿歌、散文诗等不同诗体的联合，共同举办一些活动，取长补短，携手为建设社会主义文化强国增添绚丽春色。

三、各地诗词组织的历史担当

习近平新时代中国特色社会主义思想和党的十九大精神，为中华诗教工作和中华诗词事业开辟了美好前景和理想境界。但美好前景和理想境界的实现，还要靠各地诗词组织的辛勤努力。因为开展诗教工作和“诗教创先”活动，是中华诗词学会履行使命，振兴诗词的文化创造。1987 年 5 月 31 日，中华诗词学会在北京成立。老一辈革命家习仲勋同志代表党中央、国务院在讲话中指出：“过去，我们从来没有这样一个全国性的诗词组织。现在，把这个空白补起来了。”“你们远道而来，在这里欢聚一堂，共同商讨振兴中华诗词的大计”。这就指明了我们中华诗词学会这一全国性诗词组织的使命就是“振兴中华诗词”。开展诗教工作和“诗教创先”活动，正是中华诗词学会在振兴中华诗词中的有益探索和成功实践。由于这不是党和国家的统一部署和要求，各级党委和政府贯彻落实党的十九大精神，推动社会主义文化繁荣兴盛，头绪繁多、任务繁重。如果不是各地诗词组织主动出主意、当参谋，党委政府不一定采取“诗教创先”这一文化形态。特别是有些市委、县委领导同志，得知兄弟市、县创建“诗词之市”“诗词之乡”效果很好之后，也想创建，但却不知和哪个部门或机构联系，以致通过上级机关才找到我们中华诗词学会。这就是所在地的诗词组织不作为或参谋工作不到位所致。所以，我们要想把刚才讲到的诗教工作的美好前景变成活生生的现实，还必须靠各地诗词组织勇于历史担当和积极主动作为：

（一）勇于担当。2016 年 11 月，习近平总书记在中国文联十大、中国作协九大开幕式上的讲话中，要求文艺工作者“做到胸中有大义，心里有人民，肩头有责任，笔下有乾坤”。“肩头有责任”就是要求我们要有历史的责任担当。中华诗词学会和各地诗词组织，都是诗人词家和诗词爱好者的自愿结合组成的社会团体，热爱中华诗词、弘扬中华诗词、振兴中华诗词，是我们共同的初衷和志愿。但有些诗友参加到诗词组织里来，只是想写写诗，玩一玩，侧重自己内心情感世界的抒发，而不关注外部世界特别是诗词文化的社会担当。如果仅仅作为一个普通会员，他的这种价值取向，属于学术自由的范畴，别人无可厚非。问题在于我们有些诗词组织的领导人，有心通过诗词组织为个人捞取好处，却无意履行自己的岗位职责，为弘扬振兴中华诗词尽到应有的责任担当。这是所在单位诗教工作多年来面貌依旧，迟迟开展不起来的症结所在。所在单位的诗友也对此意见很大。广大诗友弘扬振兴中华诗词事业的积极性、创造性，被这些不作为的诗词组织领导人所压制。这是很不应该的。这种状况应当尽快改变。中华诗词学会和各地诗词组织都是具有独立法人的文学团体，我们各有各自的历史担当。中华诗词学会作为全国性的诗词组织，倡导大家做的我们带头做到。为了联系实际贯彻落实好党的十九大精神，我们中华诗词学会计划用五年时间办几件有意义的事。1. 筹建“中华诗词学院”。筹建“中华诗词学院”，借助社会现有教学资源，把培养诗词人才，尤其是培养年轻的诗词人才，有计划、不间断、可持续地开展起来，一直是我们的期盼。从现在开始，我们要把这项工作列入长远发展规划。力争在近几年内，与国家重点大学或诗词研究院、所合作，共同谋划建院事宜，打造中华诗教活动品牌，切实把诗教工作提升到一个新的层次。2. 试办“中华诗人节”。在中华诗词学会成立三十周年大会上，我们与中华诗词研究院共同倡议设立“中华诗人节”。这是提升诗人地位、扩大诗词影响的重大举措。可以说，在诗词走向繁荣的阶段，在诗教深入人心的条件下，试办“中华诗人节”正当其时。从2018年开始，我们与中华诗词研究院一起，每年与一个省市区合作举办一次“中华诗人节”。通过试办，积累经验，扩大影响后，再努力通过立法程序，使之成为国家法定节日。3. 拓展中华诗词学会网站。目前的中华诗词学会网，无论是在技术设计、栏目设置以及规模与影响力上都有差距，也与中华诗词学会的地位不相适应。今后几年，我们计划加大资金和人力投入，增容扩版。在保证网络安全的情况下，拓展中华诗词网站，增设微信平台，打通中华诗词学会与各省（市）级诗词学会之间网络渠道，建立容量更大的诗词平台和更快捷的诗词传播通道。这样，中华诗词学会本级的诗词传播，就可形成《中华诗词》杂志、《中华诗词学会通讯》、中华诗词学会网站、中华诗词学会微信平台、中华诗词杂志微信平台的整体链条，更好地为广大诗人词家和诗词爱好者服务，以促进全国的诗教工作健康深入发展。各地诗词组织，也要强化历史担当意识，抓住当前大环境对诗词有利的时机，积极促进本地区诗教工作长足发展。

（二）精于谋划。各地诗词组织在推动诗教工作和诗教创先活动中是所在地域党委政府的参谋助手。这一历史定位，决定了诗词组织领导者必须精于谋划，根据中华诗教工作的发展大势，及时向党委政府汇报情况，提出建议。而且谋划得越精细、提出的建议针对性和可行性越强，越能奏效。

从总体上看，诗教工作抓什么，怎么抓？从具体来说，如何因地制宜，适应当地特点来抓诗教，都需要统筹研究，精心设计。要紧紧围绕诗教工作“以诗教人”的本质特点来抓，要围绕普及与提高，人才培养与成果拓展等重点环节来抓。从中华诗词学会层面来说，今后几年将重点要抓好以下几个环节：一是以培养“青年诗人”为重点制定长远规划，并强化落实措施。目前，义务教育小学课本、初中课本和高中课本中的诗词数量逐年增加，这对我们今后培养青年诗人是极其有利的。但是，这支队伍的形成还有待于我们诗教工作的引导。《中华诗词》杂志社近年来在培养青年诗人方面，已经做了许多工作。如每年一届的“青春诗会”已经坚持了十几年；在刊物开设了“青春聚焦”栏目，每期推介优秀的青年诗人；先后设立了“谭克平青年诗人奖”和“刘征青年诗人奖”。这些措施都激发了青年诗人的创作热情，今后还要长期坚持下去。学会青年部也要通过通讯、网站、微信平台等媒介，与青年诗人广泛联系。在发现、培养、推介青年诗人方面行动起来，学会机关与杂志社形成合力，积极促进青年诗人队伍的成长。通过几年、十几年的工作，基本改变诗词队伍老化，诗词人才青黄不接的问题。二是要编制诗教培训教材。中华诗词学会要组织专家、学者，在深入调查研究的基础上，经过充分论证，编写一个系列的、用于全国诗教的培训教材，可分初级版本、高级版本，可分诗词韵律、诗词创作、诗词鉴赏、诗词研究等几个类别。目前，中华诗词学会已圆满完成了国家教育部交给的“中华通韵”课题研究论证任务。下一步还要按照国家教育部的部署和要求，完成《中华通韵》编辑出版工作，使其成为今后通用的新韵教材。

使各地诗词组织在实施诗教中有所遵循，有所参照。三是强强联合做大事。中华诗词学会与各地诗词组织要不断更新观念，走出自家的小圈子，调动一切积极因素形成合力抓诗教。首先是力争与国家、省、市、自治区级电视台，主流报刊、网站、诗词研究组织强强联合，举办全国性、有影响力的重大诗词活动，承担国家级重大科研课题，在中华诗词的传承与创新发展上书写新篇章；其次是促进各级诗词组织的纵向合作与各地诗词组织的横向联合，相互学习和借鉴。四是要继续推进诗教工作与相关艺术门类的深度融合。多年来，我们已经做了很多探索性工作，但还远远不够。诗教工作要不断拓展外延，把诗书、诗书画、诗词吟诵、演唱、艺术表演以及学校的音乐课、美术课、主题班会、课外实践等艺术门类的教学活动有机地结合起来，才可能使诗教工作的推进更扎实，内容更丰富，形式更多样，舞台更广阔，生命力更强。

（三）善于作为。能参善谋是一种技巧、一种艺术、一种能力、一种素质。既然各地诗词组织是当地党委政府开展诗教工作和创建诗词之乡的参谋机构。那么，我们就要提高参谋能力，做到善于作为。其中最重要的一点，就是“参谋要有司令的头脑”。各地诗词组织的领导人，胸中必须有书记、市长工作的“一盘棋”，知道党委、政府某个阶段要抓什么工作。凡是事关文化建设、社会建设、环境建设方面工作的部署，你都要想方设法把诗教工作结合进去，及时提出合情合理、切实可行的意见。不要不看时机，不看火候，盲目乱提建议。从全局来说，诗教创先活动已经实施多年，形成了一套比较成熟的机制，也收到了良好的成效。但从调研与考核的情况看，发展不平衡的现象还比较突出。个别地区的“诗词之乡”创建，还存在着标准不高、工作不实、短板明显的现象。我们必须坚持严谨的创建态度，坚持成熟一个，考核一个，树立一个点，带动一大片的做法，不成熟的绝不照顾。各省市区要按照这次会议通过下发的考核验收文件规定，对上报的“诗词之市”、“诗词（散曲）之乡”和“诗教先进单位”进行严格自考，做到不符合标准的不上报。中华诗词学会要建立诗教工作量化考核验收体系，使考核工作更公平、更透明、更科学；要施行“诗教工作回头看”机制，中华诗词学会要坚持每年对挂牌单位进行抽查回访，对工作退步的地区和单位进行整改，整改不合格的要摘牌。中华诗教工作会议要形成长效机制，原则上每5年召开一次，使中华诗教工作走上良性循环、健康发展的轨道。

必须明确，各地诗词组织是诗教工作和诗教创先活动的生力军和组织保障。要想深入、持久、扎实地搞好诗教工作，加强各地诗词组织建设至关重要。目前，大陆包括西藏在内的省级区域都建立了诗词学（协）会，但市、县级诗词学会的空白还比较多。今后五年内，除了边远少数民族地区外，县级诗词组织也要尽量都成立起来。只有这样，我们才能更好地在全国更加全面深入地开展诗教工作。香港诗词学会在开展诗教工作中已经进行了有益探索，创建了一个“诗人之家”，属于诗教先进单位系列。希望香港、澳门诗词组织结合本地实际，灵活多样地开展诗教工作。

同志们，诗友们，习近平总书记在党的十九大报告中指出：“文化是一个国家一个民族的灵魂。文化兴国运兴，文化强民族强”。中华诗词是中华优秀传统文化的精髓，是中华民族的文化基因。传承发扬中华诗词文化，推动中华诗词事业的全面振兴与繁荣，是我们的历史责任。今天，我们召开全国诗教工作（镇江）会议就是贯彻落实党的十九大精神，推动社会主义文化繁荣兴盛的实际行动。让我们紧密团结在以习近平同志为核心的党中央周围，在习近平新时代中国特色社会主义思想和党的十九大精神指引下，在实现党和国家新时代新目标的新征程中，努力开创新时代诗教工作的美好未来！

（二〇一七年十一月二十八日·镇江）

中国军人与中华诗词

——在全军驻京军以上老干部诗词班的开班讲课提纲

首先感谢驻京局领导对弘扬中华诗词传统文化和老干部教育工作的高度重视与大力支持！安排我在这个场合向首长和战友们汇报自己学习弘扬中华诗词传统文化的体会和感悟，我确实感到有些诚惶诚恐。因为坐在听众席上的很多都是我的老首长，在老首长面前自然不敢造次。好在是汇报我学习弘扬中华诗词的体会和感悟，汇报中不当的地方，首长们随时可以批评指正。我今天汇报的题目就是——《中国军人与中华诗词》。

因为诗被尊为文学中的文学，而中华诗词则是中国文学艺术皇冠上的明珠。诗词文学素养对人的人文素质和写作能力的提高有着潜移默化的作用。为了让大家感悟一下诗词艺术的冲动，在正式讲课之前，我先放两个电视诗词艺术短片。一个是我创作的词《沁园春·四季画屏》，全篇没有半点政治术语，没有一句标语口号，全部将改革开放后中华大地的四季美景与各类物象，升华为生命的意象符号。正如著名诗评家张同吾先生所评述的："他的《沁园春·四季画屏》又可视为人与自然相和谐的宇宙图像，是人类向往的生命之歌。春之众草蓬茸，夏之万物蒸腾，秋之海碧江澄，冬之雪裹冰封，都显现出不同的色调，而又同样鲜活的生命形态，都涌动着生生不息的力量，真正体现了诗歌超越历史的暂时性而走向哲学的永恒。"另一首是我创作的《五言古体诗·登泰山》，全诗以举世闻名的泰山自然风景和人文景观为依托，以中路登山路线为经，以沿途自然和人文景观为纬，全景式描绘出泰山风光的雄伟壮丽和泰山文化的博大精深。被诗评家称之为“精湛的艺术长卷。”下面我们就一起来看光盘（引出两篇诗词文稿）：

沁园春·四季画屏

一个晴空万里的日子，余登高远望，观改革开放后的中华大地，蓝天丽日，林茂粮丰。遂思绪奔涌，勾勒出一幅锦绣山川景物的“四季画屏”，献给伟大的祖国。

春

残雪消融，原野酥松，万物复生。有嫩芽初露，
幼苗破土；南风缕缕，溪水淙淙。桃蕾涂红，柳丝染翠，
远近山峦着淡青。迎新雨，引百花吐艳，众草蓬茸。
蛰虫梦断雷惊。听池畔、声声蛙唱鸣。赏碧枝树上，
莺歌燕舞；芳菲丛里，蝶恋蜂拥。鸭崽浮波，鱼苗逐浪，
才绿荷尖待玉蜓。咏春意，看中华大地，一派昌荣。

夏

植被芃生，山野葱茏，满目翠青。恰时值酷暑，
生机旺盛；草荣木秀，水涨河盈。雨过天晴，彩虹飞架，
带露荷花多样红。接天地，绘三伏画卷，饱蘸浓情。
炎炎烈日当空。似火烤、一笼万物蒸。笑犬舌伸吐，
牛鼻懒动；马鬃流汗，蝉腹消声。绿叶低垂，太阳照射，
营养光合稻黍充。莫嫌热，赖气温助长，林茂粮丰。

秋

一叶镶黄，夏去秋来，金色盛装。望漫山遍野，果实丰硕；连阡接陌，谷物飘香。人影繁忙，农机轰响，催马扬鞭竞运粮。齐欢笑，饮丰收美酒，喜气洋洋。适逢皓月银光。仲秋夜、团圆话语长。渐风轻云淡，空高气爽；蓝天丽日，碧海澄江。枫树更妆，菊花正旺，万里丛林舞彩裳。上极顶，祝年丰人寿，岁岁重阳。

冬

落木萧萧，朔气呼号，兽遁鸟逃。正严寒横扫，植株凋谢；叶光地净，霜剑风刀。田鼠存仓，蛇虫蛰洞，垂死蚊蝇颤栗嗷。皆休矣，唤顽强生命，物种之骄。漫天大雪飘飘。极望目、江山披素袍。看冰封雪裹，水凝地裂；原铺白毯，树挂银条。玉岭竹直，蜡峰梅俏，绝壁悬崖松挺腰。寄凌下，有急流欢唱，勇汇春潮。

二〇〇四年九月

五古·登泰山

公休假日，风和日丽，余陪远方来客，徒步登临泰山。饱览自然景观，细品人文遗产，倍觉中华民族源远流长，泰山文化博大精深，感慨无限，即咏成篇。

序曲

华夏一巨柱，雄峙东天边。

巍峨耸入云，拔地通九天。

太古成伟峰，千载胜名传。
五岳称独尊，紫气此为源。
文汇儒释道，缘结帝王仙。
妇孺竞爬拜，消灾讨福缘。
天工置神秀，人文布景观。
名注联合国，世界共遗产。
古今中外客，接踵登泰山。

第一部

起步岱宗坊，进门访名山。
右侧王母池，古称群玉庵。
曹植留诗句，时间越千年。
“东过王母庐，俯观五岳间”。
步入一天门，始登盘路弯。
“孔子登临处”，碑刻“第一山”。
拾级上“天阶”，“红门”映眼前。
悬崖大藏岭，两片红石岩。
“万仙楼”一座，登临若飘然。
上祀西王母，下列众仙班。
神奇斗母宫，又名龙泉观。
叠瀑玉珠响，铺翠红楼间。
古槐似龙卧，奇景自天然。
稀世“经石峪”，风韵已千年。
石坪一亩大，久放山溪畔。
上刻“金刚经”，隶书兼草篆。
经字大如斗，风雨留剥斑。

钻身过柏洞，仙境入壶天。
笑指“回马岭”，玄宗留遗憾。

第二部

登上中天门，高阔又平坦。
不见黑虎神，喜看索道站。
下起凤凰岭，上至月观山。
总长两千米，高差六零三。
全程八分钟，飘然如升仙。
辞门登高去，即遇“斩云剑”。
突兀一巨石，如剑刺云天。
相传此为界，上下云折返。
冷热锋面雨，绝妙赖天然。
一座云步桥，单孔跨深涧。
飞瀑溅水雾，依稀云弥漫。
青松五大夫，秦代九级官。
始皇封禅至，遇雨在中坂。
松荫遮风雨，护驾悦龙颜。
越过“五松亭”，一树立道边。
恰似多情女，招手望君还。
又名“迎客松”，游人多流连。
穿过“朝阳洞”，迎面“对松山”。
乾隆留赞誉，李白赋诗篇。
远望不盈尺，长松入云汉。
岱岳最佳处，对松真奇观。
置身“升仙坊”，仰望一线天。

西依翔凤岭，东邻飞龙岩。
天门架云梯，危磴难登攀。
拔地五千尺，冲霄“十八盘”。
径从穷处寻，天在隙中见。
盘尽天门到，身入白云端。
门上“摩空阁”，碧峰宝石嵌。
仰步三天胜，俯临千嶂险。
太白清风来，齐鲁“未了轩”。
放歌“南天门”，声扬九霄间。

第三部

漫步天街上，不辨仙与凡。
游人逛街市，云雾绕身边。
店铺家家富，叫卖声声甜。
待客情意暖，逐却高处寒。
拜谒碧霞祠，天上真宫殿。
金碧映白云，霞光照青坛。
瓦垄三百六，象征夏历年。
人生吉祥事，祈祷香火烟。
继续登高处，蔚为仰大观。
唐代摩崖碑，御书纪泰山。
凭崖望八极，目尽长空间。
登上天柱峰，脚踏极顶巅。
伸手捧红日，举臂擎蓝天。
极目望四海，一览小众峦。
黄河飘金带，云海托玉盘。

晚霞正夕照，佛光现奇观。
岱顶观日出，东天红霞染。
祖国如旭日，四化宏图现。
战士责任重，卫我好河山。

一九九六年六月二十二日

【注】

① 这首诗以举世闻名的泰山自然风景和人文景观为依托，以中路登山路线为径，以沿途自然和人文景观为纬，全景式描绘出泰山风光的雄伟壮丽和泰山文化的博大精深。

借着诗词艺术引起的激情冲动，我正式开始汇报，主要说四个方面的内容：一、中华诗词的历史与现状；二、中国军人的诗词情缘；三、腹有诗书气自华；四、中华诗词写作举要。

一、中华诗词的历史与现状

中国是诗的国度。中国诗歌源远流长。一部中国文学史，诗歌占有极其重要的位置，从某种意义上可以说，离开了诗歌，中国文学无从谈起。诗歌最早起源于劳动号子。《诗经》是我国第一部诗歌总集。在它成为儒家经典之前，通称为诗。集中 305 篇作品，代表 2500 年前约 500 多年的诗词创作。后来孔子称之为“诗三百”。《楚辞》是我国第一部作家文学总集，它是指两汉时期刘向将屈原和屈原以后的楚国诗人、文学家宋玉等，以及西汉时期模拟屈骚的辞赋，编辑成的一部诗人作品集，共 16 卷。后来经过秦、汉、魏、晋、南北朝的发展，到唐诗、宋词成为中国诗歌也是中国文学的两大高峰，并成为中华诗词标志性品牌。后来又有元曲，在中国文学史上也独树一帜。我们现在所讲的中华诗词，就是包括古体诗、近体诗、词、曲在内的中国传统诗词。中华诗词在中国文学史上曾经创造了无与伦比的辉煌。五四新文化运动，高扬民主与科学的旗帜，是一场伟大的思想解放运动，并为中国共产党的建立奠定了思想基础。然而，由于当时个别领导者思想上的形而上学和民族虚无主义，中华传统诗词一度被作为封建主义残渣同老太太的裹脚布一起被扫进了历史的垃圾堆。不过这条渗透着中华民族文化血脉的打不死的神蛇，在经过了被打击和冷落之后，顽强地开始复苏。五四新文化运动的主将闻一多先生曾经发出："唐贤读破三千纸，勒马回缰作旧诗"的感叹。五四新文化运动的旗手鲁迅，在传统诗词写作上也留下了不少脍炙人口的佳作。特别是新中国开国领袖毛泽东同志以其传统诗词创作的伟大实践，为传统诗词走出低谷，走向复兴开辟了道路。1957年《诗刊》创刊，发表了毛泽东诗词十八首，昭示着传统诗词的逐步复苏，并开始走向新的时代。1976年的天安门诗歌运动，人们以鲜花和诗歌，而且主要是旧体诗为武器，纪念周总理、声讨"四人帮"。充分展示了传统诗词的时代感和战斗性。到1987年5月31日，中华诗词学会成立。老一辈革命家习仲勋同志代表党中央、国务院在成立大会上的祝辞中指出："过去，我们从来没有过这样的全国性的诗词组织。现在，把这个空白补起来了。"中华诗词学会的成立，揭开了中华诗词走向复兴的新的一页。经过了三十多年的艰辛探索和不懈努力，中华诗词事业有了长足发展。截至目前，中华诗词学会有个人会员3万多名，团体会员260个。中华诗词学会会员遍及祖国大陆31个省市区和港澳特区。加上从省到市、地、县、乡镇各级各类诗词组织成员和网络诗词等方方面面诗词爱好者，中华诗词大军已有300万之众。据不完全统计，全国有各类诗词刊物上千种，加上许多个人印刷的作品集，仅纸质媒介发表的诗词作品全国每年就有近百万首之多。加上各类网站、个人博客上的电子诗词作品，更是难以尽数。但仅靠数量之多，还不能说是中华诗词的真正振兴与繁荣，必须把精品力作搞上去，使中华诗词真正适应时代，深入生活，走向大众。

党的十八大以来，社会主义文化强国建设迈出强劲步伐，有力助推了中华诗词事业的繁荣发展。习近平总书记在弘扬中华诗词和传统文化上更是率先垂范，把画意诗情引入伟大的中国梦，强调“古诗文经典已融入中华民族的血脉，成了我们的基因”，并亲自赋诗填词，引领一代风骚。2014年10月15日，习近平总书记在北京主持召开文艺工作座谈会并发表重要讲话，为新时期文艺工作包括诗词文化的发展指明了方向。从2014年5月份以来，中共中央宣传部领导先后六次邀请中华诗词学会相关领导和诗人词家代表，就如何促进主流宣传教育和中华诗词文化有效结合进行座谈。我有幸全部参加了这些座谈研究工作。中宣部领导强调，要从培育和践行社会主义核心价值观的高度，让诗词文化积极参与到主流舆论宣传阵地，在时代大舞台上唱大戏，展风采，焕发魅力。为此，中宣部就诗词文化配合主流宣传教育工作启动了一系列相关品牌项目。如在中央电视台一套的《时代楷模发布厅》等重要栏目和节目中，都相继增加了传统诗词的内容，使中华诗词进入了当代最有影响力的主流媒体。中华诗词学会组织诗人词家在完成中宣部赋予的各项任务中，锻炼提高了队伍，展现了传统诗词的风采。同时也推动了中华诗词在海内外的发展。央视成功举办的《中国诗词大会》，顺应了诗词文化繁荣发展的历史潮流，把全国上下、男女老少蕴藏的对中华诗词文化的热情激发了出来，使诗词爱好者的队伍迅猛扩大。据粗略统计，现在海外30多个国家和地区的华人中，有中华诗词组织或诗词活动，被称为海外诗词兵团。从五大洲来看，凡有华人、汉语聚居的地方，就有中华诗词的传播、创作和吟诵。从诗词大军人员构成来看，年龄结构、职业结构也在发生明显变化。年龄从老年人为主逐步向以中青年为主转变；其职业也从公务员、知识分子辐射到全社会的各个层面和角落。特别是党的十九大以来，中国进入了新时代。在习近平新时代中国特色社会主义思想指引下，弘扬中华诗词，已成为“坚定文化自信，推动社会主义文化繁荣兴盛”的重要内容。中华诗词繁荣发展的灿烂春天，已经展现在我们面前。

二、中国军人的诗词情缘

中国军人与中华诗词有着不解之缘。首先在我国古典诗词的文学宝库中，军旅诗、边塞诗占有非常重要的地位。尽管学术界对边塞诗的定义至今尚无一致的看法。但为国从军出塞、戍边征战的军中将士所赋反映自己戎马生涯和情感志向的诗词，以及一切歌颂军中将士勋业劳绩、真实反映他们戍边生活和爱国情操的诗词，无可争议的应属于边塞诗的范畴。伴随着我国第一部诗歌总集《诗经》的问世，边塞诗就成了其中必不可少的内容。最有代表性的如编入十五国风《秦风》中的《无衣》：“岂曰无衣，与子同袍。王于兴师，修我戈矛；与子同仇……”全诗共三章，每章五句。反映了古代劳动人民的爱国精神，表现了战士们团结一致、同甘共苦、同仇敌忾的战斗友谊。是秦国军民为抗击西戎侵扰而创作的参军歌。再如选入《诗经·小雅》的《采薇》，长达6章24行48句，其中有“戎车既驾，四牡业业。岂敢定居？一月三捷”的豪迈诗句。是西周宣王时代军中将士所创作高唱的出征歌。我国第一个伟大的诗人屈原《九歌》中的《国殇》，又是追悼阵亡将士英灵的祭歌。开邦立国的三军统帅汉高祖刘邦的《大风歌》、魏国奠基人魏武帝曹操的《观沧海》，都是我国军旅诗中的名篇。许多军旅诗、边塞诗的名篇佳作，都是出自戍边将士之手。抗金名将岳飞的一首《满江红》，激励了多少代中国军人精忠报国、壮怀激烈，成为千古绝唱。中华诗国星空有些耀眼的诗词泰斗，本身又是叱咤风云的统兵将帅。如与李白、杜甫、苏东坡并称为“李杜苏辛”的辛弃疾，二十一岁参加抗金义军，不久即归南宋。历任湖北、江西、湖南、福建、浙东安抚使等职。他所提的抗金建议，虽未被采纳，但其报国情怀却永垂青史。“醉里挑灯看剑，梦回吹角连营，八百里分麾下炙，五十弦翻塞外声。沙场秋点兵。……”一首《破阵子》，千秋报国情。北宋著名政治家、文学家范仲淹，曾任陕西经略副使，镇守延州，也就是今天的延安，抵抗西夏，巩固边防。他的一首《渔家傲》，“……浊酒一杯家万里，燕然未勒归无计。羌管悠悠霜满地。人不寐，将军白发征夫泪。”把战士们的爱国激情和浓重乡思婉转曲折地表达出来。情调苍凉而悲壮，成为古代边塞诗词中的名篇，开了豪放派词风的先河。有些将帅虽非诗词名家，却也留下了名篇佳句。明朝抗倭名将戚继光的《马上作》：“南北驱驰报主情，江花边月笑平生。一年三百六十日，多是横戈马上行。”就可谓脍炙人口，千古流传。

远的不再赘述，我党我军的缔造者，我军最高统帅毛泽东主席，不仅是伟大的革命家、政治家、思想家、军事家，而且是绝代无双的伟大诗人。他的《沁园春·雪》成为我国诗词领域古往今来难以逾越的艺术峰巅。朱德总司令，陈毅、叶剑英元帅，也都是传统诗词创作的名家高手。解放军红叶诗社陆续编辑出版的“百年抗争”、“星火燎原”、“长征”、“抗日烽火”、“解放战争”等系列诗词选粹，就是近现代和当代军人诗词情结的生动写照。许多部队离退休的老干部、在职的将官、校官、尉官、士官和老兵新兵，也都越来越多加入到了中华诗词大军中来。可以说，中国军人与中华诗词的情缘，不仅源远，而且流长。

三、腹有诗书气自华

北宋大文学家苏轼在《和董传留别》一诗中吟道：“粗缯大布裹生涯，腹有诗书气自华……”深刻揭示了诗词学养与人的气质神韵的内在联系。增添古体诗词素养，对于提高自己的人文素质和气韵风度，大有裨益。

习近平总书记曾经明确指出：“学诗可以情飞扬，志高昂，人灵秀。”把提高诗词文学素养与提升人的素质、气韵、情操的关系，作了深刻揭示。古往今来的名人大家对中华诗词特有的艺术魅力，都有过深刻论述和精彩阐释。在此不再赘述。这里所说的中华诗词，主要指以唐诗宋词为代表的中国格律诗。中国格律诗的出现，可以追溯到唐代的以前的南朝。南朝梁文学家、史学家沈约（441-513），今存诗 170 余首。与谢朓共创“永明体”。他们十分强调诗歌的声韵格律，力主“四声八病”说。其中虽有苛细之处，但对格律诗的形成与发展有一定的贡献。谢朓（464 一 499）与谢灵运（385

一433）同族，时称“小谢”，为“永明体”的代表作家之一，现存诗200余首，被后人视为开唐代律诗、绝句之先河，受到李白、杜甫的极高评价。

以唐诗、宋词为代表的中华诗词，之所以被推崇为中国文学艺术殿堂的阳春白雪和中国文学艺术皇冠上的明珠。就是因为这种艺术形式具有无与伦比的内在之美。综合古今名人大家的相关论述，主要体现在：。格律诗是以汉字为载体的。汉字是世界上独一无二的以单音、四声、独体、方块为特征的文字。汉字把字形和字义、文字与图画、语言与音乐等绝妙地结合在一起，这是以拼音为特征的文字所不可比拟的。格律诗具有“篇有定句”、“句有定韵”、“字有定音”、“韵有定位”、“律有定对”等基本要素，把汉字这些独特优势发挥得淋漓尽致，为格律诗的无比美妙和无穷魅力提供了形式上的大美支撑。仍以五七言律绝为例：它给人以声韵美、均齐美、对称美、参差美即节奏美和简洁美等大美的艺术享受。格律诗借助汉字的独特优势，创造出美的感情表达形式，它是先贤们在长期的诗词创作过程中，经过千锤百炼后形成的“黄金定律”，是宝贵的精神财富。艺术本质是追求美。当今学作格律诗，就要认真遵守这些“黄金定律”，以追求大美……。有人把创作格律诗比喻为“戴着镣铐跳舞”。京剧《红灯记》里李玉和戴着镣铐自如地走打坐唱，给人以独具风采的悲壮之美。创作格律诗词在某种程度上也像跳芭蕾舞，既然选择跳芭蕾舞，就必须按规则用脚尖跳。尽管这种束缚是“苛刻”的，但经过勤学苦练，一旦掌握了它的规律，就会自如地跳出独具特色的优美舞蹈。正是由于传统诗词高雅大美的艺术特质，所以学习和掌握传统诗词，对于增长智慧，涵养德行，陶冶情操，砥砺品格，修养身心，升华气韵，都会起到潜移默化的作用。

学习和掌握传统诗词，对写作水平的提高也有着直接的效用。因为不论是做什么工作的，写作水平即文字表达能力都是一个人安身立命的一项基本功。我在给新闻班的学员讲课中，就专门讲过一章："要懂点古诗词"。因为新闻、写作与文学，都是相通的。许多著名的作家、文学家都有过新闻写作和机关写作的人生履历。一定的诗词文学素养，对于提高新闻稿件和文章、讲话的文采、意境及艺术性，是必不可少的。古代许多文人才子都是以诗词造诣而成名的。中国古典诗词意境深远，意象美妙，语言精炼，音韵和谐，在艺术技巧上有许多独到之处。中国当代文学巨匠茅盾说过：中国旧体诗，常用几十个字写出全部意境，尤其具有不可比拟的精炼。这个传统，应该为我们所积极学习和研究。学习和掌握一定的传统诗词知识，对于新闻写作与公文写作中拓展意境，升华境界，精炼语言，增强美感，都是有益的。我自己在新闻采写与电视宣传实践中，不论从新闻采写构思到电视节目创意，不论提炼新闻作品标题还是确定电视栏目定位，传统诗词的功底，使我受益匪浅。首长和战友们还会记得，从 2001 年 1 月 1 日，新世纪第一缕阳光首照祖国大陆的那一刻开始，我们启动了大型电视系列报道"世纪初年走边关"。在策划酝酿这一重大系列活动时，我概括提炼出"世纪初年走边关"这一活动命题和"披世纪朝霞，走万里边关，领千般风情，颂不朽军魂"的活动主题，当时逐级上报总政宣传部和总政首长后，得到首长和机关的充分肯定，并把这一活动升格为由总政治部组织发起，《人民日报》、新华社、中央人民广播电台、中央电视台和《解放军报》五大媒体的联合大型系列采访活动，被称为中国新闻史上的创举和中国电视史上的万里长征。当然，许多老首长、老战友都有得益于诗词文化素养的切身体会。今天在座的老首长、老战友中，有不少就是将军诗人。他们的将军雄风，加上诗词文化的儒雅气韵，就形成了雄风雅韵的儒将风采，从而赢得社会的尊重。

四、中华诗词写作举要

我们弘扬传统文化，坚定文化自信，推动社会主义文化的繁荣兴盛，很重要的一点就是要“坚持创造性转化、创新性发展”。我们传承弘扬中华诗词，不能仅仅停留在知识比拼和对诗词的记忆背诵阶段，而是要积极引领当代诗词创作，用传统诗词的艺术形式，反映火热的现实生活。因此，学习掌握当代中华诗词创作的基本知识和要领，对于各行业、各类人员文学素养的提高，都是十分有益的。因为今天是诗词班的开班课，我不可能讲得太具体，只能从诗词艺术层面，举要加以引导。

中国当代诗词创作的名家，在诗词创作实践中，感悟提出诗词创作“金字塔”原理，对此，我是非常赞同的。下面，我就借助这个“金字塔”原理，加上我个人的理解与发挥，给大家的诗词创作来当个入门向导：首先，我们画出一个金字塔形的三角，中间画两条与底线平行的横线，就构成了下宽上尖的三个层面。如图：

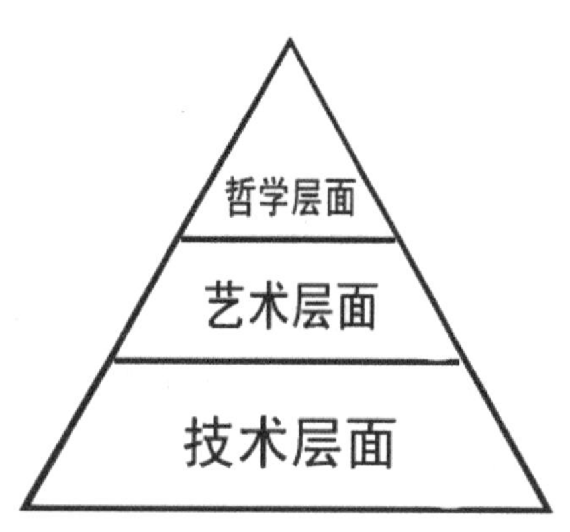

那么最底部是技术层面，即传统诗词创作的基本知识和技术要求，包括格律基本知识和音韵基本要求，如平仄、四声，押韵、拗救、对仗、粘贴等。这是初学者最大的拦路虎。许多人往往望而生畏，止步不前。其实，就凭我们领导干部的智商与文字功底，只要肯下功夫，真下功夫，一两天就能入门。因为格律诗最具代表性的就是四种样式，即五言律诗，五言绝句，七言律诗，七言绝句。而每一种只有四种基本句型。即平起与仄起的规律变换，说到底，就是16种基本句型。而且掌握了其中的规律后，韵脚也只有四种格式，即平仄脚，仄平脚，仄仄脚，平平脚。至于词，它有不同的词牌，也有一定的规律性。曲的规定性则更加繁琐、严格。初学者不能想一口吃个胖子，可以先从五言、七言绝句、律诗开始。这也是最具代表性、用途最广泛的传统诗体。当然还有韵，韵又有今古之分。古韵比较复杂，韵书也名目繁多，现存最早的一部韵书为《广韵》，由宋初陈彭年、丘雍等奉旨编修。《广韵》之前有《唐韵》，《唐韵》之前有《切韵》。现存《广韵》有206个韵部，由于它的韵分得过细，不易掌握，也不便使用，加上汉语语音的发展变化，后又有多种韵书问世。其中影响最大的要属金人王义郁编纂的《平水新刊礼部韵略》分106韵，因在山西平水刻印，故称“平水韵”。南宋平水人刘渊在此基础上编印《壬子新刊礼部韵略》，分韵107部，后人也称“平水韵”。平水韵一直沿用至今。后面还有《佩文韵府》、《佩文诗韵》、《诗韵集成》、《诗韵合璧》等韵书，清蒲松龄在进一步简化《中原音韵》基础上，修订编成“十三辙”传世。由于古韵比较复杂，今人真正学懂弄通且付诸创作实践的并不太多。例如平水韵中的“一东”与“二冬”，即使当今名师大家也难以说明白它们的区别。但这是古人的硬性规定，没有什么道理可讲。事实上，目前在诗词圈子里，真正能严格按平水韵创作的也不多，多数是约定俗成地保留入声字，采用宽韵。所以初学者作为一种业余诗词爱好，没有必要对古韵下太大的功夫，将来有了基础再循序渐进。可以采用普通话语音的新韵。因为中华诗词学会在声韵上的主张是“倡今知古，双轨并行”，即提倡新韵，了解古韵，允许双轨并行。近两年来，国家教育部大力推进研究制定《普通话韵（中华新韵）》重要课题。2018 年 4 月 24 日，由教育部语用司组织召开了《中华通韵》课题结项鉴定会。我有幸参加了这一课题研究论证的全过程。现已进入教学实验和广泛征求意见阶段。相信不久的将来，将由国家统一颁发以普通话韵为审音规范的韵书《中华通韵》。这就为我们用普通话韵创作中华诗词提供了用韵依据。总之，这些基础知识、技术层面的问题，听起来比较复杂，但一旦掌握了，还是比较容易的。诗词创作真正出彩的应该是在金字塔的中间层面即艺术层面和顶尖层面即哲学层面。艺术层面包括意象、意境、语言、韵味等；而顶尖层面的哲学层面则包括作品的立意和蕴含哲理等。而后面两个层面恰恰是将军和有领导工作阅历者自身素质的长项。我们完全应该有这种自信心。

诗词创作主要靠灵感，靠悟性，所以诗词创作没有固定的方法和套路。尽管网上已有诗词创作软件，但那种毫无个性的词句拼凑，说到底，也只能算种文字游戏。为了启发大家的创作灵感，我把古今学者的创作经验和体会，择要列举如下，大家可以从中去感悟：

其一，学诗以识为主：入门须正，立志须高。这是宋代诗论家、诗人严羽，在《沧浪诗话》中提出的论断。我认为这对初学者非常必要。当然诗词创作完全属于个性自由，有些人可能就是为了自娱自乐，不愿多费脑子，我们也只能悉尊其便。我是说要真想在诗词写作上下点功夫，出点成果的雅士文友，则要认认真真、老老实实地从传统诗词黄金格律的基础知识学起，并要树立创精品力作的崇高志向。“学诗首先要除五俗：一曰俗体，二曰俗意，三曰俗句，四曰俗字，五曰俗韵。”“意贵透彻，不可隔靴搔痒；语贵脱洒，不可拖泥带水。”

其二，学诗须多师，学古须忘古。清代诗文家、诗论家袁枚在《随园诗话》中指出：“少陵云：‘多师亦吾师’。非止可师之人而师之也；村童牧竖，一言一笑，皆吾师也，善取之皆成佳句。”“后之人未有不学古人而能为诗者也，然而善学者，得鱼忘筌；不善学者，刻舟求剑。”简言之，就是要广学博闻，师古不泥古，善于吸收消化，推陈出新。

其三，诗写性情，以真切为要，以有我为高。袁枚在《随园诗话》中说，“诗写性情，唯吾所适”。“诗情愈痴愈妙”。“凡作诗，写景易，言情难。何也？景从外来，目之所触，留心便得；情从心出，非有一种芬芳悱恻之怀，便不能哀感顽艳”。“作诗，不可以无我，无我，则剿袭敷衍之弊大，韩昌黎所以‘唯古于词必己出’也”。“诗有干无华，是枯木也；有肉无骨，是夏虫也；有人无我，是傀儡也；有声无韵，是瓦缶也；有直无曲，是漏卮也；有格无趣，是土牛也。”总之，要诗中有我，抒发自己的真情实感。

其四，诗以意为主，意要新，语要工。宋人黄彻在《黄彻诗话》中说：“故昔人论文字，以意为上。”欧阳修在《六一诗话》中，借引文对话的形式，表达了这样的诗学观点：“诗家虽率意，而造语亦难，若意新语工，得前人所未道者，斯为善也。必能状难写之景如在目前，含不尽之意见于言外，然后为至矣。”袁枚在《随园诗话》中进一步讲道：“诗无言外之意，便同嚼蜡。”“咏物诗无寄托，便是儿童猜谜；读史诗无新义，便成廿一史弹词。虽着议论，无隽永之味，又似史赞一派，俱非诗也。”

其五，诗贵含蓄，当直则直，当曲则曲。清代诗论家吴乔在《围炉诗话》中说：“诗贵有含蓄不尽之意，尤以不着意见声色故事议论者为最上。”袁枚在《随园诗话》中则讲道：“凡作人贵直，而作诗文贵曲。孔子曰：‘情欲信，词欲巧’。……巧，即曲之谓也。”清末民初政治家、文学家梁启超在《中国韵文里头所表现的情感》一文中明确指出：“向来写感情的，多半以含蓄蕴藉为原则，像那弹琴的弦外之音，像吃橄榄的那点回甘味儿，是我们中国文学家所最乐道。”

其六，诗可雄奇沉着，亦可自然平淡。清代史学家、诗人赵翼在《瓯北诗话》中说：“如李长吉‘石破天惊逗秋雨’，虽险而无意义，只觉无理取闹……青莲则不然，如‘抚顶弄盘古，推车转天轮’……皆奇警极矣，而以挥洒出之，全不见其锤炼之迹。”宋人葛立方在《韵语阳秋》中说：“大抵欲造平淡，当自绚丽中来，落其华芬，然后可造平淡之境。”李白云：“清水出芙蓉，天然去雕饰。”平淡而到天然处，则善矣。袁枚在《随园诗话》中对诗词创作“用意要精深，下语要平淡”作了明确解释：“求其精深，是一半工夫；求其平淡，亦是一半工夫。非精深不能超超独先，非平淡不能人人领解。”

为了让大家感悟在当代中华诗词创作中今古诗人的艺术联接，我把自己步古人原玉的几首诗词在这里说一下，请首长和战友们鉴赏指正：

满江红·步岳飞韵颂岳飞

天日昭昭，烟霾雨，终归散歇。回望目，忠奸邪正，斗争激烈。佞相位权成粪土，英雄肝胆光星月。罪莫须，折了栋梁才，长悲切。　风波过，冤恨雪；奸计败，身名灭。看恢恢法网，不容残缺。白铁难辞阴险气，青山幸沃忠贞血。祭英魂，贼像跪碑前，陪灵阙。

（注：此联意象由岳飞墓阙对联“青山有幸埋忠骨，白铁无辜铸佞臣”幻化而成。）

附岳飞《满江红·怒发冲冠》：

怒发冲冠，凭栏处、潇潇雨歇。抬望眼，仰天长啸，壮怀激烈。三十功名尘与土，八千里路云和月。莫等闲，白了少年头，空悲切！　靖康耻，犹未雪。臣子恨，何时灭！驾长车踏破，贺兰山缺。壮志饥餐胡虏肉，笑谈渴饮匈奴血。待从头、收拾旧山河，朝天阙。

破阵子·朱日和阅兵——步辛弃疾韵

警醒扬威亮剑，雄师百里连营。统帅戎装挥巨手，塞外金戈铁马声。沙场夏点兵。　　利器轰天动地，锋寒鬼怯魔惊。矢志打赢圆伟梦，报国为民不计名。强军虎气生。

附辛弃疾《破阵子》：

醉里挑灯看剑，梦回吹角连营。八百里分麾下炙，五十弦翻塞外声。沙场秋点兵。　　马作的卢飞快，弓如霹雳弦惊。了却君王天下事，赢得生前身后名。可怜白发生！

七律·飞越零丁洋步韵遥祭文丞相

动地感天生死经，光昭日月暗群星。
改元帝国沙飞絮，换代君臣水逐萍。
正气歌中扬正气，零丁洋上颂零丁。
人间多少匆匆客，千古文公耀汗青！

附文天祥《过零丁洋》：

辛苦遭逢起一经，干戈寥落四周星。
山河破碎风飘絮，身世浮沉雨打萍。
惶恐滩头说惶恐，零丁洋里叹零丁。
人生自古谁无死，留取丹心照汗青！

当然，诗词写作要领还可以列举出许多。但百说不如一做，真正领略诗词创作的奥妙，还要靠每个实践者去体察、感悟。我想引用宋代诗论家、诗人严羽在《沧浪诗话》中的一段话与大家共勉："学诗有三节：其初不识好恶，连篇累牍，肆笔而成；既识羞愧，始生畏缩，成之极难；及其透彻，则七纵八横，信手拈来，头头是道矣。"相信璀璨的中华诗词艺术之光，必将为各位首长、战友波澜壮阔的人生，增添儒雅的气韵和诗意的华彩！

（二〇一八年九月十三日于北京）

妙笔担社会道义，华章铸民族灵魂

——关于新时代文学工作者职业道德和职业责任的一点思考

中国作家协会文学王作者职业道德委员会，在“中国革命的摇篮”井冈山，开展“到人民中去”职业道德教育与文学社会服务实践活动，并举行专题座谈会，可谓匠心独运，意义非常。根据会议安排，围绕“新时代文学工作者职业道德和职业责任”这一主题，我谈点个人的思考与感悟。不当之处，请领导和方家老师们指正。

我发言的题目，定为“妙笔担社会道义，华章铸民族灵魂”是出于以下考虑：文学工作者践行职业道德和担当职业责任的终极表现，是靠文学作品说话。这里所说的“妙笔”，指文学工作者的创作工具，它不同于秉公书史判案的“铁笔”，而是融入了“悲悯情怀”和“审美旨趣”的文学艺术之“笔”；这里所说的“担”，也不同于革命先驱李大钊所书担道义的“铁肩”，而是体现在文学作品中的“笔力彰显”；至于“社会道义”，则是保障人类社会正常运转的道义原则，即道德和正义。下面所说的“华章”是文学工作者创作的优秀作品，它不同于冷峻呆板的官样文章，而是习近平总书记所倡导的“有筋骨、有道德、有温度”的时代精品力作；此处的“铸”，也不是现实生活中的锻铸、浇铸，而是靠文学作品的美学引导力和艺术感召力，在精神层面的一种塑造；至于“民族灵魂”，则是作家所属自己的祖国、民族和人民高尚心灵的反映。习近平总书记在党的十九大报告中明确指出：“社会主义文艺是人民的文艺，必须坚持以人民为中心的创作导向，在深入生活、扎根人民中进行无愧于时代的文艺创造。要繁荣文艺创作，坚持思想精深、艺术精湛、制作精良相统一，加强现实题材创作不断推出讴歌党、讴歌祖国、讴歌人民、讴歌英雄的精品力作”这就为我们新时代文学工作者坚守职业道德、恪尽职业责任指明了方向。那么，新时代文学工作者应该怎样坚守职业道德，恪尽职业责任？我认为，至少应做到以下几点：一是坚守公民底线。《中国作家协会文学工作者职业道德公约》第一条开宗明义地写到“拥护中国共产党的领导，遵守《中华人民共和国宪法》和法律”这是文学工作者构筑职业道德高地的政治法律基石，同时也要看到，这是《宪法》明文所载的每一个中华人民共和国公民必须遵照执行的政治和法律底线。二是要有担当精神。勇于担当社会责任，理直气壮弘扬社会主义核心价值观，积极继承祖国优秀传统文化，汲取人类文明成果，大力高扬中国精神。三是把握创作导向。坚持以人民为中心的创作导向，深入生活，扎根人民，与时代同行，为人民创作。四是尊重文学规律。坚守“二为”方向和

“双百”方针，维护学术民主，提倡艺术个性，倡导兼容并包，加强相互团结，为良好文学生态增添生机活力。五是坚定文学理想。追求德艺双馨，精心锐意创新，讴歌真善美，鞭笞假恶丑。反对一切低级趣味和腐朽思想。六是坚持职业操守。反对粗制滥造，反对抄袭剽窃，凭借真才实学，创作精品力作。总之，在习近平新时代中国特色社会主义思想指引下，在中国作协党组的正确领导下，经过大家的共同努力，文学工作者职业道德建设定会呈现出崭新的面貌。

（二〇一八年十月二十八日于井冈山）

把握新时代中华诗词复兴发展的正确方向

——在中华诗词复兴论坛的发言

《诗刊》社与中华文化学院联合主办这次“中华诗词复兴论坛”，认真研究在民族复兴和文化复兴的时代背景下，诗词复兴的相关问题。我认为非常适时和必要。围绕论坛主题，我今天发言的题目是，《把握新时代中华诗词复兴发展的正确方向》。不当之处请专家学者和各位老师批评指正。

习近平总书记在党的十九大报告中指出：“实现中华民族伟大复兴，是近代以来中华民族最伟大的梦想。”“今天，我们比历史上任何时期都更接近、更有信心和能力实现中华民族伟大复兴的目标。”习总书记还指出，“文化是一个国家、一个民族的灵魂。文化兴国兴运，文化强民族强。没有高度的文化自信，没有文化的繁荣兴盛，就没有中华民族伟大复兴。”而被誉为中国文学艺术皇冠上明珠的中华诗词，则是中华民族传统文化的精髓，已成为中华民族的文化基因。中华诗词的复兴与繁荣，对于增强民族文化自信、繁荣兴盛中华文化、促进中华民族复兴，有着非常重要的意义和作用。

在党的十九大报告中，习近平总书记向全世界庄严宣告：“经过长期努力，中国特色社会主义进入了新时代，这是我国发展新的历史方位。”“中国特色社会主义进入新时代，意味着近代以来久经磨难的中华民族迎来了从站起来、富起来到强起来的伟大飞跃，迎来了实现中华民族伟大复兴的光明前景；意味着科学社会主义在二十一世纪的中国焕发出强大生机活力，在世界上高高举起了中国特色社会主义伟大旗帜；意味着中国特色社会主义道路、理论、制度、文化不断发展，拓展了发展中国家走向现代化的途径，给世界上那些既希望加快发展又希望保持自身独立性的国家和民族提供了全新选择，为解决人类问题贡献了中国智慧和中国方案。”这就是中华诗词复兴所处于的新的时代背景。

在中华诗词学会老会长孙轶青先生的亲自引荐下，我来到学会并先后担任了中华诗词学会第二届会长助理兼副秘书长，第三、四届常务副会长（法定代表人），直到年满70周岁，按照中央有关规定退出学会领导岗位，连续在中华诗词学会工作了14个年头，亲身见证了中华诗词在上个世纪早期被打击冷落之后，在本世纪初期从复苏后的艰难爬坡到初步振兴，再到进入新时代初现繁荣的历史过程。因而对新时代中华诗词复兴与发展，有着切身的感悟。

进入新时代的中华诗词，在习总书记的身体力行和党中央文化复兴的号召鼓舞下，经过中华诗词界历代同仁的不懈努力和社会各界的大力支持，经过大众传媒的加大宣传，包括央视几季《中华诗词大会》的有力助推，中华诗词的背诵、吟唱、传承和创作，已在一定程度上初步呈现繁荣发展的景象。特别是随着高科技的发展和5G时代的来临，诗词的传播已经有了巨大变化。通过微博、微信、抖音等新媒体、自媒体，海量信息、短视频甚至人工智能，可以把诗友们创作的诗词随时直播发布到世人面前。这对于中华诗词的广泛传播与普及，显然是千载难逢的时代良机。同时也应该看到，这种“乱花渐欲迷人眼”，还不是真正意义上的诗词繁荣兴盛，必须有代表这个时代的诗词精品力作和名师大家。我们还要注意到，这些先进的科技手段，制作精良的诗词音乐、画面、视频，还模糊了诗词作品良莠不齐的真相、掩藏了诗词创作价值取向多元的隐忧。不可否认，按照党的“双百”方针，选取什么诗词题材，追求什么艺术风格，是诗人自己的创作自由。但社会应该有所倡导，应该有主流审美的诗词创作价值引领。主流审美的诗词作品应该是具有家国情怀，有筋骨、有道德、有温度，有着浓厚中国味道和鲜明时代印记的诗词。因此，我们应该引导广大诗人词家和诗词爱好者，切实把握在民族复兴和文化复兴历史进程中，诗词复兴发展的正确方向。

中华诗词学会在《21世纪初期中华诗词发展纲要》中，明确提出了“适应时代，深入生活，走向大众“的方针，得到了诗词界同仁的广泛赞同。而且实践证明，其基本原则仍然适用于当前的新时代。所以，在民族复兴和时代复兴的历史背景下，把握诗词复兴发展的正确方向，应该注意以下几点。

一、拥抱新时代

唐代诗人白居易说过，“文章合为时而著，歌诗合为事而作。”这是千百年来被无数诗文评论家引用过的至理名言。中国诗歌文化的一个重要传统，是重视它的社会功能价值。“诗言志，歌咏言”，是我国古代文论家对诗的本质特征的认识，在《尚书·尧典》中就有明确记载。纵观中国数千年诗史，中国诗歌的发展从来具有与时代同步的特点。中国诗祖骚宗屈原的《离骚》，是其忧国忧民的时代呐喊；诗圣杜甫的《三吏》、《三别》等诗史名篇，是他所处那个战乱时代的历史见证。伟大诗人毛泽东的《沁园春·雪》等千古绝唱，正是他作为新中国开国领袖，辟地开天、扭转乾坤伟大胸襟和革命情怀的诗意写照。每一个有社会责任感和时代担当精神的诗人词家，都应当关心时局，关心祖国命运和人民利益，具有强烈的时代感和敏锐的洞察力。只有热情拥抱、纵情讴歌我们所处的伟大时代，才能创作出无愧于这个伟大时代的精品力作。

新时代为中华诗词复兴开辟了广阔天地，也对广大诗人词家和诗词爱好者提出了新的要求。我们只有深刻认识身边所处的震古烁今的伟大时代，才能自觉反映这个新时代，热情讴歌这个新时代。用传统诗词反映新时代，讴歌新时代，要有勇为时代先锋的精神，从诗词作品的题材、思想、感情、语言、声韵等多方面加以体现。而这些体现在创作上的诗词艺术表象，其前提和基础则是对新时代的深刻认识、全面理解和正确把握。要深刻认识和理解我们所处的这个新时代，是承前启后、继往开来、在新的历史条件下继续夺取中国特色社会主义伟大胜利的时代，是决胜全面建成小康社会、进而全面建设社会主义现代化强国的时代，是全国各族人民团结奋斗、不断创造美好生活、逐步实现全体人民共同富裕的时代，是全体中华儿女勠力同心、奋力实现中华民族伟大复兴中国梦的时代，是我国日益走近世界舞台中央、不断为人类作出更大贡献的时代。

有幸处在这个伟大时代的诗人词家，应该以满怀的豪情和澎湃的激情，加强对新时代现实题材诗词的创作。用诗词的意象、诗词的美感、诗词的情趣、诗词的语言、诗词的韵味等诗词美学的艺术手段，纵情讴歌担当民族大任的时代先锋，和默默奉献的各行各业时代新人。用诗词艺术之光，点亮人们诗意人生的理想之灯，照亮大家创造美好生活的风雨征程。

二，反映新生活

新时代中华诗词的复兴发展，不能仅仅停留在对古代诗词的背诵记忆和知识比拼上，也不能仅仅追求“飞花令”和“诗词接龙”的趣味热播，而应把这种群众中蕴藏的“诗词热”切实引导到诗词创作上来。即用传统诗词艺术形式，反映新时代火热生活。这正是弘扬中华传统文化，“坚持创造性转化、创新性发展”重要原则对中华诗词复兴发展的客观要求。

反映新生活，首先要直面时代题材，在内容上贴近新时代。时代题材涉及时代生活的方方面面，涵盖面非常广博：党策国计，民生人意，伟大事变，重大事件，经济发展，科技进步，文化繁荣，社会和谐，乃至人民大众的喜怒哀乐……，可谓包罗万象。直面新时代的万花筒，如何选取题材，是每个诗人的创作自由。大江东去，小桥流水，歌颂真善美，鞭笞假恶丑，兴、观、群、怨，都可以出好诗佳句。不过，著名诗评家李元洛教授的一番话，还颇发人深思：“时代精神是一代诗歌交响乐的主奏曲，短笛、长号、提琴、大鼓等各种乐器，尽可各尽所长。有了主奏曲，音色和音域不同的文章，就可以汇成壮丽动人的大合唱。”而这一代诗歌交响乐的主奏曲，应是弘扬主旋律、传播正能量的新时代黄钟大吕。这正是我们反映新生活的诗词创作，主流审美的价值取向所在。

除了直面现实题材，还要注意升华时代意象。诗词是靠意象的艺术冲击力，来教育人、感染人、娱悦人。空洞的说教和标语口号不是诗。一个时代有不同于其他时代的特有意象。原始时代只有象声的劳动号子，农耕时代有“采菊东篱下，悠然见南山”的意象。而工业时代，信息时代，乃至我们即将进入的智能时代，都应有其独特的意象。这就要靠诗人词家在创作中去观察，去发掘，去体验，去升华。当然还要注意抒发时代情感，活用时代语言，反映时代信息，针砭时代弊端和描绘时代画卷等等，这是我们当代诗人词家和诗词爱好者的历史担当。

三，走进大众中

要求诗词走进大众中，是以人民为中心的创作导向，在诗词创作领域的生动体现。正如习近平总书记所指出的，“社会主义文艺是人民的文艺，必须坚持以人民为中心的创作导向，在深入生活、扎根人民中进行无愧于时代的文艺创造。”

诗歌是人类表达思想感情的一种艺术形式。它最早源于劳动号子，源于人民，理应属于人民，属于大众。早在1998年8月，时任中华诗词学会会长的孙轶青先生就明确指出，“有人不赞成走向人民大众。理由是诗词是高雅艺术，只有雅人才能欣赏，人民大众是俗人，无法欣赏。能欣赏高雅艺术的，只能是极少数人。这种看法，首先是对高雅艺术本身有所误解。传统诗词诚然是一种高雅艺术。然而它之所以高雅，并不在于深奥难懂，而在于它具有诗的意境，诗的韵味，及其感人的艺术魅力。而这样的诗词同明白晓畅、通俗易懂并不矛盾；相反，越是明白晓畅、通俗易懂，便越能发挥其高雅艺术的社会效果。”众所周知，唐诗宋词中那些流传千古、妇孺皆知的名篇佳句，都是明白晓畅、通俗易懂的。反之，那些艰深诘聱的诗词，只能尘封在孤芳自赏者的诗集里，或供少数研究者费神。

当然，雅与俗，是辩证的统一体。对于诗词创作与鉴赏，我们既需要“阳春白雪”，也需要“下里巴人”，以满足人们多层次的文化审美需求。为了切实让新时代的诗词走进大众中，我们应力求其雅而易懂，俗而不庸，如能做到雅俗共赏，则是上乘之作。但提倡通俗易懂，决不容许搞片面性，不能只俗不雅，更不能以“通俗化”为名摧残和否定传统诗词所特有的高洁典雅的艺术品格。总之，走进大众中的诗词作品，应该是连民心、接地气，让人民大众看得懂、记得住，喜闻乐见的优秀作品。

（二〇一九年三月二十三日于北京齐贤斋）

序言·为美丽中国添彩，让诗意地名生辉

中国是一个拥有悠久历史和壮丽山河的诗的国度。地名文化，传承着中华民族的文明血脉。而诗意地名，又为美丽中国增添了诗的光彩。“故人西辞黄鹤楼，烟花三月下扬州”（唐·李白），“洛阳城里见秋风，欲作家书意万重”（唐·张籍），“不识庐山真面目，只缘身在此山中”（宋·苏轼），“劝君更尽一杯酒，西出阳关无故人”（唐·王维），“羌笛何须怨杨柳，春风不度玉门关”（唐·王之涣），“姑苏城外寒山寺，夜半钟声到客船”（唐·张继）……这些为地名赋予了诗意的丽诗佳句，则把地名符号升华到诗情画意的美妙境界。

在新中国成立七十周年之际，为更好地歌颂祖国壮美山河、弘扬优秀传统文化、传承中华地名文脉，由国务院第二次全国地名普查领导小组办公室主办，光明网、光明日报文艺部、中国作协《诗刊社》、中国诗歌学会承办的“美丽中国诗意地名”中国地名诗词创作征集活动，就是一次为美丽中国添彩，让诗意地名生辉的文化盛举。

据介绍，这次征集活动得到了来自全国各地网友的积极参与和大力支持。从征稿启动到征集结束，光明网共收到了参选作品12778首。经过初评，有628首格律诗和277首新诗从众多作品中脱颖而出。然后由格律诗和新诗的名家，分别组成评委会进行了终评。格律诗终评委们对入选作品进行了严肃认真的评选。先由评委们对入选作品进行实名投票，然后召开评委会，由评委会主任主持，按作品得票多少排序，逐篇进行复评讨论，最终达成共识，确定每篇作品的获奖等

次。按照组委会确定的奖项，共计评出一等奖，10个，二等奖20个，三等奖30个，优秀奖100个。并依法进行公示，保证了获奖作品的公正与权威。

纵观这些获奖作品，它们的共同特点，一是选材站位高：所选地名题材大都社会知名度高、影响面大或人文积淀厚重、历史影响深远。这和名不见经传的小村庄、小建筑、小山包、小河沟比起来，同样的艺术水准，其获奖概率就会偏高。二是内容立意好：同样是名山大川、名城要地，在内容立意上，选取时代精神强、贴近现实紧的创作切面，就会比远离现实、仿古泥古、无病呻吟甚至拾人牙慧的作品获奖概率高。三是艺术造诣深：同样的地名选取，同样的内容立意，那些传统诗词造诣精深，创作技巧娴熟的作品，自然就会脱颖而出。当然还有个平衡和机遇问题。即同样题材的作品，获奖体裁的样式要相对把握平衡。传统诗词的主要体裁，有绝句、律诗、词、曲等。如果一种体裁的获奖作品在一个档次相对集中，评委会就会出以公心，从相对接近的其他体裁作品中微量调整，把握平衡。因为整个评奖会都是在匿名状态下进行的，评委会是对评选结果的整体社会效果负责。那么，对于微调的个别作品来说，就属于群众所说的“运气”了。

仅以这次格律诗获一等奖的6篇作品中的3篇为例，分别加以阐释说明。

首先看第一篇，《鹧鸪天·总书记和梁家河》：

忆昔梅花映雪花，小村来了北京娃。
七年热血浇黄土，一段青春绽彩霞。
酬梦想，铸韶华。激情岁月话桑麻。
梁家河里心潮涌，不忘初心众口嘉。

梁家河村，隶属于陕西省延安市延川县文安驿镇，是当年习近平同志插队落户、梦想起航的地方，可以说是新时代中国城乡妇孺皆知的一个村名。选取梁家河村名和习近平总书记当年插队的内容立意，都站在了时代的制高点，为获奖赢得了制胜的先机。再看它的艺术手法，清新明快，朴实鲜活，既无标语口号，也无大话空话。它严格按照“鹧鸪天”词牌的艺术范式，用“梅花”、“雪花”、“小村”、“北京娃”、“热血”、“黄土”、“青春”、“彩霞”、“梦想”、“韶华”等生动鲜活的诗词意象，塑造出梁家河走出来的总书记起步农村，不忘初心，筑梦领航的艺术形象。评委们一致认为，这篇作品获一等奖是实至名归。

接着看第二篇，《七言古诗·三沙行》：

> 古人漫夸蓬瀛好，我今飞上永兴岛。三沙建市固蓝疆，此地翩翩正年少。初来何所见？云淡兮风狂，岩危兮浪莽。万顷波涛拥琳琅，一拳矾石凌烟像。街阔楼高密椰林，人皆胸正眸子亮。更有十里沙岸翻白雪，天宫倾倒瑶池液。夜看浩月崩昆仑，日观秦岭青石裂。裙边镶素走龟鼋，晚霞辉映紫金色。漫步老龙头，昂然沉与浮。独啸鲸波三万年，睥睨风云御虏寇。忽见山前有营哨，军情惕厉闻鼓角。前年有霸气势雄，山呼欲来终落跑。中华抖擞英雄气，十四亿人发怒号。且看法日旧碉堡，而今破败生衰草。试问沧海谁为主，南天一曲渔家傲。

这是一篇七言古诗，在体裁上别开了生面。地处中国南海的年轻的三沙市，伴随着南海风云的激荡，不仅举国关心，而且全球瞩目。其知名度自然也属于全国一流。在内容立意上，则历述三沙市的历史变迁、自然景观、人文记忆、军事前沿、战略要地、捍卫决心等，是一曲宣示南沙主权和捍卫国家领土、主宰南沙沉浮的英雄壮歌。特别结句“试问沧海谁为主，南天一曲渔家傲”，深沉有力，余味无穷。其获奖也就毋庸置疑了。

再看最后一篇，《七律·黄鹤楼》：

谁能凭眺立荆州，阅尽千年万里秋。
雾锁庐衡连楚越，云托轸翼聚王侯。
人因鹤去随烟散，诗为楼题并世留。
劫难沧桑还有梦，今朝更看大江流。

这是一首七言律诗。律诗，在传统诗词诸体裁中占有非常重要的地位。任何一场诗词征集或赛事，如果没有一首律诗获得高奖，终将是个缺憾。这次诗意地名诗词创作征集活动，经过初评复评之后，词的入选比重较大，绝句、律诗的入选比重相对较小。在这种情况下，进入一等奖讨论视野的有这首七律《黄鹤楼》。位于湖北省武汉市长江南岸武昌蛇山之巅的黄鹤楼，为“江南三大名楼”和“中国古代四大名楼”之一，是享有“天下江山第一楼”美誉的千古名楼。其知名度无疑也是全国一流的。而且黄鹤楼人文历史厚重，古往今来，咏唱黄鹤楼的诗词歌赋难以尽数。特别是有了崔颢的七律《黄鹤楼》和李白“眼前有景道不得，崔颢题诗在上头”的咏叹，更使不少文人墨客望而却步。而这首入选作品七律《黄鹤楼》，冒着为崔颢诗“续貂”的风险，站在自己所处的新时代，抒发自己的新情感、新感悟，均有许多独到之处。特别颈联“人因鹤去随烟散，诗为楼题并世留”，把“续貂”

变成了“借光”，堪称生花之笔。作为律诗代表，排在一等奖最后，评委们都感到也在情理之中。

当然，任何获奖作品都难免有不足之处，而且任何一次评奖，尽管评委们尽力做到铁面、法眼、公心，但由于每位评委的价值判断不尽相同，有遗珠之憾也在所难免。但总体看来，能够脱颖入选的获奖作品，还是可以代表这次诗词创作征集活动整体水平的。值此获奖作品结集出版之际，作为传统诗词评委会主任，写出上面这些评奖情况及感悟，作为历史的存照。权且为序。

（二〇一九年八月二十二日于北京齐贤斋）

试论新中国七十年中华诗词的复苏、振兴与发展

——在全国诗歌座谈会上的发言

在举国欢庆新中国七十华诞的喜庆日子里，中国作家协会召开这次全国诗歌座谈会，认真总结新中国成立七十年来中国诗歌所取得的突出成就，特别是新时代诗歌的新变化，对于响应习近平总书记关于“记录新时代、书写新时代、讴歌新时代”的号召，推动新时代诗歌的健康发展，将具有十分重要的意义。围绕会议主题，我准备就新中国成立七十年来，中华诗词的复苏、振兴与发展，谈点个人的粗浅看法，以求教于方家。首先需要说明一下，党的十八大以来，在中共中央的正式文件中，已将平常我们所说的“旧体诗”、“古体诗”、“格律诗”、“传统诗词”等，统一规范为“中华诗词”这一文学概念。由于今天是诗歌座谈会，为了便于表达，也体现尊重历史，我在新中国成立到改革开放这段时间，用“旧体诗”这一毛泽东同志曾经采用的说法；改革开放到十八大前的新时期，我用大家普遍采用的“传统诗词”这一提法；进入新时代，则采用中央文件规范提出的“中华诗词”这一概念。现在先汇报第一个问题，

一、新中国成立为中国“旧体诗”带来复苏新生

中国是一个诗的国度。以唐诗宋词为代表的中华诗词是中国文学艺术宝库的瑰宝，是中华民族的文化基因，已经创造了中国文学史上的辉煌。二十世纪初叶的“五四”新文化运动，高扬民主与科学的旗帜，是一场伟大的思想解放运动，并为中国共产党的建立奠定了思想基础，光耀千秋，功垂青史。然而由于当时个别领导者思想上的形而上学和民族虚无主义，中国“旧体诗”一度被作为封建主义残渣扫进了历史垃圾堆。不过这条渗透着中华民族文化血脉的“打不死的神蛇”，在经历了被打击和冷落之后，生命不息，生机未泯。新中国的成立，为中国“旧体诗”的复苏新生提供了无限生机，开辟了广阔前景。新中国开国领袖毛泽东同志，以其传统诗词创作的伟大实践，为传统诗词走出低谷，走向复苏开辟了道路。1945 年在重庆国共谈判期间，毛泽东一首《沁园春·雪》轰动朝野，彰显了“旧体诗”惊天撼地的艺术魅力。新中国成立后，在开国元勋和高层文人圈中，不乏用“旧体诗”的形式抒情寄意、酬唱和答者，并时常见诸报端，刷新了“旧体诗”的存在。特别是 1957 年《诗刊》创刊，发表了毛泽东诗词 18 首，昭示着“旧体诗”的复苏新生，并开始走向新的时代。1976 年的天安门诗歌运动，人们以鲜花和诗歌，而且主要是“旧体诗”为武器，纪念周总理，声讨“四人帮”，充分展现了“旧体诗”的时代感和战斗性。也预示着“旧体诗 ”从高端文化人群，开始走向人民大众。事实上，在人民群众中的知识阶层，中国“旧体诗”也一直生机未泯，而且伴随着新中国的成立，逐渐“春风吹又生”。

二、新时期中华传统诗词的逐步振兴

党的十一届三中全会之后，中国实行改革开放，进入新的历史发展时期。邓小平同志解放思想，实事求是的思想路线，使中华传统诗词真正挣脱了历史的“羁绊”，催生了中华诗词学会的诞生。到1987年5月31日，中华诗词学会正式成立。老一辈革命家习仲勋同志代表党中央、国务院在成立大会上的祝辞中讲：“过去，我们从来没有这样一个全国性的诗词组织。现在，把这个空白补起来了。”中华诗词学会历届领导和同仁，不负党和人民的期望，积极发挥全国性诗词组织的作用，筚路蓝缕，砥砺奋进，携手前行，扎实推进中华诗词事业的逐步振兴。江泽民、胡锦涛同志都高度重视弘扬中华诗词传统文化，强调中华诗词博大精深，呼唤创造更多更好的“当代诗句”，使广大诗人词家和诗词爱好者深受鼓舞。大家从新时期贯彻落实“三个代表”重要思想和“科学发展观”的时代高度，积极抓好诗词队伍建设和当代诗词创作，使新时期中华诗词队伍的组织建设、学术研究都有了长足的发展，诗词创作也不断喜获丰收。1994年7月，《中华诗词》杂志社作为中华诗词学会的机关刊物正式创刊，成为团结引领海内外诗人词家和诗词爱好者加强诗词研究，繁荣诗词创作的重要平台。二十五年来，这一专业诗词刊物发挥了重要作用，取得了显著成绩，受到了广泛好评。2008年3月，中华诗词学会网站正式开办上线运行，在日渐兴起的网络空间，发出了弘扬中华传统诗词的正声强音，并且坚持与时俱进，不断改进提高。2010年，中华诗词学会被国家民政部表彰为“全国先进社会组织”，成为中国作家协会系统获此荣誉的唯一文学社团。2011年9月，隶属于国务院参事室、中央文史研究馆的中华诗词研究院正式成立，填补了我国国家编制体制内没有一个专门从事诗词研究机构的空白。中华诗词学会和中华诗词研究院，两个机构，一个目标，共同为振兴中华诗词事业不懈努力。在这期间，全国各地诗词组织都积极主动，勠力同行，共同推动了新时期中华传统诗词的逐步振兴。

三、新时代中华诗词的蓬勃发展

以党的十八大为标志，中国特色社会主义进入新时代，中华民族迎来了从站起来、富起来到强起来的伟大飞跃。作为中华民族伟大文化复兴重要组成部分的中华诗词，也迎来了蓬勃发展的新局面。在弘扬中华诗词和传统文化上，习近平总书记更是率先垂范，把画意诗情引入伟大的中国梦，把包括中华诗词在内的中华优秀传统文化，提升到中华民族文化基因的认识高度，并亲自赋诗填词，引领时代风骚。《中共中央关于繁荣发展社会主义文艺的意见》明确指出："中华优秀传统文化是中华民族的精神命脉，是我们屹立于世界文化之林的坚实根基。坚守中华文化立场，坚持古为今用、推陈出新，秉持客观科学礼敬的态度，努力实现创造性转化和创新性发展。""加强对中华诗词、音乐舞蹈、书法绘画、曲艺杂技和历史文化纪录片、动画片、出版物的扶持。"在党中央强调"加强""扶持"的中华优秀传统文化项目中，文学门类里的"中华诗词"，被突出置于其他艺术、宣传、出版门类的首位，足见重视程度之高。这使中华诗词界备受鼓舞、激励和鞭策，深感使命光荣，责任重大。大家纷纷组织学习座谈、撰写文章、发表感言，表示要有一种"匹夫有责"的文化自觉性和历史责任感，不负党中央加强扶持的厚望，为繁荣发展中华诗词事业而倾心尽力，竭尽绵薄。在习近平新时代中国特色社会主义思想指引下，在中国作家协会党组、领导的高度重视和大力支持下，中华诗词事业蓬勃发展，生机盎然。诗词队伍空前壮大，诗词活动空前活跃。目前，全国大陆 31 个省、市、自治区和港澳特区及绝大多数市（地）、县（区）都有了诗词组织，仅中华诗词学会现有个人会员就达 3 万余名，加上各地各类诗词组织成员和广大诗词爱好者，中华诗词大军已有 300 万之众。据不完全统计，海外有 30 多个国家和地区的华人中拥有诗词组织，被称为实力强劲的“海外诗词兵团”。而且诗词创作热情高涨，诗词作品数量繁多。据粗略统计，各类报纸、刊物和正式、非正式出版的诗集，扣除重复部分，全国纸质媒介发表诗词作品，每年可达上百万首。加上各地各类网站、微信群等网络诗词作品，更是难以尽数。当然，仅仅诗词作品数量繁多，并不能代表诗词事业的繁荣，但至少可以说明社会参与面比较广，群众积极性比较高。同时在加强诗词理论研究、加大实施精品战略、促进诗词作品质量提高以及加强诗词作品资料收集保存等方面，也取得了显著成绩。中华诗词“入奖”，即进入中国作家协会组织的“鲁迅文学奖”，已经实现了“零的突破”。中华诗词“入史”，即进入中国现当代文学史，也已引起领导上和各方面的关注，并经过多方努力，合力推进，相信很快也会“水到渠成”。进入新时代，中央和各地主流媒体和新兴媒体都加大了对中华诗词的宣传推介力度。《人民日报》、《光明日报》等对中华诗词的宣传力度明显加大。中央电视台几季《中国诗词大会》在中华大地男女老少中掀起了诗词热。由主流媒体和新兴媒体共同参与主办的

“诗词中国”中华诗词创作大赛，参与总量数以亿计。但也必须清醒地看到，诗词形式的活跃和诗词数量的繁多，并不能从真正意义上代表中华诗词的全面振兴与繁荣，必须有代表这个时代的精品力作和名师大家。按照习近平总书记指引的方向和新时代的要求，促进中华诗词的全面振兴与繁荣还任重道远。

习近平总书记在看望参加全国政协十三届二次会议的文艺界社科界委员时强调：“新时代呼唤着杰出的文学家、艺术家、理论家，文艺创作、学术创新拥有无比广阔的空间，要坚定文化自信、把握时代脉搏、聆听时代声音，坚持与时代同步伐、以人民为中心、以精品奉献人民、用明德引领风尚。”“中国特色社会主义进入了新时代。希望大家承担起记录新时代、书写新时代、讴歌新时代的使命，勇于回答时代课题，从当代中国的伟大创造中发现创作的主题、捕捉创新的灵感，深刻反映我们这个时代的历史巨变，描绘我们这个时代的精神图谱，为时代画像、为时代立传、为时代明德。”习总书记的重要指示，对于指引新时代的中华诗词创作，有着很强的、非常鲜明的针对性和指导性。毋庸讳言，相比于新体诗在弘扬时代精神上具有与生俱来的天然性，中华诗词在紧跟时代步伐、注入时代精神上，显得尤其需要加强和提高。由于传统思维的惯性和习惯势力的影响，那些努力用传统诗词艺术形式反映新时代火热生活的优秀诗词作品，往往得不到应有的肯定与激励；而那些故意远离时代、抒发个人小情小调的作品，却在一定范围内饱受点赞与追捧，以致误导年轻诗友的审美追求。当然，个人艺术风格上的“大江东去”还是“小桥流水”，抒发时代情感还是沉吟个人情调，都属于每个人的创作自由，别人无权干涉。但在社会主流审美价值取向的引领上，必须理直气壮的弘扬主旋律，讴歌新时代，同时又要旗帜鲜明地提倡多样化，营造万紫千红的诗国春色。相信通过这次全国诗歌座谈会的引领，乘着新时代中华民族伟大复兴圆梦的浩荡东风，中华诗词全面振兴与繁荣的崭新局面一定会很快到来。

不当之处请批评指正。谢谢大家！

（二〇一九年十月十六日于北京齐贤斋定稿，
十一月二十九日在全国诗歌座谈会大会发言。）

附录

仁心善举　德厚恩深

——忆母亲

奔腾万里东入海的黄河，在进入山东地段之后，有一处从南北流向转为东西流向的小折弯。就在此处母亲河臂弯怀抱的南岸，有一个叫前范城的小村庄，这里就是生我养我的家乡。村中老宅区有一个元宝心的宅基，上面座落着一栋布局严谨、结构坚实的典型鲁西民居四合院。这是我身为秀才的曾祖父在光绪年间专门请人设计建造的祖传老宅。现在是梁山县县级文物保护单位。除了它的鲁西民居文化价值之外，还是人民共和国两位开国上将肖华、杨勇将军先后住过的地方。特别曾是1947年刘邓大军千里跃进大别山，在孙口渡口强渡黄河后，一纵司令员杨勇将军召开军事会议的指挥所。父亲李兴玉（1916年农历丙辰年十一月二十一日——2004年农历甲申年正月十四日）和母亲李广荣（1914年农历甲寅年四月二十五日——2007年农历丁亥年二月十八日清明节）就是在这座普通而又传奇的农家小院、百年老宅里，携手走过了70多个春秋的风雨历程，演绎了积德行善的人生故事，培育传承了忠孝传家、德仁处世的优良家风。

一、贤妻良母

母亲的娘家在紧靠黄河南岸的西李村，当地人俗称“老庄上”。现在属于梁山县小路口镇管辖。母亲出生在西李村一户家境殷实的李姓人家，自幼受到良好的中国传统美德教育。母亲是姥爷姥姥最小的闺女，可谓掌上明珠。她没有姐妹，只有一个年长好多岁的哥哥。父亲同样出生在殷实人家，是爷爷奶奶最小的儿子。他没有兄弟，只有一个年长的姐姐。父母养育成活了我们姐弟 5 人：大姐瑞华、二姐秀芝、哥哥文汉、我和弟弟文臣。到我出生时，我的爷爷、姥爷、姥姥、舅父、姑母都早已去世。可以说是出了自家院，举目无近亲。我们姐弟 5 人，紧紧偎依在父母身边，相依为命。正是这种特殊的家庭结构，父母则成了培育我们优良家风的唯一、纯正的血脉传承人。

山东妇女的贤良美德，在我母亲身上得到了完美体现。她孝敬婆婆，照顾丈夫，爱护子女，乡里乡亲有口皆碑。母亲是十里八乡出了名的孝顺媳妇。母亲常对我们讲：“你爹 15 岁就没了你爷爷，你奶奶孤儿寡母熬这一大家子不容易，我们要好好孝敬她。”从我记事时起，我们家一年到头总是两样饭。每顿都要专门为奶奶做些好吃的，端给奶奶先吃。在母亲的精心侍候下，奶奶活了 88 岁，在当时村里是最长寿的。全村人都夸奶奶有福，有这么一个孝顺的儿媳妇。

男耕女织的中华农耕文明和男主外、女主内的山东淳朴民风，在我们家体现得非常典型。父亲耕种劳作、出力挣钱、养家糊口，撑起家庭的天。母亲纺棉织布、主理家务、碾米磨面、烧火做饭、一应吃穿，还要侍候老人、照顾大人、养育孩子、饲养家畜家禽，坚固家庭的地。每到夏秋大忙时节，母亲还要下地帮父亲抢收抢种。每天晚上，我都是在母亲轻轻的纺棉声中入睡的。第二天被叫醒时，母亲早已做好了一家人的早饭。在我幼年到童年的时光里，几乎从来没有母亲睡觉和休息的记忆。除了给奶奶单独做些好吃的，家里的大锅饭做好之后，一年到头、一日三餐，都是让父亲和我们这些孩子们先吃，母亲最后才吃些剩菜剩饭。母亲的勤劳、贤淑，我们看在眼里，记在心里。特别在国家三年经济困难时期，父母更是倍尝艰辛，表现出常人难有的坚毅。1960 年，正是国家经济和人民生活最困难的时期，我考上了初中。这时，二姐秀芝上初三，哥哥文汉上初二，我上初一。在当时的情况下，一个普通农民之家同时供养三个中学生，村里人都感到不可思议。每周我们分别背着菜团子去上学，到周末菜团子发馊了，我们也坚持吃下去。因为母亲连菜团子都舍不得吃。家门口有棵椿村，叶子有臭味，母亲就用水多泡几遍，煮煮吃了充饥。有时饿得没办法，母亲就喝点盐水把肚子充填一下。父母含辛茹苦，促使我们姐弟三人发愤读书，成绩都很好。在党和政府的资助下，我们终于挺过难关，姐弟三人全部完成了初中的学业。为了减轻家庭的负担，二姐初中毕业去自学了中医，哥哥则报考了师范学校。父母举全家之力支持供养我报考上了山东省重点高中——山东菏泽一中（前身为慈禧太后赐建的曹州中学堂）。我不负父母养育的苦心，刻苦学习、本分做事，到 1966 年应届高中毕业时，成为班里品学兼优、文理双优的学生。现在菏泽一中校史馆都可以查阅到我的相关资料。然而，一场突如其来的“文化大革命”，打碎了我指日可成的大学梦。不过，凭着我老高三打下的扎实文化功底，我以文字写作的优长，在地方入了党、提了干。在梁山县委常委研究确定我担任团县委副书记之后，菏泽军分区党委常委又研究决定特别批准我穿了军装。于是，我从菏泽军分区，到山东省军区，到济南军区，再到总政治部，从家门口到北京城，最终成为两位开国上将住过的农家小院里，新升起的一颗将星。

二、善举仁心

母亲是一个普普通通的农家妇女，却实实在在地救过两条人命：

一个是在我出生不久，家北邻居家新生了一个小女孩，孩子生下后，她母亲一滴奶水都没有。在当时旧社会经济落后的偏僻农村，没有任何乳品可言，唯一的生路是求助人乳哺育度过婴儿期。小女孩的家人找到我母亲后，母亲二话不说就答应下来。母亲坚持用一只乳头的奶水喂我，用另一只乳头的奶水喂那个小女孩。我有时饿得哇哇叫，母亲就煮点面糊糊喂我。一直坚持把小女孩哺育存活下来。小女孩的奶奶给我母亲磕头谢恩。

另一次是母亲在家前苇坑洗衣服。苇坑四面芦苇环绕，十分隐蔽。村前邻居家一个七、八岁的小女孩去苇坑洗澡。母亲忽然抬头发现小女孩不见了，只有气泡从水面冒出来。缠着小脚又从无水性可言的母亲，毫不犹豫地冲到水里，把小女孩捞拖上岸。小女孩已经昏迷。母亲本能地把小女孩头朝下拉卧在斜坡上，并轻轻拍她的后背。随着大口大口地吐水，小女孩“哇”的一声苏醒过来。孩子的母亲闻讯赶来千恩万谢救命之恩。事后有人问我母亲，你小脚又不会水，也不知苇坑深浅，你下去救人不怕自己被淹着吗？母亲坦然地回答说，眼看孩子就没命了，救人要紧，我啥也没想。

母亲关键时刻的善意之举，源自她平时的仁爱之心。我的姑母、姑父去世早，表姐八岁、表哥五岁就成了孤儿。是我父母把表姐表哥接到家中养育成人。母亲把表姐表哥和我姐弟几个一样看待。大学毕业的表哥徐德立深情地回忆说，是妗子给了我那份失去的母爱。

母亲乐善好施。凡有讨饭的赶上门来，母亲总要给人家一个完整的馒头。特别我们村上有个风俗，有几户特困户，每年春节前都到各家各户讨些饭菜以备过年。遇到这种情况，母亲总是尽量多备些年货送给他们。所以，村里人都夸母亲心眼好。

母亲与人为善，和亲友乡邻交往也是德仁相处，人敬我一尺，我敬人一丈，从来不沾人家的光。亲戚来了带点礼物，母亲总要想法多压一些东西给人家带回去。有时过年过节，人来客往后，自家留的东西倒是比较紧巴。每当家里做点好吃的饭菜，母亲总要先盛一碗给隔壁邻居家送去尝尝。邻居家也是礼尚往来。因此，母亲和亲邻们的关系，总是非常和谐融洽。母亲得到的普遍赞誉是：心眼好、实在。

母亲的见义勇为和仁爱之心，对我参加工作后能够有担当精神、坚持原则以及与人为善、尊敬领导、团结同志等作风的养成，都起到了直接的教化作用。

三、良知正义

2012年9月2日，开国上将杨勇将军的儿子、重庆警备区原司令员杨冀平少将，在赴山东梁山参加纪念杨勇诞辰100周年电视剧《烽火梁山》开机启动仪式之后，专程赶到我家老宅，见证他多次听父亲讲过的这个房东的农家四合院。看到父亲当年住过的房子和曾经栓过父亲战马的老枣树，杨冀平将军非常感慨地对我说：“文朝主任，老一辈军事家选择住在你家，道理很简单：一是你家房子比较宽敞，二是你家土地不多，是我党团结依靠的对象。”红军老战士、后任空军副司令员的王定烈中将也亲口给我讲过：1938 年至 1939 年，他跟随八路军东进抗日挺进纵队司令员兼政委肖华将军转战山东，当肖华将军的保卫员兼秘书。在肖华将军往返黄河两岸领导创建冀鲁边抗日根据地的过程中，1939 年秋，他跟肖华将军曾在黄河南岸前范城村的一个李姓农家四合院（即我们家的老宅）住过一段时间。

王定烈红军老前辈和杨冀平将军讲的都是实情：我的父亲母亲虽然都出生在殷实之家，从小受到良好的家庭教育，但两人年轻时都遭受了家道中落的厄运，为给老人治病，变卖地产；都饱尝了旧社会受人欺压的苦难，对共产党领导的人民革命，发自内心地拥护。父亲给八路军、解放军抬担架，母亲做军鞋、做军饭，还在家里帮助救治伤员。父亲给我们讲，他第一次抬担架，是在 1943 年八路军打阳谷的时候。那时十里八乡组织动员了 100 多付担架，但战斗打响后吓跑了不少。父亲坚持蹲守在小树林里，一颗流弹打在父亲蹲依的小杨树上，子弹离父亲头皮一尺来高。父亲说确实吓了一大跳。但他们一直坚持接上伤员，抬送到战地医院，受到八路军首长的表扬。回家后父亲给家人讲了这段抬担架历险记。母亲不像有的农家妇女那样埋怨自己的亲人，而是说了句非常朴实善良的话安慰父亲：“没打着就好。要是都吓跑了，谁抬八路军的伤员啊？”1948 年冬，淮海战役期间，父亲所在的担架队因为情报有误，到达战场时解放军已经撤离。当地乡亲告诉说国军马上过来，你们赶快躲一躲吧。父亲他们便在村头农家柴草垛里躲藏了一夜，同行的一个担架队员差点被冻死。母亲则告诉我们，有一次一个伤员直接抬到我们家里，母亲帮助用盐水给伤员擦伤口，并煮鸡蛋面条给伤员喂饭。……父母双亲和山东解放区的群众一起，在党的领导下，微尽匹夫之力，终于迎来了全国的解放。

在党的关心培养下，除了大姐瑞华因解放前出生较早，失去了上学的机会，二姐秀芝、哥哥文汉、我和弟弟文臣，全部都上了学，参加了工作，并入了党。父母亲从来没有拖过我们工作上的后腿，从来都是给我们报平安家信，教育我们安心工作。母亲经常给我们说："都守在爹娘身边，咋能搞好工作啊？"每逢请假回去探望双亲，假期快到时，母亲总是主动提醒说："该走时就走，别耽误了工作。"特别是1996年我奉命调到北京工作后，由于负责中央电视台军事节目宣传的节日值班，我再也没有回家陪父母过过春节。只是在春节前或节日后请假回去看望一下。特别每逢年前回去看望时，母亲总是深明大义却又平静地说一句："今年还是不能在家过年吧？"我总是忍着泪回答说："对，节日期间值班很重要，不敢出差错。"母亲则说："该回去就回去，不要挂着家里，我和你爹很好，工作要紧。"尤其令我一想起来就潸然泪下的是，2004年春节过后和2007年清明节前，是父亲病重和母亲自己病重期间，我匆匆请几天假回去探望，病情稍有稳定，母亲就主动说："人老了都要这样，你别误了假，回去工作吧。"我只有双膝跪地，含泪拜辞母亲。我近半个世纪如一日，从刚刚参加工作，到退休后经组织批准参加中华诗词学会的社团活动，从来都是兢兢业业地工作，因为好好工作，报效国家，是母亲的嘱托。

四、德厚恩深

母亲不识字，但脑子很灵，记忆力特好。我们老家村子不大，村里谁家孩子哪天出生，谁家儿女哪天婚嫁，谁家老人哪天去世，母亲张口就能说出来，简直是村里的一部“活辞典”。父亲则在秀才爷爷的辅导下，从小读私塾，受到了较好的儒家思想教育。且父亲天资聪颖，到了晚年，他小时学过的儒家经典如《论语》、《孟子》、《大学》、《中庸》等内容还能如数家珍，有些名言警句还能脱口背诵。只是从15岁那年，爷爷患病去世，父亲辍学务农，与奶奶孤儿寡母，相依为命。因此父母对我们的教育，也是两种风格。父亲经常以其老私塾底子，用儒家经典思想和名言警句教育我们。而母亲则是勤于做事，少于言语。对孩子的教育，母亲也是话不多，但很深刻，很管用。母亲嘱咐我们说，“你们几个都有了工作，这很不容易，一定正儿八经好好地干。千万不能做对不起公家、对不起自己良心的事。”在党和政府的关心培养和父母的教育引导下，我们姐弟4人都在工作上健康成长：二姐李秀芝在梁山县中医院工作，是当地有名的医生，工作连年先进，医疗技术和医德医风在广大患者群众中有口皆碑；哥哥李文汉，当过梁山县人民检察院的检察长，秉公办案，曾经荣立过一等功1次、二等功3次，被评为山东省优秀共产党员，后在梁山县人大常委会副主任位置上退休；弟弟李文臣，当过梁山县生产资料公司的经理，工作上连年是模范，是多年的基层人大代表。我在工作中也很积极努力，多次受嘉奖，3次荣立三等功，一次受到当时三总部的联合通报表彰。在我们姐弟中，我的职务相对高一些，因而父母对我的关注和嘱咐也就多一些。主要是提醒我农村孩子走到这一步不容易，千万别犯错误。我把父母的话铭记在心，兢兢业业做事，本本分分做人。2008年，我60岁的时候，写了首七律《六十感赋》：

重逢戊子顾人生，久历风波气自平。
做事能将心地问，为官可对昊天盟。
东西南北传佳讯，春夏秋冬入画屏。
船靠码头应笑慰，花明柳暗又登程。

一位文化学者读了这首诗，感慨地对我说：为官做事，能够面地对天，问心无愧，是源自心底的正气传承。我感谢父母养育，德厚恩深。感谢好母亲传承了好家风。母亲不仅给了我血肉之身，而且给了我向上向善的灵魂。“啥时候也不能对不起公家，啥时候也不能对不起自己的良心”，母亲朴实的话语，为我做人做事铺就了底色，划定了底线。母亲德厚若地，恩深似海，使我终身受益，难以报答。

2004 年元宵节期间，父亲寿终正寝。匆匆赶回的我，守护在父亲床前，按照家乡风俗，在第一时间以孝子之身，为父亲试穿了寿衣。2007 年清明节，看到从北京赶回的我，母亲露出了宽慰的笑容。我在病床前抓住母亲的手，送她老人家远行仙逝。我和亲人的泪水，与普天下清明时节的纷纷泪雨交织在一起，沉痛哀悼我这平凡而又伟大的母亲。父母去世后，我分别写了首挽诗，既是对双亲的祭奠，也是对家风的折射：

祭严父

值遇元宵月正明，举村空户送尊翁。
生逢战乱多磨难，心地仁和自太平。
忠孝传家积厚道，德才兴业耀金星。
柴门曾住开国将，紫气盈庭庇后荣。

悼慈母

恰是清明泪雨纷，仙迎我妣驾祥云。
含辛茹苦育儿女，行善积德为里邻。
乳哺羸婴终救命，身托溺幼竟还魂。
良知正义家风好，有口皆碑赞母亲。

在母亲仙逝十周年之际，满含深情与泪水，写出这篇小文，复命《好母亲，传承好家风》主题征文特约之稿，并作为献给父母在天之灵的一束心花。

（二〇一七年五月十八日）

增订后记

弘诗，匹夫勇担当
学诗，永远在路上

在“中华诗词存稿”《李文朝诗词诗论选》（增订本诗词作品卷、诗词理论卷）成书付梓之际，我首先要感谢中国书籍出版社副总编辑赵安民先生、北京天识东方文化艺术传播有限公司总经理吕梁松先生两位老朋友的热情关心与大力支持！

按照中华诗词学会的统一计划安排，中华诗词文库《李文朝诗词诗论选》于 2014 年 1 月正式出版发行，收录的各类作品截至 2013 年 11 月。这次接到编辑出版《李文朝诗词诗论选（增订本）》的通知后，我提出在原书基础上，将诗词作品和诗词理论收录时间接续到 2019 年 9 月。由于内容较多，需要分成上下两册出版，得到了赵安民副总编辑、吕梁松总经理两位老朋友的理解与支持。这个时间节点，对于我来说有着特殊的意义，它涵盖了我在中华诗词学会 10 多年间工作、学习的全过程，是我人生一个重要阶段心路历程的回顾与小结。

我是由中华诗词学会老会长孙轶青先生亲自引荐到中华诗词学会工作的。先后担任了中华诗词学会第二届会长助理兼副秘书长，第三届和第四届的常务副会长（法定代表人），直到年满 70 周岁，按照中组部文件规定，从中华诗词学会领导岗位上退下来，前后在中华诗词学会工作长达 14 个年头，亲身见证了中华诗词事业由艰难爬坡、逐步振兴到进入新时代的历史过程。特别是在担任常务副会长（法定代表人）的八年时间里，我在会长和学会领导班子同仁的支持下，主持学会日常工作，勇于担当，真抓实干，一时间，中华诗词学会的内部建设和外部影响，都达到了前所未有的生动局面，成为一段美好的历史记忆。

孙轶青老会长对我的言传身教和他全身心投入中华诗词事业的忘我精神，令我深受感动，立志效仿。在"诗词理论"部分收入的《继承创新　和谐共进》、《试论孙轶青当代中华诗词发展的理论构建》、《孙轶青当代中华诗教思想理论初探》等篇章，就是对孙老相关思想遗产的总结、继承和弘扬。正如周笃文教授在本书序言中所说："其中有关孙轶青会长诗学观的论述，即是对中华诗词学会成立 20 年来指导思想的系统总结与诠释。"

除了孙轶青老会长的传、帮、带，部队首长的嘱托与期望，也是我在中华诗词学会积极工作、努力奋斗的重要思想动力。2009 年 5 月 20 日，在中央军委批准我退休后，总政治部领导同志单独与我进行了亲切交谈，其间专门对我参与诗词学会的工作给予了充分肯定和热情鼓励："文朝同志，你退下来后参加中华诗词学会的领导工作，是一件很有意义的事情。""你去参加中华诗词学会的领导工作，不是你个人的事，这是总政交给你的任务，等于是组织上派你去的。你去中华诗词学会担任领导工作，是对国家文化建设、弘扬中华民族优秀传统做贡献。这项工作对于我国文化建设的意义和影响力，不亚于你原来的工作。你要把它当成正在继续发展的事业干，当成早晨起来的事业干，一定要把它干好，应该有这样的雄心壮志。”

回顾在中华诗词学会工作学习的十多年时间，我不忘初心，积极工作，主要做了两件事。第一件事，弘扬诗词抓工作，尽到匹夫之责，坚持实干兴业，当好一名志愿者；第二件事，学习诗词搞创作，坚持入行循规，致力精品立身，当好一个小学生。根据出版要求，要我写篇“增订后记”，述说成书原委，倾吐感悟心声，我分头把这两件事梳理、小结一下，既是对这套增订本内容的诠释，也是为自己人生道路留下这段历史脚印，还可以为后来有心者研究相关问题提供一份佐证。

首先来看——弘诗，匹夫勇担当。我以民族文化复兴匹夫有责的文化自觉与担当精神，按照学会分工，力尽分内之职。在孙轶青会长主持学会工作期间，我作为会长助理兼副秘书长，主要奉命完成了两项重要工作：首先针对学会当时诗教工作和考核验收诗词之市、诗词之乡、诗教先进单位不够规范有序等实际问题，孙老让我创立组建起中华诗词学会宣教部并兼任主任，统一规范管理全国诗教工作和诗教创先评审验收工作；同时针对社会上诗词网络兴起的势头，让我白手起家，带领一个人创办起中华诗词学会网站，为诗词网络世界注入了正能量。在担任第三、第四届常务副会长（法定代表人）期间，按照会长和会长会议的委托与要求，我主要抓了以下几方面的工作：一是运转学会日常工作，优化学会内外环境；二是加强学会内部建设，抓好建章立制等基础性工作；三是严格内部管理，树立良好风气；四是着重抓好全国诗教和诗教创先评审验收，具体组织落实全国诗教工作

（扬州、镇江）会议精神及两次会议主题讲话，被认为具有里程碑意义；五是具体起草承作了《中华诗词学会第四次全国会员代表大会工作报告》，总结了“三代会”以来的工作，部署了“四代会”以后的任务；六是利用学会举办高级研修班、中华诗词杂志社举办“青春诗会”“金秋笔会”等时机，联系创作实际，进行业务讲课，加强对诗词创作正确文学价值取向的引领，理直气壮地弘扬主旋律，旗帜鲜明地提倡多样化；七是具体承办、组织落实中宣部布置的主旋律诗歌创作任务；八是作为中国作家协会诗歌委员会副主任，在中国作家协会组织的全国性诗学活动中积极发出正声，努力扩大中华诗词学会和传统诗词的社会影响。

接着再看——学诗，永远在路上。在这部诗词诗论选初版自序中，我坦诚地表明了如下心迹：到中华诗词学会工作后，在各位名师大家面前，我进一步看到了自己的差距。我放下了一切世俗包袱，发自内心地认为“入门”必须“循规”，既然进了诗词的“山门”，就要自觉以白衣诗徒的身份，老老实实地当好小学生。同时表明自己的努力方向是：矢志不移，锲而不舍，精品立身，实干兴业。收入初版的 1978 年到 2007 年前 30 年和 2008 年到 2013 年的 600 多首诗词，可谓“十年磨一剑”的阶段性成果。这次增订又补入了 2014 年到 2019 年的 400 多篇新创作的诗词，是在精品立身道路上的艰难跋涉。这前后加在一起的 1000 多首诗词，可谓自己的“诗千首”，其成败得失，知者自知。其中已经引起一定社会反响的，也有了几例。例如早期作品中的《五古・登泰山》和《沁园春・四季画屏》，制作成电视诗词艺术片在中央电视台播出后，其社会影响已是不争的事实。其中《五古·登泰山》以举世闻名的泰山自然风景和人文景观为依托，以中路登山路线为经，以沿途自然和人文景观为纬，全景式描绘出泰山风光的雄伟壮丽和泰山文化的博大精深，被诗评家称为“精湛的艺术长卷”。《沁园春·四季画屏》，则被誉为“人与自然相和谐的宇宙图像，是人类向往的生命之歌”，“真正体现了诗歌超越历史的暂时性而走向哲学的永恒”。党的十八大以后创作的长篇古风《青莲曲》，在《光明日报》等主流媒体相继发表后，被誉为古体诗词反腐倡廉的扛鼎力作，受到中纪委和中宣部的重视与好评，并在重要场合予以展示。为纪念中国人民抗日战争胜利七十周年而创作的长篇古风《血肉筑长城》，在《解放军报》等主流媒体相继发表后，成为以古体诗艺术形式所展现的全民族抗战的历史画卷和英雄史诗。手稿及原始创作素材被中国人民革命军事博物馆作为文物级收藏。这是军事博物馆开馆半个多世纪以来的第一次。而《沁园春·诗魂中华》则作为中央电视台十集诗词文化系列专题片《诗行天下》的压卷词，在中央电视台播出并制成光盘，广为传播。《七律·戊戌咏春》，一经发表则引起全国各地数千诗友的广泛唱和，被中宣部党建网转发全国。湖北省中华诗词学会、湖北省荆门聂绀弩诗词研究基金会，在此基础上汇编成《一唱百和同咏春》一书出版发行，并作为首届“中华诗人节”庆祝活动在湖北省荆州市隆重举行的一份贺礼。

总之，回首在中华诗词学会工作学习的十多年时间，我没有虚度光阴，没有忘记初心，尽到了一位老共产党员和弘扬诗词志愿者的责任。同时，在诗词创作上也不断学习提高，收获了一本“诗千首”的成果结集。

弘诗，还要继续；学诗，还要努力。

在这部诗词诗论选（增订本）编辑成书的过程中，特邀编辑莫真宝先生，和责任编辑毕磊、排版修改的郭宝生、吴守杰等相关环节的朋友都付出了艰辛的努力，多年的诗友何鹤先生帮我做了资料搜集、整理和文字处理工作，在此一并致谢！

二〇一九年九月二十五日于北京齐贤斋